Marg
Der Hin

CW01497764

Das Buch

Die Nachricht kommt für Lara überraschend: Ihre italienische Freundin Celia will in vier Wochen heiraten, und sie soll ihre Trauzeugin werden! Die Hamburgerin sieht darin eine wunderbare Gelegenheit für einen Spontanurlaub, sie liebt das Städtchen Positano, aus dem Celia stammt. Und erst recht das Hotel an der Amalfiküste, das schon seit vielen Jahren im Besitz der Familie Marconi ist.

Als Lara in Italien eintrifft und Celias charmantem Bruder Romeo begegnet, beginnt ihr Herz höherzuschlagen – ein romantischer Urlaubsflirt wäre jetzt genau das Richtige! Es könnte so schön sein, wäre da nicht ein lang gehütetes Familiengeheimnis und Romeos katastrophale Beziehung zu seinem Vater. Als der Bruder der Braut nicht einmal mehr zur Hochzeit kommen will, scheint die Situation aus den Fugen zu geraten ...

Margot S. Baumanns Geschichten sind wie die Orte, von denen sie erzählt. An Italiens Amalfiküste findet die Liebe ihren Weg voller Leidenschaft und Temperament, auch wenn sie dabei manche Klippe bewältigen muss.

Die Autorin

Margot S. Baumanns (geboren 1964) Laufbahn als Geschichtenerzählerin begann in der zweiten Klasse, als sie ihrer damaligen Lehrerin erklärte, ihre Eltern hätten sie Landstreichern abgekauft.

Heute schreibt sie klassische Lyrik, Psychothriller und Romane über Liebe, Verrat, Geheimnisse und Sehnsuchtsorte. Für ihre Werke erhielt sie nationale und internationale Preise. Sie mag raue Küsten, schroffe Felswände, Musik, Hunde, das Leben im Allgemeinen, ihre Familie und träumt von einem Cottage am Meer.

Margot S. Baumann ist Mitglied des Berner Schriftstellervereins und des Montségur-Autorenforums. Sie lebt und arbeitet im Kanton Bern (Schweiz). Mehr Infos auf www.margotsbaumann.com.

MARGOT S. BAUMANN

Der Himmel über Positano

ROMAN

Deutsche Erstveröffentlichung bei
Tinte & Feder, Amazon Media EU S.à r.l.
5 Rue Plaetis, L-2338, Luxembourg
September 2017
Copyright © der Originalausgabe 2017
By Margot S. Baumann

Umschlaggestaltung: bürosüd⁰ München, www.buerosued.de
Umschlagmotiv: © Glenn Van Der Knijff / Getty;
© mRGB / Shutterstock; © Iryna Denysova / Shutterstock;
© PitsanuRuangjuice / Shutterstock
1. Lektorat: Karla Schmidt
2. Lektorat, Korrektorat und Satz:
Verlag Lutz Garnies, Haar bei München, www.vlg.de
Printed in Germany
By Amazon Distribution GmbH
Amazonstraße 1
04347 Leipzig, Germany

ISBN 978-1-542-04736-4

www.tinte-feder.de

Für meine Mutter
Elsbeth Baumann-Härry

Prolog

Positano, 1985

»Es schickt sich nicht für ein junges Mädchen, so aufreizend gekleidet herumzulaufen!« Der Mund ihrer Tante war nur noch ein dünner Strich, ihre Augenbrauen waren missbilligend zusammengezogen. »Was würde deine Mutter dazu sagen, wenn sie dich in dem Aufzug ...«

»Lass bitte Mama aus dem Spiel, sie ist tot! Und überhaupt bin ich kein junges Mädchen mehr, ich bin zwanzig.«

Entnervt strich sie sich eine Strähne ihres langen Haars aus dem Gesicht und griff nach der Handtasche. Gott, wie sie es hasste, bei ihrer Tante wohnen zu müssen. Aber bald würde sich alles ändern.

»Ich gehe jetzt, warte nicht auf mich, ciao, *zia*.«

Mit diesen Worten lief sie nach draußen, warf die Haustür ins Schloss und eilte die Stufen hinab.

Er hatte sie nicht abholen wollen. Er habe noch etwas zu erledigen, hatte er gesagt. Aber bis zum Strand war es nicht weit und bald schon würden sie beide aus diesem Kaff verschwinden und nie mehr getrennt sein.

Die Nacht senkte sich wie eine weiche Decke über das Dorf

an der Amalfiküste. Vereinzelt funkelten schon ein paar Sterne am klaren Himmel. Vom Meer her strich eine warme Brise über die Küste und umschmeichelte sie mit der Zärtlichkeit eines Liebhabers. Wie seine Hände.

Sie atmete tief durch. Es roch intensiv nach Tang, Essensdüften und sonnenwarmem Stein. Aus den Restaurants entlang der Uferstraße drangen Stimmen, Gelächter und leise Musik. Die Wellen schlugen sanft an den Kiesstrand. Eine wunderbare Nacht, um die gemeinsame Zukunft zu planen.

Sie lächelte bei der Vorstellung, wie sich Unglauben auf seinem Gesicht abzeichnen würde, wenn sie es ihm erzählte. Gewiss würde er zuerst sprachlos sein, vielleicht sogar ein wenig erschrocken, aber sobald er sich mit dem Gedanken vertraut gemacht hatte, würde er sich freuen – bestimmt!

Als sie den Strand entlanglief, knirschte der Kies unter ihren Sandaletten. Sie zuckte zusammen, als sich ein spitzer Stein unter ihrer Fußsohle verfing. Für einen Moment blieb sie stehen und entfernte ihn hastig. Jemand hatte ein Handtuch am Badestrand liegen lassen, das jetzt im aufgehenden Mond als helles Rechteck leuchtete.

Er saß auf der Kaimauer hinter der bereits geschlossenen Strandbar und rauchte eine Zigarette. Bei jedem Zug erhellte die Glut einen Augenblick lang sein Gesicht. Wie so oft trug er dunkle Jeans und ein weißes T-Shirt. Er kleidete sich gern wie Marlon Brando in seiner Rolle als Johnny Strabler in dem Film »Der Wilde«. Ein Rebell, der nichts auf die Regeln und Fesseln der Gesellschaft gab. Vielleicht hatte sie dieser Zug an ihm zuerst fasziniert, noch vor seinem verwegenen Aussehen und den markanten Sprüchen.

»Da bist du ja endlich«, raunzte er mürrisch, als er sie bemerkte. Er schnippte den Zigarettenstummel in hohem Bogen ins Meer und stand auf. »Darf ich raten? Tantchen und ihre Strafpredigten.«

Sie lachte. »Nicht mehr lange, *caro*. Bald sind wir weg und dann kann sie mich mal!«

Sie schlang die Arme um seinen Hals und suchte seinen Mund. Er drehte den Kopf zur Seite und ihre Lippen streiften lediglich seine Wange.

Sie runzelte die Stirn.

»Was ist los? Bist du mir böse?«

Er zuckte mit den Schultern und sah aufs Meer hinaus. Sie kannte seine Launen. Er war oft unbeherrscht und ließ dann seinen Frust an ihr aus. Aber das würde sich schnell ändern, wenn sie endlich zusammenlebten, ohne die griesgrämige Tante, die sie bespitzelte und ihr die Ohren volljammerte, sie solle sich nicht an einen Kerl wie ihn verschwenden. Und ohne seinen übellaunigen Chef, der seine Fähigkeiten nicht zu schätzen wusste und ihn piesackte, wo er nur konnte.

»Ich muss dir was sagen«, begann er und fuhr sich mit einer Hand durch die Haare.

»Ich dir auch«, entgegnete sie und berührte seinen Arm. Sie strich über seine warme Haut, über die weichen Härchen auf seinem Unterarm, und ihr Herz klopfte so stark, dass sie meinte, er müsse es über das Rauschen der Wellen hinweg hören.

Sie schluckte schwer. Plötzlich war sie sich nicht mehr so sicher, wie er reagieren würde, deshalb fügte sie hinzu: »Du zuerst.«

»Also, es ist so«, begann er und trat einen Schritt zurück. »Ich werde schon morgen nach Rom abhauen. Ich halte es hier keinen Moment länger aus.«

Eine kalte Faust griff nach ihrem Herzen und drückte es zusammen.

»Morgen?«, hauchte sie erschrocken. »Aber was ist mit mir?«

Er zuckte mit den Schultern. »Tut mir leid, es ist aus.«

I

Heute

»Irgendwann bringe ich den Kerl noch um!«

Lara wühlte in ihrer Handtasche nach einem Gummiband und band ihre rote Mähne energisch zu einem Dutt am Oberkopf zusammen. Dann setzte sie sich an den Küchentisch und stieß ärgerlich die Luft aus.

»Na, na«, erwiderte ihre Mutter zerstreut und griff nach einem aufgeschlagenen Buch. Sie rückte ihre Lesebrille zurecht und blätterte bis zu einem Bild, das einen mit Puderzucker bestäubten Crêpe zeigte. »Crêpe – oder doch eher etwas mit Eis? Was meinst du, Schatz?«

Katharina Jauch, Laras Mutter, verfasste Backrezepte für eine bekannte Frauenzeitschrift, die dann wöchentlich unter dem Titel »Kathys kleine Küche« veröffentlicht wurden. Laras Vater arbeitete in der Augenklinik des Universitätsklinikums Hamburg-Eppendorf und freute sich jedes Mal außerordentlich, wenn seine Frau ein neues Rezept ausprobierte, was durch die Jahre nicht unwesentlich zu seiner stattlichen Erscheinung beigetragen hatte.

»Eis«, erwiderte Lara automatisch.

»Gute Wahl.« Ihre Mutter notierte etwas auf einem karierten Block, legte dann den Füllfederhalter daneben und sah ihre Tochter fragend an. »Was hat denn der werte Professor Prittwitz dieses Mal angestellt? Oder ist es lediglich seine pure Anwesenheit, die dich so erbost?«

»Beides«, sagte Lara und ihre Augen funkelten. »Der Mann ist, ist …« Sie schüttelte den Kopf. »Ich finde keine Worte für dieses Übel.«

Katharina lachte. »Keine gute Referenz für eine Sprachlehrerin.«

Laras Mundwinkel zuckten. Ihre Mutter hatte recht. Wie sollte sie von ihren Schülern eine adäquate Sprache verlangen, wenn ihr selbst die Worte fehlten? Aber der Rektor der Privatschule, an der sie seit einem Jahr Deutsch und Italienisch unterrichtete, war so ein Ekel, dass sie sich in stillen Stunden eine Vielzahl sehr schmerzhafter Foltermethoden und Schimpfwörter für ihn ausdachte. Nur fielen ihr in diesem Moment gerade keine ein. Zum Glück begannen in einem Monat die Herbstferien und sie würde den blöden Kerl dann für drei Wochen nicht sehen müssen.

Dabei hatte alles so gut angefangen. Vor zwölf Monaten hatte sie endlich eine Teilzeitstelle als Sprachlehrerin an dieser renommierten Hamburger Privatschule ergattert. Doch was zuerst wie das Paradies aussah, entpuppte sich nach etwa einem halben Jahr als regelrechte Hölle. Mit den Schülern wie auch mit den anderen Lehrkräften verstand sie sich zwar bestens, nur mit dem Professor wollte es einfach nicht klappen. Wieso das so war, hatte sie bis jetzt nicht herausgefunden, denn sie hielt sich an alle seine Vorgaben. Dennoch kritisierte er sie ständig, warf ihr Knüppel zwischen die Beine und torpedierte jeden ihrer Vorschläge innerhalb des Lehrerkollegiums. Selbst die anderen Lehrkräfte hatten das schon bemerkt und sie gefragt, was sie dem Professor angetan habe, dass er sie so schikanierte.

Sie wusste es schlichtweg nicht. Hatte er eventuell plötzlich festgestellt, dass er rothaarige Frauen nicht ausstehen konnte? Der Mann gab ihr Rätsel auf, und wenn das noch länger so ging, würde sie sich nach einer anderen Stelle umsehen müssen.

Besser, sie wechselte das Thema, bevor sie sich noch mehr aufregte.

»Kommt Lukas in den Ferien nach Hause?«, fragte sie und griff nach einem Buch, auf dessen Umschlag ein Teller Spaghetti abgebildet war, nebst diversen grünen Kräutern und einem Glas Rotwein. Ihr Magen knurrte bei dem Anblick.

»Vermutlich nicht«, meinte ihre Mutter seufzend und griff wieder nach dem Füller. »Er will mit ein paar Freunden eine Segeltour durchs Mittelmeer unternehmen.«

Lara stand auf und nahm einen Apfel aus der Obstschale neben dem Kühlschrank.

»Der Glückliche«, meinte sie mit Bedauern in der Stimme und betrachtete sinnend das Obst. Lukas war fünf Jahre jünger als Lara und studierte Luft- und Raumfahrttechnik in Ravensburg. Seit er aus Hamburg weggezogen war, sahen sie sich nur noch selten, was sie bedauerte, denn sie liebte ihren kleinen Bruder. »Schade, ich hätte das Früchtchen gern mal wieder gesehen.« Sie biss herzhaft in den Apfel.

Obwohl, so klein war Lukas nicht mehr. Er überragte sie mit seinen ein Meter fünfundachtzig um gut zehn Zentimeter.

»Und was sind deine Pläne für die Herbstferien?«, fragte ihre Mutter.

Lara zuckte mit den Schultern. »Keine Ahnung. Vielleicht besuche ich Oma. Oder ich streiche mein Zimmer. Das wollte ich schon lange mal tun. Auf alle Fälle erhole ich mich von Professor Arschkarte.«

»Schatz, bitte!«

Lara wohnte immer noch bei ihren Eltern in einer Altbauvilla in Rahlstedt im Osten von Hamburg. Mit sechsundzwanzig sollte sie eigentlich langsam daran denken, sich abzunabeln, aber sie mochte den alten Kasten mit dem wunderschönen Garten, in dem sie eine glückliche Kindheit verbracht hatte. Zudem verdiente sie als Teilzeitlehrerin nicht besonders viel, und hier lebte sie mietfrei.

»Ach, übrigens, du hast Post aus Italien bekommen. Ich nehme an, von Celia.«

Laras Gesicht hellte sich auf. Celia Marconi hatte vor einigen Jahren bei ihnen gewohnt, als sie in Hamburg eine Sprachschule besucht hatte, bevor sie eine Ausbildung zur Erzieherin in einer Krippe begann. Sie und Lara waren gleich alt und gute Freundinnen geworden. Als die Italienerin wieder nach Hause zurückfuhr, hielten sie losen Kontakt und hatten sich oft versprochen, einander zu besuchen. Aber wie das Leben so spielt, war daraus nie etwas geworden. Die damalige Zeit blieb beiden dennoch in bester Erinnerung.

Ihre Mutter wies mit dem Kopf auf die Post, die auf dem Tischchen im Flur lag.

Lara sprang auf und durchsuchte den Stapel, der aus Rechnungen, Wurfsendungen und ein paar Zeitschriften bestand. Als sie auf einen dicken hellblauen Umschlag stieß, der Celias unverwechselbare geschwungene Handschrift trug, hob sie erstaunt die Augenbrauen. Normalerweise schickte sie Ansichtskarten, meist aber nur E-Mails oder ab und zu eine SMS. Neugierig öffnete Lara das Kuvert, zog eine mit Goldschrift geprägte Karte hervor und stieß dann einen überraschten Schrei aus.

»Schiet! Mama, Celia heiratet und ich soll ihre Trauzeugin sein.«

2

»Hoppla, hat diese Hektik etwa einen besonderen Grund?«

Romeo betrachtete die Einladungskarte zur Hochzeit seiner Schwester mit hochgezogenen Augenbrauen und legte sie dann auf die Anrichte. Er wusste zwar, dass Celia und Domenico beschlossen hatten, irgendwann eine Familie zu gründen, aber dass es den beiden damit so sehr eilte, erstaunte ihn jetzt doch. Ob Celia schwanger war?

Er zog seine Schuhe aus, lockerte die Krawatte und setzte sich aufs Sofa vor dem großen Flachbildschirm. Durch das geöffnete Fenster drang Neapels frühabendlicher Stadtlärm in das großzügig geschnittene Loft in der Via Torquato Tasso. Autohupen, das Piepen eines Lastwagens im Rückwärtsgang und das Knattern einer Vespa, gefolgt von einem lauten Fluch und anschließendem Gelächter.

Romeo streckte seine Beine aus, legte den Kopf in den Nacken und schloss für einen Moment die Augen. Er fühlte sich müde und ausgelaugt. Der heutige Tag hatte ihn mehr gefordert als sonst. Normalerweise machte ihm seine Arbeit als Investor bei der *Banca Populare Vesuvio* eine Menge Spaß, doch seit Großbritannien den Austritt aus der EU beschlossen hatte, liefen die Telefonleitungen von den Anrufen besorgter Anleger heiß.

Er wandte den Kopf und betrachtete den hellblauen Briefumschlag mit der Hochzeitseinladung. Also im Oktober. Das war so typisch Celia! Andere Frauen planten ihren schönsten Tag über mehrere Monate, wenn nicht sogar Jahre hinweg, und sie brauchte dazu gerade mal vier Wochen. Aber sie war schon immer ein verrücktes Ding gewesen. Vielleicht liebte er seine fünf Jahre jüngere Schwester daher so abgöttisch, auch wenn er sie nur noch selten sah, seit er Positano den Rücken gekehrt hatte. Das war bereits dreizehn Jahre her.

Er schüttelte nachdenklich den Kopf. Wie die Zeit verging! Kurz nach seinem achtzehnten Geburtstag hatte er seine Sachen gepackt und war nach Neapel geflüchtet. Weg von Positano, dem Familienhotel und vor allem weg von seinem Vater.

Romeo atmete tief durch, als er an die damalige Zeit zurückdachte. Es war hart gewesen. Allein in einer Großstadt, ohne Freunde, ohne Geld und Aussichten auf eine Zukunft. Doch er hatte sich durchgekämpft, hatte jeden Job angenommen, um sein Studium zu finanzieren. Und die harte Arbeit hatte sich gelohnt. Jetzt, mit einunddreißig Jahren, arbeitete er in einer der renommiertesten Banken am Platz, besaß ein eigenes Loft, ein dickes Bankkonto und eine Menge Bekannte. Die Vorhersage seines Vaters, dass aus ihm nie etwas werden würde, hatte er damit gründlich widerlegt. Doch das Triumphgefühl darüber, dass Enzo Marconi sich getäuscht hatte, blieb aus. Was nützte es, jemandem etwas zu beweisen, wenn es demjenigen gleichgültig war? Enzo hatte sich noch nie für seinen Sohn interessiert. Niemand in Positano konnte das nachvollziehen, doch es war einfach so. Mit der Zeit hatte Romeo sich damit abgefunden, dass er seinem Vater anscheinend egal war. Die Bemühungen, ihm zu gefallen, hatte er bereits während seiner Teenagerzeit aufgegeben. Man kann sich eben seine Eltern nicht aussuchen, so wenig wie die sich ihre Kinder aussuchen können.

Romeo stand auf, zog sein maßgeschneidertes Sakko aus und warf es achtlos über einen Sessel. Dann ging er in die Küche, öffnete den Kühlschrank und nahm ein Sanbittèr heraus. Während er ein paar Eiswürfel in ein Glas füllte, dachte er an Celia und ihre bevorstehende Hochzeit. Bei der Erinnerung an ihre gemeinsamen Streiche im Hotel grinste er. Sie war ihm überallhin gefolgt, wie ein braves Hündchen, und hatte alles getan, was er ihr sagte. Doch bei dem Gedanken, wie er immer dafür büßen musste, wenn sein Vater sie bei einem Unfug erwischte, verhärtete sich sein Gesicht. Natürlich war Romeo es meist gewesen, der dazu angeregt hatte, doch Enzo hatte nicht einmal in Erwägung gezogen, dass auch mal seine kleine Prinzessin, wie er Celia immer nannte, die Urheberin eines Schabernackes sein konnte. Sein Sohn musste der Sündenbock sein. Immer wieder hatte ihm sein Vater vorgeworfen, dass er die kleine Schwester verderbe.

Nein, er konnte seinem Vater nicht gegenübertreten. Dieses Kapitel war endgültig abgeschlossen. Und so leid es ihm für Celia tat, sie würde auf die Anwesenheit ihres großen Bruders bei ihrer Hochzeit verzichten müssen. Das war für alle das Beste.

3

»Danke, aber ich werde abgeholt.«

Der untersetzte Italiener Mitte vierzig, der während des zweieinhalbstündigen Fluges von Hamburg nach Neapel neben Lara gesessen hatte, sah sie mit waidwundem Blick an.

»Oh, tatsächlich«, erwiderte er und wuchtete ihren ankommenden Koffer vom Gepäckband. Kurz wirkte es, als würde er endlich aufgeben, doch dann nahm er seine verzweifelten Versuche, sie einzuladen, wieder auf. »Aber wir könnten später doch zusammen essen gehen. Ich kenne da ein hübsches Lokal. Heute Abend vielleicht?«

Lara unterdrückte ein Augenrollen. Sein aufdringliches Aftershave und seine zweideutigen Witze hatten sie die vergangenen Stunden an den Rand einer Schreiattacke gebracht. Warum begriff er nicht, dass er bei ihr nicht landen konnte?

»Zu freundlich, danke, doch ich bleibe nicht in Neapel.«

Der Italiener seufzte tief, als hätte sie ihm gerade einen Dolch ins Herz gerammt.

»Verstehe, schade. Dann wünsche ich Ihnen einen schönen Aufenthalt in *Bella Italia*. Und vielleicht sieht man sich ja irgendwann wieder. Ich fliege geschäftlich nämlich oft nach Hamburg und …«

Lara nickte ihm mit einem knappen Lächeln zu, zog dann schnell den Griff ihres Rollkoffers heraus und drehte sich um, bevor der datingwütige Italiener einen weiteren Angriff auf sie starten konnte.

Es war kurz vor zehn Uhr am Samstagmorgen. Celia hatte versprochen, sie mit dem Auto vom Flughafen Capodichino abzuholen, und zusammen wollten sie dann die Küste entlang nach Positano gondeln. Nach Laras Zusage, dass sie zur Hochzeit kommen werde, hatte Celia sie angerufen und gefragt, ob sie nicht schon ein bisschen früher anreisen wollte, um ihr bei den Hochzeitsvorbereitungen zu helfen. Zuerst war Lara erstaunt über diesen Wunsch gewesen. Sie wusste zwar, dass Celias Mutter bei ihrer Geburt gestorben war, aber organisierte man seine Hochzeit dann nicht mit den besten Freundinnen? Sie wollte Celia aber nicht zu nahe treten und deswegen auf den Zahn fühlen; sie würde schon ihre Gründe haben, und so ein bisschen Urlaub an der Amalfiküste war schließlich auch nicht zu verachten. Also hatte Lara zugestimmt.

Während sie jetzt durch den Ankunftsbereich ging, hielt sie neugierig Ausschau nach ihrer ehemals besten Freundin. Würde sie Celia gleich erkennen? Hatte sie selbst sich sehr verändert? Mochten sie sich im realen Leben überhaupt noch? Als sie eine wild winkende, knapp einen Meter sechzig große, übers ganze Gesicht strahlende Frau hinter der Absperrung erblickte, schlich sich auch in Laras Miene ein breites Grinsen.

Celia Marconi hatte sich, auf den ersten Blick und was Lara durch das dicke Plexiglas hindurch sehen konnte, kaum verändert. Die Italienerin trug ihre wunderschönen dunkelbraunen Haare immer noch offen. In weichen Wellen fielen sie ihr beinahe bis zur Taille hinab. Sie war etwas fülliger geworden, was ihr aber ausnehmend gut stand. Celia trug eine enge dunkelblaue Jeans und eine kurzärmlige weiße Bluse. Im Gegensatz zu Lara, die wegen ihrer sommersprossigen, hellen Haut kaum

Farbe annahm, war Celia tief gebräunt, ihr strahlendes Lächeln wirkte dadurch noch intensiver.

Lara beschleunigte ihren Schritt, ging durch den Ausgang für Reisende ohne zu verzollende Ware und blieb dann abrupt stehen.

»Roka dong kadong …«, sang sie in voller Lautstärke, ohne die verblüfften Gesichter der Menschen, die an ihr vorbeigingen, zu beachten.

»… kado kado ka dong dong«, krähte Celia zurück und sie brachen beide in haltloses Gelächter aus. Dann lief Lara auf die Italienerin zu, und sie fielen sich in die Arme.

Der Song von Emiliana Torrini war 2009, als Celia bei ihnen in Hamburg gewohnt hatte, ein großer Hit gewesen. Sie hatten das Lied täglich rauf und runter gespielt, bis Laras Mutter irgendwann ein Machtwort sprach und ihnen damit drohte, sie beide auf die Straße zu setzen, wenn sie noch einmal einen einzigen Ton davon zu hören bekam.

»Mamma mia, du wirst auch immer hübscher!«, rief Celia und wischte sich dabei die Lachtränen aus den Augen. »Diese langen roten Locken, wirklich toll! Du siehst wie eine leibhafte Wikingerin aus. Hast du auch deinen Bogen dabei?«

Lara deutete einen Knicks an und lächelte geschmeichelt. »Soweit ich weiß, hatten die vor allem Äxte, Schwerter und Speere. Und nein, die Waffen habe ich zu Hause gelassen, sie sind etwas sperrig fürs Handgepäck. Du wirst aber auch immer schöner, *piccolina*. Du strahlst regelrecht«, gab sie das Kompliment zurück. »Ich kann es noch gar nicht glauben, dass die kleine Celia bald verheiratet sein wird.« Lara drückte ihr einen Kuss auf die Wange. »Und jetzt lass mal sehen.«

Celia hob mit einer eleganten Bewegung ihre Hand und hielt sie Lara vors Gesicht. Am Ringfinger der Italienerin funkelte ein kunstvoll geschmiedeter Verlobungsring mit einem kleinen Diamanten.

»Dein Zukünftiger scheint Geschmack zu haben«, sagte Lara mit der nötigen Begeisterung, die so ein Geschenk verlangte. »Wann lerne ich ihn denn kennen?«

»Beim Abendessen. Sofern er sich von seiner Arbeit loseisen kann.«

Domenico Aleardi, Celias Verlobter, arbeitete als Geologe, der unter anderem auch die Aktivitäten des Vesuv beobachtete. Der Vulkan, nur neun Kilometer von Neapel entfernt, ist einer der aktivsten in Europa und bedeutet eine beträchtliche Gefahr für die über eine halbe Million Menschen, die in der sogenannten »roten Zone« leben, einem Gebiet, das im Fall einer Eruption unmittelbar gefährdet ist. Das galt somit natürlich auch für Celias Verlobten. Lara schüttelte den Gedanken ab. Jetzt war nicht der Zeitpunkt, um an einen möglichen Vulkanausbruch zu denken. Eine Hochzeit stand bevor und Schwarzmalerei war ausdrücklich verboten.

»Bist du glücklich?«, fragte Lara, als sie Arm in Arm durch die Flughafenhalle gingen.

»Sehr!« Celias Augen leuchteten auf. »Es gibt keinen Besseren für mich als Domenico. Schließlich ist er Steinbock. Und du weißt ja, Jungfrau und Steinbock sind beide realistische und bodenständige Charaktere, die ähnliche Ziele verfolgen. Wir sind treu und können uns aufeinander verlassen, sind also quasi füreinander bestimmt.«

Lara unterdrückte ein Schmunzeln. Schon früher war Celia ein ausgesprochener Fan von Sternzeichen und deren Deutung gewesen. Und Horoskope hatte sie regelrecht verschlungen. Offensichtlich hatte sich diese Passion in den vergangenen Jahren noch verstärkt.

»Mach dich ruhig über mich lustig«, schnaubte Celia mit einem Anflug echter Entrüstung, als sie Laras Gesichtsausdruck bemerkte. »Aber das ist eine Tatsache.«

»Entschuldige«, sagte Lara und drückte ihrer Freundin versöhnlich den Arm. »Ich wollte dich nicht verärgern. Und wenn die Sterne eine perfekte Verbindung garantieren, kann doch gar nichts schiefgehen, oder?«

Celia nickte besänftigt und hielt vor einer Aufzugstür an, über der das Symbol für die Tiefgarage hing. Während sie hinunter ins Parkhaus fuhren, zog sie einen Parkschein hervor und wedelte damit vor Laras Nase herum.

»Eigentlich alles bestens, ja«, sagte sie und ihre Augenbrauen zogen sich zusammen. »Jetzt muss ich nur noch meinen blöden Bruder davon überzeugen, dass er zur Hochzeit kommt.«

4

Pietro sprach gerade mit dem Siebenereisen den Golfball an, als Romeos Handy piepste. Sein Freund warf ihm einen tadelnden Blick zu und stieß ein genervtes Schnauben aus.

»*Mi dispiace*«, sagte Romeo und verzog entschuldigend den Mund. »Habe nicht mehr daran gedacht.«

Er holte das Handy aus seiner Golftasche und schaltete es auf stumm. Bevor er es wieder verstaute, sah er noch, dass seine Schwester ihm eine SMS geschickt hatte. Die Kleine war wirklich hartnäckig. *Ich akzeptiere kein Nein!!!*, stand auf dem Display. Er seufzte.

»Neue Flamme?«, fragte Pietro anzüglich, drehte den Kopf in Abschlagrichtung und fixierte das Green am sechsten Loch.

Jeden Samstagmorgen spielten Romeo und er eine Runde auf dem Golfplatz *Circolo Golf Napoli* in der Nähe von Arco Felice. Der Neun-Loch-Platz lag in einem alten Vulkankrater mit reicher Vegetation. Macchiabüsche und haushohe Pinien bestimmten das Landschaftsbild des hügeligen Geländes. Im Hintergrund erhob sich im milchigen Dunst des Vormittags der Umriss des Vesuv. Heute hatten sie Glück und waren allein unterwegs. Normalerweise wurden ihnen noch zwei Spieler zugeteilt, und diese entpuppten sich oft als blutige Anfänger, was einerseits Nerven kostete und meistens auch viel Herumsuchen nach verlorenen Bällen bedeutete.

Pietro Grande arbeitete mit Romeo in derselben Abteilung der Bank und war schon seit ein paar Jahren sein bester Freund. Sie ähnelten sich sehr, fuhren dieselbe Automarke, hatten identische Handicaps und den gleichen Humor.

»Davon wüsstest du«, gab Romeo lachend zur Antwort. »Nein, meine Schwester. Sie nervt.«

Pietro schmunzelte mit gesenktem Kopf und konzentrierte sich erneut auf den kleinen weißen Ball zwischen seinen Füßen. Dann schwang er den Schläger langsam nach hinten, bis er quer zu seinen Schultern lag, und zog ihn anschließend mit einer einzigen geschmeidigen Bewegung nach vorne durch. Mit einem leisen Klack flog der Golfball durch die Luft und landete auf dem Green. Er rollte noch etwas aus und blieb kurz vor der Fahne liegen.

»Noch Fragen, Rookie?« Pietro grinste Romeo überheblich an.

»Gib mal nicht so an«, entgegnete dieser, »du liegst immer noch zwei Schläge zurück.«

»Was will denn die süße Celia?«, fragte Pietro, während er das Siebenereisen mit einem Handtuch reinigte. Er verstaute den Schläger in der Golftasche, zog den Handschuh aus und griff nach dem Putter.

»Hey, du sprichst von meiner Schwester. Und du bist verheiratet!«, knurrte Romeo und marschierte zu seinem Ball, der knapp vor dem Green lag.

Pietro lachte. »Ich weiß, aber süß ist sie trotzdem. Also?«

»Ich werde nicht zu ihrer Hochzeit fahren«, erwiderte Romeo, kniff die Augen zusammen und schätzte die Entfernung bis zur Fahne.

»Sag mal, spinnst du?« Pietro trat neben ihn und wischte

sich mit dem Handrücken den Schweiß von der Stirn. Sein Golfcap verrutschte.

Romeo zuckte mit den Schultern. »Es gäbe nur wieder böses Blut, und darauf kann ich, genau wie Celia, verzichten.«

»Dein Vater?«

Romeo presste die Lippen zusammen und nickte, griff dann nach dem Pitching Wedge und stellte sich in Position.

»Ihr solltet euch wirklich einmal aussprechen«, schlug Pietro vor. »Wann hast du ihn denn das letzte Mal gesehen?«

»Weihnachten«, gab Romeo zur Antwort. »Am Fest der Liebe und des Friedens.« Seine Worte klangen bitter. »Und jetzt sei mal still. *Mannaggia!* Du willst doch bloß, dass ich meinen Schlag versaue.«

Pietro lachte leise, hielt aber den Mund, bis Romeo seinen Golfball mit einem gekonnten Schlag nur wenige Zentimeter neben seinem platziert hatte.

Romeo zog seinen Handschuh aus und steckte ihn in die Gesäßtasche, bevor er die Golftasche schulterte.

»Ich habe mein halbes Leben darüber nachgedacht, weshalb mich mein Vater nicht leiden kann und was ich falsch gemacht habe«, fuhr er fort, während sie zum Green schlenderten. »Ich bin zu keinem Ergebnis gekommen, also werde ich mich nicht weiter damit quälen und ihm einfach aus dem Weg gehen.«

»Aber die Hochzeit deiner Schwester ... das kannst du ihr doch nicht antun!«

Wieder zuckte Romeo mit den Schultern. »Sie wird sich damit abfinden müssen.«

* * *

»Und jetzt gleich noch eine.« Celia dachte einen Moment nach. »Schreib: Ich spreche nie wieder ein Wort mit dir, wenn du nicht kommst. Und dahinter mindestens fünf Ausrufezeichen.«

Lara warf ihrer Freundin einen skeptischen Blick zu. »Und das soll ihn veranlassen, seine Meinung zu ändern?«

»Irgendwann wird er einknicken, ich kenne ihn doch. Übrigens bin ich wirklich erleichtert darüber, dass du so fantastisch Italienisch sprichst. Ich habe nämlich alles vergessen, was ich damals in Hamburg gelernt habe. Außer ein paar deutschen Schimpfwörtern natürlich.« Sie kicherte mädchenhaft und strich sich eine Haarsträhne hinters Ohr.

Sie befanden sich kurz vor Pompeji, die Sonne brannte vom wolkenlosen Himmel auf den grauen Asphalt vor ihnen und die Klimaanlage gab sich redlich Mühe, die Hitze vom Wageninneren fernzuhalten.

»Stets zu Diensten, Signorina«, erwiderte Lara erfreut über das Kompliment, tippte die gewünschte Nachricht in Celias Handy und schickte sie ab. Dann legte sie das Gerät in ihren Schoß und wartete.

»Er schreibt nicht zurück«, kommentierte Celia, setzte den Blinker und überholte ein Wohnmobil. »Aber er liest alle Nachrichten. Und in einer halben Stunde machen wir mit dem Nachrichtenterror weiter.« Sie zwinkerte Lara kurz zu und konzentrierte sich erneut auf die Straße.

Lara hatte Romeo, Celias großen Bruder, nie kennengelernt. Ihre Freundin hatte während ihrer Zeit in Hamburg jedoch ständig von ihm gesprochen und ihn sehr vermisst. Sie fanden es damals witzig, dass Lara einen fünf Jahre jüngeren und Celia einen fünf Jahre älteren Bruder besaß.

Lara hätte selbst gern einen älteren Bruder gehabt, vor allem während ihrer Schulzeit, als man sie wegen ihrer roten Haare oft gehänselt hatte. »Karotte« oder »Kürbiskopf« waren noch die harmlosesten Bezeichnungen gewesen, die ihre Mitschüler ihr verpassten.

Celia hatte ihr damals Fotos von ihrem Bruder gezeigt. Sie erinnerte sich an einen hochgewachsenen, etwas schlaksig wirkenden jungen Mann mit dunklen Augen und schwarzem Haar. Nicht unattraktiv, aber mit einer abweisenden Miene, als würde er es missbilligen, geknipst zu werden. Ihre Freundin hatte ihr einmal auch erklärt, weshalb er Romeo und sie Celia hieß. Das war eine witzige Geschichte. Celias Mutter, die bei ihrer Geburt gestorben war, hatte eine Vorliebe für Shakespeare gehegt. Und als Hommage an dessen Dramen hatte sie ihren Sohn Romeo nach dem Stück »*Romeo und Julia*« benannt. Und noch bevor Celia das Licht der Welt erblickt hatte, hatte ihre Mutter bestimmt, dass, wenn es eine Tochter würde, sie Celia, nach einer Figur aus »*Wie es euch gefällt*«, getauft werden müsse. Glücklicherweise war Katharina Jauch nicht auf eine derartige Idee gekommen. Sie bewunderte das *Nibelungenlied*, und womöglich hätte sie Lara sonst Kriemhild genannt.

»Was ist denn so lustig?«, fragte Celia und fuhr von der Autobahn ab.

»Ach, nichts«, entgegnete Lara, »ich habe mir nur vorgestellt, wie ich mit langen blonden Zöpfen aussähe.«

Als sie Celias verwirrte Miene bemerkte, winkte sie lachend ab.

Nachdem sie Castellammare di Stabia umfahren hatten, lag nach einer Rechtskurve plötzlich das azurblaue Mittelmeer vor ihnen.

Lara entwich ein Seufzer. Das war doch etwas ganz anderes als die kalte Nordsee, die sich Mitte Oktober bereits auf die Winterstürme vorbereitete.

In lang gezogenen Kurven schlängelte sich die Straße direkt an der sorrentinischen Küste entlang. Sie würden bis kurz vor Sorrent darauf bleiben und die Halbinsel dann über Land durchqueren, bis sie am anderen Ende die Amalfiküste erreichten. Von dort aus war es nicht mehr weit bis Positano, wo sich das Familienhotel der Marconis befand.

Rechter Hand begrenzte eine Steinmauer die Landstraße,

unterbrochen von Buschwerk und vereinzelten Palmen, deren Wedel sanft in der Meeresbrise schaukelten. Auf der linken Seite erhob sich schroffes Felsgestein, abgestützt durch Mauerwerk, das die Fahrbahn vor Steinschlag schützte. Kleine Ortschaften reihten sich wie Perlen an einer Schnur aneinander, und auf der ganzen Fahrt hatte Lara einen traumhaften Panoramablick über den Golf von Neapel bis zum Vesuv, der sich als blauer Schatten vor dem wolkenlosen Himmel abzeichnete.

»Können wir bitte irgendwo anhalten?«, wandte sie sich an Celia. »Ich habe Italien noch gar nicht richtig begrüßt.«

»Schau mal auf den Rücksitz.«

Lara drehte den Kopf. Ein geflochtener Picknickkorb stand hinter ihrem Sitz, den sie beim Aufbruch gar nicht bemerkt hatte.

»Du bist einfach die Beste!«, rief sie enthusiastisch. »Das labberige Sandwich im Flugzeug, gewürzt mit ekligem Aftershave und zotigen Witzen, ist nämlich längst verdaut.«

»*Come?*«, fragte Celia stirnrunzelnd.

»Erzähl ich dir beim Essen«, erwiderte Lara und kramte in ihrer Handtasche nach der Sonnencreme.

Bei der Stadt Meta, die hoch oben auf der Steilküste thronte, betätigte Celia den Blinker und folgte dann einem schmalen Sträßchen, das in engen Windungen hinunter an den Strand führte. Sie parkten den Wagen im spärlichen Schatten einer Reihe blau gestrichener Umkleidekabinen, stiegen aus, und Lara atmete tief die frische Seeluft ein, die nach Jod und Salz roch. Sie streckte ihren Rücken durch und seufzte wohlig.

»Herrlich!«, rief sie übermütig, öffnete die hintere Wagentür und griff nach dem Picknickkorb.

»Ja, und erheblich weniger Andrang als im Hochsommer«, meinte Celia zufrieden und wies mit dem Kinn zum dunklen Sandstrand, an dem nur vereinzelt Liegestühle besetzt waren. »Komm, wir mieten eine Liege und einen Sonnenschirm und lassen es uns schmecken. Wenn du möchtest, kannst du auch baden. Das Wasser ist bestimmt noch über zwanzig Grad warm.«

»Ich bin schon glücklich, wenn ich nur meine Füße ins Mittelmeer tauchen kann.«

Celia lachte. »Diesen Wunsch kann ich dir spielend erfüllen. Und dann müssen wir auch Romeo wieder ein paar gepfefferte SMS schreiben.« Sie schloss den Wagen ab und schulterte ihre Handtasche. »So leicht gebe ich nämlich nicht auf, Brüderchen«, murmelte sie vor sich hin, während sie auf den Strand zugingen.

* * *

Romeo war auf dem Rückweg nach Neapel. Nachdem er Pietro mit fünf Schlägen unter Par vernichtend geschlagen hatte und dieser ihn deshalb zähneknirschend zum Mittagessen einladen musste, trennten sie sich am frühen Nachmittag. Pietro fuhr weiter nach Pozzuoli, wo seine Eltern lebten und seine Frau auf ihn wartete.

Romeo musste unbedingt ein paar Lebensmittel einkaufen, denn wenn er seinen Kühlschrank öffnete, sahen ihm bloß noch zwei schrumpelige Tomaten, ein mickriger Rest Mozzarella mit einer etwas ungesunden Farbe und zwei Flaschen Bier entgegen. Einen Augenblick bereute er es, Pietros Einladung, ihn zu seinen Eltern zu begleiten, ausgeschlagen zu haben. Mamma Grande war eine hervorragende Köchin, und bei dem Gedanken, welche kulinarischen Köstlichkeiten ihren Sohn dieses Wochenende erwarteten, kam Romeo die Ödnis in seinem Kühlschrank noch bedrückender vor. Aber er war kein Familienmensch, und im Hause Grande herrschte ein stetes Kommen und Gehen von Nichten, Neffen, Cousins und Cousinen, die alle zwar äußerst freundlich, aber doch auch recht anstrengend waren. Zudem widmete sich Pietros Mutter häufig ihrem

Hobby, unverheiratete Freunde ihres Sohnes zu verkuppeln. Und Romeo schien ihr seit Jahren ein ausgesprochen lohnendes Ziel, wenn auch ihre Bemühungen bis jetzt nicht gefruchtet hatten. Was sie jedoch nicht davon abhielt, es immer wieder zu versuchen.

Romeo setzte seine Sonnenbrille auf und schob eine CD von Tiziano Ferro in den Player, und während dieser davon sang, was er doch für ein *imbranato*, ein Tollpatsch, war, gab Romeo Gas und summte nachdenklich mit.

Die Pfirsiche sahen zum Anbeißen aus. Romeo griff nach einem und schnupperte daran – perfekt. »Drei Stück, per favore.«

Der stämmige Verkäufer hinter dem Marktstand griff nach einer Papiertüte und gab die gewünschte Menge hinein.

Romeo mochte den Markt an der Porta Capuana. Er war zwar nicht der größte in Neapel und auch eine halbe Stunde von seinem Loft entfernt, dafür schloss er nicht schon um vierzehn Uhr wie alle anderen. Zudem gab es hier den besten Fisch und die frischesten Früchte.

Die schräg einfallenden Sonnenstrahlen des späten Nachmittags warfen lange Schatten auf die mit grauen Steinplatten ausgelegten Gassen. Das Sammelsurium an unterschiedlichen Düften war überwältigend. Neben dem dominanten Fischgeruch roch es auf dem Markt vor allem nach reifen Früchten, den obligaten Abgasen der lärmenden Stadt wie auch nach Schweiß, Bratfett und verrottendem Müll. Zudem war es laut, hektisch und voller Leute. Romeo liebte diese Mischung.

Nachdem er sich für das Abendessen mit Auberginen, San-Marzano-Tomaten, Zitronen und frischen Garnelen eingedeckt hatte, setzte er sich in eine Trattoria gegenüber den zylinderförmigen Türmen des Castel Capuano und bestellte einen Ristretto. Während er die beiden Säulen betrachtete, die für Ehre und Tugend standen, zog er sein Smartphone aus der Hosentasche, das schon, seit er am Markt angekommen war, wie eine ärgerliche Hummel an seinem Oberschenkel brummte. Als er das Display inspizierte, musste er grinsen. Die kleine Kröte gab ja nicht so schnell auf.

Zuerst hatte es Celia mit Humor, dann mit Bitten und zuletzt mit Drohungen versucht. Und jetzt schien es ihr offensichtlich an der Zeit, noch härteres Geschütz aufzufahren. Über zwanzig Kurznachrichten hatte sie ihm geschickt. Er überflog ein paar davon und lachte leise vor sich hin. Seine Schwester weissagte ihm darin alle zehn biblischen Plagen und das Abfaulen spezieller Körperteile, sollte er nicht zu ihrer Hochzeit erscheinen.

Der Kellner kam und stellte ein kleines silberfarbenes Tablett auf den Tisch, auf dem der Ristretto und ein Glas Wasser standen. Romeo bedankte sich mit einem Nicken und betrachtete danach wieder das Display seines Smartphones.

War es egoistisch von ihm, nicht zu Celias Hochzeit zu fahren? Vermutlich. Aber was, wenn er sich an dem Tag wieder mit seinem Vater stritt? Und sie stritten sich immer, wenn sie sich begegneten. Enzo Marconi würde selbst am Hochzeitstag seiner Prinzessin nicht davon abzubringen sein, seinen Sohn bei jeder Gelegenheit herabzusetzen und zu kritisieren. Und dennoch, Celia war schließlich seine einzige Schwester und hatte es nicht verdient, dass ihr großer Bruder aus Feigheit ihrem Freudentag fernblieb. Was war schon eine Demütigung mehr?

Er zögerte einen Moment, griff nach der kleinen Tasse und stürzte den aromatischen Kaffee hinunter. Dann tippte er *Du hast gewonnen, ich komme!* in sein Handy und schickte die Nachricht ab, bevor er es sich wieder anders überlegen konnte.

* * *

»Er kommt!«

Lara schreckte hoch. Vor ihrer Liege vollführte Celia gerade einen Freudentanz und schwenkte dabei ihr Handy triumphierend in der Luft.

Lara beschattete ihre Augen mit der Hand. Die Sonne stand schon tief über dem Golf von Neapel. Der Bucklige, wie die Einheimischen den Vesuv nannten, war nur noch als schemenhafter Schatten im Hintergrund zu erkennen. Sie war nach dem reichhaltigen Picknick eingeschlafen und fröstelte jetzt. Gott sei Dank hatte sie sich vorher eingecremt, denn selbst im Schutz eines Sonnenschirms hätte sie sonst einen Sonnenbrand bekommen.

»Wer kommt?«, fragte sie und unterdrückte dabei ein Gähnen. Sie setzte sich auf und steckte ihre nackten Füße in den Sand. Gab es ein angenehmeres Gefühl als warmen Sand unter den Fußsohlen?

»Romeo!«, rief Celia und strahlte dabei übers ganze Gesicht. »Eben hat er mir geschrieben. Ich wusste doch, dass ich ihn rumkriege.«

Ihre Freundin setzte sich neben sie auf die Strandliege.

»Na, ausgeschlafen?« Sie boxte Lara freundschaftlich in die Rippen. »Seeluft macht müde, was? Aber jetzt sollten wir langsam los. Es ist zwar nicht mehr weit, aber am Samstag herrscht immer viel Verkehr Richtung Amalfiküste.«

»Hättest du mich doch geweckt«, erwiderte Lara schuldbewusst und sammelte ihre Sachen ein.

»Aber nein, schließlich hast du doch Urlaub, auch wenn du versprochen hast, mir bei den Hochzeitsvorbereitungen zu helfen. Bis nächsten Samstag werde ich dich nämlich mit Arbeit überhäufen, mach dich also auf etwas gefasst. Das hier war nur die Ruhe vor dem Sturm.«

Lara schluckte und Celia lachte laut auf.

»Ich scherze, meine Liebe. Aber ich bin wirklich froh, dass du jetzt schon kommen konntest. Normalerweise hat man ja eine beste Freundin, eine Schwester oder eine Mutter, die einem bei …«, sie räusperte sich, »gewissen Sachen hilft. Erstere ist leider auf Weltreise und mit den anderen kann ich, wie du weißt, nicht dienen. Also nochmals vielen Dank.«

Lara legte ihren Arm um Celias Schultern und lächelte. »Es ist mir eine Ehre, du verrücktes Huhn!«

Sie verließen Meta und die Küste Richtung Positano. Die Straße wand sich gemächlich den Berg hinauf. Links und rechts begrenzten Steinmauern die Fahrbahn. Dahinter wuchsen Olivenbäume und Pinien, durchzogen von immergrünem Buschwerk und vertrocknetem Gras. Nach einer engen Biegung verschwand die sorrentinische Küste aus ihrem Blickfeld, Celia klappte die Sonnenblende herunter und Lara lehnte sich zurück.

»Warum verstehen sich dein Bruder und dein Vater eigentlich nicht?«, fragte sie. Es erschien ihr doch recht ungewöhnlich, geradezu seltsam, dass ein Vater nicht gut auf seinen Stammhalter zu sprechen war. Insbesondere die Italiener machten doch stets so ein Gewese um ihre Söhne. Lukas und ihr Vater zum Beispiel waren ein Herz und eine Seele, auch wenn ihr Bruder in jungen Jahren ab und zu über die Stränge geschlagen hatte. Einmal hatte ihn die Polizei sogar wegen Ruhestörung verhaftet, trotzdem standen ihre Eltern stets hinter ihrem Sprössling. Schließlich war die Familie das Wichtigste im Leben.

Celia zuckte mit den Schultern. »Ich habe keine Ahnung, wirklich nicht. Einmal habe ich *papà* genau das gefragt, weil ich es so ungerecht fand. Er gab mir keine Antwort, wurde sogar richtig wütend.« Sie schüttelte den Kopf. »Sosehr ich *papà* auch liebe, verstehen tue ich ihn in dieser Sache nicht. Aber wer versteht schon die Männer, nicht?« Sie zwinkerte Lara zu. »Apropos: Wann heiratest *du* eigentlich?«

Lara schluckte betroffen. Sie hatte sich, als sie Celias Hochzeitseinladung geöffnet hatte, insgeheim genau dieselbe Frage gestellt. Sie lebte in keiner festen Beziehung. Leider. Denn wie vermutlich jeder Mensch sehnte sie sich nach Nähe und wahrer Liebe. Aber das konnte man eben nicht erzwingen. Doch dass Celia mit ihrer Frage jetzt genau in diese schmerzhafte Kerbe schlug, berührte Lara auf peinliche Weise, deshalb erwiderte sie leichthin: »Wenn ich den Richtigen gefunden habe.«

»Dann bist du im Moment Single?«

Lara warf Celia einen schnellen Blick zu. »Hör sofort damit auf!«

»Womit denn?«, fragte ihre Freundin unschuldig und klimperte mit den Wimpern.

»Diesen Ausdruck kenne ich nur zu gut. Du gehst im Geiste doch gerade die Liste aller unverheirateten Männer in deinem Bekanntenkreis durch, nicht wahr?«

Celia schmunzelte. »Und wenn? Ich gönne dir jede … Urlaubsfreude.«

»Ich bin hier, um dir bei den Hochzeitsvorbereitungen zu helfen, und nicht, um mir einen feurigen Liebhaber anzulachen, capito?«

»Das eine schließt das andere doch nicht aus. Und die Italiener stehen auf solche Wikingermädchen. Ich bin sicher, du kannst dich während deines Aufenthalts hier vor eindeutigen Angeboten nicht retten.«

Lara schüttelte den Kopf. Eine amouröse Liaison war wirklich das Letzte, wonach ihr der Sinn stand. Das gab nur Verwicklungen, auf die sie gut verzichten konnte.

Sie erreichten den Scheitelpunkt der sorrentinischen Halbinsel, und plötzlich lag die Amalfiküste vor ihnen. Obwohl es sich um dasselbe Meer wie auf der anderen Seite handelte, schien es Lara hier noch ein bisschen einladender, mediterraner und aufregender zu sein.

»Du hast so ein Glück!«, sagte sie zu Celia. »Es ist einfach traumhaft.«

5

Das war wirklich typisch für seine Schwester: Reichte man ihr den kleinen Finger, nahm sie sich gleich die ganze Hand!

Romeo schloss seufzend den Reißverschluss seiner Reisetasche, steckte die Brieftasche ein und griff nach dem Autoschlüssel. Was als Zustimmung zur Hochzeitsfeier begonnen hatte, gipfelte darin, dass er sich bereits am Donnerstagmorgen nach Positano aufmachte, wo doch die Hochzeit erst am Sonntag stattfand. Aber das war eben Celia. Sie hatte ihn so lange bearbeitet, bis er ihr versprach, ein paar Tage früher zu kommen. Im Grunde war er ihr jedoch nicht böse deswegen. So blieb ihm ein wenig Zeit, sich mit seinen alten Kumpels zu treffen und etwas auszuspannen. Sein Chef war zwar nicht glücklich darüber gewesen, dass er so kurzfristig ein paar Urlaubstage nahm, aber Romeos Überstundenkonto platzte aus allen Nähten, und irgendwann musste er ja kompensieren. Nur im Familienhotel zu wohnen, wie es Celia vorgeschlagen hatte, lehnte er rigoros ab. So weit ging seine Bruderliebe dann doch nicht. Er würde bei Umberto, einem ehemaligen Schulfreund, auf der Couch übernachten. In einem fremden Hotel einzuchecken, war unmöglich. Das hätte Gerede gegeben im Ort.

Die strahlende Sonne der vergangenen Tage hatte sich hinter bleifarbenen Wolken versteckt. Hoffentlich klarte es zum Wochenende wieder auf, denn Celia und Domenico wollten ihre Hochzeitsfeier im Freien abhalten. Zwar regnete es in Kampanien selten zu dieser Jahreszeit, aber es wäre für seine Schwester sicher eine Katastrophe gewesen, wenn das Wetter gerade an ihrem Freudentag nicht mitgespielt hätte. Regen hätte sie vermutlich als böses Omen gedeutet, und sie wäre durchaus imstande, die Hochzeit deswegen abzusagen.

Romeo trommelte nervös auf das Lenkrad, da vor ihm ein ausländisches Fahrzeug mit Wohnanhänger in jeder Kurve abbremste. Die durchgezogene Mittellinie hinderte ihn am Überholen und er verfluchte ärgerlich alle Touristen. Sein Vater hätte ihn dafür natürlich kritisiert, denn die Marconis lebten seit Jahrzehnten vom Tourismus. Sein Großvater hatte das Hotel in den Dreißigerjahren gegründet, als Positano noch ein verschlafenes Fischernest gewesen war, lange bevor Exilanten und Künstler in den Fünfzigern den Ort zur Perle der Amalfiküste kürten. Im hoteleigenen Gästebuch von damals standen so illustre Namen wie Sir Laurence Olivier, Vittorio De Sica, Liz Taylor und Richard Burton. Das *Bellavista* lag im Herzen des Küstenstädtchens. Von der Terrasse aus, auf der die Gäste ihre Mahlzeiten einnehmen konnten, bot sich ein einzigartiger Ausblick auf die Bucht und die vielfarbigen Häuser, Hotels und Appartements, die wie Schwalbennester an der Steilküste klebten. Der Legende nach stand vor zweitausend Jahren an der Stelle des heutigen Hotels eine römische Villa, die 79 n. Chr. beim Ausbruch des Vesuv begraben worden war. Ob das tatsächlich stimmte, blieb dahingestellt, aber die Geschichte machte sich gut auf der Website des Hotels und auf der Rückseite der Speisekarte. Touristen mochten solchen romantischen Quatsch.

Im Grunde hätte Romeo den Betrieb gern übernommen, um die Tradition weiterzuführen. Seiner Meinung nach musste das Hotel jedoch dringend renoviert werden, um es den heutigen Ansprüchen anzupassen. Authentizität war zwar ganz hübsch, doch bei tropfenden Wasserhähnen und fehlendem Wi-Fi hörte der Spaß auf. Er hatte schon in jungen Jahren ein paar Ideen für eine sanfte Modernisierung gesammelt, doch sein Vater quittierte diese stets nur mit einem Hochziehen der Augenbrauen. Und natürlich wurde nie etwas davon umgesetzt – was sich langsam zu rächen begann, denn die Buchungen liefen zwar immer noch gut, doch die moderneren Hotels in Positano übertrumpften sie bereits mit einer besseren Auslastung.

Romeos momentane Gehässigkeit gegen Touristen entsprang nur dem Umstand, dass sein Vater ihn für einen Versager hielt und ihm nichts zutraute. Vermutlich hätte er das Hotel lieber an einen Ölscheich oder an die Russen verkauft, als es seinem Sohn zu übergeben. Vor allem, da Celia sich seinem Wunsch, den Betrieb weiterzuführen, erfolgreich widersetzte. Und sonst gab es keinen Verwandten mehr, der in die Bresche springen konnte. Die Hoteldynastie der Marconis würde also mit dem Tod seines Vaters aussterben.

Endlich bog der Wagen vor Romeo bei einem Aussichtspunkt auf einen Parkplatz ab und er gab erleichtert Gas.

Nun, es war müßig, sich weiter über seinen Vater Gedanken zu machen. Er hatte seine Wahl getroffen, wie auch Romeo es getan hatte. Und Neapel war schließlich ebenfalls eine tolle Stadt. Irgendwann würde er die Vergangenheit überwunden haben, und nach Celias Hochzeit gab es keinen Grund mehr, nach Positano zurückzukehren. Trotzdem schlich sich ein Lächeln in sein Gesicht, als er bei San Pietro den Scheitelpunkt der sorrentinischen Halbinsel erreichte und die steile Amalfiküste mit dem azurblauen Meer vor ihm lag. Hier war schließlich immer noch seine Heimat, und er freute sich darauf, seine ehemaligen Kumpels und auch Celia wiederzusehen. Sie fehlte ihm und er hoffte, dass sie nach der Hochzeit mit Domenico in seine Nähe ziehen würde. Immerhin arbeitete sein zukünftiger Schwager für den »Buckligen«. Oder eher gegen ihn, je nachdem, wie man es betrachtete. Es hatte auch Vorteile, jemanden in der Familie zu haben, der einen vor einem anstehenden Rumpeln warnen konnte.

Als Romeo das Ortsschild von Positano passierte, klopfte sein Herz und seine Hände wurden feucht. Verdammt! Er hatte so gehofft, dass er das alles hinter sich gelassen hatte, aber offensichtlich katapultierte ihn sein Geburtsort sogleich in die Jugend zurück und zu all den Demütigungen, die er damals erleben musste. Ob er dem nie entwachsen würde? Der Gedanke erschreckte ihn. Aber vielleicht war es einfach nur die Gegend, und es bestand kein Anlass, sich gleich auf die Couch eines Psychiaters zu legen.

Als er am *Bellavista* vorbeifuhr, zwang er sich, stur geradeaus zu blicken, und als er das Hotel hinter sich gelassen hatte, atmete er unwillkürlich auf. Er benahm sich wie ein Vollidiot! Über kurz oder lang musste er sowieso dorthin und sich seiner Vergangenheit stellen. Aber zum Glück blieb ihm noch eine kleine Galgenfrist: Er hatte sich erst für den Nachmittag mit Celia verabredet, weil sich Probleme mit dem Vermieter des Hochzeitszeltes, in dem die Zeremonie stattfinden sollte, ankündigten. Offenbar war der Firma ein Fehler unterlaufen und sie hatten das Ding an diesem Wochenende doppelt vermietet. Celia war zwar, wenn es um Kinder ging, die Sanftheit in Person und verfügte über eine Engelsgeduld. Sobald die Leute jedoch dem Schulalter entwachsen waren und sich nicht so benahmen, wie sie es ihrer Meinung nach tun sollten, konnte sie zur Furie werden.

Er grinste bei der Erinnerung, wie sie einmal, als sie ihn in der Bank besucht hatte, seinem Chef an den Karren gefahren war, weil dieser ihn – nach ihrer Meinung – von oben herab behandelt hatte. Zum Glück besaß sein Chef genug Humor, um sich deswegen nicht aufzuregen. Und nachdem er Celia versichert hatte, welch große Stücke er auf ihren Bruder hielt, war sie endlich davon abzubringen gewesen, die Bank beim Europäischen Gerichtshof für Menschenrechte zu verklagen.

Romeo bog in die Viale Pasitea ein und parkte seinen Wagen vor dem hellblauen Haus mit der Nummer 245. Er sprang aus dem Auto, schnappte sich seine Reisetasche vom Rücksitz und klingelte.

»Pronto?«

»Hier ist Angelina Jolie. Ich suche eine Übernachtungsmöglichkeit und stehe auf Männer mit Bart.«

Aus der Gegensprechanlage kam Umbertos schallendes Lachen, und gleich darauf ertönte der Summer. Vielleicht wurde das Wochenende ja doch nicht ganz so schlimm.

6

»Beeil dich, Lara, mein Bruder hasst es zu warten.«

Lara stürzte den letzten Schluck Orangensaft hinunter und griff nach ihrer Handtasche. Sie hatte mit Celia zusammen auf dem winzigen Balkon ihres Zimmers das Mittagessen eingenommen und war jetzt eigentlich reif für ein kurzes Schläfchen auf einem bequemen Liegestuhl, doch ihre Freundin hatte ganz andere Pläne.

Seit knapp einer Woche logierte sie nun schon in Positano in diesem süßen Hotel der Marconis, und was als Urlaub begonnen hatte, entpuppte sich leider tatsächlich mehr und mehr als harte Arbeit: Blumengestecke aussuchen, die Schneiderin gefühlte tausend Mal zur Anprobe des Hochzeitskleides aufsuchen, und mit dem Priester hatten sie noch nicht einmal gesprochen. Dann gab es diese verrückte Tradition mit den Mandelsäckchen. In pastellfarbene Organzasäckchen füllte man fünf mit Zuckerglasur überzogene Mandeln, verknotete das Ganze und beschriftete es mit den Namen der Gäste. Angeblich bedeuteten die fünf Mandeln fünf Wünsche für das Brautpaar: Glück, Gesundheit, Reichtum, ein langes Leben und natürlich reichlich Kinder.

Lara konnte diese mit Zucker ummantelten Dinger nicht

anfassen, ohne dass sich ihr ganzer Körper mit einer Gänsehaut überzog. Und wenn sie daran dachte hineinzubeißen, schauderte es sie regelrecht. Nach mehreren erfolglosen Versuchen, die Säckchen abzufüllen, gab sie schließlich entnervt auf. Gott sei Dank übernahmen Celias Brautjungfern danach das Pfriemeln, wofür Lara ihnen erleichtert eine Flasche Prosecco spendierte.

Es war erstaunlich, wie viel es für eine Hochzeit zu organisieren gab. Andere Leute planten dafür bestimmt mehr Zeit ein, statt alles in eine Woche hineinzuquetschen. Lara hoffte sehr, dass am Sonntag alles klappen würde. Danach brauchte sie mindestens einen Monat zusätzlichen Erholungsurlaub.

»Sklaventreiberin!«, murmelte sie und stolperte Celia hinterher, die schon am Fuß der Treppe stand und ärgerlich auf ihre Uhr tippte.

Das *Bellavista* hatte seine besten Tage hinter sich. Sosehr Lara das kleine Hotel mochte, sah sie doch, dass es dringend einer Modernisierung bedurfte. An manchen Stellen blätterte der Putz ab, die Läufer in den Gängen wirkten fadenscheinig, und die Armaturen in den Nassräumen brachte auch intensives Polieren nicht mehr zum Funkeln. Anscheinend war es jedoch gut gebucht, und die Köstlichkeiten, die das Restaurant anbot, lockten auch Laufkundschaft an. Trotzdem, irgendwann musste das hier von Grund auf renoviert werden. Eine schöne Aussicht reichte heutzutage einfach nicht mehr aus.

»Weißt du, was mir an meinem Bruder so gefällt?«

Celia steuerte ihren kleinen Fiat flott durch Positanos enge Straßen, und Lara verzog ab und zu den Mund, wenn eine Hausmauer dem Außenspiegel gefährlich nahe kam. Sie würde sich nie an den Fahrstil der Italiener gewöhnen. Doch offensichtlich funktionierte das Geschiebe, Gedränge und Gehupe wunderbar – zumindest, bis sich ein Tourist darin verfing und alles zum Erliegen brachte.

Ohne ihre Antwort abzuwarten, fuhr Celia fort: »Dass er einfach alles regeln kann.« Sie warf Lara einen kurzen Blick zu. »Verstehst du? Ich bin so eine Chaotin und rege mich immer gleich maßlos auf. Romeo hingegen ist die Ruhe selbst. Das war früher zwar nicht immer so, aber er hat sich sehr zu seinem Vorteil verändert. Er nimmt die Dinge in die Hand, ohne groß zu fragen, und irgendwann ist alles wieder in Ordnung. Dafür bewundere ich ihn.« Sie lächelte versonnen und bog rasant auf die Landstraße ein. »Zudem sieht er großartig aus und ist, laut seinen Verflossenen, ein hervorragender Liebhaber.«

Lara verschluckte sich und begann zu husten.

»Was?« Celia lachte amüsiert. »Bist du jetzt etwa schockiert? Redet ihr in Deutschland nicht über Sex?«

Lara holte ein Papiertaschentuch aus ihrer Handtasche und schnäuzte sich die Nase. »Doch, sicher, aber Einzelheiten über Familienangehörige sind absolut tabu.« Kurz ploppte ein Bild vor ihrem geistigen Auge auf, wie ihr kleiner Bruder … Sie schüttelte sich. Nein, darüber wollte sie erst gar nicht nachdenken.

»Also, ich würde ihn mir schnappen, wenn ich nicht mit ihm verwandt wäre«, meinte Celia. »Ich frage mich sowieso, weshalb er nie lange mit einer Frau zusammen ist. Aber offenbar hat er die Richtige …«

Sie brach ab und runzelte die Stirn, dann warf sie Lara einen Blick zu, als hätte sie jetzt erst entdeckt, dass sie nicht allein im Wagen saß.

»Vergiss es gleich wieder!«, stieß Lara empört hervor.

»Aber er ist Skorpion und du Fisch. Diese Sternzeichen üben eine starke Faszination aufeinander aus … auch im sexuellen Bereich. Ich müsste euch natürlich ein komplettes Horoskop erstellen. Aber auf den ersten Blick würde das schon gut passen.«

»Du willst mich tatsächlich mit deinem Bruder verkuppeln? Ich fasse es nicht!« Lara sah ihre Freundin entgeistert an.

»Ihr sollt ja nicht gleich heiraten. Doch so ein bisschen Spaß … Zudem hält er es sowieso nie lange mit einer Frau aus, du musst also nicht befürchten, dass daraus etwas Ernstes wird.«

»Celia!«

»Was?«

»Absolut keine Chance!«

Das Bürogebäude in Pianillo bestand aus grauem Beton. Möglicherweise hatte der Architekt mit dem Bau etwas Künstlerisches ausdrücken wollen, doch das Haus verströmte den Charme eines Krematoriums.

Als Celia auf den Parkplatz einbog, bemerkte Lara einen groß gewachsenen, dunkelhaarigen Mann, der an einem Alfa Romeo lehnte und auf sein Handy starrte. Hatte Celias Bruder sein Auto passend zu seinem Vornamen gewählt? Lara schmunzelte und betrachtete ihn näher. Er war viel größer und schmaler als ihre Freundin, vermutlich kam er nach seinem Vater und Celia nach ihrer Mutter.

»Sieht mein Brüderchen nicht toll aus?«

In Celias Stimme schwang Stolz mit, und Lara gab ihr insgeheim recht, Romeo Marconi sah gut aus, vorausgesetzt, man mochte diesen Typ Mann: südländisches Aussehen, schick angezogen, mit dieser leicht überheblichen Ausstrahlung, die Erfolg mit sich bringt.

»Wie lange habt ihr euch nicht mehr gesehen?«, fragte sie, um das Thema zu wechseln.

Sie hatte Enzo Marconi in den letzten Tagen als charmanten und aufmerksamen Gastgeber kennengelernt, der seine Tochter vergötterte, und konnte sich nicht vorstellen, dass der Hotelier seinen Sohn tatsächlich so mies behandelte. Vermutlich war dieser Romeo einfach nur eine Mimose und Celia übertrieb in ihren Erzählungen. Sie wollte nicht gleich den Stab über Romeo Marconi brechen, aber Enzo war ihr mehr als sympathisch – was nicht gerade für seinen Sohn sprach, wenn sich die beiden nicht vertrugen. Zum Streiten brauchte es schließlich immer zwei.

Celia parkte ihren Fiat dicht neben dem Alfa.

»Einen Monat oder so«, beantwortete sie Laras Frage. »Wenn ich ihn treffen will, muss ich immer extra nach Neapel fahren. Er ist … na ja, er kommt eben nicht mehr gern nach Hause. Komm, ich stelle ihn dir vor.«

Mit einem breiten Grinsen stieg sie aus und fiel ihrem Bruder regelrecht in die Arme. Wobei es, wegen ihrer Größe, eher so aussah, als würde ein Äffchen eine Palme anspringen. Romeo Marconi strahlte seine kleine Schwester an und drückte ihr einen dicken Kuss auf die Wange.

Lara schmunzelte. Offenbar liebten sich die beiden sehr, und der Bruder ihrer Freundin wurde ihr ein wenig sympathischer. Sie erinnerte sich an ihre Treffen mit Lukas und wie auch sie sich stets überschäumend begrüßten. Geschwister waren eben etwas Wunderbares und sie hätte gern mehrere gehabt, aber ihre Mutter konnte nach Lukas' Geburt keine Kinder mehr bekommen. Vielleicht hatte Lara deshalb den Lehrerberuf gewählt, wer wusste das schon.

Sie stieg ebenfalls aus und streckte Romeo Marconi die Hand hin.

»Ciao«, sagte sie, »ich bin die Wikingerin.«

* * *

»Das ist ja alles schön und gut, Signor Ruocco, und wir bedauern Ihre missliche Lage, aber Sie haben den Vertrag unterschrieben und wir bestehen darauf, dass Sie sich daran halten. Es interessiert uns nicht, ob Sie das Zelt für denselben Tag zweimal vermietet haben. Das ist allein Ihr Problem. Sie können das sicher zu unser aller Zufriedenheit regeln, nicht wahr? Oder möchten Sie dieser hübschen Braut hier tatsächlich ihren schönsten Tag verderben?«

Bei diesen Worten deutete Romeo auf Celia, und die machte ein so tieftrauriges Gesicht, dass er nur mit Mühe das Lachen zurückhalten konnte. Selbst die rothaarige Deutsche, die seine Schwester aus irgendeinem Grund, den er nicht kannte, eingeladen hatte, verbiss sich ein Lachen. Die Lippen ihres hübschen Mundes zuckten verräterisch und hastig senkte sie den Kopf, griff nach ihrer Handtasche und wühlte darin herum.

Der Betreiber der Verleihfirma für Hochzeitsbedarf, ein Mann in den Sechzigern mit Glatze und einem dicken Schnauzer, der ihn wie ein Walross aussehen ließ, wand sich vor Verlegenheit.

»Natürlich nicht«, gab er zur Antwort und zerrte dabei an seiner Krawatte. »Aber …«

»Es gibt kein Aber«, unterbrach ihn Romeo und zog die Augenbrauen hoch. Es war Zeit, ihren Forderungen Nachdruck zu verleihen.

Er zückte seine Brieftasche, zog eine seiner Visitenkarten hervor und schob sie über den Schreibtisch. Die Geschäftskarten der *Banca Populare Vesuvio* bestanden aus edlem Büttenpapier mit Goldprägung und waren dazu gedacht, den Empfänger zu beeindrucken und Kompetenz und Seriosität zu suggerieren.

»Hören Sie, Signor Ruocco, mein Arbeitgeber unterhält eine ausgezeichnete Rechtsabteilung, die allen Angestellten auch in privaten Belangen zur Verfügung steht. Es wäre mir äußerst unangenehm, wenn ich unsere Anwälte bemühen müsste.«

Er lehnte sich zurück, verschränkte die Arme vor der Brust und ließ seine Drohung, die natürlich ausgemachter Quatsch war, wirken. Zwar gab es tatsächlich eine gut funktionierende Rechtsabteilung in seiner Firma, aber die kümmerte sich nur um die Belange der Bank.

Sein Gegenüber schluckte diese Lüge aber offensichtlich, denn kleine Schweißperlen bildeten sich auf seiner Glatze, und sein Schnurrbart bewegte sich nervös hin und her. Fast bemitleidete Romeo ihn, doch es ging um die Hochzeit seiner Schwester, und da konnte er keine Rücksicht nehmen.

»Ich …«, Signor Ruocco blätterte hastig in einer Agenda, die aufgeschlagen vor ihm auf dem Schreibtisch lag, »ich könnte versuchen, von einem Geschäftspartner in Neapel ein Zelt zu bekommen. Ich kann aber nicht versprechen, dass …«

»Tun Sie das«, unterbrach ihn Romeo. »Wir müssen jetzt aufbrechen. Meine Nummer haben Sie ja, und ich erwarte«, er sah auf seine Armbanduhr, »gegen vier Uhr Ihren definitiven Bescheid.«

Er stand auf, und Celia und die Deutsche taten es ihm gleich.

»Es ist eine Freude, mit Ihnen Geschäfte zu machen, Signor Ruocco.« Romeo streckte dem Mann die Hand hin, die dieser mit einem säuerlichen Lächeln ergriff.

»Du bist einfach der Beste!«

Celia schmiegte sich zärtlich an ihren Bruder, der ihr einen Arm um die Schultern legte und einen Kuss auf den Scheitel drückte. Sie standen wieder auf dem Parkplatz vor dem Bürogebäude neben ihren Autos. Die Türen und Fenster der beiden Wagen hatten sie aufgerissen, um die angestaute Hitze herauszulassen.

»Ich hätte den Kerl entweder in der Luft zerfetzt oder wäre in Tränen ausgebrochen.«

Romeo schmunzelte. »Stets zu Diensten, *principessa*.«

»Meinst du, es klappt?«

»Das wird es, keine Angst.«

Celia atmete erleichtert aus. »Im Grunde müsste ja Domenico solche unerfreulichen Dinge übernehmen, aber der Vesuv macht uns wieder einmal einen Strich durch die Rechnung. Er ist angeblich aktiv wie sonst was, und mein Zukünftiger kraxelt lieber an den Hängen herum, als sich um die Hochzeit zu kümmern. Ich kann schon froh sein, wenn er am Sonntag überhaupt auftaucht.«

Romeo lachte. »Das will ich schwer hoffen, sonst müsste ich ihn doch tatsächlich zum Duell herausfordern. Und meine Schwerthand ist gerade etwas lädiert.«

Die Deutsche lauschte ihrem Geplänkel mit einem Schmunzeln. Anscheinend verstand sie sehr gut Italienisch, auch wenn sie bis jetzt kaum zehn Worte gesagt hatte. Er wusste nahezu nichts über sie, nur dass seine Schwester während ihres Sprachaufenthalts bei ihrer Familie in Hamburg gewohnt hatte und die beiden damals die besten Freundinnen gewesen waren. Dass sie sich immer noch so nahestanden, hatte er jedoch nicht mitbekommen. Umso besser, Celia brauchte eine Vertraute, die ihr in dieser Zeit zur Seite stand. Vor allem, weil Ornella, Celias derzeit amtierende beste Freundin, irgendwo auf der südlichen Halbkugel unterwegs war. Ein Umstand, den seine kleine Schwester mit ihrer überstürzten Hochzeit nicht bedacht hatte.

Er warf einen heimlichen Blick auf Celias Bauch, doch der schien kein Geheimnis zu bergen, also war die Hetze vermutlich bloß dem Tageshoroskop für eine glückliche Verbindung geschuldet. Celias Affinität zur Astrologie trieb manchmal seltsame Blüten.

»Du hörst mir ja gar nicht zu.« Seine Schwester kniff ihn in den Arm und er zuckte zusammen.

»Au!«

»Also heute Abend um acht.«

»Was ist denn um acht?«

Celia rollte mit den Augen. »Das Essen. Wir essen heute Abend alle zusammen.«

»Muss das sein?«

»Ja, muss es. Du wirst *papà* so oder so über den Weg laufen. Also bring es gleich hinter dich. Wenn Lara dabei ist, reißt er sich bestimmt am Riemen. Und das tust du bitte auch.« Sie tippte ihm mit dem Finger auf die Brust. »Keine Streitereien, capito?«

Romeo nickte ergeben. Sie hatte recht, es war kaum zu vermeiden, Vater zu begegnen, und wenn ein Gast dabei war, würde es hoffentlich einigermaßen gesittet zugehen.

Er betrachtete die rothaarige Deutsche aus den Augenwinkeln. Sie verstaute gerade ihre Handtasche in Celias Auto und gewährte ihm dabei einen erfreulichen Anblick auf ihren sexy Hintern. Als sie sich aufrichtete und ihre langen Haare zurückwarf, verfing sich das Sonnenlicht darin und ließ es wie flüssiges Kupfer glänzen. Er stand nicht auf Rothaarige, musste aber zugeben, dass diese Lara Jauch ausnehmend attraktiv war. Ihre helle, mit kleinen Sommersprossen übersäte Haut erinnerte ihn an den mit Schokopulver bestreuten Schaum eines Cappuccinos. Als sie seinen eindringlichen Blick bemerkte, zog sie spöttisch einen Mundwinkel nach oben. Hatte er sie etwa angestarrt? Wie peinlich. Er räusperte sich.

»Was habt ihr noch vor?«, fragte er und riss sich von den moosgrünen Augen der Wikingerin los. Er wandte sich an Celia, die gerade auf ihrem Handy herumtippte.

»Um fünf haben wir einen Termin bei der Schneiderin«, erklärte sie. »Das Kleid ist mir zu groß geworden. Ich habe die vergangenen Wochen mindestens fünf Kilo verloren. Was an sich eine fantastische Sache ist, aber nicht, wenn man in ein Tausend-Euro-Brautkleid passen sollte.«

Romeo sah sie spöttisch an. »Nur das Beste, was?«

»Ich werde schließlich nur einmal heiraten, da darf *papà* schon etwas springen lassen. Und um sechs muss ich zu Angela, um die Frisur auszusuchen. Warum interessiert dich das eigentlich?«

»Ich dachte mir, wir könnten irgendwo noch etwas trinken gehen. Aber wenn ihr zwei so beschäftigt seid, dann …«

Celia lächelte. »Fabelhafte Idee. Lass uns ans Meer fahren. Ich verdurste nämlich gleich.« Sie wandte sich an Lara. »Ist es dir recht, wenn wir vor der Schneiderin noch etwas trinken gehen? Mein Bruder lädt uns ein.«

Lara nickte, und wieder war da dieses spöttische Lächeln auf ihren Lippen, das Romeo verunsicherte. Was hatte seine Schwester ihr bloß über ihn erzählt? Es war ihm plötzlich wichtig, dass diese rothaarige Wikingerin kein schlechtes Bild von ihm bekam. Doch nach dem heutigen Abend würde das vermutlich sowieso reichlich schief hängen. Sosehr er sich auch bemühte, in Gegenwart seines Vaters die Contenance zu wahren, auf irgendeine Weise schaffte es Enzo Marconi jedes Mal, ihn aus der Reserve zu locken. Und dann wurde es manchmal sogar richtig hässlich.

»Für einen Cappuccino würde ich töten«, sagte Lara lachend, und Romeo hielt das für ein gutes Omen.

* * *

Das Glitzern auf dem türkisfarbenen Wasser blendete Lara und sie setzte ihre Sonnenbrille auf. Sie saßen in der kleinen Ortschaft Praiano auf der Terrasse einer Trattoria im wohltuenden Schatten grüner Sonnenschirme. Unter ihnen lag der mit farbigen Mosaiken verzierte Kirchplatz, daneben erhob sich die aus gelbem Sandstein erbaute katholische Kirche San Gennaro. Schwalben flogen auf der Jagd nach Insekten lärmend durch die engen Gassen. Oder waren das Mauersegler? Lara kannte den Unterschied nicht. Auf alle Fälle veranstalteten die flinken Vögel einen Heidenlärm.

Das Fischerdorf schmiegte sich an die felsigen Hänge der Bucht zwischen Positano und Conca dei Marini und war touristisch noch kaum erschlossen. Hinter ihnen erhob sich, gemäß Celias Auskunft, der *Monte Tre Pizzi*, vor ihnen lagen im Dunst des späten Nachmittags die drei kleinen Sirenuseninseln in der Bucht.

Lara lehnte sich entspannt zurück. Was für ein Ausblick. Es war kein Wunder, dass die Amalfiküste als eine der schönsten der Mittelmeerküsten galt und als »Traumland des Mezzogiorno«, wie man den Süden Italiens landläufig nannte, bezeichnet wurde.

Am Nebentisch aß eine dreiköpfige Wandergruppe Spaghetti alle vongole, und Laras Magen knurrte begehrlich, doch es war noch viel zu früh, um ans Essen zu denken. Zudem würden sie heute Abend alle zusammen im Hotel speisen, also wollte sie sich nicht den Appetit verderben. Doch als Celia sie fragte, ob sie Lust auf ein Eis habe, nickte sie begeistert.

Ihr Bruder schüttelte den Kopf, als Celia ihm die Karte mit den Fotos dieser göttlichen italienischen Eiskreationen hinhielt, und begnügte sich mit einem kleinen Kaffee.

Lara ertappte ihn immer wieder dabei, wie er sie musterte, jedes Mal aber schnell den Kopf abwandte, wenn sie ihn anblickte. Heimlich sah sie an sich hinunter, ob sie eventuell ihr weißes T-Shirt bekleckert hatte, doch da prangte weder ein Tomatenfleck noch sonst etwas Seltsames auf ihrer Brust. Sie war es außerdem gewohnt, dass die Leute sie anstarrten. Echte Rothaarige waren offensichtlich ebenso spektakulär wie Einhörner.

Aus der Nähe betrachtet, da musste sie Celia recht geben, war ihr Bruder tatsächlich äußerst attraktiv. Seine schwarzen Haare und die dunkelbraunen Augen wirkten verwegen. Er hatte ein markantes Kinn, sinnliche Lippen und trug einen dieser kurz gestutzten Bärte, die immer mehr in Mode kamen. Vermutlich stand er insgeheim auf Robert Downey junior in seiner Rolle als Iron Man. Der Gedanke erheiterte sie und sie biss sich auf die Lippen, um nicht loszukichern, weil sie sich gerade vorstellte, wie Romeo Maroni in einem düsenbetriebenen roten Metallanzug durch die Luft flog.

»Und du bist also Lehrerin«, wandte Romeo sich in diesem Moment an sie, und Lara zuckte zusammen.

»Ja«, erwiderte sie errötend, »ich unterrichte Deutsch und Italienisch an einer Hamburger Privatschule.«

»Ah, daher die gute Aussprache.«

Sie freute sich über das Kompliment und bedankte sich mit einem Nicken. Sie hätte gern mehr über sein Leben in Neapel erfahren, aber in ihrem Kopf herrschte plötzlich absolute Leere, und ihr fiel keine passende Frage ein. Nach einem kurzen Moment wandte er sich wieder seiner Schwester zu.

Verdammt, seit wann war sie denn so auf den Mund gefallen? Normalerweise hatte sie keine Probleme damit, mit Männern ein anregendes Gespräch zu führen. Im Gegenteil, Lukas neckte sie immer damit, sie werde irgendwann noch jemanden zu Tode quatschen und dass sie nur Lehrerin geworden war, weil sich die armen Schüler dagegen nicht wehren konnten.

Doch Romeo Marconi verwirrte sie. Nicht nur sein Äußeres, das doch recht ansehnlich war, mehr noch seine Art, präsent und gleichzeitig abwesend zu sein. Während sich sein Körper zwar im Hier und Jetzt befand, schienen sich seine Gedanken an einem weit entfernten Ort zu befinden.

Sie schüttelte den Kopf. Was für abstruse Überlegungen. Ob sie zu viel Sonne erwischt hatte? Vermutlich hatten sie Celias Verkupplungsversuche durcheinandergebracht. Aber Familienangehörige von Freunden waren tabu, sonst konnte es leicht passieren, dass man zugleich die Freunde verlor, wenn die Beziehung schiefging. Sie würde also Romeo Marconi attraktiv finden, vielleicht sogar ein wenig mit ihm flirten, aber mehr nicht.

Lara dachte an ihre vergangenen Beziehungen zurück. Da hatte es Thomas gegeben, den sie schon seit der Grundschule kannte und mit dem sie während ihrer Teenagerzeit zwei Jahre liiert gewesen war. Zusammen hatten sie die ersten Schritte in Sachen körperlicher Liebe unternommen. Mehr schlecht als recht, denn beide waren damals noch unerfahren gewesen, und kurz darauf war ihre Beziehung auch zerbrochen. Dann kam Uwe, an der Uni, ein schmalbrüstiger Intellektueller, voller Weltschmerz, der abscheuliche Gedichte in Reimform schrieb und einen Hang zum Morbiden hegte, sie damals aber schwer beeindruckt hatte. Und dann noch Ryan. Ein lebenslustiger Ire, Straßenmusiker, zeitweiliger Barkeeper, der für kurze Zeit in Hamburg Station machte und sie nach einem Dreivierteljahr mit gebrochenem Herzen sitzen ließ, weil ihm die Deutschen *too gloomy*, zu trübsinnig, waren. Drei mehr oder weniger ernsthafte Beziehungen also. Nicht gerade überragend für eine Sechsundzwanzigjährige.

Der Kellner brachte die georderten Gelatiträume und enthob Lara damit weiterer Überlegungen über Celias Bruder und ihre Verflossenen.

Während die beiden Frauen genüsslich ihr Eis verputzten, klingelte Romeos Handy. Aus seinem Grinsen im Verlauf des Gesprächs folgerte sie, dass es sich beim Anrufer um den schnauzbärtigen Zeltverleiher handeln musste, was Romeo bestätigte, als er den Anruf beendete. Der Mann hatte tatsächlich ein Zelt auftreiben können, und somit war dieses Problem aus der Welt. Die Geschwister gaben sich über den Tisch hinweg ein High five und nach einem Blick auf die Uhr orderte Romeo die Rechnung.

Den Bauch voll köstlichem Stracciatellaeis und aufgedreht wie zwei Kreisel, fuhren Celia und Lara anschließend entlang der Küstenstraße mit dem klingenden Namen *Amalfitana* zurück nach Positano zur Schneiderin. Romeo hatte sich in

Praiano von ihnen verabschiedet, nicht ohne dass Celia ihm das Versprechen abnahm, auch tatsächlich heute Abend zum Essen zu erscheinen. Er wirkte regelrecht unglücklich, als er ihr zähneknirschend versicherte zu kommen. Seine spürbare Abneigung gegen dieses gemeinsame Abendessen schürte Laras Neugier, und sie war jetzt mehr als gespannt darauf, wie sich das Aufeinandertreffen der männlichen Marconis gestaltete. Und für Celia hoffte sie, dass es, so kurz vor ihrer Hochzeit, nicht zu einem Eklat zwischen Vater und Sohn kam.

7

»Ich verstehe nicht, warum du dich immer wieder dazu überreden lässt. Du bist doch jetzt kein Kind mehr.«

Umberto lag ausgestreckt auf dem Sofa, ein Bier in der Hand, und beobachtete Romeo dabei, wie er vor dem Flurspiegel seine Krawatte band.

Romeo zuckte mit den Schultern. »Du hast eben keine kleine Schwester, die dich um den Finger wickeln kann. Ich habe zwar gehofft, Vater nur am Sonntag zu begegnen, aber Celia hat meine Ausreden nicht gelten lassen. Und wenn ich den Mund halte und ihm keine Angriffsfläche biete, werden die paar Stunden hoffentlich ohne Blutvergießen vorübergehen. Zudem ist auch noch Celias Bekannte anwesend, und er wird sich ihretwegen bestimmt keine Blöße geben.«

Umberto stellte den Fernseher leiser und setzte sich auf.

»Ah, diese Rothaarige, nicht? Eduardo hat mir von ihr erzählt. Soll ja ein heißes Teil sein.«

Eduardo, Umbertos Cousin, arbeitete als Kellner im Hotelrestaurant und war Positanos eifrigstes Klatschweib.

»Sieht ganz nett aus, ja«, gab Romeo gleichgültig zur Antwort und schlüpfte in seine Schuhe.

»Ob sie wohl überall rothaarig ist?«

»Soll ich sie heute Abend danach fragen?«

»Ich wäre dir sehr verbunden. Man will ja keine Überraschungen erleben.« Umberto zwinkerte ihm zu.

»Träum weiter, Freundchen. Ich glaube nicht, dass du bei ihr Chancen hast. Zudem bleibt sie nur bis nach der Hochzeit hier.«

»Perfekt! Mehr Zeit brauche ich auch nicht.« Umberto lachte schallend und Romeo schüttelte den Kopf.

Umberto war ein Bär von einem Mann, nicht von der Größe her, er maß kaum einen Meter siebzig, war aber am ganzen Körper dicht behaart. Was manche Geschlechtsgenossen in teuren und schmerzhaften Prozeduren entfernen ließen, trug sein Jugendfreund mit Stolz zur Schau. Dass aber gerade Lara Jauch auf diese haarige Kuscheldecke abfuhr, konnte Romeo sich nicht vorstellen. Aber der Männergeschmack der Wikingerin interessierte ihn ohnehin nicht, er hatte andere Sorgen.

»Gib ihr auf alle Fälle meine Handynummer und sag ihr, wie viel Spaß sie mit mir haben kann, bis sie zurück zu den Germanen fährt. Natürlich nur, wenn du nicht selbst an ihr interessiert bist. Ich will einem alten Kumpel schließlich nicht ins Gehege kommen.«

Umberto prostete ihm grinsend zu, und Romeo stieß genervt die Luft aus.

»Spinner«, murmelte er kopfschüttelnd.

»Kann ich mir deinen Flitzer ausborgen?«, fragte Umberto und schaltete den Fernseher aus, bevor er sich ächzend vom Sofa erhob. »Drüben in Conca dei Marini steigt heute Abend eine Fete.«

»*Certo che sì.*« Romeo warf ihm den Wagenschlüssel zu. »Hör aber auf zu trinken. Ich brauche meinen fahrbaren Untersatz noch, und um dich wär's auch schade.«

»Zu Befehl, mio capitano«, skandierte sein Freund und tippte sich dabei an die Stirn. »Die Party beginnt erst um zwei-

undzwanzig Uhr, bis dahin ist dieses Bierchen längst verdaut.«
Er strich sich bei den Worten zärtlich über seinen Bauch und
stellte die leere Flasche auf den Couchtisch. »Wenn du früh
flüchten kannst, nehme ich dich mit. Etwas Abwechslung
würde dir guttun, du siehst aus, als ob gleich das Schafott auf
dich wartet. Kitzelt es schon im Nacken?«

»Danke für dein Mitgefühl.«

»Keine Ursache.« Umbertos Miene wurde ernst. »Wird
schon nicht so schlimm werden«, meinte er. »Und am Sonntag
sind so viele Leute da, dass du ihm locker aus dem Weg gehen
kannst. Also halt die Ohren steif! Und vergiss nicht, mich der
Rothaarigen zu empfehlen.«

Romeo nickte, griff nach seinem Jackett und verließ die
Wohnung. Bis ins *Bellavista* waren es nur ein paar Minuten zu
Fuß. Wenn er nicht mit dem Auto unterwegs war, konnte er
wenigstens Alkohol trinken.

Die Außenbeleuchtung tauchte das Hotel in ein warmes, ein-
ladendes Licht, zudem verbargen die Schatten geschickt den
abblätternden Verputz. Bei Tageslicht waren die zunehmenden
Mängel jedoch nicht zu übersehen, und Romeo fragte sich wieder einmal, wann sein Vater endlich eine Sanierung in Betracht
zog. Am Geld konnte es nicht liegen, die Marconis nagten nicht
am Hungertuch. Weshalb also sperrte er sich so dagegen?

Die Terrasse war immer noch gut besucht, trotz der späten
Jahreszeit und der kühleren Temperaturen. Ein leichter Wind
wehte vom Meer herauf, der den Geruch nach Tang und Salz mit
sich brachte und sich mit den Essensdüften vermischte. Gelächter und Besteckgeklapper waren zu hören. Romeo erspähte Eduardo, der sich gerade mit einem charmanten Lächeln zu einer
Touristin hinabbeugte, um ihr auf der Speisekarte etwas zu zeigen. Als er sich aufrichtete, winkte er ihm zu.

Umbertos Cousin war, neben seiner Angewohnheit, sich als

Positanos Klatschblatt zu profilieren, eben auch der Typ feuriger Südländer, den die allein reisenden Urlauberinnen erwarteten. Er bediente dieses Klischee mit Stolz und Hingabe und galt im weiten Umkreis als der charmanteste Kellner in Positano.

Eine Vespa fuhr knatternd an Romeo vorbei und holte ihn aus seinen Gedanken. Sie würden nicht auf der Terrasse essen, für die Familienzusammenkünfte wurde immer in dem kleinen Salon hinter den Büroräumen aufgedeckt. Das war auch besser so, schließlich hatte keiner von ihnen Interesse daran, dass die Gäste die Zwistigkeiten der Familie mitbekamen.

Romeo straffte die Schultern, atmete tief durch und überquerte die Straße. Zwei Stunden, mehr würde er wahrscheinlich nicht ertragen können.

* * *

»Ich würde meinen linken Arm für deine Figur opfern!«

Celia saß im Sessel in ihrem Zimmer und musterte Lara sehnsuchtsvoll, die sich im mannshohen Spiegel betrachtete. Außer dem Kleid, das sie zur Hochzeit tragen wollte, hatte Lara noch ein kurzes Cocktailkleid eingepackt, das sie in einem Anflug geistiger Umnachtung in einer exklusiven Hamburger Boutique gekauft hatte. Es war sündhaft teuer gewesen und für ihre normale Garderobe eigentlich viel zu extravagant. Doch sie hatte sich auf den ersten Blick in das Kleid verliebt. Der feine Stoff umschmeichelte ihre Figur wie eine zweite Haut, und der kräftige Grünton passte perfekt zu ihren Augen und den roten Locken. Zu Hause hatte sie noch keine Gelegenheit gefunden, das Kleid zu tragen, daher schien ihr heute der passende Zeitpunkt, es endlich einzuweihen.

»Aber Süße, was soll denn das? Du bist die hübscheste Braut, die ich je gesehen habe. Komm!« Lara griff nach Celias Hand und zog sie mit einem Ruck aus dem Sessel.

Die Italienerin quiekte vor Schreck und stellte sich dann in Habachtstellung neben Lara. Zugegeben, das sah schon ein bisschen komisch aus, und der Vergleich mit Pat und Patachon drängte sich auf. Lara war mehr als einen Kopf größer als Celia und hätte sie locker unter die Achsel klemmen können.

»Schau dir mal deinen tollen Busen an«, sagte Lara, »dagegen wirkt mein Vorbau wie ein Kuchenblech. Und dann deine wundervollen Haare.« Sie zwirbelte eine Strähne von Celias Mähne um den Finger. »Zudem hast du sensationelle Augen, wie dunkle Kirschen, eine sagenhaft reine Haut und, was das Schönste an dir ist, dein hinreißendes Lächeln.«

Celia lachte geschmeichelt. »Aber gegen dich bin ich ein richtiger Zwerg«, gab sie schmollend zur Antwort.

»Aber der süßeste, den ich kenne. Und jetzt ist Schluss mit dem Selbstmitleid. Ich habe Hunger, und du musst auch etwas essen, sonst wird das nie was mit deinem Hochzeitskleid.«

Die Schneiderin hatte heute Nachmittag die Hände über dem Kopf zusammengeschlagen und viele italienische Verwünschungen ausgestoßen, als Celia ihr Brautkleid nochmals anprobiert hatte, denn sie war noch dünner geworden. Der ganze Stress schlug sich auf ihren Appetit nieder, da hatte auch der Eisbecher in Praiano nicht geholfen.

Celia nickte. »Alles klar, heute esse ich wie ein Scheunendrescher, versprochen.«

»Fein, das höre ich gern. Kommt Domenico jetzt auch? Ich bin schon fast eine Woche hier und habe deinen Zukünftigen immer noch nicht kennengelernt.«

Celia seufzte. »Das weiß der Himmel. Versprochen hat er es zwar, aber darauf kann man sich leider nicht verlassen. Ich heirate, wie es aussieht, also nicht nur den Mann meiner Träume, sondern auch gleich noch einen dämlichen Vulkan dazu. Einen heißen Dreier habe ich mir wahrlich anders vorgestellt.«

Lara prustete, hakte sich bei ihrer Freundin ein und gemeinsam machten sie sich auf den Weg zum Speisezimmer.

Der Aufzug wurde von einem Ehepaar mit diversen Koffern und zwei Teenagern okkupiert, deren Köpfe über ihren Handys hingen. Der Sprache nach tippte Lara auf Schweden, und die Lustlosigkeit des Nachwuchses beim Tragen des Gepäcks war offenbar der Grund für die harschen Worte der Eltern.

Die Freundinnen warfen sich einen belustigten Blick zu und entschieden sich dann für die Treppe, um dem aufziehenden Sturm zu entkommen. Hier, abseits des normalen Gästestroms, war der Verfall des Hotels noch stärker sichtbar. Die Leuchtstoffröhren summten kränklich, eine war gänzlich erloschen, und das Treppengeländer wackelte. Zudem roch es nicht sehr angenehm, was vermutlich mit der fehlenden Belüftung zusammenhing. Ob Enzo Marconi keine Ambitionen hegte, das Hotel zu renovieren? Oder reichte das Geld dafür nicht aus? Vielleicht war es dem Hotelier aber auch einfach egal, dass sein Betrieb immer mehr verfiel. Celia wollte das Hotel nicht weiterführen, und Romeo durfte es allem Anschein nach nicht. So unverständlich das für Lara auch war, hegte sie nicht den Wunsch, sich da einzumischen. Jede Familie hatte eben ihre Probleme, die Außenstehende nichts angingen.

Während sie die Treppe hinabstöckelte, dachte sie an Celias Bruder. Er würde auch zum Dinner kommen, und der Gedanke, dass sie ihm gleich wieder begegnete, verursachte ihr ein angenehmes Kribbeln in der Magengegend.

Romeo faszinierte sie auf eine beunruhigende Weise. Nach außen wirkte er zwar kompetent und souverän, ganz der erfolgreiche Banker, doch in seinem Blick sah sie etwas, das sie nicht zuordnen konnte. Einsamkeit? Unsicherheit? Oder bildete sie sich das nur ein? Lukas hielt ihr immer vor, dass sie am Samariterkomplex leide. Dem Drang, immer und überall helfen zu wollen, nur das Gute im Menschen zu sehen und dabei nicht zu merken, dass sie meist schamlos ausgenutzt wurde. Obwohl sie sich immer vehement gegen diese Behauptung wehrte, musste sie sich eingestehen, dass ihr Bruder damit nicht ganz unrecht hatte. Aber vielleicht lag in Romeos Blick gar kein Geheimnis, sondern er hatte lediglich schlecht geschlafen.

Celia blieb auf einer Stufe stehen, drehte sich um und sah Lara an. Hatte sie eben mit ihr gesprochen?

»Bitte?«, fragte Lara.

»Ich sagte, dass ich mich jetzt schon bei dir entschuldige, falls sich mein Vater und mein Bruder wieder an die Gurgel gehen. Ich habe zwar von Romeo verlangt, dass er heute kommt, aber vielleicht war das doch keine so gute Idee. *Papà* ist wegen der Hochzeit im Moment etwas durch den Wind und ...«

Sie brach ab und atmete tief durch.

»Weil sie so viel kostet?«, mutmaßte Lara und Celia sah sie verwirrt an.

»Nein, wie kommst du darauf? Es ist nicht wegen des Geldes. Er ... ich weiß nicht, vielleicht erinnert ihn meine Hochzeit an die seinige und daran, dass Mama so früh gestorben ist. Oder dass ich bald wegziehen werde.« Sie schnalzte mit der Zunge. »Väter und ihre Töchter, du verstehst?«

Lara nickte. Das stimmte. Zwar hatte sie mit ihrer Mutter viel mehr gemeinsam, aber das Verhältnis zu ihrem Vater war dennoch inniger.

»Also, wenn es zum Hahnenkampf kommt, flüchten die Hühner am besten, einverstanden?«

Celias Worte sollten scherzhaft klingen, doch das Lächeln auf ihren Lippen wirkte gezwungen.

Lara nickte abermals, war aber jetzt noch gespannter als zuvor. Als würde sich in Kürze der Theatervorhang zu einer griechischen Tragödie öffnen.

»Wenn ich keine Eier legen muss, ist für mich alles machbar.«

Celia schmunzelte und nieste dann kräftig.

»Gesundheit! Und Gott stärke deine Schönheit und meinen Geldbeutel.«

»Bitte was?«

Lara lachte und winkte ab. »Das hat mein Lehrer am Gymnasium immer gesagt. Hier.« Sie zog ein Taschentuch aus ihrer Handtasche und reichte es Celia. »Hoffentlich hast du dich nicht erkältet.«

* * *

Hinter der Rezeption stand Graziella und unterhielt sich angeregt mit einem Gast. Als sie Romeo erblickte, schenkte sie ihm ein strahlendes Lächeln und hob die Hand zum Gruß, widmete sich aber sofort wieder den Wünschen des älteren Herrn mit der Strickjacke und den karierten Hosen.

Graziella arbeitete schon seit über zwanzig Jahren für seinen Vater und war aus dem *Bellavista* nicht mehr wegzudenken. Sie war der sprichwörtliche Fels in der Brandung, und früher hatte Romeo vermutet, dass zwischen seinem Vater und der attraktiven Mittvierzigerin mehr als Sympathie bestand. Doch offenbar hatte er sich dahin gehend getäuscht, oder die zwei waren sehr diskret. Wie auch immer, er freute sich, sie zu sehen, und bedauerte es, dass er keine Zeit fand, ein paar Worte mit ihr zu wechseln. Aber vielleicht gab es nach dem Abendessen noch eine Gelegenheit dazu.

Er sah sich einen Moment um. Die Eingangshalle war seit seinem letzten Besuch frisch gestrichen worden. Sie leuchtete in einem satten Elfenbein; die mit Goldfarbe nachgezogenen Holzelemente bildeten einen ansprechenden Kontrast dazu. Hinter der Rezeption hatte jemand einen großen Barockspiegel aufgehängt, der dem Raum Tiefe verlieh. Darunter stand ein Aktenschrank aus dunkel gebeiztem Holz, links und rechts darauf zwei identische silberne Kerzenleuchter. Diese Neuerungen waren eindeutig Celia zu verdanken, er kannte ihren Geschmack, doch auch der frische Anstrich und die neue Dekoration täuschten nicht über die Mängel hinweg, die ringsum zum Vorschein kamen, wenn man genauer hinsah. Neben dem Spiegel zeigte sich bereits wieder ein feiner Riss in der Farbe, und die Bodenfliesen aus weißem und schwarzem Marmor im Eingangsbereich wirkten stumpf und hätten an einigen Stellen ersetzt werden müssen. Der Treppenläufer in den ersten Stock franste an den Rändern aus, und die Aufzugstür, die sich in diesem Moment öffnete, quietschte ungesund. Auf der anderen Seite der Eingangshalle stand immer noch die alte Ledersitzgruppe, auf der er mit seiner Schwester schon als Kind gespielt hatte. Strategisch gut platzierte Zierkissen verdeckten die abgeschabten Stellen. Romeo unterdrückte einen Seufzer. Immerhin standen überall frische Blumen in hübschen Vasen und verströmten einen dezenten Duft.

Kurz vor acht Uhr. Sein Vater bestand auf Pünktlichkeit, doch er hatte nicht vor, sich allein in die Höhle des Löwen zu wagen. Deshalb zog er sein Handy hervor und schickte Celia eine SMS, dass er in der Halle auf sie warten werde. Als er im selben Moment ein Piepen hinter sich hörte, drehte er sich erstaunt um. Die Tür zum Treppenhaus stand offen und seine Schwester trat eben, gefolgt von der Wikingerin, in die Eingangshalle. Gut so, das schob die Konfrontation mit seinem Vater ein wenig hinaus.

Himmel, was war er doch für ein Weichei! Da führte er tagtäglich komplizierte, manchmal sogar ziemlich harte Verhandlungen mit internationalen Geschäftspartnern, und jetzt fürchtete er sich vor seinem Vater.

»Da bist du ja!«, rief Celia fröhlich. »Ich habe bis jetzt gezweifelt, ob du auch wirklich auftauchst.«

Sie kam auf ihn zu, stellte sich auf die Zehenspitzen und hauchte ihm einen Kuss auf die Wange. Dann nieste sie kräftig.

»*Mannaggia!*«, stieß sie ärgerlich hervor. »Das hat mir gerade noch gefehlt. Eine Braut mit triefender Nase.«

Die Deutsche an ihrer Seite lachte, zog ein Päckchen Taschentücher aus ihrer Handtasche und reichte es ihr.

»Hier, steck gleich alle ein. Ciao, Romeo.«

Lara sah fantastisch aus, als hätte sie vor, den Abend im Kasino zu verbringen. Das raffinierte Cocktailkleid aus fließendem grünem Stoff unterstrich ihre schlanke Figur und die Farbe ihrer Augen. Mit den hohen Absätzen war sie beinahe so groß wie er. Ihre kupferroten Haare fielen in weichen Locken über ihre Schultern, und plötzlich überfiel ihn der Drang, in diese Pracht hineinzugreifen.

Er räusperte sich. »Ciao, Lara. Hübsch seht ihr beiden aus, habt ihr noch was vor?«

Celia grinste. »Ja, wir werden in Kürze von zwei Ölscheichs abgeholt, um das Dinner auf deren Jacht einzunehmen«, gab sie zur Antwort und zupfte dann ein Taschentuch aus der Packung. »Ich kann es mir nicht leisten, krank zu werden«, murmelte sie ärgerlich. »Nicht jetzt!«

»Du wirst nicht krank«, beruhigte Lara sie, »das ist nur eine kleine Unpässlichkeit.«

»Danke, Miss Elizabeth Bennet, Ihr Wort in Gottes Ohr.« Sie drehte sich um. »Auf alle Fälle gehe ich heute früh schlafen. Und bitte keine Dispute, Brüderchen, ich habe jetzt schon Kopfschmerzen.« Zur Bestätigung nieste sie nochmals und verzog dabei den Mund. »Super!«

Romeo zog die Schultern hoch. Er hatte nicht vor, mit seinem Vater zu streiten, und wenn Celia sich nicht wohlfühlte, würde das Abendessen hoffentlich nicht allzu lange dauern. Je weniger Zeit sie zusammen verbrachten, umso besser.

»Ich benehme mich vorbildlich, versprochen«, gab er zur Antwort und bot seiner Schwester den Arm.

»Danke. Und jetzt sollten wir gehen, *papà* wartet sicher schon.«

8

In dem kleinen Speisezimmer hinter dem Büro des Hoteliers roch es muffig, obwohl alle Fenster offen standen. Der Tisch war liebevoll gedeckt: ein weißes Damasttischtuch, edles Porzellan mit Silberbesteck und zwei barocke Kandelaber, bestückt mit Kerzen. Enzo Marconi war gerade dabei, diese anzuzünden, als sie eintraten. Als er seine Gäste bemerkte, entledigte er sich schnell seiner Brille und verstaute sie im Sakko. Offensichtlich war es ihm peinlich, dass er eine tragen musste. Lara hatte diese Eigenart schon öfter bei Celias Vater bemerkt und schmunzelte: Männer und ihre Eitelkeit.

Enzo hatte sich, wie sie alle, in Schale geworfen. Sein mit silbernen Strähnen durchzogenes dunkles Haar war nach hinten gekämmt, was seine hohe Stirn betonte. Zu einem anthrazitfarbenen Anzug trug er ein weißes Hemd mit goldenen Manschettenknöpfen. Er wirkte wie ein Filmstar aus einem Gangsterfilm der Dreißigerjahre, es fehlte nur noch ein Fedora von Borsalino, dieser typische Hut, wie ihn Al Capone getragen hatte.

»Ah, da seid ihr ja.« Er legte die Streichhölzer zur Seite und trat zu seiner Tochter. Liebevoll küsste er ihre Stirn und hob sogleich die Augenbrauen. »Bist du etwa krank?«, fragte er besorgt. »Deine Stirn ist ganz heiß.«

Celia winkte ab. »Eine kleine Unpässlichkeit«, wiederholte sie Laras Worte. »Nichts Ernstes.«

Enzo nickte und wandte sich dann an Lara. Er ergriff ihre Hand, beugte sich wie ein viktorianischer Gentleman darüber und deutete einen Handkuss an.

»Signora, Sie sehen fantastisch aus.« Schließlich drehte er sich zu seinem Sohn um. »Romeo.«

»Vater«, erwiderte dieser ebenso knapp.

Falls es ein Thermometer in diesem Raum gab, fiel es in diesem Moment bestimmt um zehn Grad. Was war bloß vorgefallen, dass sie sich so benahmen?

Lara dachte an ihre eigene Familie, wenn sich alle trafen. Da wurde geküsst, umarmt, gelacht und geschnattert, was das Zeug hielt, und alle fühlten sich wohl und gut aufgehoben. Diese Zusammenkunft hier glich jedoch eher einer Nordpolexpedition.

»Setzt euch doch«, bat Enzo. »Möchte jemand einen Aperitif? Signora Jauch, einen Campari? Martini? Oder einen Aperol?«

»Einen Martini, bitte«, erwiderte sie. Dieses Essen versprach doch recht unangenehm zu werden und war höchstwahrscheinlich nur mit dem entsprechenden Alkoholspiegel zu überstehen.

»Für mich bitte keinen Alkohol, ich will später noch eine Kopfschmerztablette nehmen«, bat Celia.

»Sohn?«

Romeo wirkte abwesend und zuckte zusammen, als er plötzlich angesprochen wurde.

»Campari«, sagte er und betrachtete dann eingehend das farbenfrohe Blumengesteck auf der Tischmitte.

Was für ein Szenario! Wo war der höfliche Hotelier geblieben? Und wo der charmante Bruder ihrer Freundin? Als hätte es diese nie gegeben, benahmen sich die zwei Männer, als wären sie einem Stummfilm entstiegen. Vielleicht gab es irgendwo sogar erklärende Zwischentitel, aber Lara konnte sie nicht entdecken.

Ein peinliches Schweigen breitete sich aus, als Enzo die Drinks zubereitete, und Lara fühlte sich bemüßigt, ein unverfängliches Thema anzuschneiden.

»Was für herrliches Herbstwetter Sie hier haben«, begann sie, und Romeo zog spöttisch die Augenbrauen hoch, als wolle er sagen: »Also wirklich? Jetzt reden wir über das Wetter?«

Sie errötete und verstummte. Idiot, dachte sie grimmig, dann mach halt selbst mal den Mund auf!

Enzo nickte, während er ihr den gewünschten Martini reichte. »Der Oktober ist mir immer der liebste Monat. Es ist nicht mehr so heiß, man kann aber immer noch problemlos baden. Zudem sind die Herbsttouristen … na ja, wie soll ich das jetzt formulieren? Etwas umgänglicher.« Er lächelte, und unvermittelt war er wieder der höfliche ältere Herr, den sie kennengelernt hatte.

Lara pflichtete ihm mit einem Nicken bei, hatte aber die Lust an einer unverfänglichen Konversation verloren. Sie nippte an dem Wermut und wünschte sich schlagartig in das nasskalte Hamburg zurück. Was nützte das schönste Wetter, wenn die Stimmung derart eisig war? Hoffentlich würde die Atmosphäre bei der Hochzeit am Sonntag angenehmer sein.

Vorhin, auf dem Weg ins Foyer, hatte Celia eine SMS von Domenico erhalten, in der er sich fürs Abendessen entschuldigte, und langsam begann Lara an der Existenz dieses Vulkanologen ernsthaft zu zweifeln. Celia hatte die Absage ihres Zukünftigen jedoch wenig erschüttert. Offensichtlich war sie daran gewöhnt, doch gerade jetzt vermisste Lara eine fünfte Person, die diese Zusammenkunft mit Erklärungen über ihren interessanten Beruf hätte auflockern können.

Sie betrachtete ihre Freundin, die zusammengesunken in einem Sessel am Kamin saß und sich die Stirn rieb. Celia sah blass aus, unter ihren Augen lagen dunkle Ringe. Für morgen hatten sie eigentlich einen faulen Tag am Strand eingeplant, um sich vom Stress der vergangenen Tage zu erholen, doch das konnten sie höchstwahrscheinlich vergessen. Ihre Freundin sah nicht so aus, als hätte sie sich gern in die Sonne gelegt. Wenn sie sich tatsächlich etwas eingefangen hatte, würde sie das Bett hüten müssen, um am Sonntag wieder fit zu sein. Himmel, das war schon in drei Tagen! Wenn Celia ausfiel, musste Lara alles Weitere managen, da dieser Domenico ja offensichtlich lieber einen Vulkan bestieg, als sich um seine eigene Hochzeit zu kümmern.

Sie schluckte. Die größten Posten waren zwar alle erledigt: das Zelt mit dem passenden Mobiliar dank Romeos Hilfe organisiert, das Brautkleid angepasst und der Blumenschmuck ausgesucht. Sogar die Hochzeitstorte und Celias Brautfrisur waren getestet und für gut befunden worden. Aber meistens kam im letzten Moment noch etwas dazwischen. Die Musiker zum Beispiel, die hatten noch nicht definitiv zugesagt. Mit dem Priester hatte Celia auch noch einmal sprechen wollen. Und war dem Küchenchef auch wirklich klar, was er für Sonntag zubereiten musste? Hatten sie genug Bedienstete, die servierten? Und …

Lara stürzte den Martini in einem Zug hinunter und beschloss in diesem Moment, niemals zu heiraten.

* * *

Der Abend gestaltete sich genauso, wie Romeo ihn sich vorgestellt hatte. Sein Vater und er bemühten sich beflissentlich, einander zu ignorieren, Celia erzählte Anekdoten aus ihrer Kindheit, um etwas Stimmung zu erzeugen, und die Deutsche blieb die meiste Zeit über stumm wie ein Fisch. Also reichlich ungemütlich, und er linste ab und zu auf seine Armbanduhr, ob es vielleicht schon möglich wäre, zu verschwinden, ohne die Anwesenden zu brüskieren. Doch die Zeit dehnte sich wie ein Gummiband, und mit Erschrecken stellte er fest, dass noch keine Stunde vergangen war.

Immerhin schmeckte das Essen hervorragend und der Wein, ein *Lacrima Christi del Vesuvio*, passte wie die Faust aufs Auge. Noch vor dem Hauptgang hatte er drei Gläser dieses typischen Rotweins aus Kampanien intus und begann sich ein wenig zu entspannen.

»Es gibt eine nette Geschichte zu diesem Wein«, ergriff Enzo in dem Moment das Wort und betrachtete dabei das Glas in seiner Hand. Dann wandte er sich an Lara. »Möchten Sie sie hören?«

Die Wikingerin nickte.

»›Lacrima Christi‹ bedeutet ›Träne Christi‹. Der Name fußt auf einer alten Legende. Diese besagt, dass Neapel schon vor Tausenden von Jahren ein Sündenpfuhl gewesen sei und dass Jesus, immer wenn er darauf herabgesehen hat, vor Kummer darüber weinen musste. Seine Tränen fielen dabei auf die Hänge des Vesuv und machten die Erde dort besonders nährstoffreich und fruchtbar, was seither den Weinreben zugutekommt.«

»Wie hübsch«, entgegnete Lara darauf und prostete seinem Vater zu.

Romeo schürzte die Lippen. Ja, das schlimme Neapel … Christus hätte bestimmt auch beim Betrachten des kläglichen Grüppchens in diesem Raum hier weinen müssen, sofern er ein Auge darauf geworfen hätte.

Er betrachtete Lara, die mit interessierter Miene seinem Vater lauschte. Er erzählte gerade, dass er in seiner Jugend gern Motorrad gefahren war. Die *tedesca*, die Deutsche, sah wirklich wunderhübsch aus. Ihre roten Haare und der sommersprossige Teint gaben ihr schon beinahe ein exotisches Aussehen und unterschieden sie frappant von den Frauen, die ihm sonst gefielen. Romeo fragte sich, ob er nicht einfach schon zu betrunken war, um seinem Urteil über sie trauen zu können.

Amüsiert beobachtete er durch das Blumengesteck hindurch, wie sie sich bei der Vorspeise abmühte, eine mundgerechte Portion Nudeln auf ihre Gabel zu drehen. Nach mehrmaligen vergeblichen Versuchen sah sie sich, wie er vermutete, nach einem Löffel um. Doch ein richtiger Italiener brauchte zum Spaghettiessen keinen Löffel, das war nur etwas für Touristen.

Er langte kurzerhand über den Tisch, schob das Blumenarrangement zur Seite und gewann dadurch Laras Aufmerksamkeit. Dann griff er mit einer weit ausholenden Geste nach seiner eigenen Gabel, spießte eine kleine Menge Spaghetti darauf, drehte sie geschickt am Tellerrand zu einer Rolle und führte sie zum Mund. Über die Gabel hinweg zwinkerte er Lara zu und diese nickte verstehend. Daraufhin tat sie es ihm gleich und strahlte, als ihr sofort ein perfektes Nudelknäuel gelang. Ihre funkelnden grünen Augen und die kindliche Freude über die neu erworbene Geschicklichkeit nahmen ihn derart gefangen, dass er nicht auf die Unterhaltung achtete.

»Allem Anschein nach hat es dein Bruder nicht mehr nötig, mir zu antworten, liebste Celia. Aber das überrascht mich nicht. Er ist jetzt offenbar zu fein geworden, um sich mit einfachen Leuten abzugeben.«

»*Papà*, bitte«, murmelte Celia. Es war ihr bestimmt peinlich, dass ihr Vater seinen Sohn vor einem Gast tadelte.

Romeo atmete tief durch. Es hatte keinen Sinn, Gleiches mit Gleichem zu vergelten. Das führte nur zu hitzigen Diskussionen, und dazu hatte er wenig Lust.

»Entschuldige, Vater, ich war in Gedanken. Was hast du gefragt?«

»Keine Sorge, Romeo, ich werde dich mit meinen Problemen nicht weiter langweilen. Vergiss einfach, dass ich dich angesprochen habe, es ist nicht wichtig. In deinen Augen sowieso nicht, wie alles, was die Familie betrifft.«

Romeo presste die Lippen aufeinander, um nicht etwas Gehässiges zu erwidern. Er verabscheute diese unfairen Unterstellungen, weil es genau umgekehrt war: Seinen Vater kümmerte die Familie nicht. Seit Romeo sich erinnern konnte, hatte Enzo Marconi nie viel auf ein harmonisches Familienleben gegeben. Celia war die große Ausnahme. Seine Tochter behandelte er wie ein rohes Ei und las ihr jeden Wunsch von den Augen ab, seinen Sohn hingegen ließ er links liegen. Und ab und zu, das wusste Romeo noch, war er sogar der Mutter abfällig begegnet. Vor allem, wenn sie sich gestritten hatten. Die Gründe für die heftigen Auseinandersetzungen zwischen seinen Eltern waren ihm jedoch stets verborgen geblieben. Oder vielleicht konnte er sich auch einfach nicht mehr an sie erinnern. Schließlich war er damals noch ein Kind gewesen.

»Wenn du meinst«, gab er zur Antwort und bemühte sich, den Ärger in seiner Stimme zu unterdrücken.

»Ja, das meine ich!«, fuhr Enzo aufgebracht fort. »Wenn man dich braucht, bist du nie da, und wenn du da bist, bist du zu nichts zu gebrauchen.«

»*Papà!*« Celia riss erschrocken die Augen auf, und auch Lara sah ihren Gastgeber entgeistert an.

Romeo hatte sich wirklich vorgenommen, den Abend höflich hinter sich zu bringen. Doch das war zu viel.

»In dem Fall«, er tupfte sich den Mund sorgfältig mit der Serviette ab und hoffte, dass seine Hände dabei nicht zitterten, »werde ich dich von meiner Anwesenheit besser erlösen.« Er erhob sich vom Tisch und wandte sich an die Damen. »Lara, Celia, es tut mir leid.«

Dann drehte er sich um und verließ gemessenen Schrittes das Esszimmer. Die Genugtuung, dass man ihm ansah, wie tief diese ungerechtfertigte Anschuldigung ihn verletzte, wollte er seinem Vater nicht geben.

Sobald die Tür zum Speisezimmer hinter ihm ins Schloss fiel, eilte Romeo jedoch aus dem *Bellavista*, ohne sich ein einziges Mal umzudrehen. Draußen lehnte er sich an die Hausmauer und versuchte, sich zu beruhigen.

Sein Vater und er würden nie zu einem erträglichen Umgang finden. Eine unüberwindbare Kluft trennte sie. Wieso und aus welchen Gründen, spielte keine Rolle mehr. Am Sonntag würde er seinem Vater zum letzten Mal gegenübertreten und dann nie mehr einen Fuß über die Schwelle seines Elternhauses setzen.

9

»Komm rein.«

Noch bevor sie Celia sah, wusste Lara, dass es mit dem geplanten Strandbesuch heute nichts werden würde. Als sie das Zimmer betrat, lag ihre Freundin mit geröteter Nase und tränenden Augen im Bett, auf dem Nachttisch eine dampfende Tasse Tee und eine Box Taschentücher. Der Haufen zerknüllter Papiertücher auf dem Boden zeugte davon, dass Celia eine veritable Erkältung erwischt hatte.

»Es tut mir so leid«, krächzte sie. »Mist, was soll ich jetzt tun?«

Lara stellte ihre Strandtasche auf den Boden und setzte sich auf die Bettkante.

»Das Übliche«, schlug sie vor, »viel trinken, schlafen, dich ausruhen und hoffen, dass du bis Sonntag wieder auf den Beinen bist. Hast du alles, was du brauchst? Oder soll ich für dich schnell zur Apotheke laufen?«

Celia schüttelte den Kopf und stöhnte dann. »Danke, aber ich bin eingedeckt. Wobei …«, sie nieste, zog ein Tuch aus der Box und schnäuzte sich die Nase, »das doch nichts bringt. *Papà* sagt immer: Mit Medikamenten dauert eine Erkältung zwei Wochen und ohne vierzehn Tage.«

Lara schmunzelte. So unrecht hatte Celias Vater damit nicht.

Der gestrige Abend war nach Romeos Abgang hauptsächlich schweigend verlaufen. Enzo Marconi stierte die meiste Zeit vor sich hin, Celia stocherte nur im Essen herum und blieb einsilbig, und Lara war zu entsetzt darüber, wie sich Enzo gegenüber seinem Sohn benommen hatte, um die köstlichen Speisen genießen zu können. Kurz nach dem Dessert hatte sich Celia entschuldigt, und Lara war erleichtert mit ihr nach oben gegangen.

Ihr Mitleid mit Romeo nahm sie unweigerlich gegen Enzo Marconi ein, und sie hatte die halbe Nacht darüber gegrübelt, weshalb sich der Hotelbesitzer so niederträchtig benahm. Gemäß Celias Bericht hatte ihr Bruder schon in jungen Jahren Positano verlassen, um in Neapel zu leben. Also musste vorher etwas Einschneidendes zwischen Vater und Sohn passiert sein. Aber was konnte ein Teenager – oder vielleicht sogar ein Kind? – seinem Vater antun, dass sich dieser danach gebärdete, als würde der Teufel höchstpersönlich an seiner Tafel sitzen? Das war doch absurd. Elterliche Liebe verzeiht alles. Aber von Liebe hatte sie gestern nichts gespürt, da war nur Hass gewesen.

»Ich versuche schon eine Weile, meinen Bruder anzurufen, aber er hat sein Handy ausgeschaltet, und Umbertos Nummer kenne ich nicht.«

Celias Worte holten Lara aus ihren Gedanken.

»Wieder das Zelt?«, fragte sie schmunzelnd.

»Verschrei es nicht, das bringt Unglück! Nein, ich will ihn fragen, ob er mit dir an den Strand fährt, wenn ich schon nicht kann.«

»Ich glaube nicht, dass ihn das sehr glücklich machen würde«, warf Lara ein, stand auf und sammelte die verstreuten Papiertücher ein.

»Ach was, das macht er gern«, erwiderte Celia nachdrücklich. »Er hat ja sonst nichts zu tun, und schließlich ist es dein Urlaub.«

»Seiner doch auch«, gab Lara zu bedenken. »Er hat bestimmt eine Menge vor.«

»Papperlapapp! Du bist unser Gast und hast ein wenig Vergnügen verdient. Vor allem nach dem gestrigen Abend.« Celia seufzte. »Es tut mir leid, dass du das miterleben musstest, und ich entschuldige mich für *papàs* Verhalten. Er …« Sie brach ab und zog die Schultern hoch.

»Schon gut, es ist ja nicht deine Schuld. Und ich kann mich sehr gut allein beschäftigen. Der Strand liegt praktisch vor der Haustür, und später gehe ich ein wenig bummeln, kaufe mir ein Paar dieser tollen handgemachten Ledersandalen und genieße einfach das Dolcefarniente.«

»Blödsinn, ich habe dir einen faulen Tag am Strand versprochen, und den wirst du auch bekommen. Wenn ich Romeo doch bloß erreichen könnte.« Sie angelte nach ihrem Handy auf dem Nachttisch, drückte die Wahlwiederholungstaste und schüttelte dann den Kopf. »Immer noch nichts.«

Lara trat ans Fenster und sah auf die Bucht hinab. Ein wolkenloser Himmel wölbte sich über der Amalfiküste. Glitzernd brach sich die Sonne auf dem nahezu spiegelglatten Meer, ein paar Boote schaukelten träge auf dem tiefblauen Wasser der halbmondförmigen Bucht, und in der Ferne zog eine weiße Jacht vorbei. Ein wunderschöner Tag, der geradezu prädestiniert dafür war, ihn am Strand zu verbringen.

Sie hatte sich sehr darauf gefreut, mit ihrer Freundin ein paar vergnügliche Stunden abseits des Hochzeitsstresses zu genießen. Ihre anfänglichen Befürchtungen, dass ihr Verhältnis durch die lange Zeit, in der sie sich nicht gesehen hatten, gelitten haben könnte oder sogar gänzlich abhandengekommen sei, hatten sich in Luft aufgelöst. Die Vertrautheit zwischen ihnen hatte sich sofort wieder eingestellt, und schon jetzt bedauerte sie es, dass die Tage bis zu ihrer Abreise gezählt waren. Sie hatten sich jedoch gegenseitig geschworen, bis zum nächsten Wiedersehen nicht mehr so viel Zeit verstreichen zu lassen und sich dann in viel kürzeren Abständen zu treffen. Und wenn sie an Celias unsichtbaren Zukünftigen dachte, der so viel Zeit bei der Arbeit verbrachte, würde ihre Freundin bestimmt eine Gelegenheit finden, sie bald in Hamburg zu besuchen.

»Hör auf, dir Sorgen um mein Tagesprogramm zu machen, und ruh dich lieber aus.« Lara wandte sich um. »Kann ich dir noch etwas bringen? Hast du Hunger?«

Celia winkte ab. »Nein, danke. Zieh nur bitte die Vorhänge zu, das Licht blendet mich.«

Lara tat ihr den Gefallen, setzte sich dann erneut auf die Bettkante und betrachtete ihre kranke Freundin mitleidig.

Was für ein Pech, sich so kurz vor seiner Hochzeit zu erkälten. Aber vermutlich war der Vorbereitungsstress daran schuld. Sie hoffte inständig, dass Celia bis Sonntag wieder auf den Beinen sein würde. Konnte man eine Trauung so kurzfristig absagen?

Als hätte Celia ihre Gedanken erraten, meinte sie: »Ich werde meine Hochzeit auf keinen Fall abblasen. Wenn nötig, krabble ich auf allen vieren zum Altar.«

Lara lachte. »Das traue ich dir sogar zu, du verrücktes Huhn. Aber das wird schon wieder, keine Sorge. Nun denn.« Sie stand auf und hob ihre Strandtasche vom Boden auf. »Dann lasse ich dich jetzt schlafen. Gute Besserung!«

Sie tätschelte mitfühlend Celias Hand und wandte sich zur Tür.

»Warte!«, rief ihre Freundin. »Ich versuche es noch mal. Irgendwann muss der Komiker ja erreichbar sein.«

* * *

»Kann ich mitkommen?« Umberto faltete die Hände wie zum Gebet und klimperte bittend mit den Augenlidern.

Romeo grinste. »Von mir aus darfst du auch allein fahren.«

Sein Freund hob verdutzt die Augenbrauen. »Echt jetzt?«

»*Certo*, ich bin nicht scharf darauf, den Fremdenführer zu spielen.«

Umberto klatschte in die Hände, verzog dann aber gleich den Mund. »Mist, ich muss heute mit Benedetto das Budget fürs kommende Jahr erstellen.« Er kratzte sich am Kinn. »Das kann ich unmöglich absagen, verflucht!«

»Wäre auch zu schön gewesen«, knurrte Romeo und knallte die Sonnenmilch in den Rucksack, den sein Freund ihm geliehen hatte.

Der Himmel hatte sich anscheinend gegen ihn verschworen. Erst dieses desaströse Abendessen mit seinem Vater, und jetzt musste er sich auch noch um Celias Gast kümmern. Er hasste es, den ganzen Tag am Strand zu liegen, das erschien ihm als verschwendete Lebenszeit. Zuerst hatte er Nein gesagt. Doch weinenden Frauen hatte er noch nie etwas abschlagen können, und das wusste seine Schwester. Ein paar gezielte Schluchzer am Telefon, und er wurde weich.

Während er ein Strandtuch mit dem Konterfei von *Superman* zusammenfaltete – ebenfalls eine Leihgabe seines Freundes –, musste er trotz allem schmunzeln. Celia war schon ein kleines Biest! Romeo konnte ihr aber nie lange böse sein, und vielleicht gestaltete sich der Tag mit der Wikingerin ja gar nicht so übel. Übler als das gestrige Abendessen konnte er jedenfalls kaum werden.

Er hatte sich gestern auf dem Heimweg in einer Bar noch einen Absacker gegönnt, dabei ein paar alte Kumpel getroffen und mit ihnen bis zwei Uhr nachts Geschichten aus der gemeinsamen Jugend aufgewärmt. Jetzt fühlte er zwar einen unangenehmen Druck hinter der Stirn, aber immerhin hatte ihn das die Demütigung durch seinen Vater für kurze Zeit vergessen lassen. Doch was sollte er antworten, wenn Lara ihn fragte, warum sein Vater ihn so schlecht behandelte? Schließlich wusste er es ja selbst nicht. Er hoffte natürlich auf ihre Diskretion. Falls sie dieses leidige Thema trotzdem anschnitt, würde er einfach ausweichen, beschloss er. Immerhin war das Familiensache und ging Fremde nichts an.

»Du hast so ein Schwein, Alter«, brummte Umberto, während er den Kühlschrank öffnete und Parmaschinken, ein Stück Käse und ein Bier herausnahm. »Ich wollte, ich hätte solches Glück bei den Frauen. Magst du noch was essen, bevor du gehst?«

Romeo schüttelte den Kopf. Glück? Seit wann hatte *er* denn Glück mit den Frauen? Zugegeben, er gefiel ihnen, das wusste er aus Erfahrung. Seine Größe, sein Aussehen, seine berufliche Stellung und der materielle Besitz, all das imponierte einer gewissen Schicht Damen, und die zeigten das auch ganz offen. Doch diese Art Frauen interessierte ihn nicht. Er wollte keine Partnerin, der vor allem sein Geld oder sein Aussehen wichtig war. Was war das denn für eine Basis? Nein, er brauchte jemanden, dem er vertrauen konnte; eine, die ihn wegen seines Wesens liebte und nicht, weil er sich teure Urlaube und eine schicke Wohnung leisten konnte. Dazu kam, dass es ihm schwerfiel, sich auf eine Person einzulassen und sich ihr zu öffnen. Zu sehr fürchtete er sich vor einer Enttäuschung. Da nützte ihm auch sein hart erarbeitetes Geld nichts. Und wenn er ausnahmsweise mal eine Frau kennenlernte, die bereit war, hinter die Fassade zu blicken, begannen über kurz oder lang die – zugegeben berechtigten – Vorwürfe: Er lasse keine Nähe zu, sei verschlossen, nicht bereit, etwas Ernsthaftes in Erwägung zu ziehen oder auf eine gemeinsame Zukunft hinzuarbeiten. Das alles traf natürlich zu, doch es war ihm nicht möglich, es zu ändern.

Und weil er keine Lust verspürte, sich ständig zu rechtfertigen, beendete er die Beziehungen lieber, bevor sie in einen Kleinkrieg ausarteten. So scheiterten seine Liebschaften meist, noch ehe sie richtig in Gang kamen. Man konnte also wirklich nicht behaupten, er habe Glück bei den Frauen. Doch es war sinnlos, mit Umberto darüber zu diskutieren, er hätte es nicht begriffen.

»Wo willst du mit der Süßen denn hin? Wenn ich früher mit der Kalkulation fertig werde, könnte ich zu euch stoßen.«

Romeo zuckte mit den Schultern. »Keine Ahnung, das habe ich mir noch nicht überlegt. Strand ist Strand. Ich frage mich sowieso, wieso die Frau nicht allein … ach, egal.« Er schulterte den Rucksack, griff nach den Autoschlüsseln und seiner Sonnenbrille und nickte Umberto zu, der mampfend am Küchentisch saß. »Bis dann.«

»Ja, bis dann. Und tu nichts, was ich nicht auch tun würde.« Er zwinkerte vielsagend und Romeo verdrehte die Augen.

Es war kurz vor Mittag, als er das Haus verließ. Die Viale Pasitea umschlang einen der Felsen, auf dem Positano erbaut worden war, wie eine überdimensionale Python. Und hier, am höchsten Punkt, an dem sich Umbertos Wohnung befand, erlaubte sie eine fantastische Aussicht auf die darunterliegende Bucht mit dem türkisblauen Meer und den drei kleinen Felsinseln *Le Sirenuse*. Die vielen Treppen und steilen Gassen verliehen seinem Heimatort das Aussehen eines verschachtelten Würfels. Hinter ihm erhoben sich die Ausläufer der *Monti Lattari*, der Milchberge, benannt nach den Tausenden von Milchziegen, die die schroffen Felsen bewohnten und mit den Glöckchen an ihren Halsbändern wie vierbeinige Windspiele anmuteten. Ein warmer Wind strich vom Meer herauf.

Romeo atmete tief durch. Er liebte Positano, trotz allem. Doch nach dem kommenden Sonntag würde er nie wieder hierherkommen. Schweren Herzens stieg er in sein Auto und schlug den Weg zum *Bellavista* ein.

* * *

Das Mädchen, es mochte vier oder fünf Jahre alt sein, starrte Lara mit großen Augen an. Diese schmunzelte und zwinkerte ihm zu.

»*Mamma, guarda, una strega!*«, rief die Kleine, rannte dann zu einer mit Taschen beladenen Frau und klammerte sich an deren Bein fest.

Lara hob verblüfft die Augenbrauen.

»Eine Hexe?«, murmelte sie konsterniert, »na, vielen Dank auch.« Offensichtlich wirkte sie mit ihren roten Haaren wie die fleischgewordene böse Märchenfee.

Celia hatte ihren Bruder vorhin tatsächlich noch auf dem Handy erreicht und ihn gebeten, den Tag mit Lara zu verbringen. Für Lara hatte es sich allerdings eher wie ein Betteln angehört. Er verspürte wohl wenig Lust auf einen Tag mit ihr, was sie ein wenig kränkte. Er gefiel ihr und sie hätte sich gewünscht, dass er sie nicht nur begleitete, weil seine Schwester ihn quasi dazu nötigte. Zudem tat er ihr leid, und sie hoffte, ihn ein wenig aufmuntern zu können. Was er gestern von seinem Vater zu hören bekommen hatte, wünschte sie nicht mal ihrem ärgsten Feind. Sie überlegte. Ihr ärgster Feind war eindeutig Professor Prittwitz. Nein – selbst dieser Vollpfosten hatte so etwas nicht verdient.

Um Viertel nach zwölf wollte Romeo sie abholen. Er werde draußen in seinem Wagen warten, hatte er Celia erklärt. Verständlich. Wenn Lara von ihrem Vater so behandelt worden wäre, hätte sie auch keinen Fuß mehr ins Hotel gesetzt.

Es blieben ihr noch zehn Minuten. Also griff sie nach einer der farbigen Illustrierten, die für die Gäste auslagen, und sah sich die Fotos der italienischen Prominenz an. Die meisten Gesichter kannte sie zwar nicht, aber solche Klatschblätter glichen sich wie ein Ei dem anderen, und wer wo was mit wem getrieben hatte, war schließlich international verständlich.

Als sie erregte Stimmen hörte, wandte sie den Kopf. Die Empfangsdame, deren Namen sie vergessen hatte, sprach eindringlich auf eine ältere Frau ein, die an der Rezeption stand. Sie war kaum größer als die Empfangstheke, trug ein dunkles Kleid, darüber eine geblümte Schürze und, trotz der angenehmen Temperaturen draußen, blickdichte Strümpfe und ein Kopftuch über ihren schneeweißen Haaren. An einem ihrer spindeldürren Arme baumelte eine überdimensionale Einkaufstasche aus kariertem Stoff.

Lara saß zu weit weg, um zu verstehen, was die beiden sprachen, aber sie schienen sehr erregt zu sein. Die ältere Frau gestikulierte mit dem freien Arm in der Luft herum. War sie eine Bettlerin?

Lara widmete sich wieder der Illustrierten und las gerade, dass George Clooney und seine Frau Amal unlängst in Positano Urlaub gemacht hatten, als die alte Frau sich neben ihr aufs Sofa plumpsen ließ. Dabei murmelte sie irgendwelche Verwünschungen vor sich hin und bekreuzigte sich.

Lara rückte ein wenig zur Seite. Die Frau roch nach gegerbtem Leder. Wie ungewöhnlich. Sie beachtete Lara nicht, wühlte in ihrer Einkaufstasche herum, zog dann eine Pfeife hervor und steckte sie sich zwischen ihre runzligen Lippen.

»Sofia, no!«

Laras Blick schnellte zur Rezeption hinüber. Die Empfangsdame hatte den Zeigefinger erhoben, als wolle sie ein unfolgsames Schulkind rügen, und die alte Frau neben Lara grummelte weiter vor sich hin, zündete die Pfeife jedoch nicht an. Also kannte man die Bettlerin hier. Sollte sie ihr etwas Kleingeld geben? Die Frau war lediglich ein Strich in der Landschaft, ihr Gesicht verschrumpelt wie ein Apfel aus dem letzten Jahr, aber die schwarzen Knopfaugen blitzten wachsam. Und Lara hatte das Gefühl, dass die Alte auf keinen Fall senil war oder nicht wusste, was sie tat.

»Hexenhaar«, murmelte die Greisin plötzlich neben ihr, griff mit ihren Fingern nach einer Strähne von Laras Haar und zog daran.

»Aua!«, rief Lara und rückte noch ein Stück weiter weg. Sie hatte sich getäuscht, die alte Frau hatte definitiv nicht alle Tassen im Schrank.

Jetzt kicherte sie und kaute dabei auf ihrer Pfeife herum.

In diesem Moment trat die Empfangsdame zu ihnen.

»Entschuldigen Sie, Signora, ich hoffe, Sofia hat sie nicht belästigt. Sie meint es nicht so.«

Lara erhob sich und schüttelte den Kopf. »Nein, keine Sorge, alles bestens. Ich muss jetzt sowieso los.«

Die Empfangsdame nickte erleichtert. Anscheinend tauchte die Bettlerin öfter im Hotel auf und belästigte die Gäste. In diesem Moment hörte Lara ein Auto, das ziemlich rasant vorfuhr und vor den Eingangsstufen stoppte. Als sie einen Blick durchs Panoramafenster warf, sah sie Romeo darin sitzen. Er hatte das Verdeck heruntergeklappt und trug eine verspiegelte Sonnenbrille, sein Arm lag lässig auf der Autotür. Wie ein waschechter italienischer Playboy, ging es ihr durch den Kopf, und sie fühlte dabei ein seltsames Grummeln im Magen.

»Also dann«, sagte Lara und griff nach ihrer Strandtasche. Offensichtlich hatte die Empfangsdame zwischen Romeos Auftauchen und Laras Abgang den richtigen Zusammenhang hergestellt, denn sie sah Lara überrascht an.

Lara spürte, dass sie errötete. Und wenn schon, dachte sie trotzig. Was ist schon dabei, wenn ich ein paar Stunden mit Celias Bruder verbringe?

Die Bettlerin drehte sich ebenfalls um und betrachtete

Romeos Wagen mit schmalen Augen. Dann stieß sie ein verächtliches Schnauben aus.

Lara legte die Illustrierte wieder auf das Tischchen, als die Alte sie am Handgelenk packte. Ihr Griff war erstaunlich fest, und Lara sah sie erschrocken an. Also mit dieser Methode würde sie von ihr ganz bestimmt kein Almosen erhalten.

»Schlechtes Blut, *bellezza!* Halt dich von ihm fern, sonst wirst du es bereuen. Wie sie, denn er ist wieder da.«

Sie griff sich an den Hals, zog eine Kette hervor, an der etwas Goldenes baumelte, das wie ein kleines Horn aussah, und küsste es drei Mal. Dann ließ sie Lara abrupt los.

10

»Da runter?«

Sie standen auf dem Viadukt, das den Verkehr über die Schlucht führte, und sahen hinab aufs funkelnde Meer.

Romeo nickte und bemerkte, wie Lara mehrmals schluckte. Unter ihnen erstreckte sich eine schmale gemauerte Treppe, die sich an die Felsen krallte und steil in die Tiefe führte. An ihrem Fuß befand sich ein Kiesstrand, auf dem ein paar hölzerne Ruderboote lagen.

»Es sind nur etwa achthundert Stufen«, erklärte er leichthin und schulterte Umbertos Rucksack.

Die Deutsche sah ihn mit entgeisterter Miene an, und Romeo verbiss sich ein Lachen. Er hatte lange überlegt, wohin er mit ihr fahren sollte. Zwar hielt sich der Touristenstrom Mitte Oktober in Grenzen, doch die prominentesten Badestrände wie der *Marina Grande* oder der *Le Sirene* in Amalfi waren auch um diese Jahreszeit noch voller Urlauber. Und er hatte wahrhaftig keine Lust, sich diese Fleischbeschau anzutun. Zudem hätte sie ja auch einfach in Positano an den Strand gekonnt – selbst schuld.

Der *Fiordo di Furore* lag knapp vierzehn Kilometer von Positano entfernt und war vom Massentourismus bis jetzt verschont geblieben. Ähnlich wie seine nordischen Namensvettern war dieser Fjord durch einen Wildbach entstanden, der sich aus der Hochebene Agerola jahrhundertelang in den Fels gegraben hatte. Der Bach war mittlerweile versiegt und nur der tiefe Einschnitt übrig geblieben. Die Schlucht war ein beliebter Treffpunkt für die Einheimischen. Und das türkisfarbene Wasser, das wie ein polierter Edelstein glänzte, zog Heerscharen von Fotografen an. Der Ort Furore zog sich terrassenartig einen Hang hinauf. Viele seiner Mauern waren von Künstlern farbig verziert worden, und in ganz Italien galt der Ort deshalb als das »bemalte Dorf«.

»Du bist doch bestimmt schwindelfrei?«

Romeo machte sich schmunzelnd auf den Weg.

Lara stieß ein paar Sätze auf Deutsch aus, die er nicht verstand, die aber nicht schmeichelhaft für ihn sein konnten.

Als er die ersten Stufen hinabging, hörte er das Flip-Flap ihrer Badelatschen hinter sich. Nicht das geeignetste Schuhwerk, um diese Treppe hinunterzusteigen, aber es würde schon gehen. Den Anflug von schlechtem Gewissen, dass er der Wikingerin diese Tortur zumutete, vertrieb er damit, dass er schließlich nicht darum gebeten hatte, ihr als Kindermädchen zu dienen. Und wenn sie sich einen bequemen Tag am Strand gewünscht hatte, war das nicht sein Problem.

Im Grunde jedoch wollte er Celias Freundin nicht kränken. Der Fjord war ihm als wunderbare Alternative zu den überfüllten Stränden eingefallen, und er war wirklich sehenswert. Er hätte Lara allerdings vorher bitten sollen, Turnschuhe anzuziehen.

Nach ein paar Stufen drehte er sich um und wartete, bis sie zu ihm aufschloss.

»Alles klar?«

»Bestens!«, murmelte sie und ihre grünen Augen funkelten ihn dabei kämpferisch an.

Er lachte und drehte sich wieder um. »Dann ist ja gut. Ich

habe schon befürchtet, dass du mir einen Schubs gibst. Aber der Abstieg lohnt sich wirklich, du wirst sehen. Die Kulisse beim Baden ist phänomenal.«

Erneut sagte sie etwas auf Deutsch, das schon versöhnlicher klang.

»Übrigens wollte ich mich bei dir noch bedanken, dass du Celia so zur Hand gehst. Das ist nicht selbstverständlich und …«

»Schon gut«, unterbrach sie ihn. »Ich mache das gern, obwohl es unglaublich viel zu tun gibt. Das hätte ich nie gedacht. Apropos, kann ich dich was fragen?«

Er blieb erneut stehen. »Ja?«

»Nur so zum besseren Verständnis.« Sie holte aus ihrer Strandtasche ein Gummiband und band die Haare zu einem Pferdeschwanz zusammen. »Diesen Domenico gibt es tatsächlich, oder?«

Romeo hob verblüfft die Augenbrauen.

»Nun ja«, fuhr sie lachend fort, »alle sprechen über ihn, aber gesehen habe ich ihn noch kein einziges Mal. Er hält sich ja ganz schön raus, oder?«

Romeo grinste und streckte die Hand nach ihrer Tasche aus. »Gib her, dann ist es etwas bequemer für dich. Und ja, den Typen gibt's wirklich. Spätestens am Sonntag wird sich das Phantom hoffentlich zeigen.«

Sie lachte, und sein Herz verdoppelte unvermittelt das Tempo, als hätte er gerade einen Sprint hingelegt. Er konnte Celia verstehen, dass sie Lara mochte. Nebst ihrem attraktiven Äußeren schien die Wikingerin ein umgänglicher Mensch mit Humor zu sein. Und plötzlich war es ihm ganz recht, dass Umberto heute keine Zeit hatte.

Die Sonne verschwand hinter den steil in die Höhe ragenden Felswänden, über die sich das Viadukt wie ein steinerner Regenbogen spannte. Lara hatte es sich im Schatten eines halb verfallenen Bootes gemütlich gemacht und las in einem Buch. Nach ihrer Aussage vertrug sie die pralle Sonne nicht. Kein Wunder, bei ihrer hellen Haut.

Romeo gönnte sich so lange ein Sonnenbad, doch als der Schatten über ihn fiel, fröstelte er plötzlich. Er stand auf, griff nach dem Strandtuch und setzte sich neben Lara. Während er sein Polohemd überzog, linste er nach dem Buchtitel. Weder der Titel noch der Autor sagten ihm etwas.

»Spannend?«, fragte er und lehnte sich an das alte Fischerboot. Die abblätternde Farbe der Planken fühlte sich rau an seinem Rücken an.

»Sehr«, gab sie zur Antwort und ließ das Buch sinken. »Eine Familiensaga aus den Zwanzigerjahren, spielt in London. Liest du gern?«

Er zuckte mit den Schultern und betrachtete eine Familie, die unweit der Steinstufen einen mitgebrachten Picknickkorb plünderte. Beim Anblick der Salami, die der Mann gerade hervorholte, knurrte sein Magen.

»Früher mehr als jetzt. In meinem Beruf muss ich viel Geschäftskorrespondenz lesen, Berichte, Marktanalysen und so, da bin ich in meiner Freizeit froh, einfach nur mal abzuschalten. Wenn ich lese, dann vielleicht einen Krimi. Kennst du Bruno Morchio?«

Sie schüttelte den Kopf.

»Er schreibt Romane über einen Privatdetektiv in Genua, die sind ganz witzig.«

Lara hatte sich bei ihrer Ankunft dick mit Sonnenmilch eingeschmiert und für einen kurzen Moment hatte er angenommen, dass sie ihn darum bitten würde, ihr den Rücken einzucremen. Obwohl er das gern getan hätte, hatte sie es offensichtlich nicht für nötig gehalten. Was sich jetzt rächte, denn ein rötlicher Schimmer überzog ihre Schultern.

»Du solltest dir was überziehen«, schlug er vor und deutete mit dem Finger auf ihre Schultern.

»Oh, schiet!« Sie legte das Buch beiseite und wühlte hastig in ihrer Tasche, bis sie ihre Bluse gefunden hatte. »Es ist wirklich ein Kreuz mit so einer empfindlichen Haut«, murmelte sie verdrießlich. »Das werde ich diese Nacht sicher büßen.«

»Wollen wir gehen?« Er stand auf und strich sich den Sand von der Badehose. »Ich würde ja gern noch bleiben, aber ich verhungere gleich. Und das *Al Monazeno* hat leider zu.«

Er wies mit dem Kopf auf den hinteren Teil der Schlucht, wo ein paar Stühle und Tische auf einer gemauerten Rampe standen.

»Ja, gut, ich könnte auch etwas vertragen.«

Sie legte ein Lesezeichen zwischen die Seiten und verstaute das Buch und ihre anderen Utensilien in der Tasche. Als sie aufstand, bewunderte Romeo ihre wohlgeformten Beine, die schmale Taille und ihren hübschen Busen. Sie sah wirklich klasse aus, und er konnte Eduardo verstehen, dass er seinem Cousin Umberto von ihr vorschwärmte.

Obwohl er Celia verflucht hatte, weil sie ihm ihren Gast aufzwang, genoss er jetzt Laras Begleitung. Nach dem halsbrecherischen Abstieg über die Treppe hatten sie sich gleich ins Meer gestürzt und waren bis zu den Felsen hinausgeschwommen, die die Bucht vom offenen Meer trennten. Er hatte Lara darauf hingewiesen, dass hier oft Klippenspringerwettbewerbe stattfanden, bei denen sich Wagemutige bis zu dreißig Meter in die Tiefe stürzten, und sie hatte beeindruckt genickt.

Sie war eine gute Schwimmerin und er musste sich anstrengen, mit ihr mitzuhalten. Während des Schwimmens unterhielten sie sich über die bevorstehende Hochzeit, über Celia und ihre Macke, was Horoskope betraf, und über Laras Leben in Hamburg. Anscheinend war sie Single, denn sie hatte zwar ausführlich von ihren Eltern und ihrem jüngeren Bruder berichtet, aber sonst keinen Mann erwähnt. Seltsamerweise gefiel ihm das. Dann käme er, sollte er vielleicht doch ein wenig mit ihr flirten, wenigstens niemandem in die Quere. Und er brauchte dringend etwas Abwechslung, um nicht ständig an seinen Vater zu denken. Ein wenig Stressrelease mit der Wikingerin schien ihm ein geeignetes Mittel dazu. Bei dem Gedanken, wie es sein würde, ihre vollen Lippen zu küssen, rieselte ein angenehmer Schauer über seinen Rücken.

»Romeo?«

Er räusperte sich. »Bitte?«

»Willst du den da nicht mitnehmen?«

Lara deutete auf Umbertos Rucksack neben dem Boot.

»Doch, klar. Ich war nur kurz in Gedanken.« Und hoffentlich hat man mir die nicht angesehen, ging es Romeo durch den Kopf.

* * *

Sie befanden sich hoch oben über der Ortschaft Furore und hatten noch einen Tisch auf der Terrasse des Restaurants *L'Incanto* ergattert. Der auflandige Wind kühlte angenehm. Das Lokal war mit weiß-blau karierten Tischdecken und grob gezimmerten Tischen und Stühlen ausgestattet. Blühende Geranien in ziegelfarbenen Töpfen reihten sich entlang der Brüstung. Sehr authentisch. Aber das Beste war der atemberaubende Ausblick. Unter ihnen lag das Dorf mit seinen farbigen Häusern, die am grün bewachsenen Berghang klebten, dazwischen wand sich das graue Band der Hauptstraße in Serpentinen durch Reben und Felsgestein. Das Mittelmeer glänzte tiefblau, durchwebt vom weißen Kielwasser vorbeiziehender Boote und Jachten. Am Horizont verschwammen Meer und Himmel im Dunst des späten Nachmittags zu einer weiß-blauen Einheit. In der Ferne konnte man noch knapp die *Faraglioni di Capri* erkennen, die Felsklippen, die vor der Insel Capri steil aus dem Meer‹ ragten.

Lara setzte sich vorsichtig auf einen Stuhl und linste über das Geländer in die Tiefe.

»Ich hoffe, der Architekt wusste, was er tat.«

Romeo lachte und bestellte beim herbeieilenden Kellner eine Flasche Mineralwasser und die Speisekarte.

»Das hoffe ich auch«, gab er zur Antwort. »Es wäre doch schade, wenn unser Ausflug mit einem Absturz enden würde.«

Er zwinkerte ihr zu und schob die Sonnenbrille in die Haare.

Lara warf ihm einen schnellen Blick zu. Flirtete er etwa mit ihr? Hatte Celia ihrem Bruder möglicherweise das Gleiche erzählt wie ihr? Nämlich, dass es doch eine angenehme Abwechslung wäre, wenn sie beide sich ein paar vergnügliche Stunden gönnten? Bei den Bildern, die sich darauf vor ihrem geistigen Auge formten, errötete sie und griff hastig nach der Karte, die ihr der Kellner überreichte.

»Worauf hast du Lust?«, fragte Romeo.

Lust? Wie meinte er das? Sie hielt den Kopf gesenkt und tat so, als würde sie die Speisekarte studieren. Offenbar hatte sie Romeo mit dem Einverständnis, den Tag mit ihm zu verbringen, einen Freifahrtschein für ein amouröses Intermezzo geliefert. Himmel, was für ein Schlamassel!

»Ich kann dir die Fischgerichte empfehlen. Oder lieber eine Pizza? Hallo, Lara?«

»Was? Ah ja, Fisch ist wunderbar!«, stieß sie hastig hervor und klappte die Speisekarte zu. Als sie den Blick hob, bemerkte sie Romeos gerunzelte Stirn.

»Alles in Ordnung?«

»Aber ja, alles bestens.«

»Also, dann zweimal Lampuga an Tomatensoße«, wandte er sich an den Kellner. »Wein?«

Sie schüttelte den Kopf.

»Wir bleiben beim Wasser.«

Der Ober nickte und verschwand.

»Weißt du, dass man Lampuga auch Lotsenfisch nennt?«

Er sah sie fragend an und in seinen Augen blitzte etwas auf, das sie schlucken ließ. Das war ihrer Meinung nach mehr als höfliches Interesse. Erneut schüttelte sie den Kopf und spielte dabei mit dem Besteck. Wenn Romeo tatsächlich mit ihr flirtete, wie konnte sie ihm zu verstehen geben, dass sie für Sex nicht zur Verfügung stand? Oder machte sie sich zu viele Gedanken? Vielleicht wollte er einfach nur nett sein und sie bildete sich seine amourösen Absichten lediglich ein.

»... weil er in Rudeln auftritt und Schiffe oft tagelang begleitet. Gefangen wird er übrigens nur im Herbst, weil er dann zum Laichen ins Mittelmeer kommt.« Er brach ab. »Aber ich langweile dich, entschuldige.«

»Nein, gar nicht«, erwiderte sie schnell. »Das ist wirklich interessant.«

Er sah sie einen Moment prüfend an, vermutlich um zu entscheiden, ob sie ihn gerade auf den Arm nahm. Offenbar war er zu einem negativen Ergebnis gekommen, denn er fuhr fort: »Nun ja, Essen und Trinken gehören zu meinen Hobbys. Schon immer. Vielleicht, weil ich früher geglaubt habe, irgendwann das Hotel ...« Wieder verstummte er und sah einen Moment mit abweisender Miene aufs Meer hinaus. Dann atmete er tief durch. »Egal«, meinte er und sah sie mit einem bitteren Lächeln an. »Also, auf welche aberwitzigen Spielchen müssen wir uns am Sonntag gefasst machen?«

Lara lachte. »Das ist streng geheim. Lass dich einfach überraschen.«

Romeo rollte ergeben mit den Augen.

Während sie auf das Essen warteten, überlegte sie, ob es impertinent von ihr wäre, nachzuhaken, weshalb Enzo seinem

Sohn den Betrieb nicht abtreten wollte. Immerhin interessierte sich Romeo doch offenbar sehr dafür, und es schmerzte ihn, das Hotel nicht übernehmen zu dürfen. Doch eine plötzliche Scheu hielt sie davon ab. Sie wollte nicht sensationslüstern wirken, und anscheinend redete er nicht gern über diese Sache, weil er so abrupt das Thema gewechselt hatte. Vielleicht würde er, wenn sie sich besser kannten, noch von allein darauf zu sprechen kommen. Besser, sie genoss einfach den Moment und die herrliche Aussicht. Wobei sie sich nicht sicher war, welcher Blick ihr mehr zusagte, der aufs Meer oder der auf den attraktiven Mann ihr gegenüber.

Der Fisch wurde auf einem bunt bemalten Porzellanteller serviert und war ein Gedicht!

»Schmeckt er dir?«, fragte Romeo.

»Sehr, ich habe selten so etwas Köstliches gegessen«, erwiderte Lara zwischen zwei Bissen. »Ob mir der Koch das Rezept verrät?«

»Vermutlich nicht«, erklärte Romeo lächelnd. »Wir Italiener machen gern ein Geheimnis aus unseren Talenten.«

Wieder war da dieses Aufblitzen in seinen Augen, das sie nicht zuordnen konnte. Flirtete er offen mit ihr oder war das einfach nur Freundlichkeit? Ihre anfängliche Annahme, dass Celias Bruder ein bisschen introvertiert sei, musste sie gründlich revidieren. Wenn er auftaute, war er charmant, ein talentierter Geschichtenerzähler und voller Humor. Dieser Mann brachte sie regelrecht durcheinander. Auf der einen Seite wünschte sie sich zwar, dass alles so blieb wie bisher und dass er einfach nur nett sein wollte, auf der anderen Seite fühlte sie sich jedoch immer stärker zu ihm hingezogen und hoffte ... Ja, was eigentlich? Dass er sie attraktiv fand? Dass er sie verführen wollte? Das war doch verrückt.

»Bist du schon satt?«, fragte Romeo in diesem Moment und blickte dabei auf ihren halb vollen Teller.

Lara fühlte sich ertappt. Dieses Gefühlschaos schlug ihr offenbar auf den Appetit. Eine sehr beunruhigende Entwicklung, denn normalerweise konnte sie in jeder Lebenslage essen.

»Ja, danke. Die Portion war doch etwas groß.«

Romeo sah sie zweifelnd an, erwiderte aber nichts darauf. »Kaffee?«, fragte er stattdessen und sie nickte.

Er rief den Kellner und bestellte für sie einen Latte macchiato und für sich einen Ristretto. »Und dazu zwei Limoncello, bitte.«

Sie hatte diesen Zitronenlikör, der in ganz Kampanien hergestellt wurde, in der Zwischenzeit lieben gelernt. Eiskalt serviert, war er herrlich erfrischend. Hoffentlich war das Glas gut gefüllt. Vielleicht würde ein bisschen Alkohol den momentanen Aufruhr in ihrem Kopf besänftigen.

Während der Kellner die Teller abräumte, beobachtete Lara Romeo eingehend. Er wirkte jetzt vollkommen entspannt, sah aufs Meer hinaus und lächelte sie zuweilen kurz an. Weder war da ein Funkeln in seinen Augen noch sonst eine Andeutung von körperlichem Interesse an ihr. Nein, dieser Mann war ganz bestimmt auf kein sexuelles Abenteuer aus. Sie hatte eindeutig zu viel in seine Aussagen hineininterpretiert und Dinge gehört und gesehen, die ihrem eigenen Wunschdenken entsprachen. Sein Desinteresse beruhigte sie. Immerhin war das Ende ihrer Italienreise absehbar, und ein amouröses Abenteuer mit dem Bruder der Braut war nur ein abgedroschenes Klischee. Doch weshalb fühlte sie dann einen leichten Stich der Enttäuschung? Lara seufzte verhalten. Sie hatte eindeutig zu viel Sonne abbekommen.

Als ein älteres Ehepaar an ihrem Tisch vorbeiging, erinnerte sie sich plötzlich an die Begegnung mit der Bettlerin in der Eingangshalle des Hotels. Sie musste Romeo unbedingt fragen, was diese Sofia mit dem Ausdruck »schlechtes Blut« gemeint haben konnte, denn sie vermutete, dass sich ihre Warnung auf ihn bezog.

Der Kellner brachte den Kaffee und zwei schmale Gläser, gefüllt mit dem hellgelben Likör. In der warmen Luft bildete sich sofort Kondenswasser daran.

»Auf Celias Hochzeit!«

Romeo hob das Glas und Lara tat es ihm gleich.

»Und dass die Braut auch daran teilnehmen kann«, fügte sie hinzu.

»Das wird schon wieder. Celia regt sich immer schnell auf, und das schlägt sich dann auf ihre Gesundheit nieder. Das war schon während der Schulzeit so. Bis Sonntag erholt sie sich bestimmt, du wirst sehen.«

Lara nickte. Es wäre für ihre Freundin sicher eine Katastrophe, wenn die Hochzeit ins Wasser fiel.

Romeo hob die Hand zum Zeichen, dass er die Rechnung haben wollte.

»Ich zahle mein …«

Er schmetterte ihren Wunsch mit einer Handbewegung ab und Lara wusste, es hatte keinen Sinn zu insistieren. Nicht in Italien. Also stellte sie ihre Frage.

»Sag mal, kennst du eine alte Frau namens Sofia?«

Der Kellner brachte ein Silbertablett mit der Rechnung und Romeo legte seine Kreditkarte darauf.

Er runzelte die Stirn und überlegte einen Moment.

»Nun ja, ein geläufiger Name in dieser Gegend. Die Frau des Metzgers heißt Sofia, und ich hatte eine Grundschullehrerin mit dem gleichen Namen. Was verstehst du denn unter alt?«

Sie zuckte die Schultern. »So um die achtzig vielleicht?«

Der Kellner brachte das Kartenlesegerät. Romeo tippte die Geheimnummer ein, gab ein Trinkgeld und verstaute die Rechnung in seinem Portemonnaie.

»Meine Großtante Sofia ist etwa in dem Alter«, erklärte er.

»Aber die lebt auf Capri und kommt nur selten aufs Festland. Weshalb die Frage?«

Lara stutzte. Die Bettlerin konnte unmöglich Romeos Großtante sein. Eine Verwandte hätte man im Hotel bestimmt anders behandelt. Zudem würde eine Familienangehörige kaum in der Art und Weise über einen Blutsverwandten reden.

»Ach, nichts. Ich hatte heute nur einen etwas merkwürdigen Zusammenstoß mit einer Sofia. Sie faselte etwas davon, dass jemand wieder hier sei, und nannte mich eine Hexe. Übrigens war sie nicht die Einzige. Ein kleines Mädchen hat mich ebenfalls so tituliert. Es muss also was dran sein.«

Sie zwinkerte und Romeo zog amüsiert einen Mundwinkel nach oben.

»So, so«, meinte er und stand auf, »dann hoffen wir mal, dass du uns nicht alle verhext. Bei gewissen männlichen Einheimischen ist es, wie ich hörte, offensichtlich bereits geschehen.«

* * *

Die *Amalfitana* war wegen ihrer geringen Straßenbreite und überhängenden Felsen täglich bis Mitternacht für Autos mit Wohnanhänger und Wohnmobile gesperrt. Das Verbot hatte einen ausländischen Gast jedoch nicht davon abgehalten, sein Glück zu versuchen, und jetzt staute sich der Verkehr vor Positano auf mehreren Kilometern, weil der Fahrer irgendwo feststeckte, was ein aufgeregter Moderator eben im Radio verkündete.

»Tja.« Romeo wandte sich an Lara. »Das wird eine Weile dauern.« Er schaltete den Motor aus und hob entschuldigend die Achseln.

»Gibt es keinen anderen Weg zurück?«, erkundigte sie sich.

»Doch, wenn du es schaffst, meinen Wagen auf ein Maultier zu hieven.« Sie sah ihn verständnislos an. »Nein, leider nicht«, fügte er hinzu. »Durch die Berge führen nur Saumpfade. Aber keine Angst, sie werden den Verrückten schon auf die Seite schieben, damit wir passieren können. Es dauert halt einfach seine Zeit.« Er verschränkte die Hände hinter dem Kopf und lehnte sich zurück. »Immerhin haben wir gegessen und müssen nicht darben.«

»Mich plagt jetzt schon das schlechte Gewissen, dass ich deine Schwester so lange allein gelassen habe. Und jetzt wird's noch später.« Sie kramte in ihrer Handtasche. »Ich rufe sie besser mal an.«

»Hier, nimm lieber mein Telefon.« Er griff nach seinem Handy, suchte Celias Nummer und hielt Lara das Gerät vor die Nase. »Ist billiger.«

»Danke.«

Sie nahm ihm das Smartphone ab und dabei berührten sich ihre Hände. Ein angenehmer Schauer rieselte durch Romeos Arm und er räusperte sich. Lara schien es ähnlich zu gehen, denn sie warf ihm einen schnellen Blick zu und errötete, bevor sie sich das Handy ans Ohr hielt.

»Celia, hi. Nein, hier ist Lara. Wir sitzen im Stau. Anscheinend verstopft ein Wohnwagen die Straße. Wie geht's dir? Oh, tatsächlich? Schon wieder weg? Ach, wie schade. Ja, verstehe. Gut, dann bis später. Ciao!«

Sie beendete den Anruf und schüttelte den Kopf.

»Alles in Ordnung?«

»Du wirst es nicht glauben. Domenico hat Celia besucht. Er ist aber schon wieder weg. Ich werde den Mann offenbar nie kennenlernen.« Sie lachte und legte das Handy zurück.

Romeo schmunzelte. »Schlimmer als eine Hebamme, nicht wahr? Immer auf dem Sprung. Oh, es geht voran.«

Er startete den Wagen und folgte dem Vordermann im Schritttempo.

Während sie gemächlich die Küste entlangtuckerten, dachte

Romeo über Lara nach. Die vergangenen Stunden mit ihr hatte er sehr genossen, und er fragte sich, ob er nicht einen Vorstoß wagen sollte. Er glaubte zu spüren, dass er ihr nicht gleichgültig war, und er hatte sie ein paarmal dabei ertappt, wie sie ihn verstohlen musterte, als müsste sie ihn abschätzen. War sie auf ein kleines Techtelmechtel aus? Und wieso auch nicht? Schließlich waren sie beide erwachsen, ungebunden und lagen auf derselben Wellenlänge.

Ob er sie heute Abend zum Tanzen ausführen sollte? Vielleicht nicht gerade dorthin, wo Umberto sich die Nächte um die Ohren schlug, denn auf die anzüglichen Bemerkungen seines Kumpels konnte er verzichten. Aber irgendwohin, wo es romantisch war. Und später? In Umbertos Wohnung konnten sie nicht, ins *Bellavista* wollte Romeo nicht, und für einen Quickie am Strand war er definitiv zu alt. Egal, wenn es dazu käme, würde ihm schon etwas einfallen. Er wollte Lara gerade nach ihren Plänen für den heutigen Abend fragen, als sie ihm zuvorkam:

»Ich hoffe, du nimmst mir meine Frage nicht übel«, sagte sie, »aber es lässt mir einfach keine Ruhe.«

Die Kolonne kam erneut zum Stehen und Romeo schnalzte ärgerlich mit der Zunge. »Was denn?«

»Was ist zwischen dir und deinem Vater eigentlich vorgefallen, dass ihr euch so spinnefeind seid?«

Aus dem Augenwinkel konnte er sehen, dass sie ihn beobachtete.

Als er schwieg, fuhr sie fort: »Ich meine, es geht mich zwar nichts an, aber ich …«

»Korrekt«, unterbrach er sie unwirsch, »es geht dich nichts an.«

Er hörte, wie sie die Luft ausstieß.

»Entschuldige, ich wollte dir nicht zu nahe treten«, sagte sie und schwieg dann.

Die gute Stimmung, die eben noch zwischen ihnen geherrscht hatte, war verpufft. Romeo hatte diese Frage von Anfang an befürchtet, und er verspürte absolut keine Lust, mit Fremden über das Vater-Sohn-Verhältnis der Marconis zu diskutieren. Hatte die Deutsche keinen Respekt vor den Familienangelegenheiten anderer?

Der Vordermann stoppte abrupt, und Romeo wäre beinahe auf ihn draufgeknallt.

»*Deficiente!* Hast du das gesehen? So ein Vollidiot!«

Er wandte den Kopf. Lara blickte geradeaus, den hübschen Mund zu einer schmalen Linie zusammengepresst.

»Entschuldige bitte, Lara. Ich wollte dich nicht so anfahren. Vielleicht sind wir Italiener, was Familienangelegenheiten betrifft, etwas sensibel. Es ist nicht gegen dich persönlich gerichtet. Du hast gestern einen unschönen Einblick in unsere Probleme bekommen, das bedaure ich, aber mehr möchte ich dir nicht zumuten.«

Sie nickte zögerlich. »Schon okay. Neugier ist leider eine Schwäche von mir.« Sie lächelte gezwungen und nestelte dabei an ihrem Pferdeschwanz herum. »Manchmal hilft es jedoch, wenn man mit einem Außenstehenden über Probleme spricht. Das gilt aber offensichtlich nicht für eure Familie. Schwamm drüber, okay?«

Romeo entspannte sich. Schön, er schätzte es, wenn jemand nicht nachtragend war, trotzdem war die lockere Stimmung dahin und damit auch die Gelegenheit, Lara für den Abend einzuladen.

II

Vor dem *Bellavista* parkte ein Reisebus mit niederländischem Kennzeichen, als sie gegen neunzehn Uhr dort ankamen. Die Sonne war vor einer halben Stunde in einem atemberaubenden Feuerball im Meer untergegangen, und nur ganz im Westen leuchtete noch ein blassrosa Streifen am Horizont. Die restliche Fahrt hatten sie nach Laras unbedachter Frage nahezu schweigend zurückgelegt. Romeo blieb einsilbig und sie fand kein unverfängliches Thema mehr.

Warum habe ich nicht meinen Mund gehalten, ging es ihr durch den Kopf. Natürlich wollte er mit einer Fremden nicht über seinen Vater sprechen. Das hatte sie nun von ihrer Westentaschenpsychologie. Sie bedauerte es zutiefst, dass der angenehme Nachmittag auf diese Weise endete.

Romeo stoppte hinter dem Bus, schaltete den Motor jedoch nicht aus. Einen Moment blieb Lara noch sitzen, doch da er keine Anstalten machte auszusteigen, griff sie frustriert nach ihrer Strandtasche auf dem Rücksitz und öffnete die Autotür.

»Danke für den schönen Ausflug«, sagte sie, während sie ausstieg.

Für einen Moment sah es so aus, als wolle er doch noch etwas erwidern, aber dann nickte er nur.

»Also bis Sonntag«, verabschiedete sie sich.

»Sì, ci vediamo.«

Er wendete rasant in der Auffahrt und fuhr davon. Lara sah ihm kopfschüttelnd nach. Italiener und ihr Stolz!

»Bestell dir ruhig etwas aufs Zimmer«, schlug Celia vor. »Ich bekomme leider keinen Bissen hinunter.«

Im Schlafzimmer ihrer Freundin roch es nach Erkältungssalbe, Kräutertee und verbrauchter Luft. Lara öffnete das Fenster.

»Danke, aber wir haben spät zu Mittag gegessen. Oder früh zu Abend, je nachdem.«

»Aha!«

Lara verdrehte die Augen. »Nichts aha! Was du dir wieder einbildest.«

Celia zog amüsiert einen Mundwinkel nach oben. Sie sah deutlich besser aus als am Morgen. Die Bettruhe schlug offensichtlich an.

»Aber ihr habt euch doch gut verstanden, oder?«

Lara nickte. Sollte sie ihr von dem Missklang erzählen, mit dem der Ausflug geendet hatte? Nein, im schlimmsten Fall würde Celia daraufhin gleich ihren Bruder anrufen und ihn zur Rede stellen. Und sie wollte nicht als Petze gelten.

»Dein Bruder kann sehr charmant sein«, entgegnete sie stattdessen möglichst unbeteiligt. »Und er ist ein interessanter Gesprächspartner. Und jetzt hör auf, so zu grinsen. Es war nichts, wird nichts und wird auch nie etwas sein.«

Celia hob abwehrend die Hände. »Ist ja schon gut. Schade, so ein kleines Abenteuer hätte euch bestimmt gutgetan. Aber anscheinend passt ihr, trotz eurer günstigen Sternzeichenkombination, doch nicht zusammen.« Sie zuckte bedauernd mit den Schultern. »Anderes Thema«, sagte sie dann und klopfte einladend auf das Bett.

Lara setzte sich auf die Bettkante.

»Domenicos älterer Bruder hat sich gestern aus heiterem Himmel von seiner Freundin getrennt und kommt jetzt allein zur Hochzeit. Damit bringt er alles durcheinander.« Celia griff nach einem Blatt Papier auf dem Nachttisch. »Also muss ich entweder schnell noch eine weibliche Person als seine Tischdame finden, oder wir stellen die Sitzordnung komplett um.«

Lara stieß frustriert die Luft aus. »Eine Hochzeit zu organisieren ist ja schlimmer, als einen Sack Flöhe zu hüten. Also dann, gib mal den Zettel her, das kriegen wir hin.«

Später lag Lara auf dem Bett, zappte gelangweilt durch die Fernsehprogramme und schaltete den Fernseher dann aus. Nachdem sie geduscht und ihren Sonnenbrand auf den Schultern dick mit After-Sun-Lotion verarztet hatte, wusste sie nichts mehr mit sich anzufangen. Zum Lesen war sie zu aufgedreht, zum Schlafen war es noch zu früh.

Celia hatte ihr von der örtlichen Diskothek *Music on the Rocks* erzählt, die am Freitagabend ein richtiger Besuchermagnet für Touristen und Einheimische sei. Sie befand sich in einer natürlichen Höhle namens *Grotta dell'Incanto*. Doch Lara verspürte wenig Lust, sich unters tanzende Volk zu mischen, und beschloss daher, lieber einen Spaziergang zu unternehmen.

Sie schwang die Beine aus dem Bett, kleidete sich an und schüttelte ihre noch feuchten Locken. Die Nacht war mild, sie würde sich schon nicht erkälten. Trotzdem nahm sie ihre Jeansjacke aus dem Schrank. Am Strand ging immer ein leichter Wind, und es reichte, dass die Braut mit einer Triefnase glänzte.

In der Eingangshalle herrschte ein buntes Treiben. Die Gäste kamen vom Abendessen und informierten sich am Schwarzen Brett über die morgigen Aktivitäten rund um Positano oder gönnten sich an der Bar im hinteren Teil noch einen Absacker.

Kleine Kinder, die eigentlich längst ins Bett gehörten, liefen, ganz nach südländischer Art, lachend umher und veranstalteten einen Heidenlärm. Das Mädchen, das Lara für eine Hexe gehalten hatte, war jedoch nicht darunter. Bei dem Gedanken an diese schmeichelhafte Titulierung hielt Lara unwillkürlich Ausschau nach der Bettlerin. Doch auch die alte Frau war nirgends zu sehen.

Der Weg hinunter zum Meer war gut ausgeleuchtet. Über ein Gewirr von kleinen Treppen und Stufen gelangte man vom Hotel zur Via Marina Grande und an den Strand. Auf den Terrassen der angrenzenden Restaurants saßen die Gäste beim Abendessen, und ein Potpourri aus Essensdüften, Unterhaltungsfetzen und Gelächter begleitete Lara bis zum Pier. Sie setzte sich auf die Stufen der gemauerten Mole und betrachtete das nächtliche Meer. Sanft schlugen die Wellen an den Kiesstrand, auf dem ein paar Ruderboote lagen, bereit, am nächsten Tag von seetüchtigen Touristen gemietet zu werden. Die Bucht, die am Tag von Tagesausflüglern mit ihren größeren und kleineren Motorbooten gespickt war, lag jetzt verlassen unter dem silbrigen Mondlicht.

Lara atmete tief durch. Wie konnte Romeo dieses Idyll nur gegen den Lärm und Smog einer Großstadt tauschen? Als sie ein helles Lachen hörte, wandte sie den Kopf. Neben einem umgedrehten Boot stand ein eng umschlungenes Pärchen. Sie sah, wie der Mann seiner Begleitung das Haar zurückstrich und sie dann zärtlich küsste.

Lara seufzte. Was für ein Glück die zwei hatten, diesen schönen Ort gemeinsam genießen zu können.

»Die scheinen ja schwer verliebt zu sein.«

Sie wirbelte erschrocken herum und verlor beinahe das Gleichgewicht.

Hinter ihr stand Romeo, die Hände in den Hosentaschen vergraben, und beobachtete ebenfalls das Pärchen.

»Darf ich?«

Ohne ihre Antwort abzuwarten, setzte er sich neben sie auf den Pier. Dabei streifte sein Schenkel den ihren, und das Herz klopfte ihr plötzlich bis zum Hals.

»Du hast mich erschreckt«, sagte sie und schlang die Arme um ihren Körper. Mit einem Mal war ihr heiß und kalt zugleich. Hoffentlich hatte sie sich bei Celia nicht angesteckt.

»Entschuldige«, erwiderte er, griff nach einem Kiesel, der auf der Mole lag, und spielte damit. Dann warf er ihn in einer geschmeidigen Bewegung ins Meer, wo er mit einem leisen Plopp unterging.

»Kannst du auch nicht schlafen?«, fragte er.

Sie schüttelte den Kopf und merkte erst dann, dass er sie gar nicht ansah, sondern weiter aufs Meer hinausstarrte.

»Nein«, gab sie zu. Wieder erklang das helle Lachen der Verliebten. Plötzlich fiel ihr ein alter Vers ein: »Wie silbersüß tönt bei der Nacht die Stimme der Liebenden, gleich lieblicher Musik dem Ohr des Lauschers!«

Romeo lachte leise. »Eine Poetin, wie nett.«

»Deine Worte.«

Im Mondlicht sah sie, wie er die Stirn runzelte.

»Das sagt Romeo in dem Theaterstück ›Romeo und Julia‹«, erklärte sie. »Die Szene spielt im Garten der Capulets.«

»Ich habe das Stück nie gesehen.«

»Echt? Wieso nicht?«

»Als Junge habe ich meinen Namen gehasst. Du kannst dir sicher vorstellen, wie schnell man damit zum Gespött von Pubertierenden wird. Manchmal habe ich mich deswegen sogar geprügelt – und bekam daraufhin zu Hause von meinem Vater noch mal eine Tracht. Ich war während meiner Schulzeit leider als Raubein verschrien.« Er hob entschuldigend die Achseln. »Heute ist mir mein Vorname egal. Ich habe aber nie das Bedürfnis verspürt, meinem berühmten Namensvetter in irgendeiner Weise zu begegnen. Ob im Buch, Theater oder Film.« Er stand auf und streckte ihr die Hand hin. »Komm, ich will dir was zeigen.«

* * *

»Wo gehen wir hin?«

Lara folgte Romeo die steile Treppe hinauf, die rechter Hand in den Fels geschlagen war.

»Zum *Torre di Fornillo*, einem der Wachttürme, die im 16. Jahrhundert zum Schutz gegen die sarazenischen Seeräuber entlang der Küste gebaut wurden. Pass auf, hier wird es eng.«

Romeo blieb stehen und wartete, bis Lara die tückische Stelle passiert hatte. Er hätte eine Taschenlampe mitnehmen sollen, aber als er Umbertos Wohnung verlassen hatte, hatte er nicht im Traum daran gedacht, dass er in dieser Nacht hier heraufkommen würde. Noch dazu in Begleitung.

»Zum Glück habe ich mich heute Abend für Turnschuhe entschieden. Als hätte ich es geahnt. Irgendwann mutiere ich noch zu einer richtigen Bergziege.«

Laras Stimme klang belustigt, und er spürte Erleichterung darüber, dass die Wikingerin ihm sein ruppiges Benehmen vom frühen Abend nicht nachtrug.

Es gab mehrere dieser Wachttürme entlang der Amalfiküste. Einige waren verfallen, ein paar hatte man an Privatpersonen verkauft, die sie dann für teures Geld restaurierten. Den Wachtturm, der Positanos großen Strand überragte, hatte ein Schweizer Künstler irgendwann im 19. Jahrhundert, als der Ort noch ein verschlafenes Fischernest gewesen war, gekauft und für private Zwecke umgebaut. Heute konnte man dort Zimmer mieten, wenn man das nötige Kleingeld aufbrachte. Der Wachtturm, zu dem Romeo wollte, wurde nur bis Ende September vermietet. Im Spätherbst verfiel er in einen Dornröschenschlaf.

Schwer atmend vom Aufstieg, erreichten sie wenig später den Wachtturm und waren glücklicherweise die einzigen Besucher. Der Turm wie auch die dazugehörende Terrasse waren mit einem Gitter gesichert und verriegelt. Doch Romeo kannte sich aus. Schon als kleiner Junge war er hier herumgeturnt, wenn er es zu Hause nicht mehr aushielt. Ein geheimer Pfad, von dem nur wenige wussten, führte zur unteren Aussichtsplattform.

»Gib mir deine Hand«, wandte er sich an Lara. »Ich will nicht, dass du unfreiwillig zur Klippenspringerin wirst.«

»Witzbold«, knurrte sie. »Ist es gefährlich?«

»Nur ein bisschen«, gab er lachend zur Antwort. »Schiss?«

Sie stieß ein Schnauben aus. »Träum weiter!«

Er griff nach ihrer Hand. Sie war kalt, doch angenehm weich und passte wunderbar in die seine. Ein warmes Gefühl durchrieselte ihn. Um seine Verlegenheit zu kaschieren, räusperte er sich. »Wir haben's bald geschafft. Pass auf die Steine auf, die sind uneben.«

Nachdem sie sich durch den zugewucherten Pfad gekämpft hatten, erreichten sie einen schmalen Mauervorsprung. Unter ihnen lag jetzt nur noch das Meer, hinter ihnen erhoben sich die Mauern des Wachtturms, durchbrochen von ein paar Fenstern, die wie dunkle Augenhöhlen wirkten.

»Wow«, stieß Lara beeindruckt hervor, »diese Aussicht ist ja atemberaubend!«

Sie ließ seine Hand los und trat an die hüfthohe Begrenzungsmauer. Ein einzelner Liegestuhl und ein zusammengeklappter Sonnenschirm lehnten daran. Er zog beide zur Seite und stützte sich dann mit den Unterarmen auf die Brüstung.

Lara hatte recht. Die Lichter von Positano funkelten wie Edelsteine auf schwarzem Samt und spiegelten sich auf der Wasseroberfläche. Entlang der Küste reihten sich die Dörfer aneinander, durchbrochen vom Dunkel der Felsen und den bewaldeten Hängen.

»Hörst du sie?«

Lara wandte den Kopf. Ihr Gesicht war nur als helle Fläche zu erkennen.

»Wen?«

»Die Nereiden.«

»Du meinst die griechischen Nymphen?«

Er nickte, bis ihm bewusst wurde, dass sie diese Geste vermutlich nicht sehen konnte.

»Die fünfzig Nereiden, Töchter von Nereus und Doride, verkörpern die Wellen des Meeres. Wenn der Mond das Wasser in silbriges Licht taucht, so wie jetzt, steigen sie vom Grund auf und singen ihre Lieder.«

»Wer ist hier jetzt der Poet?«, gab sie spöttisch zur Antwort.

Er lachte. »Touché!«

»Ich dachte immer, Capri sei die Insel der Wassernymphen.«

»Stimmt, aber der Golf von Positano ist ihr Lieblingsplatz – wegen seines klaren Wassers und der guten Akustik, die ihren süßen Gesang widerhallen lässt.«

»Du nimmst mich doch auf den Arm, oder?«

»Das würde ich nicht wagen!«

Lara trat zu ihm an die Brüstung und sah aufs Meer hinaus. Der Wind spielte mit ihren Locken und er hätte sie gern berührt, um zu erfahren, wie sie sich zwischen seinen Fingern anfühlten.

»Ich höre nichts«, wisperte sie.

»Lara?«

»Pst!«

»Ich möchte mich für mein Verhalten von heute Nachmittag entschuldigen. Es war nicht richtig, dich so abzukanzeln. Du hast es bestimmt nur gut gemeint.«

Sie legte kurz ihre Hand auf seinen Arm, zog sie dann aber schnell wieder zurück.

»Schon okay. Ich hätte nicht fragen sollen.«

Sie schlang sich die Arme um den Körper.

»Ist dir kalt?«

»Ein bisschen. Zu viel südliche Sonne am Nachmittag, das bin ich nicht gewohnt. Und meine Haut noch weniger. Zum Glück trage ich am Sonntag kein schulterfreies Kleid, das sähe mit diesem Alpenglühen vermutlich etwas albern aus.«

Romeo stieß sich von der Mauer ab und zog seine Jacke aus.

»Hier, wir wollen doch nicht, dass sich auch noch die Trauzeugin erkältet.«

Er trat hinter Lara und legte ihr das Kleidungsstück um die Schultern. So nahe bei ihr konnte er ihr Parfüm riechen. Nicht süß, nicht fruchtig, eher ein herber Duft, der gut zu ihr passte.

Sie drehte sich um, vermutlich, um sich zu bedanken, doch sie sagte nichts, sah ihn nur an, und ehe er wusste, was er tat, streiften seine Lippen ihren Mund.

Die sanfte Berührung ließ sein Herz schneller schlagen. Seine Fingerspitzen kribbelten, als stände er unter Strom. Als Lara ihre Arme um seinen Hals legte und sich an ihn schmiegte, fiel seine Jacke zu Boden. Egal, sie brauchte sie nicht, denn die Hitze, die gerade durch seine Adern schoss, wärmte sie beide. Er suchte wieder ihren Mund, sein Kuss wurde leidenschaftlicher, und ihre Lippen öffneten sich. Sie schmeckte aufregend, fremd und zugleich so vertraut, dass ihm der Atem wegblieb. Wie war das möglich?

Er hatte keine Zeit, sich Gedanken darüber zu machen, denn als sie leise stöhnte, war es um ihn geschehen. Er wollte sie besitzen, mehr als alles andere auf der Welt. Eng drückte er ihren geschmeidigen Körper an den seinen, strich mit den Fingern langsam ihr Rückgrat entlang bis zu ihrem wohlgeformten Po, umfasste ihn und presste sie an seine Mitte.

Lara erschauerte und stemmte schwer atmend beide Hände an seine Brust. »Ich glaube, eben habe ich die Nereiden wohl doch gehört«, flüsterte sie.

* * *

Himmel noch mal, roch der Mann gut! Lara war gerade versucht, ein Stück von Romeo abzubeißen, und der Gedanke brachte sie zum Lachen.

»Ich habe ja schon viele Reaktionen auf meine Küsse erlebt«, raunte er an ihrem Ohr, »aber bis jetzt bist du die Einzige, die mich deswegen auslacht.«

»Entschuldige, mir ging nur gerade …«

Sie brach ab. Was um Gottes willen tat sie hier eigentlich? War sie noch bei Verstand?

Anscheinend bemerkte er ihre Ernüchterung, denn er schob sie auf Armeslänge von sich und sah sie überrascht an.

»Was ist? Hat es dir wirklich so wenig gefallen?«

Lara atmete schwer und versuchte, ihre Gefühle unter Kontrolle zu bringen. Natürlich hatte es ihr gefallen, sehr sogar! Und wenn er damit weitermachte, würde sie sich den Liegestuhl schnappen und den Bruder ihrer Freundin gleich hier unter freiem Himmel vernaschen.

»Tut mir leid, aber wir sollten das nicht tun«, stieß sie endlich hervor und schälte sich aus seiner Umarmung, obwohl jede Faser ihres Körpers nach weiteren Zärtlichkeiten schrie.

»Warum denn nicht?«

Ja, warum denn nicht? Gute Frage … Immerhin hatte Celia sie quasi dazu aufgefordert, mit ihrem Bruder in die Kiste zu steigen. Und was sie Romeo in dieser Hinsicht alles vorgeschlagen hatte, wollte Lara erst gar nicht wissen. Doch was sollte aus so einer Begegnung erwachsen? Ein paar gemeinsame Stunden? Ein kleines Abenteuer? Sex ohne Verpflichtungen? Das waren eindeutig zu viele Fragen für eine kurze Befriedigung.

Lara ging zur Brüstung, bückte sich dann nach Romeos Jacke und hielt sie ihm hin.

»Es gäbe nur Probleme«, sagte sie und hoffte, dass in ihrer Stimme nicht zu viel Bedauern mitschwang. Dann drehte sie sich um und lief, so gut es die Dunkelheit erlaubte, den Pfad zurück.

»Mist«, murmelte sie, während sie sich auf den unebenen Weg konzentrierte, um nicht zu stolpern. Sie verfluchte ihre anständige Gesinnung, weil die sie von einer vielversprechenden Nacht abhielt.

Sie war zwar keine Verfechterin von One-Night-Stands, aber ihre letzte Liebesbeziehung lag schon eine Weile zurück. Und schließlich war sie auch nur eine Frau und keine Heilige. Ob sie nicht doch …?

Sie blieb stehen und atmete tief durch.

»Ach, was soll's«, murmelte sie dann. »So ein bisschen Spaß habe ich mir verdient.«

Sie lauschte. Aber außer dem Rauschen der Wellen, die an die Felsen unterhalb des Pfades schlugen, hörte sie keinen Laut. Offensichtlich verspürte Romeo nicht das Bedürfnis, ihr hinterherzulaufen und sie umzustimmen. Diese Erkenntnis verursachte ihr einen kleinen Stich.

»Der gibt ja schnell auf«, sagte sie missmutig. Dann hörte sie Schritte und lächelte.

Doch sie kamen aus der falschen Richtung. Ein paar Jugendliche, die mit Decken und Taschen beladen waren, näherten sich ihr und beäugten sie argwöhnisch, als sie an ihr vorübergingen. Nun denn, dachte Lara frustriert, das hat sich also auch erledigt. Schlecht für meine Libido, gut für meine Lauterkeit.

Sie lief weiter, und kurze Zeit später schimmerten die Lichter der Bucht durch die Bäume, der Pfad wurde breiter und sie kam schneller voran. Als sie die Stufen zum Strand hinunterging, lehnte Romeo bereits mit verschränkten Armen an der Kaimauer und sah ihr amüsiert entgegen.

So ein Schuft! Es gab also eine Abkürzung. Bei seinem Anblick wurden ihre Knie weich und eine angenehme Wärme schoss von ihrer Körpermitte durch die Adern bis in ihre Fingerspitzen. Verfluchte Hormone!

»Bleibst du bei deiner Meinung?«, fragte er lässig, als sie am Fuß der Treppe ankam. Er stieß sich von der Mauer ab und blieb abwartend vor ihr stehen.

Ja? Nein? Was sollte sie antworten? Um Zeit zu gewinnen, pfriemelte sie einen Haargummi aus ihrer Handtasche und band sich ihre Locken zu einem Pferdeschwanz.

»Und wenn ich sie geändert hätte, was dann?«

Er streckte eine Hand aus und fuhr mit einem Finger zärtlich über ihren Arm. Lara bekam eine Gänsehaut und sie unterdrückte einen wohligen Seufzer.

»Dann lasse ich mir etwas einfallen.«

Die Eingangstür klemmte und Romeo stemmte sich mit der Schulter dagegen, bis sie mit einem Knarren schließlich nachgab. Warme, abgestandene Luft schlug ihnen entgegen.

»Ich öffne mal ein Fenster«, sagte er und tastete sich an der Wand entlang ins Innere. »Der Strom ist leider abgestellt. Das ist bei Zweitwohnungen so üblich, wenn die Eigentümer nach den Sommerferien abreisen.«

Lara blieb vor der Tür stehen. Vor ihr tat sich ein viereckiges schwarzes Nichts auf, und es schien ihr angebrachter, im mondbeschienenen Innenhof zu bleiben.

Sie hörte ein Scheppern und anschließend einen deftigen Fluch. Kurz darauf tauchte ein helles Rechteck im Innern der Wohnung auf und ein frischer Luftzug verdeutlichte, dass Romeo das Fenster gefunden hatte.

»Hier steht eine Kerze«, hörte sie ihn sagen, dann wurde ein Streichholz entflammt und aus dem Zwielicht tauchte sein von der kleinen Flamme beschienenes Gesicht auf. Er beugte sich vor und entzündete eine dicke Kerze. Flackernde Schatten tanzten plötzlich an den Wänden und verwandelten die Schwärze in eine kleine Wohnung mit Blick aufs Meer.

»Komm!«, sagte er und streckte einladend die Hand aus.

Nachdem Lara am Pier mit einem Nicken ihre Zustimmung zum nächsten Schritt gegeben hatte, hatte Romeo ein paar Telefonate geführt. Anschließend waren sie Hand in Hand gefühlte tausend Treppen hinaufgestiegen, bis sie schließlich vor einem zweistöckigen Haus ankamen. Unter einem mit einer fleischigen Aloe vera bepflanzten Tontopf hatte er einen Schlüssel hervorgezogen, und nun befanden sie sich in der Zweitwohnung von Signora und Signor Carrano, den Eltern eines seiner früheren Schulkameraden. Was der jetzt wohl von ihr dachte?

Plötzlich schien ihr diese Situation mehr als bizarr, und sie fragte sich, ob sie nicht einfach wieder gehen sollte. Noch war nichts passiert, das sie nicht mit ihrem Gewissen vereinbaren konnte. Vermutlich wäre Romeo eingeschnappt, wenn sie einen Rückzieher machte. Aber die kommenden Tage wären höchstwahrscheinlich für sie beide weniger peinlich. Offenbar standen ihr die Zweifel ins Gesicht geschrieben, denn in diesem Moment sagte er: »Es ist deine Entscheidung.«

Er blieb abwartend neben der brennenden Kerze stehen. Licht und Schatten teilten seine Gestalt in zwei sich bewegende Hälften. Hell und dunkel, wie dieses Yin-Yang-Zeichen, das für einander entgegengesetzte und dennoch aufeinander bezogene Kräfte stand. Lara stellte sich vor, wie ihre nackten Körper in ähnlicher Weise miteinander verschmolzen: Romeos mit seiner von Natur aus dunklen Hautfarbe und ihrer, normalerweise weiß wie Milch, wenn auch aktuell mit einem roten Schimmer auf den Schultern. Ein ansprechender Kontrast und in ihrer Vorstellung wahnsinnig sexy.

Sie atmete tief durch, trat in die Wohnung und schloss die Tür hinter sich.

* * *

Die Bettwäsche roch schwach nach Lavendel. Auf dem Nachttisch stand die dicke Kerze, die sie vom Wohnzimmer mitgenommen hatten, und flackerte im Luftzug, der durch das geöffnete Fenster drang. Jemand aus der Nachbarschaft hörte einen Song von Laura Pausini, durchbrochen vom Weinen eines Babys, in der Ferne erklang das Hupen eines Autos. Die Brandung konnte man hier oben nicht mehr hören, trotzdem vermeinte Romeo, sie wahrzunehmen. Doch vielleicht war es auch nur der innere Klang seines Blutes, das noch immer durch seine Adern rauschte, als wäre ein Damm gebrochen.

Nachdem er eben für einen Augenblick befürchtet hatte, dass Lara der Mut verließ, lagen sie jetzt zusammen auf dem riesigen Bett der Carranos – zwar noch vollständig bekleidet, aber das würde sich hoffentlich bald ändern.

Sie hatte ihre Locken von dem Haargummi befreit, und ihre prachtvolle Mähne breitete sich wie ein kupferfarbener Fächer auf der weißen Bettwäsche aus. Er griff nach einer Strähne und drehte sie um den Finger.

»Du hast wunderschönes Haar«, raunte er. »Ist die Farbe echt?«

Sie lachte. »Alles reine Natur! Danke für das Kompliment. Mir gefällt dein Bart.« Sie zeichnete die Konturen mit den Fingerspitzen nach. »Bist du ein Fan von Iron Man?«

»Was?«

»Ach, nichts, nur so ein Gedanke.«

Er strich mit den Lippen über ihre Stirn, küsste ihre Lider, suchte dann ihren Mund und gab sich ganz dem sinnlichen Genuss eines leidenschaftlichen Kusses hin.

Wann hatte er das letzte Mal eine Frau geküsst? Es fiel ihm nicht ein. Sein Beruf vereinnahmte ihn dermaßen, dass er kaum Zeit für eine Romanze fand. Und die meisten Italienerinnen waren, trotz ihrer modernen Lebensweise, immer noch auf eine feste Beziehung aus und an kurzzeitigen Affären nicht interessiert.

Er knöpfte langsam Laras Bluse auf und streifte sie ihr über die Schultern.

»Au!«

Er zuckte zurück. »Habe ich dir wehgetan?«

Sie lachte wieder. »Sonnenbrand«, gab sie lapidar zur Antwort. Und tatsächlich, im schwachen Kerzenschein konnte er die Verfärbung auf ihren Schultern erkennen.

»Dann werde ich ganz behutsam sein.«

Er küsste sanft ihre lädierten Schultern und folgte dann mit seinen Lippen ihrem Schlüsselbein bis zur Kuhle unter ihrer Kehle, wo er Laras Herzschlag spüren konnte.

Sie atmete tief ein, schob ihre Hände unter sein Polohemd und strich sein Rückgrat hinauf. Kleine Schauer gingen von ihren Berührungen aus. Romeo löste sich einen Moment von ihr und entledigte sich des hinderlichen Kleidungsstücks, während sie ihrerseits Bluse und BH auszog. Als sie die Träger von den Schultern streifte, verzog sie kurz den Mund. Die mediterrane Sonne hatte sie wohl tatsächlich schwer erwischt. Er hoffte, dass er bei ihr ebenfalls einen bleibenden Eindruck hinterlassen würde, wenn auch nicht schmerzhaft, sondern mehr in einer angenehmen und befriedigenden Richtung.

Ihre weiße Haut schimmerte wie Elfenbein im flackernden Kerzenschein. Er betrachtete sie einen Moment, als müsse er sich den Anblick für immer einprägen. Wer konnte wissen, ob das nicht die einzige Gelegenheit war, ihr so nahe zu sein. Vielleicht gingen sie morgen schon wieder getrennte Wege, denn sie kannten sich ja kaum und er konnte nur vermuten, wie die Wikingerin das, was sich hier gerade abspielte, verarbeiten würde. Möglicherweise war ihr diese Begegnung später peinlich – oder sie bereute sie sogar. Also genoss er den Augenblick und verdrängte den Gedanken an die Zukunft. Jetzt war nicht der Zeitpunkt für tiefsinnige Gespräche, sondern der Moment für Sinnlichkeit.

Lara setzte sich auf. Dabei fiel ihr flammendes Haar über ihre cremeweißen Brüste und bildete einen ansprechenden Kontrast. Er konnte sich an ihr nicht sattsehen.

»Zieh dich aus!«, forderte sie mit rauer Stimme, und er lachte leise.

»Zu Befehl.«

Er mochte Frauen, die wussten, was sie wollten, auch wenn ihn ihre Aufforderung ein wenig überraschte. Er hatte sie nicht als eine Frau eingeschätzt, die den aktiven Part übernahm. Aber es gefiel ihm. Eine wohltuende Abwechslung in der Reihe verflossener Liebschaften, die mehr oder minder das typische Weibchengetue an den Tag legten und alles dem Mann überließen – nur um sich danach zu beschweren, dass es nicht ihren Wünschen entsprochen habe.

Romeo stand auf, löste den Gürtel seiner Jeans und knöpfte sie auf. Laras Blicke folgten jeder seiner Bewegungen. Er hatte kein Problem damit, seinen nackten Körper zu zeigen. Er hielt ihn in Form und wusste, dass er dem Geschmack der meisten Frauen entsprach. Körperliche Betätigung war bei seinem Job, den er meist im Sitzen erledigte, unabdingbar.

Als er aus seinen Jeans und der Unterwäsche stieg, sah er mit Genugtuung, wie Lara tief Luft holte. Sie nestelte am Verschluss ihrer Hose.

»Warte, lass mich das machen.«

Er kniete sich aufs Bett und begann, ihr genüsslich die restlichen Kleidungsstücke auszuziehen. Er ließ sich Zeit, was ihr offensichtlich zu langsam ging, denn sie knurrte etwas auf Deutsch, das er nicht verstand.

»Piano«, raunte er amüsiert. »Wir haben Zeit.«

Endlich lag sie vor ihm, wie Gott sie geschaffen hatte. Der Vergleich mit Botticellis schaumgeborener Venus drängte sich ihm auf. Es fehlten nur die Muschel, der Zephyr, der den Westwind verkörperte, sowie Aura, die Göttin der sanften Morgenbrise.

Ob sie bis zum Morgen hierbleiben würden? Die Vorstellung, mit der Wikingerin aufzuwachen, war durchaus reizvoll. Doch jetzt wollte er zuerst die Nacht mit ihr genießen.

Romeo streckte ihr die Hand hin, die sie instinktiv ergriff. Dann zog er sie vom Bett hoch, schlang die Arme um ihren schlanken Körper und eroberte ihren Mund mit einem leidenschaftlichen Kuss.

* * *

Beim Anblick von Romeos nacktem Körper war Lara die Luft weggeblieben. Wie konnte jemand so gut aussehen? Sie hatte ihn zwar schon in der Badehose gesehen und seine athletische Gestalt bewundert, aber im schmeichelnden Kerzenschein erschien er ihr wie eine antike Bronzeskulptur. Sie hatte sich Banker immer mollig, bebrillt und mit der Tendenz zum Buckel vorgestellt, weil sie ständig über irgendwelchen Zahlenkolonnen brüteten. Aber Romeo, der aufrecht und voller Selbstbewusstsein vor ihr stand, ähnelte mehr diesen athletischen Männermodels in der Parfümwerbung, die lasziv aus den Fluten stiegen. Sie unterdrückte ein Seufzen.

In diesem Moment streckte er ihr die Hand entgegen.

Ohne zu zögern, griff sie danach. Mit einem sanften Ruck zog er sie vom Bett hoch, schlang die Arme um sie und presste ihren nackten Körper an den seinen. Dann vergrub er beide Hände in ihren Locken, bog ihren Kopf zurück und suchte hungrig ihren Mund.

Ein wilder Strudel erfasste Lara, als sie spürte, wie stark Romeo auf sie reagierte. Sie hatte sich für dieses Abenteuer entschieden und wollte es jetzt mit allen Sinnen genießen. Zum Teufel mit der Moral! Sie war jung, ungebunden und musste sich vor niemandem rechtfertigen. Und auch er hatte eine Ablenkung von seinem despotischen Vater verdient.

Sie verbannte das unerfreuliche Zusammentreffen der männlichen Marconis aus ihren Gedanken. Das ging sie nichts an, und in ein paar Tagen war sie eh schon wieder zu Hause.

Romeo hob sie plötzlich hoch und sie schnappte überrascht nach Luft.

»Du willst dir wohl einen Bandscheibenvorfall einhandeln«, witzelte sie, war aber beeindruckt, wie mühelos er ihr Gewicht stemmte.

»Ich imponiere gern rothaarigen Frauen«, gab er zur Antwort.

»Wie viele kennst du denn?«

»So ein halbes Dutzend.«

Sie lachte. »Lügner! Und jetzt lass mich wieder runter. Nicht, dass du dir noch ein wichtiges Körperteil verrenkst.«

Er grinste, kniete sich mit seiner Fracht aufs Bett und drückte sie sanft in die Kissen. Er betrachtete eingehend Laras Gesicht, fuhr dann behutsam mit den Daumen über ihre Augenbrauen und küsste ihre Nasenspitze.

»Ich frage mich«, begann er und zog nachdenklich die Stirn in Falten, »ob ich überall diese süßen Sommersprossen entdecken werde.«

»Finde es raus«, gab Lara schmunzelnd zur Antwort und

fühlte sich dabei sehr verrucht, als würde sie ihrem Liebhaber einen sündigen Auftrag erteilen.

»Funktioniert leider in diesem flackernden Kerzenlicht nicht«, meinte er und rutschte ein Stück tiefer. »Aber ich stelle sie mir einfach vor.«

Seine Lippen zogen eine heiße Spur über ihre Haut, als er sie wandern ließ und schließlich eine ihrer Brustwarzen küsste.

Lara sog scharf die Luft ein und er hob lächelnd den Kopf. Hitze breitete sich zwischen ihren Schenkeln aus, und ihre Hände tasteten fordernd über seine glatte Brust. Himmel, die war besser rasiert als ihre Beine!

»Noch nicht«, bat er. »Zuerst bin ich dran, genieße es einfach.«

Er umfasste ihre Brüste mit beiden Händen, verwöhnte die eine, dann die andere, bevor sein Mund tiefer wanderte, bis er ihre empfindlichste Stelle fand.

Lara biss sich auf die Lippen, um nicht laut zu stöhnen. Vielleicht lauschten die Nachbarn und würden später peinliche Erklärungen verlangen. Sie fühlte sich an ihre Teenagerzeit erinnert, als sie im Zimmer ihres damaligen Freundes geknutscht hatten, immer in der Angst, dass plötzlich seine Mutter hereinplatzte. Das Gefühl, vielleicht ertappt zu werden, erregte sie wider Erwarten, und sie begann sich unter Romeos Zärtlichkeiten zu winden.

»Komm«, flüsterte sie, »ich will dich!«

Sie spürte seinen Atem auf ihrer Haut, als er leise lachte, ihrer Aufforderung jedoch keine Folge leistete. Er genoss es anscheinend, dass er sie dermaßen unter Strom setzen konnte.

»Oh Gott!«, keuchte sie, als ihr Körper sich dem Ansturm seiner Zärtlichkeiten ergab und in einem orgastischen Feuerball zwischen ihren Schenkeln explodierte. Ihre Mitte pulsierte, ihre Muskeln zitterten, und aus ihrer Kehle drang ein animalischer Laut. Jede Faser ihres Körpers summte vor Befriedigung.

Als die Wellen des Orgasmus langsam verebbten, ließen sie eine müde Schwere in ihren Knochen zurück, und sie fühlte sich matt und erfüllt.

Sie öffnete die Augen, blinzelte träge und sah in Romeos zufriedenes Gesicht. Er zwinkerte ihr amüsiert zu und sie lächelte. Offenbar brauchte er keine mündliche Bestätigung, dass er es gut gemacht hatte, ihre Reaktion auf sein Liebesspiel sprach für sich.

»Und jetzt bin ich dran«, sagte sie und stützte sich auf die Ellenbogen. »Wir Wikinger erobern gern Neuland, also mach dich auf etwas gefasst.«

Lara erwachte, weil ihr kalt war. Sie lag nackt in einem fremden Bett. Im ersten Moment sah sie sich im Dunkel orientierungslos um, bis ihr wieder einfiel, wo sie sich befand. Sie wandte den Kopf. Romeo lag auf der Seite neben ihr. Sein Rücken hob und senkte sich gleichmäßig. Ein Arm ragte über die Bettkante, den anderen hatte er über seinem Kopf ausgestreckt, und jetzt wusste sie auch, weshalb ihr so kalt war. Er hatte das ganze Laken auf seine Seite gezogen. Als hätte er die Szene einem Gemälde von Tizian nachempfunden, bedeckte es lediglich sein Geschlecht, während alles Übrige seines wohlgeformten Körpers offenbart blieb.

Laras Puls beschleunigte sich bei dem Anblick. Das hatte der Schuft bestimmt absichtlich so arrangiert, damit sie sich beim Aufwachen gleich wieder auf ihn stürzte. Aber sollten sie nicht langsam los? Wie spät war es eigentlich? Die Kerze war beinahe heruntergebrannt. Es gab keine Uhr hier, und ihr Handy steckte in ihrer Jeans, die irgendwo in den Schatten des fremden Zimmers lag. Durch das geöffnete Fenster drang der schwache Schein der Straßenbeleuchtung herein.

Sie versuchte, Romeo die Decke wegzuziehen. Vergeblich. Er hatte sie fest zwischen seinen Schenkeln eingeklemmt, und nach ein paar Versuchen, sie herauszuziehen, die er mit einem verschlafenen Knurren kommentierte, gab sie schließlich auf.

»Ein richtiger Gentleman«, murmelte sie verdrossen und rieb sich fröstelnd die Arme. Da sie sowieso auf die Toilette musste, stand sie auf und trat ans offene Fenster. Am Horizont war noch kein heller Schimmer auszumachen, es musste also noch mitten in der Nacht sein. Die abendlichen Geräusche waren verstummt – Positano schlief.

Die Nachtluft verursachte Lara eine Gänsehaut. Auch wenn die nächtlichen Temperaturen immer noch angenehm waren – sehr viel angenehmer als in Hamburg Ende Oktober –, war auch hier bereits ein Hauch der kälteren Jahreszeit zu spüren. Ob es in diesen Gefilden schneite? Vermutlich nicht. Celia hatte jedenfalls noch nie etwas von Schnee erzählt. Aber hatte Lara nicht schon Bilder vom schneebedeckten Vesuv gesehen? Dennoch konnte sie sich nicht vorstellen, dass es in Kampanien wirklich kalt wurde. Immerhin blühten hier kälteempfindliche Pflanzen am Wegrand. Wie herrlich musste es sein, nie im Schneematsch herumlaufen zu müssen … Der Gedanke brachte sie wieder in ihre aktuelle Situation zurück, und hastig bückte sie sich nach ihrem Slip und der Bluse und zog sie an.

Nachdem sie das Bad aufgesucht hatte, holte sie sich ein Glas Wasser. Beim Trinken betrachtete sie den schlafenden Romeo. Sie mochte ihn. Sehr sogar. Und wenn sie nicht aufpasste, würde sie sich womöglich in ihn verlieben. Das wäre jedoch das Dümmste, was sie tun konnte. Nach Celias Hochzeit würde sie schließlich gleich abreisen, und bald fing auch die Schule wieder an. Bei dem Gedanken an Professor Prittwitz rümpfte sie die Nase. Dieses Problem musste sie demnächst angehen. Also nein, sich zu verlieben war alles andere als intelligent.

»Komm wieder ins Bett«, murmelte Romeo in diesem Moment, unterdrückte ein Gähnen und blinzelte sie verschlafen an.

»Nur, wenn du mir etwas von der Decke abgibst.«

Er fuhr sich mit einer Hand über seinen gestutzten Bart und sah auf die Decke, die sich um seinen Körper wand.

»Oh, okay, aber nur, wenn du dich wieder ausziehst.«

Er hob einladend das Laken und grinste sie dabei unverschämt an.

12

»Du willst wirklich nicht mit hereinkommen?«, fragte Lara, als sie vor dem *Bellavista* ankamen. Sie richtete ihren Pferdeschwanz, der durch die Fahrt im offenen Cabrio etwas gelitten hatte. Es war kurz nach neun Uhr und sie hatte Romeo gefragt, was er von einem gemeinsamen Frühstück auf ihrem kleinen Balkon halte.

Er schüttelte den Kopf.

»Es reicht, wenn ich mir morgen bei der Hochzeit ein paar Demütigungen einfange. Also nein, entschuldige, aber danach ist mir nach dieser Nacht wirklich nicht.«

Er beugte sich lächelnd zu ihr hinüber und küsste flüchtig ihre Lippen. Es mussten nicht alle vom Hotel mitbekommen, dass er sich die Wikingerin geschnappt hatte. Vor allem Graziella steckte zu gern ihr Näschen in fremde Angelegenheiten und würde es brühwarm seinem Erzeuger mitteilen.

»Grüß meine kleine Schwester von mir und sag ihr, dass sie morgen gefälligst wieder gesund sein soll. Ich kann so einen Zirkus nicht ein zweites Mal durchmachen!«

Er griff nach Laras Jeansjacke auf dem Rücksitz und reichte sie ihr. »Dann werde ich mich mal umziehen und vielleicht nochmals duschen. Das Duschgel der Carranos fängt an zu jucken.« Er kratzte sich am Hals. »Ich rufe dich später an, einverstanden? Wir können …«

»Habe ich dich nicht gewarnt, du dummes Ding? Er weiß jetzt alles. Willst du den Fehler wiederholen?«

Romeo und Lara wandten erschrocken die Köpfe. Auf den Eingangsstufen zum Hotel stand eine schwarz gekleidete, weißhaarige Gestalt mit einer übergroßen Einkaufstasche an ihrem spindeldürren Arm.

»Das ist diese Bettlerin. Sofia«, flüsterte Lara. »Ich habe dich doch gestern gefragt, ob du jemanden mit diesem Namen kennst. Die hat sie anscheinend nicht mehr alle.«

»Mutter der Barmherzigkeit, zertritt durch dein unbeflecktes Herz die Schlange!«, zischte die Alte, bekreuzigte sich mehrmals und warf ihnen einen vernichtenden Blick zu. »Alles kommt ans Licht, alles.«

»Wie gesagt«, meinte Lara, »nicht mehr alle Tassen im Schrank.« Sie rollte vielsagend mit den Augen.

Romeo seufzte ergeben. »Da könntest du durchaus recht haben.« Er stieg aus, umrundete den Wagen und ging direkt auf die alte Frau zu. Dann beugte er sich zu ihr hinab, drückte ihr einen Kuss auf die faltige Wange und sagte: »Buongiorno, Tante Sofia. Wie geht's dir?«

In dem Blumenladen roch es nach exotischen Blüten und Grünzeug. Romeo beobachtete Lara, wie sie mit der Inhaberin die Blumenlieferung für die Hochzeit besprach. Celia hatte heute früh, wohl im Fieberwahn, beschlossen, dass die Blumengestecke eine andere Farbe haben mussten. Doch die Inhaberin wollte den Auftrag nicht in letzter Minute korrigieren, und so hatte seine Schwester die Wikingerin in die Schlacht geschickt. Lara war gut im Argumentieren, brachte die Inhaberin aber anscheinend an den Rand der Verzweiflung, denn die rollte theatralisch die Augen und stieß ein ums andere

Mal tiefe Seufzer aus. Romeo konnte sowieso nicht verstehen, warum man so ein Aufheben um Blumengestecke machte, aber offenbar waren deren Art und Farbton für eine Braut existenziell.

»So, das wäre geschafft!« Lara stieß erschöpft die Luft aus. »Die arme Frau.« Sie warf einen Blick über die Schulter. Immer noch vor sich hin schimpfend, griff die Inhaberin nach einem schnurlosen Telefon und warf ihnen dabei giftige Blicke zu.

»Die wird sich hüten, für die Marconis noch einmal eine Hochzeit auszurichten«, vermutete Lara und wandte sich zum Eingang.

Romeo verzog den Mund. Außer seinem Vater gab es keine heiratsfähigen Marconis mehr in Positano, und Enzo würde diesen Schritt kaum ein zweites Mal wagen, dessen war sich Romeo gewiss. Die Blumenhändlerin war also sicher vor einer erneuten Katastrophe.

»Durst?«

Lara nickte. Sie verließen den Blumenladen und Romeo hatte das Gefühl, dass selbst das Bimmeln der Türglocke verstimmt klang.

»Meer oder Berg?«, fragte er.

Es war kurz vor Mittag. In den engen Gassen herrschte an diesem sonnigen Samstag ein Gedränge, als würde irgendwo etwas gratis abgegeben.

Ein beleibter Herr mit kurz geschorenem Haar und zwei vollen Einkaufstaschen trat Lara auf den Fuß.

»Raus aus dem Touristenrummel!«, stöhnte sie.

»Dann kenne ich den perfekten Ort.«

Romeo griff nach ihrer Hand und manövrierte sie zielstrebig durch die Menschenmassen. Kurz darauf brausten sie auf der *Amalfitana* Richtung Westen.

»Ich werde mich morgen bei deiner Tante entschuldigen

müssen«, sagte Lara plötzlich und klappte die Sonnenblende herunter.

Er warf ihr einen verblüfften Blick zu. »Warum das denn?«

»Ich hielt sie für eine Bettlerin.«

Er lachte. »Hast du ihr das gesagt?«

»Oh Gott, nein! Aber vermutlich hat sie es an meiner Reaktion gemerkt. Ich …« Sie brach ab und fing an zu kichern. »Ich wollte ihr doch tatsächlich etwas Geld geben.«

»Das hätte sie, ohne mit der Wimper zu zucken, eingesackt. Tante Sofia ist … nun ja, etwas eigen. Übrigens denke ich nicht, dass sie morgen zur Hochzeit kommt.«

»Ach nein? Wieso denn nicht?«

»Wie gesagt, Tante Sofia ist eigen. Sie ist auch nicht direkt unsere Tante, sondern unsere Großtante mütterlicherseits. Vor vielen Jahren verließ sie Positano und lebt jetzt auf Capri. Aufs Festland kommt sie nur, wenn sie ihre selbst gemachten Ledersandalen verkaufen will. Sie hat sich nie groß um uns gekümmert. Scheint eine Familienkrankheit zu sein.«

Er zwinkerte Lara zu, doch die ging nicht auf seinen Witz ein. Und im Grunde war es ja auch keiner.

»Sie fertigt diese hinreißenden Ledersandalen an? Ich will mir unbedingt noch ein Paar kaufen, auch wenn vermutlich schon Schnee liegt, wenn ich zurückfliege.« Sie kramte in ihrer Handtasche nach der Sonnenbrille und setzte sie auf. »Romeo, kann ich dich etwas fragen?«

Vor ihnen schlich ein ausländisches Fahrzeug im Schneckentempo die Kurven der Küstenstraße entlang, und er schüttelte entnervt den Kopf.

»Klar. Was brennt dir auf der Seele?«

Für einen Moment blieb Lara still, und er wandte den Kopf. Sie starrte geradeaus, die Stirn in Falten gelegt. Das verhieß nichts Gutes. Ob sie über die gestrige Nacht reden wollte?

Bereute sie sie? Oder begannen jetzt vielleicht tiefschürfende Gespräche über Gefühle?

Er schluckte. Die vergangene Nacht, so schön sie gewesen war, würde sich hoffentlich heute wiederholen. Aber das war's dann auch schon. Morgen Abend fuhr er wieder nach Neapel, und Lara reiste kommende Woche zurück nach Deutschland. Er hatte angenommen, dass sie das, was zwischen ihnen lief, ebenso wie er als amouröses Abenteuer einsortierte. Doch wer wusste schon, was in anderen Köpfen vorging. Er straffte unbewusst die Schultern, um für das Kommende gewappnet zu sein. Hoffentlich gab es keine Tränen.

»Es ist so«, begann sie und legte ihm eine Hand auf den Schenkel, was ihm ein prickelndes Gefühl in der Magengegend bescherte. »Ich bin mir nicht sicher, ob ich deine Tante richtig verstanden habe, aber es wirkte, als wollte sie mich vor dir warnen.«

Er sah sie verblüfft an.

»Pass auf!«

Romeo wandte den Kopf und sah die Felswand auf sie zukommen, instinktiv riss er das Steuer herum und stieß die Luft aus.

»Verdammt! Entschuldige.«

Lara war kreidebleich geworden. »Vielleicht sollten wir irgendwo anhalten«, schlug sie mit zittriger Stimme vor, und er nickte.

Himmel noch mal, das war knapp gewesen! Sein Herz hämmerte wie ein Pressluftbohrer. Er hatte noch nie einen Unfall gehabt und war weit davon entfernt, dies jetzt ändern zu wollen. Als rechter Hand eine Ausweichstelle auftauchte, setzte er den Blinker und hielt an.

Lara stieg schnell aus und streckte den Rücken durch. Er tat es ihr gleich, und nachdem sie einen Wagen hatten passieren lassen, liefen sie über die Straße auf die meerzugewandte

Seite. Eine Weile standen sie schweigend auf der kleinen Aussichtsplattform. Eine mit knorrigen alten Olivenbäumen und vereinzelten Pinien bewachsene Böschung erstreckte sich knapp hundert Meter unter ihnen, bevor das Land steil zur Küste hin abbrach. Ein paar Motorboote, die von hier oben wie Spielzeug aussahen, durchbrachen das Kobaltblau des Tyrrhenischen Meers mit ihrem weißen Kielwasser.

»Was für eine wunderschöne Gegend«, sagte Lara verträumt und atmete tief die nach wildem Thymian duftende Luft ein. Dann drehte sie sich um und lehnte sich an die gemauerte Brüstung.

»Meine Tante hat dich vor mir gewarnt?«, griff er den Faden wieder auf und Lara nickte. »Wie soll ich das verstehen?«

Sie strich sich eine Locke hinters Ohr. »Wie gesagt, vielleicht habe ich sie auch falsch verstanden, aber als du mich gestern abgeholt hast, sagte sie sinngemäß zu mir, dass ich mich von dir fernhalten soll. Du hättest schlechtes Blut. Und ich würde es bereuen, wenn ich es nicht täte.«

»Das hat sie gesagt?«

Lara nickte.

»Und du bist sicher, dass sie mich damit gemeint hat?«

»Ja, ich denke schon. Sie hat es erst verlauten lassen, als du vorgefahren bist. Und vorhin, beim Hotel, hat sie ja auch wieder etwas in der Art von sich gegeben.«

Romeo strich nachdenklich mit der Hand über die Brüstung. Die Steine fühlten sich rau und warm unter seinen Fingern an.

»Ich habe keine Ahnung, worauf sie damit hinauswollte«, gab er schließlich zur Antwort. »Sie hat mich nie sehr gemocht. Anders ausgedrückt, hat sie unsere Familie die meiste Zeit ignoriert. Vielleicht sind das einfach nur die Hirngespinste einer alten Frau. Sie ist ja schon über siebzig und offenbar etwas verwirrt.«

Aber seltsam war es schon, fand er. Eigentlich hatte er Sofia immer für ihren Verstand und Eigensinn bewundert. Sie ließ sich nichts sagen, ging ihren eigenen Weg und pfiff auf Konventionen. Obwohl sie oft wunderliches Zeug von sich gab, war sie ihm nie als verwirrte Person erschienen. Doch vielleicht hatte die Zeit ihren Tribut gefordert. Anders konnte er sich ihre Äußerungen nicht erklären.

Schlechtes Blut? Wieso sollte er schlechtes Blut haben? Es war dasselbe, das in den Adern seines Vaters und seiner Schwester floss. Also, wenn das Marconi-Blut so schlecht war, wieso hatte sie Lara dann nur vor *ihm* gewarnt? Das ergab keinen Sinn.

»Vielleicht meinte sie ja auch bloß, dass du mich verführen würdest«, sagte Lara in diesem Moment mit Schalk in der Stimme. »Und wie sich gezeigt hat, hast du das ja auch ganz wunderbar hinbekommen.«

Er grinste, griff nach ihrer Hand und zog sie in die Arme. »Fragt sich nur, wer hier wen verführt hat.« Er küsste sie leidenschaftlich, was einen vorbeifahrenden Vespafahrer dazu veranlasste, mehrmals zu hupen.

»Wir werden noch wegen Erregung öffentlichen Ärgernisses verhaftet«, stieß Lara schwer atmend hervor, als er sie schließlich freigab.

»In Italien?« Romeo lachte. »Hier ist das normal.«

Er strich ihr eine Haarsträhne aus dem Gesicht und küsste sanft ihre Schläfen. Sie schloss genussvoll die Augen und gab einen Laut des Wohlgefallens von sich, der ihn mehr erregte, als ihm lieb war. Er räusperte sich und trat einen Schritt zurück. Dabei schweifte sein Blick aufs Meer hinaus und blieb an den Sirenusen hängen, den drei kleinen Li-Galli-Inseln. Er sah auf seine Uhr und wandte sich an Lara.

»Wirst du schnell seekrank?«

Sie hob den Blick. »Warum?«

»Ich würde gerne nach Capri fahren und Tantchen fragen, was zum Henker sie damit gemeint hat.«

* * *

»Werden wir rechtzeitig dort sein?«

»Locker«, antwortete Romeo. »Und wenn nicht, die Fähre verkehrt regelmäßig, keine Angst.«

Sie befanden sich auf dem Weg nach Sorrent, von wo aus sie um 13.30 Uhr die Fähre nach Capri nehmen wollten. Gerade überholten sie eine Gruppe beleibter Radfahrer in bunten Trikots und mit roten Köpfen, die sich die Serpentinen hinaufquälten. Da genoss Lara doch lieber die Annehmlichkeiten eines Cabrios.

»Ich bin ja gespannt, weshalb Sofia fremden Leuten so einen Unsinn erzählt«, sagte Romeo und schob die Sonnenbrille in die Haare.

Bei dem Wort »fremd« schluckte Lara betroffen, obwohl sie sich sogleich eine Närrin schalt. Natürlich war sie eine Fremde, auch wenn sie sich nicht so fühlte, nach der gestrigen Nacht sowieso nicht mehr. Die Italiener waren zwar ein gastfreundliches Volk, aber nur wer verwandt oder angeheiratet war, gehörte auch wirklich dazu. Romeo hatte das bestimmt nicht gesagt, um sie zu verletzen. Trotzdem blieb eine vage Verstimmung zurück, als würde ein kleines graues Biest an ihrem Selbstbewusstsein nagen. Um nicht weiter darüber nachdenken zu müssen, begann sie ein Lied zu summen.

»Was ist das für eine Melodie?«, fragte Romeo.

»Die ›Capri-Fischer‹.«

»Kenne ich nicht.«

»Hätte mich auch erstaunt.« Sie schmunzelte verhalten. »Was tun wir denn, wenn deine Tante nicht zu Hause ist?

Immerhin haben wir sie vor ein paar Stunden noch vor dem *Bellavista* gesehen.«

»Dann machen wir uns einfach einen netten Nachmittag, besuchen die *Blaue Grotte*, spazieren zum Aussichtspunkt *Punta di Tragara*, von dem man die *Faraglionifelsen* sieht, und fahren mit der Seilbahn auf den *Monte Solaro*. Oder wir setzen uns auf der Piazzetta di Capri in den Schatten des Uhrturmes, trinken einen Aperitif und beobachten das Treiben auf dem Platz. Zudem gibt es dort die besten Lederwarengeschäfte in ganz Kampanien. Ich hoffe, du hast deine Kreditkarte dabei.«

Lara nickte begeistert.

»Tante Sofia bleibt außerdem nie lange in Positano«, fuhr er fort. »Sie ist sicher schon wieder zu Hause.«

Er strich Lara kurz über den Arm, bevor er in einer engen Kurve die Hand wegnehmen und herunterschalten musste. Die Berührung ließ ihre Haut kribbeln, als hätte Romeo in ihrem Körper einen Schalter umgelegt, der jetzt Strom zu ihren Nervenenden leitete.

Sie atmete tief durch. Es war äußerst bedenklich, wie wenig es brauchte, um ihre Gefühle in Aufruhr zu versetzen. War das schon immer so gewesen? Oder nur, wenn *er* sie berührte? Obwohl ihre Sinnlichkeit durch die Jahre gereift war und sie heute genau wusste, was sie wollte und wie sie es bekam, hatte Romeo in ihr eine Saite zum Klingen gebracht, von der sie nicht gewusst hatte, dass sie existierte. Sie musste sich vor Celias Bruder wirklich in Acht nehmen. Und noch mehr vor ihren Gefühlen für ihn.

»Ich hoffe, dass ich nicht der Grund für deine gerunzelte Stirn bin«, sagte Romeo und holte sie damit aus ihren Gedanken.

Sie fühlte sich ertappt, und um ihre Verlegenheit zu überspielen, griff sie nach ihrer Tasche und beugte sich darüber.

»Nicht doch«, erwiderte sie leichthin, »ich will nur nachsehen, ob ich Sonnenmilch eingepackt habe.«

»Ah, ja, das Alpenglühen.«

Sie schnaubte. »Mach dich ruhig lustig über mich, aber das ist wirklich ein Problem.«

Er griff nach ihrer Hand und führte sie an seine Lippen. »Ich liebe rotes Fleisch«, gab er zur Antwort und küsste ihre Handfläche. »Wobei, gut durchgebraten mag ich's auch.«

Sie lachte. »Vielen Dank für das Kompliment. Ihr Italiener wisst wirklich, wie man Frauen bezirzt.«

Sie erreichten Sorrent und folgten dem Wegweiser zum Hafen Marina Piccola, wo die Fähre nach Capri ablegte. Romeo hatte ihr erzählt, dass man nur in den Wintermonaten mit dem Auto übersetzen durfte, ansonsten waren Capris Straßen den Einheimischen vorbehalten.

»Piccola heißt klein, gibt's denn auch einen großen Hafen?«, fragte Lara und rieb sich währenddessen Gesicht und Arme mit Sonnenmilch ein.

»Aber ja, kennst du den Film ›Pane, amore e ...‹ mit Sophia Loren und Vittorio De Sica?«

Sie übersetzte schnell den Titel im Kopf: Brot, Liebe und ...

»Sagt mir nichts.«

Er griff sich theatralisch ans Herz. »Was? Jetzt enttäuschst du mich aber! Nun ja, er stammt aus den Fünfzigerjahren, ist also schon etwas älter. Er spielt in Sorrent. In einer Szene kommt die blutjunge Sophia Loren die Treppe zum Marina Grande herunter. Hinter ihr stapeln sich pastellfarbene Häuser, vor ihr liegen Fischerboote am Strand, später sieht man einen dramatischen Sonnenuntergang. Wenn du heute im Großen Hafen stehst, sieht es immer noch ganz genauso aus wie im Film. Sorrent ...«, er vollführte eine ausholende Handbewegung, »und die ganze Gegend hier sind ein bisschen stehen geblieben. Vielleicht macht aber gerade das seine Schönheit aus. Die meisten Touristen fahren nämlich daran vorbei, um an der Amalfiküste ihren Urlaub zu verbringen. Eigentlich schade, dass du bald heimfährst, ich hätte dir gern noch ein paar tolle Ecken gezeigt.«

Lara nickte lächelnd, obwohl sich wieder dieses rattenähnliche Nagegefühl in ihrem Magen breitmachte. Herrgott noch mal, seit wann war sie denn so empfindlich? Natürlich würde sie bald abreisen, natürlich gab es keine weiteren Ausflüge mit Romeo, und natürlich war morgen Abend Schluss mit lustig!

»Alles in Ordnung?« Er sah sie aufmerksam an.

»Aber ja, alles bestens. Ich bekomme nur langsam Hunger, und dann werde ich unausstehlich.«

»Dann sind wir schon zwei. Wir haben noch ein bisschen Zeit, bevor die Fähre ablegt. Lass uns noch schnell irgendwo was essen, einverstanden?«

»Gute Idee!«, erwiderte sie bemüht fröhlich.

Sie war sich sicher, dass sie keinen Bissen hinunterbekommen würde.

* * *

Sie fanden einen Parkplatz unterhalb der Steilklippe am Marina Piccola. Romeo löste einen Parkschein für sechs Stunden. Das Tickethäuschen für die Fähre lag gleich am Pier. Es gab keine Warteschlange, nur eine vierköpfige Familie stand davor, also beschloss er, zuerst etwas Essbares aufzutreiben. Über ihnen erhob sich eine beinahe senkrechte Klippe aus dunklem Tuffstein, darüber thronten die mächtigen Paläste aus dem 18. Jahrhundert wie Generäle über einer Armee Soldaten. Das Wetter war nicht ganz so strahlend wie in Positano. Über der Bucht lag ein feiner Dunst, der den Blick auf Neapel, den Vesuv und die Phlegräischen Felder verhinderte. Doch der Himmel wölbte sich nach wie vor wolkenlos über Kampanien und morgen würde es, gemäß dem nationalen Wetterdienst, nicht anders sein. Celia hatte also Glück.

»Nimm lieber eine Jacke mit«, sagte Romeo, als Lara aus dem Auto stieg. »Auf der Fähre kann es kühl werden. Die Überfahrt dauert zwar nur zwanzig Minuten, und man kann auch drinnen sitzen, aber ein richtiger Seemann lässt sich den Wind um die Nase wehen.«

»Das sagst du einer Hamburgerin?« Lara lachte. »Ich habe meine Jacke nicht dabei«, gab sie zur Antwort. »Werde ich ohne denn erfrieren?«

»Nicht, wenn ich es verhindern kann.« Romeo beugte sich nochmals in den Alfa und holte seine Jeansjacke vom Rücksitz. »Da passen wir beide hinein, wenn wir uns eng zusammenkuscheln.«

»Sehr subtil, Signor Marconi. Sie sollten Ihre Anmache patentieren lassen.«

»Ich dachte, über diesen Punkt wären wir hinaus.«

Er lachte, als er sah, wie sie errötete. Sie war einfach zuckersüß, wenn sie verlegen wurde, und ein warmes Gefühl breitete sich in ihm aus. Pass auf, Junge, mahnte eine leise Stimme in seinem Kopf, es ist nur eine Romanze.

Er räusperte sich und wies mit dem Kinn zum Pier.

»Komm, lass uns etwas essen. Hier gibt es wunderbare Köstlichkeiten zum Mitnehmen.«

Sie kauften sich jeder ein großes Stück frisch zubereitete Pizza an einem der vielen Imbissstände entlang der Hafenpromenade, teilten sich dazu eine Flasche Mineralwasser und schlenderten dann Richtung Tickethäuschen zurück.

»Wer ist eigentlich dieser Torquato Tasso? Überall hier stößt man auf seinen Namen«, fragte Lara unvermittelt.

»Tasso war ein Dichter aus Sorrent«, erklärte Romeo. »Er lebte im 16. Jahrhundert. In seinem bekanntesten Werk geht's um ein fiktives Gefecht zwischen Christen und Muslimen am

Ende des ersten Kreuzzuges während der Belagerung von Jerusalem.«

»Der berühmte Sohn der Stadt also«, sagte Lara kauend. »Das ist übrigens die beste Pizza *ever*.« Sie tupfte sich mit der Papierserviette den Mund ab.

»Wir haben in der Schule viel über Tasso gehört, das meiste habe ich aber wieder vergessen. Ich erinnere mich nur noch, dass er ein unstetes Leben führte, öfter verhaftet wurde und vermutlich an Schizophrenie gelitten hat. Aber in Sorrent wird er immer noch sehr verehrt.«

Mittlerweile waren sie vor dem Tickethäuschen angekommen. Sie warfen ihre benutzten Servietten in einen Kübel und stellten sich hinter ein älteres Ehepaar, das ebenfalls Fahrkarten kaufte. Romeo griff nach seinem Portemonnaie.

»Ich lade dich ein«, sagte er, als Lara ihre Handtasche öffnete, um ihre Geldbörse herauszuholen. Und als sie protestieren wollte, legte er nach: »Immerhin ist es *meine* verrückte Tante, die wir besuchen wollen.«

»Also gut«, erwiderte Lara lachend. »Und wenn du mal in Hamburg bist, lade ich dich zu einem Trip nach Helgoland ein. Dort lebt mein Onkel Johannes, der hat auch eine Meise. Dann sind wir quitt.«

Romeo nickte lächelnd. Dazu würde es vermutlich nie kommen, aber der Gedanke, Lara wiederzusehen, gefiel ihm. Und wer weiß, vielleicht schickte ihn die Bank irgendwann mal nach Deutschland und sie konnten ihre Bekanntschaft erneuern.

»Zweimal hin und zurück.« Er drehte sich zu Lara um. »Rentnerin? Die kriegen nämlich Rabatt.« Sie knuffte ihn in die Seite und er zückte lachend seine Kreditkarte. In diesem Augenblick klingelte sein Handy.

»Moment«, wandte er sich an den Kartenverkäufer, als er den Namen auf dem Display las. Er trat zur Seite und ließ zwei Rucksacktouristen den Vortritt.

»Celia, ciao, wieder auf den Beinen?«

»Grüß sie von mir«, bat Lara neben ihm. »Und ich besuche sie nach unserer … Romeo?«

»*Come?*«, krächzte er und hielt sich schwankend am Bretterverschlag des Tickethäuschens fest. »Wann? Wo?«

»Was ist denn? Ist sie immer noch krank?«

Er schüttelte den Kopf. »Ja, verstehe. Natürlich, wir kommen sofort!« Er sah auf die Uhr. »In einer halben Stunde sind wir da. Es wird schon alles gut werden.«

»Signore, Ihre Tickets«, hörte er den Verkäufer sagen.

»Himmel, Romeo, was ist denn, du bist ja kreidebleich.« Lara fasste ihn am Arm.

Er schluckte schwer. »Mein Vater hatte einen schweren Autounfall, wir müssen sofort zurück!«

13

Lara klammerte sich an den Haltegriff und schloss die Augen, als der Alfa in einer Kurve der Leitplanke gefährlich nahe kam. In halsbrecherischem Tempo raste Romeo die Serpentinen Richtung Amalfiküste hinauf. Nach Celias Telefonanruf waren sie sofort von Sorrent aufgebrochen. Niemand dachte mehr an Capri und an die verrückte Sofia.

Celia hatte kurz zuvor nochmals angerufen, um sie zu informieren, dass Enzo Marconi gleich ins Krankenhaus nach Salerno überführt worden war. Sie würden also direkt dorthin fahren. Falls sie denn mit heiler Haut ankamen!

Die Fahrt verlief in Schweigen. Lara hätte auch nicht gewusst, was sie sagen oder wie sie Romeo Trost spenden konnte. Das wird schon wieder? Nur eine dumme Floskel, die niemandem half. Sie dachte an ihren eigenen Vater und wie sie sich gefühlt hätte, wenn ihm etwas Ähnliches zugestoßen wäre. Ein eiskalter Schauer lief ihr bei der Vorstellung über den Rücken. Romeo mochte seinen Vater zwar nicht, vielleicht hasste er ihn sogar, aber so etwas wünschte er ihm bestimmt nicht. Was, wenn Enzo starb? Wie würde Romeo damit umgehen, dass er sich im Streit von ihm getrennt hatte?

Romeo brach unvermittelt das Schweigen. »Vater muss

noch bei Bewusstsein gewesen sein, als sie ihn gefunden haben.«

Sie wandte den Kopf. »Wie kommst du darauf?«

»Das Krankenhaus in Sorrent liegt viel näher. Also bringt man die Verletzten normalerweise dorthin. Wenn Vater aber nach Salerno gebracht worden ist, wird er das selbst veranlasst haben.«

»Das verstehe ich jetzt nicht. Wieso sollte er so etwas tun?«

Romeo atmete geräuschvoll aus. »Meine Mutter ist im Krankenhaus von Sorrent gestorben. Vater sagt immer, dass er sich nie freiwillig in die Hände der Quacksalber dort begeben würde.« Er lachte freudlos. »Also hat er seinen Transport vermutlich selbst veranlasst. Das ist ein gutes Zeichen, nicht?«

Er sah sie dermaßen hoffnungsvoll an, dass sie automatisch nickte. Sie legte ihm die Hand auf den Schenkel.

»Ein gutes Zeichen, ja.«

Wie hätte sie auch anders reagieren können? Wenn Enzo nach dem Unfall noch etwas veranlassen konnte, war das tatsächlich gut. Aber vielleicht war der Unglücksfall nur näher an Salerno passiert und der Transport dorthin deshalb ein logischer Schritt. Celia hatte berichtet, dass Marconis Wagen von der Küstenstraße abgekommen und einen Abhang hinuntergestürzt war. Dabei hatte er sich mehrmals überschlagen. Aber wo genau sich der Unfall zugetragen hatte und warum, wusste ihre Freundin nicht.

Krampfhaft suchte Lara nach einem unverfänglichen Thema, um Romeo etwas abzulenken. Oder sollte sie besser ganz schweigen? Vielleicht nervte ihn ihr Geplapper zum jetzigen Zeitpunkt nur. Sie warf ihm einen kurzen Blick zu. Er hatte die Lippen fest aufeinandergepresst, den Blick stur geradeaus gerichtet. Weil er eine Sonnenbrille trug, konnte sie seinen Gesichtsausdruck nur schwer deuten, aber seine ganze Haltung zeugte von einer großen inneren Anspannung.

Sie öffnete den Mund, um ihm von ihrem Bruder zu erzählen, der gerade durchs Mittelmeer schipperte, als Romeo wieder zu sprechen anfing.

»Meine Mutter starb, als ich fünf war.« Er schaltete einen Gang runter und überholte trotz der durchgezogenen Mittellinie einen Kleintransporter, der das Manöver mit wüstem Gehupe quittierte.

»Das hat dir Celia sicher mal erzählt, nicht?« Ohne ihre Antwort abzuwarten, fuhr er fort. »Ich erinnere mich noch gut an sie, obwohl es schon so lange her ist und ich damals noch so ein Knirps gewesen bin. Meine Mutter hatte wundervolles langes Haar, das immer nach grünem Apfel roch. Nach ihrem Tod habe ich mal von einem Hotelgast ein Trinkgeld bekommen. Davon habe ich mir eine Flasche Shampoo mit diesem Duft gekauft. Wenn ich traurig war, öffnete ich sie und roch daran.«

Er hob die Achseln, als müsste er sich dafür entschuldigen, und in Laras Hals bildete sich ein dicker Kloß. Vor ihrem geistigen Auge sah sie einen kleinen Jungen, der mutterseelenallein in einem Schrank zwischen alten Kleidern hockte und an einer Shampooflasche schnüffelte.

»Ich fühlte mich durch den Duft getröstet, als würde mir jemand übers Haar streichen. Ganz schön verrückt, nicht?«

»Nein, finde ich nicht. Düfte sind richtige Zeitkapseln. Wenn ich zum Beispiel frische Holzspäne rieche, katapultiert mich das in meine Kindheit zurück, als ich mit Opa in seinem Schuppen saß und ihm zusah, wie er Bretter sägte. Er ist zwar schon lange tot, aber dieser Duft ist zeit meines Lebens ein Synonym für glückliche Stunden mit ihm.«

Romeo nickte, offensichtlich erleichtert, dass sie ihn nicht für durchgeknallt hielt.

»Danke«, sagte er. »Ich bin froh, dass du da bist.«

Sie lächelte gerührt. Eine Welle der Zuneigung flutete durch ihren Körper. Aufpassen, Lara! Der Mann ist in einer Stresssituation, alles, was er von sich gibt, ist nur der Situation geschuldet. Trotzdem freute sie sich darüber, dass er es gesagt hatte.

Sie räusperte sich. »Was ist denn jetzt mit der Hochzeit?«

Romeo seufzte tief. »Fällt wohl aus. Bestimmt sogar. *Povera Celia*, arme Celia.«

Sie erreichten die Küste und folgten der *Amalfitana* Richtung Salerno. Der Verkehr an diesem sonnigen Samstag gestaltete sich wie üblich zäh und stockend, und nicht nur einmal fluchte Romeo laut über die Touristen, die mehr an der Aussicht als am Vorwärtskommen interessiert zu sein schienen.

»*Dai, mannaggia!*«, stieß er zwischen den Zähnen hervor, als vor ihnen ein Auto im Schritttempo den Verkehr lahmlegte. Er trommelte ungeduldig mit den Händen auf dem Steuerrad herum und betätigte dann hektisch die Lichthupe. Endlich fuhr der Wagen bei einer Ausweichstelle zur Seite, und er gab Gas, nur um nach zweihundert Metern wegen eines weiteren Schleichers wieder abbremsen zu müssen.

Lara versuchte zu scherzen, um die Stimmung etwas aufzulockern. »Wir wären schneller mit einer Vespa.«

Romeo bedachte sie nur mit einem finsteren Blick. Also sah sie zum Fenster hinaus und genoss, wie alle anderen, die spektakuläre Aussicht auf das Tyrrhenische Meer. Es nützte nichts, wenn sie sich wegen des Verkehrs aufregte, sie kamen trotzdem nicht schneller voran, weil es nun mal nur diese eine Straße entlang der Amalfiküste gab. Immerhin hatte Romeos Handy nicht mehr geklingelt, was sie für ein gutes Zeichen hielt. Wäre der schlimmste Fall eingetreten, hätte Celia bestimmt schon angerufen. Oder nicht?

* * *

Das Krankenhaus *Santa Maria Incoronata dell'Olmo* in der Via Enrico de Marinis war ein hässlicher, schmutzig brauner Kasten, der einem Gefängnis glich. Romeo fand einen gebührenpflichtigen Parkplatz direkt auf dem Krankenhausgelände, und gemeinsam hasteten sie die Eingangsstufen hinauf.

An der Anmeldung saß eine Frau mittleren Alters, die geschäftig auf ihrer Computertastatur herumklapperte, während sie gleichzeitig telefonierte. Sie hielt den Hörer zwischen Kinn und Schulter geklemmt und nickte mehrmals, bevor sie dem Anrufer einen Schwall guter Ratschläge zur Behandlung blutender Wunden durchgab. Sie warf ihnen einen aufmunternden Blick zu und hob einen Finger, um ihnen zu verdeutlichen, dass sie gleich an der Reihe wären.

Romeo ballte die Hände ungeduldig zu Fäusten. Es roch ausgeprägt nach Krankenhaus. Eine Mischung aus Desinfektionsmittel, Luftreiniger und Krankheit. Er schluckte mehrmals trocken. Was hatte Lara auf der Fahrt hierher gesagt? Gerüche sind Zeitkapseln? Sie hatte recht, denn dieser hier erinnerte ihn an den Tag, als er seine Mutter zum letzten und Celia zum ersten Mal gesehen hatte.

»Möchtest du ein Wasser?«, fragte Lara.

Romeo zuckte zusammen, da er ihre Anwesenheit für einen Augenblick völlig ausgeblendet hatte. Sie wies mit dem Kopf auf einen Getränkeautomaten und er nickte. Erst jetzt merkte er, dass sein Gaumen vollständig ausgedörrt war.

Lara ging zum Automaten und zog zwei PET-Flaschen Mineralwasser. Er leerte eine davon in hastigen Zügen und wischte sich dann mit dem Handrücken über den Mund.

Mittlerweile hatte sich die Empfangsdame ihres blutenden Anrufers entledigt und sah sie fragend an.

»Sì?«

Romeo erklärte ihr Anliegen und sie zeigte auf eine Tür auf der anderen Seite, über der ein Schild mit der Aufschrift »Pronto Soccorso« hing.

»Wir müssen zur Notaufnahme«, sagte er zu Lara.

Gemeinsam durchquerten sie die Halle und öffneten die glasverkleidete Doppeltür. Sie liefen einen mit Linoleum ausgelegten Korridor entlang und gelangten durch eine weitere Tür in den Notfallbereich.

Hier ging es zu wie in einem Bienenstock. Krankenhauspersonal, Besucher und eintreffende Sanitäter hasteten an ihnen vorbei. Hinter einem lang gezogenen Empfangstresen saßen ein Mann und eine Frau in weißen Kitteln. Telefone klingelten, Kinder weinten, dazwischen riefen Angestellte nach Ärzten oder diskutierten mit bleichgesichtigen Angehörigen.

Romeo stieß frustriert die Luft aus und stellte sich hinten an die Schlange am Empfangstresen. Mussten denn alle unbedingt am Samstag ins Krankenhaus? Als er sich gerade Lara zuwandte, um seinem Unmut darüber Luft zu machen, rief jemand seinen Namen. Sie wandten gleichzeitig die Köpfe und erspähten Celia, die ihnen aus dem hinteren Teil der Notaufnahme zuwinkte. Sie saß ganz allein auf einem Metallstuhl zwischen einem mickrigen Gummibaum und einer dreiköpfigen Familie, die Sandwiches aß, und wirkte so verloren wie ein verlassenes Küken. Ihre verheulten Augen und ihre blasse Gesichtsfarbe schnitten Romeo schmerzlich ins Herz. Bedeutete das schon das Ende?

Obwohl er sofort zu ihr hinüberlaufen wollte, blieb er wie angewurzelt stehen und atmete hektisch ein und aus. Ihm wurde schwindelig und er griff haltsuchend nach Laras Arm.

»Alles okay?«, fragte sie und sah ihn sorgenvoll an.

»*Certo*«, krächzte er.

Es fehlte noch, dass er zusammenklappte. Seine Schwester hielt hier seit Stunden die Stellung, obwohl sie noch immer krank war, und ihr großer Bruder fiel wie eine viktorianische Lady in Ohnmacht? Er bemühte sich, gleichmäßig zu atmen, und griff nach Laras Hand. Zusammen eilten sie zu Celia hinüber, die bei ihrem gemeinsamen Auftritt kurz die Stirn runzelte, dann aber sogleich aufsprang und ihm in die Arme fiel.

»Er wollte unbedingt nach Salerno ins Hospital«, sprudelte es aus ihr heraus. »Das haben mir die Sanitäter am Telefon gesagt. Als ich hier ankam, waren die aber schon wieder fort. *Papà* wird gerade operiert, mehr weiß ich nicht. Ich, er …« Sie brach ab und ihre Augen schwammen in Tränen. »Was, wenn er stirbt?«

Romeo strich ihr tröstend übers Haar. »Er wird nicht sterben, *principessa*. Du kennst doch Vater. Erst wenn die Nachsaison vorbei ist, gibt's ein paar freie Tage.«

Sie lachte unter Tränen. »Domenico ist auf dem Weg hierher. Er müsste bald eintreffen. Ich bin so froh, dass ihr jetzt da seid. Das Warten ist das Schlimmste.«

Die Cafeteria des Krankenhauses war überraschenderweise, im Gegensatz zum abbruchreifen Äußeren der Klinik, hell und gemütlich. Romeo bestellte bei der Bedienung hinter dem Ausschank zwei Espressi, zwei Gläser Wasser und legte drei Cannoli mit Cremefüllung auf einen Teller. Lara hatte vorgeschlagen, dass er sich mit Celia eine Weile in das Selbstbedienungsrestaurant setzte, damit sie sich eine kurze Pause gönnte. Eins der süßen Gebäckstücke würde er Lara mitbringen, die in der Notaufnahme wartete, für den Fall, dass in der Zwischenzeit ein Arzt auftauchte. Er bezahlte und balancierte das Tablett zu Celia, die an einem Fenster saß und vor sich hin starrte. Als er sich setzte, hob sie den Kopf.

»Du und Lara also«, konstatierte sie emotionslos und griff nach der cremegefüllten Gebäckrolle. Sie biss davon ab und schloss genüsslich die Augen. »Das habe ich jetzt gebraucht.«

Er nippte an seinem Kaffee und hob kurz die Achseln.

»Es war … hat sich so ergeben.« Er würde jetzt kaum seiner kleinen Schwester sein Liebesleben erläutern.

Sie nickte und wischte sich mit der Serviette den Mund ab. »Fein, dann hat es ja geklappt.«

»Wie soll ich das denn jetzt verstehen?«

Sie schüttelte den Kopf. »Gar nicht, *caro*. Nur brich ihr nicht das Herz. Oder hast du schon?«

»Dazu war wohl kaum die Gelegenheit«, entgegnete er spitz. »Unser Vater kam wie üblich ...«

Er brach ab. Es war der denkbar schlechteste Zeitpunkt, um über seinen Erzeuger herzuziehen.

Sie legte ihm die Hand auf den Arm. »Mach dir keinen Kopf darüber und genieß es einfach. Alles kann so plötzlich enden.« Sie strich sich müde über die Augen, weinte aber Gott sei Dank nicht mehr.

»Er wird wieder gesund«, entgegnete Romeo, nur um etwas zu sagen.

Sie nickte tapfer, schien jedoch nicht überzeugt.

»Mein Akku ist fast leer, leihst du mir dein Handy?« Sie streckte die Hand aus. »Ich muss verschiedene Leute anrufen, um die Hochzeit abzusagen. Domenico kümmert sich um die Gästeliste, ich versuche, die Lieferanten zu erreichen.«

Romeo wollte widersprechen, doch sie hatte natürlich recht. Es würde unter diesen Umständen keine Vermählung geben. Entweder, weil der Brautvater im Krankenhaus lag, oder weil er ... Nein, daran sollte er nicht denken, das rief Unglück herbei.

Er zog sein Smartphone aus der Hosentasche und drückte es ihr in die Hand.

»Und du gehst zu Lara zurück«, befahl Celia. »Ich hänge hier jetzt einige Zeit am Telefon. Ihr ruft mich aber sofort, wenn der Doktor kommt.«

Er stand auf und wickelte die zwei übrig gebliebenen Cannoli in eine Papierserviette. Dann beugte er sich zu Celia hinab und küsste ihre Wange.

»Es wird schon alles gut werden, *principessa*.«

Sie verzog den Mund, was vermutlich als ein Lächeln gedacht war, doch in ihrem Blick stand dieselbe Frage, die auch ihn umtrieb: Was, wenn nicht?

* * *

Das Gemurmel und Gewusel um Lara herum wirkte einschläfernd. Ab und an fielen ihr die Augen zu, dann schreckte sie hoch und war für einen Moment hellwach, nur um gleich darauf wieder wegzudriften.

Sie stieß die Luft aus und straffte die Schultern, um wach zu bleiben. Die Sandwich essende Familie neben ihr war durch zwei dunkelhäutige Frauen in farbigen Seidengewändern abgelöst worden. Sie flüsterten miteinander und checkten alle zwei Minuten ihre Smartphones. Das erinnerte Lara daran, dass sie sich seit längerer Zeit nicht mehr bei ihren Eltern gemeldet hatte. Immerhin erwarteten die sie nächste Woche zurück. Ob sie jetzt wirklich abreisen konnte? Enzo verunglückt, Celia krank, die Hochzeit höchstwahrscheinlich geplatzt, musste sie dann nicht hierbleiben, um ihrer Freundin beizustehen? Vielleicht noch mehr als vorher?

Sie schürzte die Lippen. War es möglich, um den heißen Brei herumzudenken? Wenn ja, tat sie genau das in diesem Moment. Es gab nämlich noch einen weitaus wichtigeren Grund, weshalb sie hierbleiben wollte.

»›O Romeo, Romeo, warum bist du Romeo?‹«, murmelte sie. »Verleugne um meinetwillen deinen Vater und entsage deinem Namen, oder willst du nicht, so schwöre mir nur deine Liebe, und ich will nicht länger eine Capulet sein.‹«

Die beiden Frauen neben ihr sahen sie neugierig an, als Lara diese Sätze aus William Shakespeares berühmtem Drama »Romeo und Julia« vor sich hin sprach. Sie verstanden sicher kein Deutsch, so wenig, wie Lara deren Sprache verstand. Trotzdem war es ihr peinlich und sie senkte den Kopf, um sich eingehend mit ihrem Handy zu beschäftigen.

Was war bloß in sie gefahren? Man konnte sich doch unmöglich so schnell verlieben? Oder doch? Sie runzelte die Stirn. Hatte sie das denn? Zugegeben, ihre Freundinnen sprachen immer mal wieder von Liebe auf den ersten Blick. Doch sie hatte Romeo nicht auf den ersten Blick geliebt. Im Gegenteil, sie hatte ihn doch zu Anfang ein wenig affig gefunden. Was hatte sich geändert? Lag es an der vergangenen Liebesnacht?

Sie atmete tief durch und sah zum Fenster hinaus, das einen staubigen Blick auf den tristen Parkplatz gewährte. Sie hatte doch gewusst, dass der Sex mit Celias Bruder nur ein Abenteuer war. Kamen ihr jetzt etwa Gefühle ins Gehege? Und wenn ja, wie sollte sie darauf reagieren? Oder war es einfach eine Schwärmerei, die im nasskalten Hamburg zur bittersüßen Erinnerung verblassen würde? Sie nickte. Ja, genau, so musste es sein. Sie hatte sich ein bisschen hinreißen lassen. Diese wunderbare Gegend, Romeos Attraktivität und die Gelegenheit für eine Romanze ergaben einen zauberhaften Mix, dem nur schwer zu widerstehen war. Mehr war da nicht. Zudem hatten Ferienflirts ein Ablaufdatum, nämlich genau den Tag, wenn man wieder nach Hause fuhr.

»Bist du Lara?«

Vor ihr stand ein gut aussehender Mann in ihrem Alter, bekleidet mit einem karierten Hemd, Cargoshorts und festen Trekkingschuhen. Er hatte dunkle, kurz geschnittene Haare und war tief gebräunt.

»Genau. Und du bist bestimmt Domenico, das Phantom, habe ich recht?« Er sah sie einen Moment verwirrt an, und sie verbiss sich ein Schmunzeln. Dann streckte sie ihm die Hand entgegen. »Freut mich, dich kennenzulernen.«

Sein Händedruck war kurz und fest, dann sah er sich in der Notaufnahme um.

»Ich bin so schnell gekommen, wie ich konnte. Wie geht es Enzo? Wo ist Celia? Und was ist eigentlich passiert?«

»Wir wissen nicht mehr als das, was sie uns erzählt hat«, sagte Lara. »Enzos Wagen ist angeblich von der Küstenstraße abgekommen und hat sich überschlagen. Enzo wird gerade operiert. Celia und Romeo gönnen sich eine Pause in der Cafeteria, und ich halte hier die Stellung.«

Die beiden Frauen neben ihr standen in diesem Moment auf, und Domenico ließ sich aufatmend in einen der Metallstühle fallen.

»Eine schöne Bescherung«, meinte er seufzend. »Hoffentlich wird er wieder gesund. Und das alles am Tag vor unserer Hochzeit!« Er schüttelte den Kopf. »Wenn ich so abergläubisch wie Celia wäre, würde ich das für ein schlechtes Omen halten.«

Er zwinkerte ihr amüsiert zu. Also nahm Domenico Celias Affinität zu Horoskopen und dem ganzen Brimborium mit Humor, das machte ihn sympathisch. Er wirkte wie das komplette Gegenteil ihrer Freundin. Ruhig, besonnen, eher der nachdenkliche Typ. Sie passten offenbar wunderbar zueinander und ergänzten sich in jeder Beziehung.

»Soll ich die beiden holen?«, fragte Lara.

Doch er schüttelte den Kopf.

»Lass ihnen ein paar Minuten. Sie sehen sich eh viel zu selten, seit Romeo in Neapel wohnt.« Er warf ihr einen schnellen Blick zu. »Du weißt von dem Zerwürfnis zwischen Vater und Sohn?«

Sie nickte.

Domenico fuhr sich mit einer Hand durch die Haare. »Ich mag meinen zukünftigen Schwiegervater ja sehr, aber was das betrifft, verstehe ich ihn nicht. Hast du Romeo schon kennengelernt?«

Wieder nickte sie und errötete dabei.

»Er ist doch nett, nicht wahr? Ich wäre stolz, so einen Sohn zu haben. Aber … Wenn man vom Teufel spricht!«

Er sprang lächelnd vom Stuhl auf und Lara wandte den Kopf. Romeo tauchte eben im Durchgang zur Notaufnahme auf, in der Hand einen Gegenstand, der in eine weiße Serviette eingewickelt war. Als er seinen zukünftigen Schwager bemerkte, ging ein Strahlen über sein Gesicht. Anscheinend mochten sich die beiden.

»Ciao, Dottore!«, rief Romeo grinsend.

»Selber!«, antwortete Domenico.

Sie umarmten sich kurz und klopften sich dann jovial auf die Schultern.

»Einen Moment.«

Romeo beugte sich zu Lara hinunter und überreichte ihr das eingewickelte Päckchen. Dann strich er ihr lächelnd eine Locke aus dem Gesicht. »Cannoli«, erklärte er, »unheimlich lecker.«

Erfreut bedankte sie sich, denn ihr Magen knurrte schon eine Weile. Hungrig biss sie in das süße Gebäck. Köstlich!

Währenddessen huschten Domenicos Blicke erstaunt zwischen Romeo und ihr hin und her, bis sich endlich Verstehen auf seinem Gesicht abzeichnete.

»Oh!«, sagte er daraufhin nur und kratzte sich verwirrt am Kopf.

Während sich Lara die Cannoli munden ließ, fiel ihr Blick auf einen älteren Mann mit Brille, einer aristokratischen Nase und grauen Schläfen, der sich in der Notaufnahme suchend umsah. Er trug einen weißen Arztkittel und gehörte offensichtlich zum Krankenhauspersonal. Er stand einfach ruhig mitten im Gewusel, das ihn umfloss wie das Meer einen Felsen in der Brandung, und sah sich suchend um. Dabei verströmte er eine natürliche Autorität, als würde ihm dies alles hier gehören, und seine Anwesenheit wäre nur dazu da, damit es alle anderen nicht vergaßen. Er begegnete ihrem Blick und hob fragend die Augenbrauen.

»Ob der Celia sucht?«, fragte Lara.

Domenico und Romeo wandten die Köpfe. Lara wischte sich eilig den Mund mit der Serviette ab, stand auf und bahnte sich mit den beiden Männern im Schlepptau einen Weg durch das Gewühl.

»Celia Marconi?«, fragte der ältere Mann.

»Ich bin Romeo Marconi, Enzo Marconis Sohn«, ergriff Romeo das Wort und knetete sich nervös die Hände. »Haben Sie Neuigkeiten?«

Der Arzt nickte. »Mein Name ist Professor Santoro, leitender Chirurg am hiesigen Krankenhaus. Ich habe Ihren Vater untersucht. Eine Operation war nicht notwendig. Er hatte Glück, dass sein Wagen mit einem Überschlagsensor ausgestattet ist. Ich habe bei dieser Art Unfälle schon ganz andere … nun ja.«

Er wies mit der Hand auf eine ruhigere Ecke, in der eine Vorrichtung mit flüssigem Handdesinfektionsmittel an der Wand hing. Sie bildeten einen kleinen Halbkreis davor.

»Weil Ihr Vater bei seiner Bergung und beim darauffolgenden Transport ansprechbar war – wie die Sanitäter berichteten, hat er nahezu den ganzen Weg bis hierher lautstark geflucht – und weder über Gefühlsstörungen noch Bewegungsunfähigkeit klagt, gehen wir davon aus, dass *kein* Polytrauma vorliegt.«

Lara und Romeo sahen sich alarmiert an.

»Das ist gut«, erwiderte der Professor beruhigend, »keine Sorge. Ein Polytrauma wäre wesentlich ernster gewesen, weil es sich dabei um eine instabile Wirbelsäulenverletzung handelt. Wir gehen bei Ihrem Vater mehr von einem Spinaltrauma aus, also einer Stauchung der Wirbelsäule. Das ist zwar ebenfalls äußerst schmerzhaft, aber nicht lebensbedrohend. Um jedoch eine ernsthafte Wirbelsäulenverletzung ausschließen zu können, mussten wir ihn natürlich sofort röntgen. Zusätzlich haben wir ein CT angeordnet. Die Ergebnisse waren negativ. Sie wissen sicher, dass im medizinischen Bereich negativ positiv bedeutet.« Er lächelte, nahm seine randlose Brille ab und putzte sie mit einer Ecke seines weißen Kittels.

Romeo stieß erleichtert die Luft aus.

»Ihr Vater hatte wirklich unglaubliches Glück. Er muss jetzt zwar abschwellende und entzündungshemmende Medikamente einnehmen und später in die Physiotherapie, aber er kommt wieder auf die Beine. Im wahrsten Sinne des Wortes.«

Der Arzt setzte die Brille auf, und Lara registrierte dabei, dass seine Augen unterschiedliche Farben hatten.

»Sein rechter Arm ist gebrochen«, fuhr er fort, »und er hat verschiedene schmerzhafte Prellungen, aber das alles wird problemlos verheilen.« Der Professor warf einen Blick zur Uhr, die über der Anmeldung hing. »Kommen Sie etwa in zwei Stunden wieder, dann liegt er schon in seinem Zimmer und Sie können mit ihm sprechen. Aber erschrecken Sie nicht. Wegen seines Alters packen wir ihn vorsichtshalber in ein sogenanntes Stufenbett. Das ist bereits Teil der Rehabilitation. Die im Neunzig-Grad-Winkel hochgelagerten Beine entspannen und entlasten die Rückenmuskulatur und die Wirbelsäule.«

Ein Piepen unterbrach seinen Vortrag. Der Professor griff in die Kitteltasche und zog einen Pager hervor.

»Ich muss los.«

Und noch bevor Romeo, Domenico oder Lara sich bei ihm bedanken konnten, war er im Gewühl der Notaufnahme verschwunden.

14

Nachdem sie Celia die erfreuliche Prognose des Professors berichtet hatten und sie endlich davon überzeugen konnten, dass es unsinnig sei, weitere zwei Stunden im Krankenhaus zu warten, leisteten sie sich ein Taxi und fuhren zu viert an die nahe gelegene Strandpromenade. Der *Lungomare Trieste* war der perfekte Ausgangspunkt, um in kurzer Zeit die Altstadt von Salerno zu erkunden, weil er nur knapp zwei Minuten von der Via dei Mercanti, der beliebtesten Shoppingmeile der Stadt, entfernt lag.

Salerno war schon seit dem Mittelalter berühmt für seine medizinische Schule, und es verwunderte daher wenig, dass sich an der Promenade eine Menge Studenten aufhielten. An diesem sonnigen Nachmittag gönnten sich viele ein Eis, joggten den Lungomare entlang, kurvten auf ihren Inlineskates um die Passanten herum oder saßen einfach auf einer Bank im Schatten der Palmen und Platanen.

Lange Zeit war Salerno Kampaniens hässliches Entlein gewesen. Doch seit in den Neunzigerjahren die Altstadtsanierung begonnen hatte und sich namhafte Architekten sowohl der Promenade als auch des Hafens angenommen hatten, mauserte sich die zweitgrößte Stadt zum weißen Schwan der Region. Die kilometerlangen Dünenstrände im Süden, die perfekt erhaltenen Tempel von Paestum und die beliebten Wanderwege in den Bergen des Hinterlands liefen dem hektischen und lauten Neapel mittlerweile den Rang ab.

Romeo hatte sich nicht nur einmal überlegt, ob er sich nicht in die hiesige Niederlassung seiner Bank versetzen lassen sollte, um von dem reichhaltigen Freizeitangebot und der landschaftlichen Schönheit zu profitieren. Doch die unmittelbare Nähe zu Positano hatte ihn stets davon abgehalten.

»Haben wir Zeit, das *Castello Arechi* zu besuchen?«, fragte Celia und setzte ihre Sonnenbrille auf. »Ich würde es Lara gern zeigen.«

Die imposante mittelalterliche Festungsanlage thronte auf einem Hügel oberhalb der Stadt und bot ein atemberaubendes Panorama.

Romeo sah auf die Uhr. »Das wird knapp. Ich möchte lieber etwas essen. Habt ihr denn keinen Hunger?«

Lara und Celia schüttelten gleichzeitig den Kopf.

»Kein Wunder«, knurrte er, »ihr habt ja auch alle Cannoli weggefuttert. Domenico?«

»Aber unbedingt! Ich bin auf die Hiobsbotschaft hin sofort losgefahren. Wenn ihr ein Rumpeln hört, ist das nicht der Vesuv, sondern mein Magen.«

Alle lachten. Die Stimmung hatte sich ein wenig entspannt. Ihr Vater würde den Unfall überleben, Gott sei Dank.

Sie bogen in die verwinkelten Gassen der Altstadt ein und sahen sich nach einer Trattoria um, die um diese Uhrzeit noch warme Küche anbot. Domenico deutete auf ein Lokal mit dem klingenden Namen *La dolce Vita*.

Erschöpft ließen sie sich auf dessen Terrasse an einem Vierertisch nieder, und sofort brachte ein Kellner die Karten und ein Schälchen grüne Oliven. Im Schatten der eng zusammenstehenden Häuser waren die nachmittäglichen Temperaturen einigermaßen erträglich, und Romeo nahm aufatmend die Sonnenbrille ab.

Das Lokal lag zwischen einem Geschäft, das kitschige Keramik anbot, und einer Weinhandlung. Offenbar hatten die Geschäftsleute ein Arrangement abgeschlossen, denn auf dem gedeckten Tisch prangten Teller aus dem Keramikladen nebst einer Flasche Rotwein mit dem Emblem der Weinhandlung daneben: Symbiose made in Salerno.

»Ich verhungere gleich«, stöhnte Domenico, während er seine Nase in die Speisekarte steckte und zugleich von den Oliven naschte.

»Wann nicht?«, seufzte Celia kopfschüttelnd und wandte sich an Lara. »Ich kann Leute nicht ausstehen, die essen können, was sie wollen, und nicht zunehmen!«

Lara lachte. »Eine Frechheit sondergleichen. Die sollten mit einer separaten Steuer belegt werden.«

Celia nickte zustimmend. »Stell dir vor, wie ich in fünf Jahren aussehe, wenn ich diesem Mann täglich opulente Mahlzeiten zubereiten muss. Obwohl, jetzt wird er ja gar nicht mein Mann.« Ihre Augen füllten sich mit Tränen. »Glück gehabt, Nico, du kannst es dir noch mal überlegen.«

Die lockere Stimmung verpuffte. Lara biss sich auf die Lippen, und Domenico klappte der Mund auf.

»Jetzt hör aber auf mit dem Mist!«, brach es dann aus ihm heraus. »Ich liebe dich, *cara*. Du wirst meine Frau, und damit basta! Wenn nicht morgen, dann halt an einem anderen Tag.« Er legte zärtlich seinen Arm um Celias Schultern und küsste ihre Stirn.

»Das ist doch ein Zeichen«, fügte sie leise hinzu. »Vielleicht sollten wir ...«

»Nein!«, unterbrach er sie heftig. »Enzos Unfall ist ein unglücklicher Zufall und hat nichts mit uns zu tun.« Er strich ihr sanft über die Haare. »Wir holen die Hochzeit nach, sobald dein Vater wieder auf dem Damm ist. Er wird dich zum Altar führen, wie es sich gehört, und wir leben glücklich und zufrieden bis an unser Ende. *Va bene?*«

Celia nickte tapfer und Lara griff über den Tisch nach ihrer Hand.

»Er hat recht«, sagte sie aufmunternd. »Das ist lediglich ein bedauerliches Intermezzo.«

Nach dem Essen waren Celia und Domenico in einem Lederwarengeschäft verschwunden, während Lara eine Informationstafel für Touristen studierte.

»Hier steht, dass Griechen, Etrusker, Römer und Normannen Salerno geprägt haben«, erklärte sie. »Fehlen bloß noch die Wikinger.« Sie wandte sich grinsend um.

Sie standen auf der Piazza Alfano I. Hinter ihnen erhob sich der berühmte Dom *San Matteo*, der die Gebeine des Apostels Matthäus enthielt. Touristen schwärmten durch die geöffneten Tore, um einen Blick in die Krypta zu werfen oder den arabisch anmutenden Campanile zu fotografieren.

Sie hatten gut und reichlich gegessen. Domenico und er jedenfalls, die Frauen hatten sich mit einem Eisbecher begnügt. Romeo fühlte sich schläfrig. Die Anspannung der letzten Stunden forderte ihren Tribut und er unterdrückte ein Gähnen.

»Und du willst dir nichts kaufen?«, fragte er, legte den Arm um Laras Taille und küsste ihre Schläfe. Sie roch nach warmer Haut, Sonnencreme und einem Hauch Parfüm. Er liebte diese Mischung. Sie erinnerte ihn an die vergangene Nacht. Ein angenehmes Gefühl breitete sich in seinem Bauch aus, das nicht nur von der hervorragenden Lasagne herrührte, die er verputzt hatte.

»Ich würde lieber den Dom besuchen«, entgegnete sie, beschirmte ihre Augen mit der Hand und sah an der weißen Fassade hoch. »Das Innere soll ja gewaltig sein.«

Der Dom war während Romeos Schulzeit in Positano Pflichtprogramm gewesen. Er erinnerte sich aber nur noch an ein paar Steinlöwen, opulenten Kirchenschmuck und seinen durch zu viele Süßigkeiten verdorbenen Magen. Zudem hatte er sich mit einem Mitschüler auf der Heimfahrt wegen einer Nichtigkeit geprügelt und war mit einem blauen Auge und einem Schulverweis zurückgekommen.

»Sagt man, ja. Vielleicht ein anderes Mal? So viel Zeit haben wir nicht mehr.«

In diesem Augenblick kamen seine Schwester und Domenico aus dem Laden.

»Fahren wir zurück?«, fragte Celia, und Romeo nickte.

* * *

Im Krankenhausflur roch es nach Tomatensoße, und in den Gängen standen Rollbehälter, auf denen sich Tabletts mit Metallhauben befanden. Das Zimmer 303 lag im hinteren Teil des Krankenhauses. Durch ein Fenster sah man auf grünes Buschwerk hinunter, dahinter erhoben sich in der Ferne zwei bewaldete Berge mit schroffen Felswänden, über denen ein paar Wolken hingen.

Obwohl Laras Vater Arzt war, mochte sie Kliniken nicht. Sie fühlte sich immer unbehaglich, sobald sie eine betrat. Das war jetzt nicht anders, und mit klopfendem Herzen folgte sie Celia und Domenico den Flur entlang.

Romeo hatte nach ihrer Hand gegriffen, als sie den Lift im dritten Stock verließen. Er war nervös, das konnte sie spüren, obwohl der Professor ihnen den ersten Schrecken genommen hatte. Offenbar sah er der Begegnung mit seinem Vater mit gemischten Gefühlen entgegen. Vielleicht erwies sich Enzos Unfall aber als die Brücke, die ihn mit seinem Vater wieder zusammenführte. Wenn einem auf so plötzliche Weise die eigene Sterblichkeit vor Augen geführt wurde, besann sich so mancher noch darauf, was im Leben wirklich wichtig war. Sie hoffte es für Romeo, und zuversichtlich drückte sie seine Hand. Er warf ihr einen kurzen Blick zu, als sie vor der Tür mit der Nummer 303 standen, und ließ ihre Hand los.

Sie schluckte. Natürlich wollte er seinen Vater nicht gerade jetzt damit überfallen, dass sie sich näher gekommen waren. Verständlich. Trotzdem fühlte sie einen Stich der Enttäuschung in der Magengrube.

Celia klopfte leise an die Tür, öffnete sie und trat ein. Das Krankenzimmer unterschied sich nicht wesentlich von allen anderen, die Lara in ihrem Leben schon gesehen hatte. Funktionell, mit einem unscheinbaren, aber gut zu reinigenden Fußboden, verströmte es den Charme eines Luftschutzbunkers. Die Wände waren kahl, an den Fenstern hingen Vorhänge in einem hässlichen Orange, und in einer Ecke standen zwei Metallstühle nebst einem kleinen Tisch. Enzo Marconi lag in dem einen Bett, das andere war leer. Seine Beine ruhten erhöht auf einem kompliziert aussehenden Gestell, sein rechter Arm war eingegipst. Er hatte die Augen geschlossen.

»*Papà?*« Celia trat vorsichtig ans Bett.

Enzo öffnete die Augen und blinzelte. »*Principessa*«, krächzte er matt.

»Was machst du nur für Sachen?«, fragte sie mit zittriger Stimme und strich ihm dabei sanft über die gesunde Hand.

Domenico holte einen Stuhl, stellte ihn ans Bett, und sie setzte sich.

»Tut mir leid, Kleines, dass ich dir solche Sorgen bereite. Gerade heute …«

»Macht doch nichts, *papà*. Die Hochzeit holen wir einfach nach, sobald du wieder zu Hause bist.«

Enzo Marconi wirkte blass unter seiner Sonnenbräune. Als er versuchte, sich zu bewegen, verzog er den Mund und plötzlich standen Schweißtropfen auf seiner Stirn. Offensichtlich hatte er, trotz der Medikamente, starke Schmerzen.

»Wolltest du Riccardo Patrese Konkurrenz machen?«, scherzte Domenico, und Enzo zog matt einen Mundwinkel nach oben.

»Wohl eher Michael Schumacher«, erwiderte er trocken. »Ich kann mich überhaupt nicht an den Unfall erinnern. Das Letzte, was ich weiß, ist, dass ich nach meiner Brille auf dem Beifahrersitz greifen wollte. Danach tauchen nur noch Fragmente in meinem Kopf auf.«

»Angeblich hast du während des ganzen Transports geschimpft wie ein Rohrspatz«, warf Domenico grinsend ein und massierte dabei Celias Schultern. »So schlimm kann es also nicht gewesen sein.«

Celia drehte sich um und warf ihrem Zukünftigen einen tadelnden Blick zu. »*Papà*«, wandte sie sich dann wieder an ihren Vater. »Und das alles wegen dieser vermaledeiten Brille? Warum trägst du sie denn nicht ständig, wie es der Augenarzt …« Sie brach ab und seufzte tief. »Egal, Hauptsache, du wirst wieder ganz gesund.«

Romeo stand währenddessen nur stumm neben Lara. Sein Kiefer war angespannt, als müsse er sich beherrschen, um irgendetwas nicht auszusprechen.

Endlich wandte Enzo den Kopf, sah seinen Sohn kurz an und blickte dann schnell wieder weg.

Lara runzelte die Stirn. Selbst jetzt noch diese Unversöhnlichkeit? Was zum Henker ging bloß in Marconis Kopf vor? Da sprang er dem Tod haarscharf von der Schippe und war nicht bereit, nur einen Zoll von seinem Kurs abzuweichen? Sie konnte es nicht fassen und wurde plötzlich unheimlich wütend auf den Hotelbesitzer.

»Wir sind so schnell gekommen, wie wir konnten«, stieß sie hervor.

»Danke, Signora Jauch«, wandte Enzo sich an sie. »Es ist überaus freundlich, dass Sie Ihren Urlaub mit einem Krankenbesuch unterbrechen.«

Sie machte eine wegwerfende Handbewegung. »Eigentlich waren wir auf dem Weg nach Capri, aber nach Celias Anruf fuhr Romeo wie ein Verrückter nach Salerno. Stimmt's?«

Romeo nickte nur, sagte aber kein Wort. Himmel noch mal, was war nur los mit den beiden?

»Ach, tatsächlich?« Enzos Miene wurde abweisend. »Das erstaunt mich. Ich hätte mir eher vorgestellt, dass er …«

»*Papà*, bitte nicht«, unterbrach ihn Celia müde. »Ich kann das jetzt nicht ertragen.«

Die Zimmertür öffnete sich, und eine Frau mittleren Alters trug ein Essenstablett herein.

»Ah, die Familie des Glückspilzes ist da«, meinte sie mit einem verschmitzten Lächeln und wandte sich dann an Enzo. »Sie müssen ja ein ganzes Heer von Schutzengeln bei sich gehabt haben, Signor Marconi.«

Mit geübten Griffen zog sie einen Beistelltisch heran, stellte das Tablett darauf und hob die Warmhaltehaube vom Teller. »Leckeres Hühnchen heute, guten Appetit.« Und schon war sie wieder verschwunden.

Marconi beäugte das Huhn kritisch und schob dann das Tischchen beiseite.

»Von unserem Koch sieht das besser aus«, meinte er frustriert. »Zum Glück kann ich bald nach Hause. Der Arzt sagt, vermutlich schon in ein paar Tagen. Schließlich läuft der Betrieb nicht von allein.«

»Das ist jetzt das kleinste Problem, *papà*«, wandte Celia ein. »Deine Genesung ist wichtiger.«

»Danke, Spätzchen. Du kennst ja den Spruch mit dem Unkraut.«

Sie schniefte ein bisschen und nickte.

»Apropos. Bis ich nach Hause komme, musst du das Hotel führen.«

Sie riss die Augen auf. »Ich? Aber *papà*, davon habe ich doch gar keine Ahnung!« Celia sah ihren Vater verwirrt an. »Graziella wird den Laden schon schmeißen. Ich …«

Ihr Vater hob die Hand. »Ja, Graziella weiß eine Menge und wird ihr Bestes tun, aber sie hat keine Unterschriftsberechtigung. Soll sie jedes Mal, wenn etwas zu unterzeichnen ist, nach Salerno fahren?« Er schüttelte den Kopf und stöhnte daraufhin leise. »Du wirst das Kommando führen, *principessa*, ich verlasse mich auf dich.«

Celia drehte sich um und sah die drei anderen hilfesuchend an. Ihr flehender Blick blieb an ihrem Bruder hängen.

Lara verzog mitfühlend den Mund. Da hatte ihre Freundin sich so lange dagegen gewehrt, den Familienbetrieb zu übernehmen, und jetzt hatte ihr das Schicksal einen bösen Streich gespielt. Oder eher Enzo? Je nachdem, von welcher Seite man es betrachtete.

»*Papà*«, wandte sich Celia wieder an ihren Vater, »wieso kann Romeo das nicht tun? Er leitet schließlich jetzt schon erfolgreich …«

»Vergiss es!«, unterbrach sie Marconi ungehalten. »Lieber lasse ich das Hotel vor die Hunde gehen, als dass er es übernimmt.«

Romeo schnappte geräuschvoll nach Luft. Die anderen schwiegen betreten.

Lara konnte es nicht fassen. Was für eine ungeheuerliche Aussage des eigenen Vaters! Romeo war kreidebleich geworden. Seine dunklen Augen wirkten beinahe schwarz.

»Sehr aufschlussreich«, sagte er in diesem Moment mit eiskalter Stimme. »Ich warte draußen auf euch.«

Dann drehte er sich um und verließ das Krankenzimmer.

Lara sah Romeo entsetzt hinterher und wirbelte dann herum.

»Was ist bloß los mit Ihnen? Wie können Sie Ihren Sohn so behandeln? Sind Sie nicht mehr ganz richtig im Kopf?«

Celias und Domenicos entgeisterte Mienen bemerkte Lara nicht. Sie ballte ihre Hände zu Fäusten. Wut brodelte in ihrem Innern wie flüssiges Gestein. Es war ihr im Moment vollkommen egal, dass der alte Mann im Krankenbett gerade einen schweren Unfall gehabt hatte und der Schonung bedurfte. Es gab Grenzen, selbst für einen Vater. Sie warf ihm einen letzten, wütenden Blick zu und rannte Romeo hinterher.

15

Vor der Klinik atmete Romeo keuchend aus. Das Herz schlug ihm bis zum Hals und in seinem Magen rumorte es heftig. Er schluckte einige Male, um den sauren Geschmack in seinem Mund hinunterzuwürgen. Die erneute Demütigung brannte wie Feuer in seinen Eingeweiden. Wie hatte er nur annehmen können, dass der Unfall irgendetwas änderte?

Er überquerte den Vorplatz und trat an die Brüstung, die das Areal auf der Nordseite begrenzte. Unter ihm erstreckte sich eine Schlucht, auf deren Grund ein ausgetrocknetes Flussbett lag. Staubiges Buschwerk zog sich an beiden Flanken den Hang hinauf. Es roch nach Abgasen, gemischt mit dem würzigen Duft von Pinienharz. Er stützte sich mit den Händen auf die hüfthohe Backsteinmauer und ließ den Kopf hängen.

Es würde sich nie etwas ändern – niemals. Vater verabscheute ihn, selbst jetzt. Die kleine Hoffnung, dass eine Aussöhnung nach dem Unfall möglich wäre, war nur Romeos Fantasie entsprungen. Er war so ein Idiot!

Wütend schlug er mit der Faust auf die Mauer. Dass er sich dabei den Handballen aufschürfte, bemerkte er nicht einmal.

Er griff in seine Gesäßtasche und holte den Parkschein hervor, drehte sich um und prallte auf Celia. Hinter ihr standen Domenico und Lara.

»Es tut mir so leid«, sagte seine Schwester. »*Papà* hat es sicher nicht so gemeint.«

Romeo stieß ein abfälliges Schnauben aus. »Ach nein? Egal, es gibt keinen Grund für mich, noch länger in Positano zu bleiben.«

Er wagte nicht, Lara bei diesen Worten anzusehen. Seine Aussage musste sie treffen, so oder so.

»Romeo, ich kann das Hotel nicht führen!«, brauste Celia auf. »Ich habe keine Ahnung, wie das geht.«

»Domenico kann dir sicher …«

Sein zukünftiger Schwager sah ihn entsetzt an. »Sag mal, spinnst du? Ich verstehe vom Tourismusgewerbe etwa so viel wie ein Elefant vom klassischen Ballett.« Er schüttelte den Kopf. »Vergiss es, Kumpel.«

Celia fasste Romeo am Arm. »Bitte, Romeo, du musst mir helfen. Ich habe doch nur dich.«

Ihre Augen schwammen in Tränen, und plötzlich wallte Mitleid in ihm auf. Seine kleine Schwester war eben noch krank gewesen, und wenn er sie so betrachtete, sah sie immer noch leidend aus. Zudem fiel gerade ihre Hochzeit ins Wasser, die Sorge um ihren Vater bedrückte sie, und jetzt halste ihr dieser auch noch den Betrieb auf. Sie war eindeutig schlechter dran als er.

»Aber du hast ihn doch gehört. Er würde lieber …«

»Er muss es ja nicht erfahren«, unterbrach sie ihn. »Graziella hält bestimmt dicht. Und für lange ist es ja auch nicht. Offenbar kann *papà* bald nach Hause, wenn keine Komplikationen auftreten. Bitte, Romeo, ich flehe dich an.«

Die Rückfahrt nach Positano verlief schweigend. Lara trug, trotz der einbrechenden Dämmerung, immer noch ihre Sonnenbrille und sah stur geradeaus. Celia fuhr in ihrem eigenen Wagen zurück, und Domenico war nach Neapel aufgebrochen. Er würde am folgenden Tag nach Positano zurückkommen, um Celia zu unterstützen. Wegen Vaters Unfall und der geplatzten Hochzeit hatten sie auch die geplanten Flitterwochen gecancelt. Was für ein Schlamassel! Das hatten die beiden wirklich nicht verdient.

»Du bist ja so still«, brach Romeo schließlich das belastende Schweigen. »Ist etwas nicht in Ordnung?«

»*Tutto bene.*«

Er schmunzelte. Sie war eine lausige Lügnerin.

»Bist du mir böse?«

»Sollte ich?«

»Hör zu, Lara, es tut mir leid, was ich vorhin gesagt habe, wirklich. Das war sehr unsensibel von mir. Natürlich gibt es einen äußerst liebenswerten Grund, weiter an der Amalfiküste zu bleiben. Er sitzt gerade neben mir. Ich war über Vaters Worte nur so enttäuscht.«

Sie wandte den Kopf und sah ihn eine Weile an, dann nickte sie.

»Natürlich, das ist verständlich. Ich würde ausrasten, wenn mein Vater so mit mir sprechen würde. Übrigens bin ich das vorhin gerade. Und es tut mir nicht mal leid.«

Romeo sah sie verwirrt an und sie wedelte mit der Hand. »Egal, ich musste mir nur einmal richtig Luft machen.«

Sie legte ihm die Hand auf den Schenkel. Das fühlte sich gut an, und Romeo atmete tief durch.

Sie befanden sich kurz vor Minori. Er wusste nicht, an welcher Stelle sein Vater von der Straße abgekommen war. Dieses Detail hatten weder Enzo noch der Professor gewusst, doch wäre es hier passiert, hätte sein Vater kaum überlebt. Auf der linken Seite fiel das Gelände über hundert Meter steil zum Meer hin ab. Ein Durchbrechen der Brüstung hätte unweigerlich einen Sturz ins Wasser bedeutet und damit den sicheren Tod.

Ein Schauer lief ihm über den Rücken. Trotz allem war Enzo eben immer noch sein Vater. Und wenn er ihn auch öfter verfluchte: Blut war dicker als Wasser.

Auf dem kleinen Sandstrand von Minori fand gerade ein Fest statt. Zwischen den geschlossenen Sonnenschirmreihen rannten Kinder herum. Nahe dem Wasser loderte ein mächtiges Feuer und spie glühende Funken in den dunkler werdenden Himmel. In der Bucht davor schaukelten kleinere Boote auf der sanften Dünung. Musik drang durchs offene Wagenfenster.

Romeo beneidete die fröhlichen Besucher. Für sie schien alles in bester Ordnung zu sein und sie freuten sich einfach an dem lauen Herbstabend im Kreis ihrer Freunde. In seinem eigenen Leben war jedoch nie etwas einfach oder gar in bester Ordnung gewesen. Seine ganze Existenz wurde von der schlechten Beziehung zu seinem Vater überschattet. Und Romeo konnte noch so weit wegziehen oder beruflich noch so erfolgreich sein, für Enzo Marconi wäre es nie weit weg oder gut genug. Die Dämonen holten ihn immer wieder ein, auch wenn er geglaubt hatte, ihnen entflohen zu sein.

»Celia hat mich gebeten, meinen Urlaub um eine Woche zu verlängern«, sagte Lara und unterbrach damit seine Gedanken. »Offenbar braucht sie weibliche Schützenhilfe.«

»Und?«

Sie hob die Achseln. »Ich überlege es mir.«

Er griff nach ihrer Hand und führte sie an seine Lippen. »Ich wäre entzückt, wenn du noch bleibst.«

Sie schenkte ihm ein halbes Lächeln. Anscheinend verzieh sie ihm gerade sein rüpelhaftes Benehmen auf dem Krankenhausparkplatz.

»Du bist ja verletzt!«, rief sie besorgt.

Er betrachtete seine geschundene Hand.

»Das ist nichts, nur etwas zu viel Temperament«, wiegelte er ab. »Liegt leider in der Familie.«

* * *

Die zarten Voilevorhänge bauschten sich im Abendwind. In der Ferne hörte Lara das Tuten eines Hochseedampfers. Eine Frau lachte perlend auf dem Balkon unter ihrem Zimmer und irgendwo schimpfte eine männliche Stimme lautstark mit einem quengelnden Kind. Romeo stand schweigend vor dem geöffneten Fenster im *Bellavista* und sah auf das nächtliche Meer hinaus. Da Enzo im Krankenhaus lag, gab es für ihn wohl keinen Grund mehr, sich weiterhin in der elterlichen Wohnung seines ehemaligen Schulkameraden mit ihr zu treffen.

Das Geschwisterpaar hatte sich nach ihrer Ankunft im Hotel mit Graziella zu einer Lagebesprechung getroffen. Romeo hatte vorhin erzählt, dass sich die Empfangsdame sofort dazu bereit erklärt hatte, die kleine Scharade mitzumachen und Enzo in dem Glauben zu lassen, Celia werde das Kommando übernehmen. Die beiden Frauen hatten ihm immer wieder ihren Dank bekundet, dass er so selbstlos half, den Betrieb am Laufen zu halten. Das sei nicht selbstverständlich. Und Lara sah das ebenso. Sie rechnete es Romeo hoch an, dass er seinen Stolz hinunterschluckte und dablieb. Das zeugte von wahrer Größe.

Sie selbst hatte an dem Gespräch nicht teilnehmen wollen, obwohl Celia sie darum gebeten hatte. Wie Domenico verstand auch Lara nichts vom Führen eines Hotels und war in ihr Zimmer geflüchtet, um eine heiße Dusche zu nehmen und sich den Staub dieses ereignisreichen Tages abzuwaschen. Zudem war sie sich nicht sicher, ob ihr nicht wieder etwas herausgerutscht wäre wie im Krankenhaus. Es war ihr unverständlich, dass offenbar niemand den Mut besaß, mal Klartext mit Enzo Marconi zu reden, damit dieser Dickschädel begriff, welches Glück er mit seinem Sohn hatte. Weder Celia oder Domenico noch Graziella. Das war doch verrückt! Romeo wäre der beste Mann gewesen, um das marode Hotel wieder auf Vordermann zu bringen. Aber niemand schien die Eier zu haben, Enzo das klarzumachen. Alle kuschten vor ihm wie vor einem Pascha. Und jetzt noch diese Heimlichtuerei? Lara schüttelte den Kopf. So viel Borniertheit war ihr ein Rätsel.

Nach der Dusche telefonierte sie mit ihrer Mutter und schilderte ihr die aktuellen Ereignisse. Katharina Jauch zeigte volles Verständnis dafür, dass ihre Tochter noch eine Woche länger in Positano bleiben wollte, um Celia zu unterstützen. Sie hatte sich sofort bereit erklärt, Laras Flugticket umbuchen zu lassen, und versprochen, Oma anzurufen, die sie in ihrer letzten Urlaubswoche eigentlich hatte besuchen wollen.

Wie unterschiedlich Eltern doch sein können. Laras unterstützten sie in allem, was sie tat. Romeos Vater hingegen … Sie schüttelte wieder den Kopf. Was für ein harter Mann!

»Wie geht's deiner Hand?«, fragte sie und legte das Handy auf den Nachttisch.

Romeo drehte sich um und betrachtete das Pflaster an seiner Handkante.

»Kaum zu spüren«, erwiderte er abwesend.

Er durchquerte das Zimmer und setzte sich neben Lara aufs Bett. Sie trug noch ihren Bademantel, die nassen Haare hatte sie in ein Handtuch gewickelt. Es war kurz vor halb neun. Sie hatten vorgehabt, mit Celia zu Abend zu essen, doch vorhin hatte sie angerufen und sich mit Kopfschmerzen entschuldigt. Kein Wunder, Celia war noch nicht ganz wiederhergestellt und der Tag hatte es wirklich in sich gehabt. Selbst Lara fühlte sich erschöpft, und die Aussicht, sich noch mal anzuziehen, um in einem Lokal etwas zu essen, behagte ihr wenig.

»Wir können uns etwas aufs Zimmer bestellen«, sagten beide gleichzeitig und lachten dann.

Sie griff nach der kleinen Speisekarte auf dem Nachttisch.

»Auf was hättest du Lust?«

Romeo stand wieder auf, zog sich das Polohemd über den Kopf und warf es auf den Sessel beim Fenster.

»Tagliatelle mit Lachs«, sagte er und begann, seine Jeans aufzuknöpfen.

Sie versuchte, ihn dabei nicht anzustarren, doch ihr wurde plötzlich heiß, und verlegen verbarg sie ihr Gesicht hinter der Speisekarte.

»Klingt gut, nehme ich auch. Noch was?«

»Ja, etwas Rotes dazu.«

»Wein?« Sie sah fragend hoch.

Nur noch mit Shorts bekleidet stand er vor ihr und sah sie aufmerksam an.

»Ich habe dabei eher an eine süße Vorspeise gedacht.« Er zwinkerte ihr schelmisch zu.

Gott, sah der Kerl gut aus! Ein flaues Gefühl machte sich in Laras Bauch breit, das jedoch nichts mit der fehlenden Nahrung zu tun hatte. Ihr Hals verlangte plötzlich vehement nach einem Schluck Wasser und sie räusperte sich. Zu gern hätte sie jetzt etwas Cooles erwidert, um ihr Gefühlschaos zu verbergen, doch ihr fiel absolut nichts ein. Der Mann ging ihr wirklich unter die Haut. Und schon schrillte in ihrem Kopf wieder eine Alarmglocke. Pass auf, Lara, du wagst dich gerade auf gefährliches Terrain!

Doch mit einem leichten Kopfschütteln brachte sie die Stimme der Vernunft zum Schweigen. Das Kommende war viel zu aufregend, um jetzt an Logik zu denken.

»Dann fangen wir doch am besten mit der Nachspeise an.«

Romeo zog amüsiert einen Mundwinkel nach oben. »Gib mir fünf Minuten.«

Er drehte sich um und verschwand im Bad.

Kurz darauf hörte sie die Dusche rauschen.

»Mädchen«, murmelte Lara, zog sich das feuchte Handtuch vom Kopf und warf es achtlos auf den Boden. »Was hast du dir bloß dabei gedacht?«

Als er zurückkam, duftete er nach ihrem Duschgel, was sie zum Schmunzeln brachte.

Romeo legte sich zu ihr aufs Bett. Auf seinen Schultern glitzerten noch Wassertropfen, in denen sich das Licht der kleinen Leselampe über dem Kopfteil des Bettes spiegelte. Alle anderen Lichter hatte sie ausgeschaltet, während er duschte. Es war zwar nicht so romantisch wie der Kerzenschein von letzter Nacht, aber Kerzen gehörten eben nicht zur Standardausstattung des *Bellavista*.

Langsam öffnete er ihren Bademantel, betrachtete einen Moment ihre Brüste und küsste dann abwechselnd die empfindlichen Spitzen. Sie erschauerte. Ihre Brustwarzen zogen sich unter seinen Zärtlichkeiten lustvoll zusammen und streckten sich ihm verlangend entgegen.

»Ja«, flüsterte sie heiser, »oh ja!«

Er lachte leise. Während er ihre Brüste weiter mit seinem Mund verwöhnte, wanderten seine Hände über ihren Körper. Seine Finger waren noch kühl von der Dusche und berührten lindernd ihre heiße Haut. Sie hatte das Gefühl, gleich wie ein Feuerwerk zu explodieren. Wie stellte er das bloß an? Er brauchte sie nur anzutippen und sie stand in Flammen. Ob es ihm ebenso erging?

Sie zog ihn sanft auf ihren Körper, genoss sein Gewicht und fühlte, wie erregt er bereits war.

»Küss mich!«, bat sie.

Er sah ihr tief in die Augen und verschloss dann ihren Mund mit einem leidenschaftlichen Kuss.

Ein süßes Ziehen breitete sich zwischen ihren Schenkeln

aus. Sie bewegte ihre Hüften, um ihm näher zu sein, und hörte, wie er leise stöhnte. Ihre Hände glitten über seinen muskulösen Rücken und packten dann seinen sexy Po.

»Ich werde das nicht lange durchhalten«, flüsterte er heiser an ihrem Ohr, als sich ihre Lippen voneinander lösten.

»Dann geht's dir wie mir«, erwiderte sie lächelnd und zeichnete mit den Fingerspitzen die Linie seiner Wange nach, strich über seinen Bart, der sich seidig anfühlte. Nur dort, wo er nicht gestutzt war, bemerkte sie die stacheligen Spitzen der nachwachsenden Haare.

»Wie kriegst du nur diesen akkuraten Bart hin?«, fragte sie neugierig. Das hatte sie schon immer interessiert. Die Männer mussten ja extrem viel Zeit dafür aufwenden.

Romeo stützte sich auf seine Unterarme und sah sie entgeistert an. »Du willst jetzt tatsächlich über meine Gesichtsbehaarung reden?«

Sie lachte. »Ich wollte dich bloß ein bisschen ablenken. Zudem interessiert es mich wirklich.«

»Ich will aber nicht abgelenkt werden«, knurrte er, senkte seine Lippen erneut auf die ihren und eroberte ihren Mund. Dabei ließ er seine Hand tiefer wandern, bis er ihre empfindlichste Stelle fand und sanft reizte.

Sie keuchte auf.

»Interessiert dich mein Bart immer noch?«, fragte er mit einem diabolischen Grinsen.

Als Antwort bog Lara sich ihm entgegen und öffnete ihre Schenkel. Als er in sie eindrang, krallte sie ihre Finger in seine nassen Haare und schloss die Augen.

Sie kam sofort. Ein gewaltiger Sog erfasste sie, verflüssigte ihre Glieder und ließ sie in einem Meer voller Emotionen hilflos treibend zurück. Ihre Mitte pulsierte rhythmisch zu einer Musik, die nur Liebende kannten. Und noch ehe sie sich darüber wundern konnte, was gerade mit ihr passierte, hörte sie

Romeos heiseres Keuchen. Dann brach er über ihr zusammen, presste sie schwer in die Laken, und mit einem Lächeln schlang sie ihre Arme um seinen Körper und fühlte sich dabei restlos glücklich.

16

»Aufstehen, Schlafmütze!«

Lara öffnete die Augen und blinzelte Romeo verschlafen an. Ihre Haare standen in einem wilden Durcheinander nach allen Himmelsrichtungen ab. Er verbiss sich ein Lachen.

»Was?«, nuschelte sie und drehte sich auf die andere Seite. »Ich hab Urlaub, lass mich schlafen.«

»Alles klar, dann fahre ich eben allein nach Capri. Und den Cappuccino trinke ich ebenfalls allein, ganz wie du möchtest.«

Sie wandte den Kopf. »Kaffee?«

Er grinste und stellte das Tablett mit den beiden Tassen auf den Nachttisch. Lara setzte sich auf und fuhr mit den Fingern glättend durch ihre wirren Haare.

»Das kommt davon, wenn ich ohne Haargummi schlafe«, knurrte sie. »Schau dir diese Knoten an.« Sie gab ihre Bemühungen auf und griff nach dem Cappuccino. »Was habe ich da von Capri gehört?«

Er setzte sich auf die Bettkante.

»Während du den halben Tag verschlafen hast, habe ich mit Graziella bereits das Nötigste für den reibungslosen Ablauf im Hotel erledigt. Den Rest dieses strahlenden Sonntags habe ich also frei und dachte mir, wir könnten nochmals einen Versuch starten, Sofia zu besuchen.«

Lara nippte am Cappuccino. »Einfach köstlich! Vom Kaffeemachen versteht ihr Italiener eine Menge. Und noch von anderen Dingen«, fügte sie mit einem Lächeln hinzu.

Er deutete eine Verbeugung an. Die vergangene Nacht gehörte zu seinen Top Five aller amourösen Begegnungen, die er je erlebt hatte. Vielleicht war sie sogar die Nummer eins.

»Aber fährst du heute nicht nach Salerno?«, fragte Lara.

»Wieso sollte ich das tun?«

»Na ja, willst du nicht deinen Vater im Krankenhaus besuchen?«

»Ist die Frage ernst gemeint? Du warst doch gestern dabei. Ich denke nicht, dass er darauf erpicht ist, mich zu sehen. Celia und Domenico fahren heute Nachmittag hin, das reicht vollkommen.«

Sie nickte und Romeo konnte das Mitgefühl in ihrem Blick erkennen. Er räusperte sich. »Also, was sagst du, fahren wir nach Capri?«

»Ja, gern. Ich wollte die Insel schon immer mal kennenlernen.«

Sie stellte die Tasse auf den Nachttisch zurück und machte Anstalten, das Bett zu verlassen.

»Nicht so schnell, meine Liebe. Zuerst will ich mein Frühstück.«

Er zog ihr die Bettdecke mit einem Ruck weg und Lara quiekte verblüfft.

»Doch, das sieht nach einem wirklich leckeren Frühstück aus«, raunte er lächelnd, zog sie in die Arme und verschloss ihren Mund mit einem langen Kuss.

Eine Stunde später saßen sie eng umschlungen auf dem Freiluftdeck der Fähre von Sorrent nach Capri. Aus Laras Pferdeschwanz war eine Haarsträhne entwischt und kitzelte Romeos Nase. Er unterdrückte ein Niesen und strich sie ihr hinters Ohr. Im Gegensatz zur Hochsaison war die Fähre nur zur Hälfte besetzt, was ihnen ohne Drängeln Sitzplätze beschert hatte.

»Da vorne ist schon die Insel, nicht wahr?«, fragte Lara und beschirmte ihre Augen mit der Hand. »Da hätten wir ja auch gleich rüberschwimmen können.«

»Du darfst es auf dem Rückweg gern versuchen. Ich hole dich dann übermorgen in Sorrent wieder ab.«

Sie grinste und kuschelte sich enger in seine Arme.

»Wir hätten auch von Positano aus nach Capri fahren können, nicht wahr? Am Hafen werben sie überall dafür.«

»Zwanzig Minuten auf einem Boot reichen vollkommen aus.«

»Sag bloß, du fürchtest dich.« Sie schmunzelte, und als er nichts erwiderte, wandte sie den Kopf. »Das ist es, oder? Du fährst nicht gern mit dem Boot.«

Er hob entschuldigend die Achseln. »Als kleiner Junge bin ich einmal bei einem Bootsausflug fast ertrunken. Schwimmen ist kein Problem, aber in diesen Nussschalen wird mir seitdem flau im Magen.«

»Nussschale?« Lara sah sich auf der schicken Fähre um. »Darunter verstehe ich zwar etwas anderes, aber gut. Schade, also kein romantischer Capri-Fischer.«

Sie summte eine kleine Melodie und legte dabei den Kopf an seine Schulter.

»Was hast du bloß die ganze Zeit mit diesen Fischern?«, fragte er und strich ihr abermals die unartige Haarsträhne hinters Ohr. »Ist das in Deutschland ein Code für irgendwas?«

Sie lachte lauthals. »Aber ja – die ultimative Metapher für die ganz große Liebe!«

Er runzelte konsterniert die Stirn. Erlaubte sie sich gerade einen Scherz mit ihm oder meinte sie das ernst? Und wenn ja, war bei ihnen tatsächlich Liebe im Spiel? Mit einem Mal fühlte er sich unbehaglich. Lara war zwar seit Langem das Entzückendste, was er in den Armen hielt, aber eben auch nur ein Urlaubsflirt. Liebe konnte keiner von ihnen gebrauchen, das verkomplizierte die Sache nur.

»Woran denkst du gerade?«, fragte sie, und er schüttelte den Kopf, um seine Gedanken zu ordnen.

»Dass ich gern wüsste, wie dieses Lied geht. Es ist doch ein Lied, oder?«

Sie nickte. »Ein alter deutscher Schlager. Ich kenne nicht mal den ganzen Text.«

»Aha, dann sing mal vor.«

»Nie und nimmer!«

»Feigling.«

Sie schnaubte entrüstet, summte dann aber noch ein paar weitere Takte.

»Also in dem Lied geht es darum, dass die Sonne bei Capri im Meer versinkt und die Fischer zum Fang hinausfahren. Und dann kommt, glaube ich, noch eine Maria vor, die auf sie wartet.«

»Ist das alles?«

»Wie gesagt, an mehr kann ich mich nicht erinnern.«

»Dürftig, Frau Lehrerin, äußerst dürftig.«

Lara grinste. »Mein Fachgebiet ist ja auch nicht die Musik, werter Hoteldirektor ad interim.«

Er zwinkerte ihr zu. »Übrigens ist das nicht korrekt.«

»Was denn?«

»Die Sonne versinkt bei Ischia im Meer, nicht bei Capri. Aber was kann man von Wikingern schon erwarten. Ein barbarisches Volk, ohne irgendwelche geografischen Kenntnisse!«

* * *

171

Romeo sah sichtlich erleichtert aus, als er wieder festen Boden unter den Füßen spürte. Er bat Lara um einen Moment Geduld, während er die Tickets für die Standseilbahn löste, die sie vom *Marina Grande* zum höher gelegenen Ortskern von Capri bringen würde.

Lara sah sich währenddessen interessiert um. Die meisten der Häuser leuchteten in den buntesten Farben: Rot, gelb, orange und blau reihten sie sich entlang der Hafenpromenade aneinander. Touristen schlenderten mit gezückten Kameras durch die Gassen und besahen sich die Souvenirläden. Sie holte ihr Smartphone hervor und fotografierte den Hafen und die Landschaft. Schroffe Felswände erhoben sich im Hintergrund zu einer ansehnlichen Hügelkette.

»Wir müssen da rüber und uns bei der Station anstellen«, sagte Romeo und deutete auf einen weißen Torbogen, über dem *»Funicolare«* stand.

»Wie lange fahren wir mit der Bahn?«, fragte Lara, verstaute ihr Handy und zog ihre Jacke aus. Auf der Fähre hatte sie im Fahrtwind gefröstelt, hier war es aber, trotz der steten Meeresbrise, erstaunlich warm.

»Nicht lang, ein paar Minuten«, erklärte er. »Ich habe mir gedacht, wir sehen uns zuerst ein bisschen um und fahren dann mit dem Taxi weiter nach Anacapri, das liegt im Westen der Insel. Sofia wohnt dort.«

»Gute Idee.« Sie hakte sich bei ihm unter, während sie zur Seilbahnstation gingen. »Meinst du, dass sie zu Hause ist? Vielleicht besucht sie ja gerade deinen Vater im Krankenhaus.«

»Das glaube ich nicht. Sie weiß vermutlich noch gar nicht, dass er einen Unfall hatte.«

»Ihr habt sie nicht angerufen?«, fragte Lara erstaunt. Diese Familie wurde ihr immer unverständlicher.

»Sie hat kein Telefon«, erklärte Romeo. »Sofia denkt …« Er

brach ab und grinste. »Ehrlich gesagt habe ich keine Ahnung, was sie denkt.«

Innerhalb weniger Minuten brachte die rote Standseilbahn sie in den höher gelegenen Dorfteil. Als sie die Haltestelle verließen, nahm Romeo Laras Hand und zog sie zu einer Treppe.

»Komm, von dort hat man einen fantastischen Ausblick.«

Er führte sie zu einer kleinen Terrasse mit weiß gekalkten Rundsäulen. Bauchige Amphoren mit blühendem Oleander zierten den rechteckigen Aussichtspunkt.

»Wow!« Lara stieß beeindruckt die Luft aus. Die Aussicht war wirklich sagenhaft. Unter ihnen erstreckte sich das Dorf bis zum Hafen hinunter. Meist flachdachige weiße Häuser, dazwischen blühende Gärten, einige wenige Pools und viel Buschwerk. Das Meer glitzerte tiefblau im Sonnenlicht. Linker Hand erhoben sich die Kalkfelsen, die sie schon vom Hafen aus gesehen hatte. Jetzt waren sie zum Greifen nah. Steineichenwälder und Macchiabüsche zogen sich die Hänge hinauf, bis die Felsen zu schroff für Pflanzenwuchs wurden.

»In der Hochsaison musst du hier mindestens zehn Minuten anstehen, bis du ein Foto schießen kannst«, sagte Romeo, stützte sich auf das schmiedeeiserne Geländer und sah aufs Meer hinaus.

Lara schoss ein paar Fotos von der Aussicht und ein paar von Romeo, wie er aufs Meer hinaussah. Sie liebte sein klassisches Profil und wollte ein paar Erinnerungen mit nach Hause nehmen.

»Dort im Dunst«, er wies mit der Hand aufs Meer hinaus, »liegt Ischia, daneben Procida. Rechts davon der Golf von Neapel, und der Berg, dessen Spitze in den Wolken hängt, ist der Vesuv. Normalerweise kraxelt Domenico darauf herum.« Er lachte leise.

»Es ist einfach nur wunderschön hier.« Lara atmete tief

die frische Luft ein, die nach Meer und üppiger Vegetation roch.

»Das stimmt. Vor allem im Herbst, wenn die Feigen und Oliven reifen und der Wein in dicken Trauben an den Reben hängt. Und was ebenfalls toll ist, in dieser Jahreszeit sind viel weniger Touristen unterwegs.«

»Das sagt einer, der ein Hotel führt?«

»Nur ad interim, wie du so treffend bemerkt hast.« Er zwinkerte ihr zu.

Eine Möwe flog vorbei, setzte sich unweit auf das Geländer und beäugte sie aufmerksam. Als sie registrierte, dass von ihnen nichts Essbares zu holen war, erhob sie sich wieder in die Luft und flog kreischend davon.

»Den schönsten Ausblick hat man aber vom Monte Solaro aus«, fuhr Romeo fort. »Von dort sieht man nämlich die berühmten *Faraglioni*, diese kegelförmigen Felsformationen im Meer, von denen ich dir schon erzählt habe.«

Er trat hinter Lara und schlang die Arme um ihre Taille. Dann küsste er ihren Scheitel und legte seinen Kopf auf ihre Schulter. Sein Bart kitzelte sie an der Wange. Er roch nach diesem speziellen Aftershave, das ihr mittlerweile so vertraut war wie ihr eigenes Parfüm. Ihr Magen vollführte einen kleinen Hopser, was vermutlich nicht nur mit der beträchtlichen Höhe zusammenhing, auf der sie sich gerade befanden.

Es hatte keinen Sinn, es weiter zu leugnen, sie war verliebt. Bis über beide Ohren! Es war so simpel und doch auch so verdammt töricht. Wie hatte sie nur so schnell ihr Herz an ihn verlieren können? Das sah ihr doch so gar nicht ähnlich. Lag es an dieser romantischen Landschaft? Am azurblauen Meer? Am köstlichen Essen? Oder einfach daran, dass Romeos ganze Art sie auf eine Weise berührte, die sie so noch nie gefühlt hatte? Seine schwierige Kindheit, sein unsägliches Verhältnis zu seinem starrköpfigen Vater, all das würde jemand anderen wohl in tiefste Depressionen stürzen. Doch Romeo konnte offenbar selbst in seinen dunkelsten Momenten dem Leben immer wieder etwas Erfreuliches abgewinnen. Ja, sogar glücklich sein. Sie bewunderte ihn für diese Einstellung, zollte ihr den größten Respekt, und seit Kurzem liebte sie ihn wohl auch deswegen. So ein Schlamassel!

»So ernst?«, unterbrach er ihre Gedanken und sah sie mit gerunzelter Stirn von der Seite an. »Ist etwas nicht in Ordnung?«

»Alles bestens, ich bin nur gerade etwas überwältigt.«

»So geht es vielen, wenn sie zum ersten Mal hier stehen. Da bist du in guter Gesellschaft. Angeblich soll Kaiser Tiberius, der auf der Insel hier die meiste Zeit gewohnt hat, gesagt haben, dass Capri ein auf die Erde gefallenes Stück Himmel sei.«

»Ich dachte immer, das sagt man über Neapel«, wandte sie ein.

»Nun ja, vielleicht hat man ihn auch falsch verstanden. Er soll ja genuschelt haben.«

Lara lachte. »Du bist so ein Lügner!«

Er riss in gespielter Entrüstung die Augen auf. »Jetzt kränkst du mich aber.«

Dann wirbelte er sie herum und küsste sie leidenschaftlich, bis ihre Knie weich wurden. Als sie ein diskretes Räuspern hörten, lösten sie sich voneinander. Eine Reisegruppe mit festem Schuhwerk, Rucksäcken und gezückten Kameras stand abwartend hinter ihnen.

»Wir sollten wohl Platz machen«, meinte Lara atemlos. »Andere müssen schließlich auch noch zum Schuss kommen.«

Als sie Romeos hochgezogene Augenbrauen bemerkte, errötete sie. »Du weißt schon, wie ich das meine.«

»Nicht wirklich, nein.«

Sie boxte ihn in die Seite und er lachte.

»Lass uns noch ein wenig herumschlendern, etwas essen und dann machen wir uns auf zu Sofia, einverstanden?«

* * *

Sofias Haus lag in Richtung Punto Carena außerhalb von Anacapri. Der Taxifahrer gab Romeo seine Handynummer, damit der ihn anrufen konnte, wenn sie zurückfahren wollten. Von der asphaltierten Straße aus führten grob behauene Steinstufen einen Fels hinauf bis zu einem rostigen Eisentor, hinter dem ein verwildertes Stück Land lag.

Lara schnaufte. »Und hier muss deine Tante jedes Mal rauf und runter, wenn sie in die Stadt will? Die arme Frau!«

»Wir haben ihr schon oft angeboten, bei uns oder wenigstens in der Nähe zu wohnen. Keine Chance. Die Dame hat ihren eigenen Kopf.« Er zuckte mit den Schultern. »Aber irgendwann wird es nicht mehr gehen, dann sehen wir weiter.«

Er öffnete das Tor, das sich quietschend in den Angeln bewegte. Dahinter lagen zwei braun-weiß gefleckte Ziegen im Schatten eines staubigen Busches und sahen die Ankömmlinge gleichmütig aus ihren gelben Augen mit den schlitzförmigen Pupillen an.

»Die sind ja süß!«, rief Lara und bückte sich, um sie zu streicheln. »Und stinken grässlich«, fügte sie hinzu und schnupperte dann an ihrer Hand.

»Tante Sofia hat eine ganze Herde davon«, erklärte Romeo. »Aus ihrer Milch stellt sie wunderbaren Käse her. Mein Vater kauft ihr ab und zu etwas davon fürs Hotel ab. Ihren eigentlichen Unterhalt bestreitet sie aber mit der Herstellung von Ledersandalen. Wolltest du dir nicht ein Paar kaufen?«

Er blieb stehen und wandte sich um. Lara wischte sich den Schweiß von der Stirn. »Unbedingt. Meinst du, sie macht mir einen guten Preis?«

»Sie wird dich vermutlich übers Ohr hauen, *tesoro mio*, aber das mit Stolz und Würde.«

Er schluckte. Der vertrauliche Kosename war ihm unbeabsichtigt herausgerutscht. Er warf Lara einen schnellen Blick zu, ob sie es gemerkt hatte. Doch sie sah über eine baufällige Steinmauer hinweg, durch wilde Olivenbäume und hohe Pinien aufs glitzernde Meer hinab. Gott sei Dank! Sie zollte seinem Aussetzer keine Beachtung, hatte ihn eventuell gar nicht mitbekommen. Trotzdem musste er besser auf seine Worte achten. Nicht, dass noch mehr Gefühle ins Spiel kamen.

Er räusperte sich. »Gleich da vorn liegt Sofias Haus. Es ist nicht mehr weit.«

Lara nickte und folgte ihm den ausgetretenen Pfad entlang.

Er mochte den Garten seiner Tante, wenn man das Stück Land denn so bezeichnen konnte. Er hatte so gar nichts Künstliches an sich. Lilafarbene Blumen blühten neben staubigen Gräsern und abgestorbenem Wurzelwerk. Der Duft von wildem Rosmarin, der zwischen den obligaten Küstenmacchien und Mastixsträuchern wuchs, betäubte die Sinne. Eine silbrig glänzende Eidechse huschte vor seinen Füßen über den Pfad und verschwand im Gestrüpp. Auf den *Faraglionifelsen* lebte ein blau gefärbtes Pendant, die *Lucertola azzurra*. Sie war einzigartig und ein beliebtes Tattoosujet der jüngeren Generation. Er musste sie Lara unbedingt zeigen. Ob sie vor ihrer Abreise noch Zeit dazu fanden? Im Grunde waren sie ja schon hier und konnten ... Nein, das war unmöglich, die Zeit reichte dazu nicht aus. Aber vielleicht fänden sie in der nächsten Woche eine Gelegenheit, den Felsen einen Besuch abzustatten. Dabei könnten sie auch gleich die Grotta Azzurra besichtigen.

Bei dem Gedanken, dass die Wikingerin nur noch ein paar Tage blieb, fühlte Romeo Bedauern. Aber er selbst musste ja auch wieder in sein Leben in Neapel zurück. Es hatte also gar keinen Zweck, sich darüber den Kopf zu zerbrechen, was wäre, wenn. Man sollte sich mit der Realität anfreunden, so schmerzlich sie auch war. Das hatte er schon früh zur Prämisse seines Daseins erhoben. Ansonsten lief man Gefahr unterzugehen oder zu verzweifeln. Er würde also die paar Tage mit ihr einfach genießen und nicht weiter an die Zukunft denken. Die kam schließlich früh genug.

Sofias Häuschen tauchte hinter einer Wegbiegung auf. Im Gegensatz zu den ortsüblichen weißlich gelben Häusern mit der orientalisch anmutenden runden Kuppel auf dem Dach bestand ihres aus grob behauenen Steinen. An der Breitseite gelangte man über eine Treppe hinauf in den ersten Stock. Parterre befand sich ein aus roten Ziegelsteinen gemauerter Rundbogen, der in einen kleinen Patio führte. Davor reihten sich eine Unmenge Blumentöpfe, die teils mit Kräutern oder blühenden Sträuchern und Blumen bepflanzt waren. Eine mächtige Steineiche spendete dem Haus Schatten, und darunter saß Romeos Tante auf einer hölzernen Bank, flankiert von zwei Ziegen. Eine Katze hatte sich auf ihrem Schoß zusammengerollt.

»Buongiorno, Sofia.«

Die alte Frau hob den Kopf und kniff die Augen zusammen.

»Ah, du bist es nur«, sagte sie ruppig. »Und wen schleppst du da mit?«

»Das ist Lara Jauch«, erklärte Romeo, »Celias Freundin. Sie kommt aus Deutschland.«

Sofia ließ ein halblautes Knurren folgen, was man entweder als Begrüßung oder als Unmutsbezeugung deuten konnte. Er entschied sich für Ersteres.

»Bekommen wir etwas zu trinken? Es ist heiß.«

Sofia nickte, hob vorsichtig die schlafende Katze von ihrem Schoß, legte sie auf die Bank und ging wortlos voran in den Patio.

»Das heißt dann wohl ja«, sagte er schmunzelnd zu Lara.

Sie folgten seiner Tante in den Innenhof. Ein paar altersschwache Stühle reihten sich um einen klobigen Holztisch, darüber wölbte sich ein so gar nicht dazu passender Sonnenschirm mit dem weiß-roten Logo eines amerikanischen Softdrinks. Aufatmend setzten sie sich hin.

»Es ist hübsch hier«, meinte Lara und sah sich neugierig um.

Auf dem Tisch befanden sich etliche Ledersandalen in allen Stufen der Herstellung, die fertigen Exemplare unterschiedlich geschmückt mit Schleifen, Herzen, Rosen und Strass. Daneben lagen Scheren, Nadeln, Ahlen und sonstiges Werkzeug. Es roch intensiv nach Leder und Klebstoff.

»Ja, sehr authentisch«, entgegnete Romeo, »sofern du ohne Strom und gut funktionierende Wasserleitungen auskommen kannst.«

Sofia trat mit einem Tablett aus dem Haus, auf dem drei Gläser und eine Flasche Limoncello standen. Sie stellte es auf den Tisch und sah Lara dabei kopfschüttelnd an.

»Wie töricht junge Mädchen doch sind«, nuschelte sie und seufzte. »Warum seid ihr überhaupt hier? Solltet ihr nicht auf einer Hochzeit tanzen?«

* * *

Romeos Großtante hatte Lara ohne zu fragen ein Glas Limoncello eingeschenkt. Ihren Protest, und dass sie lieber ein Glas Wasser gehabt hätte, hatte sie gar nicht beachtet. Jetzt nippte Lara gottergeben am Zitronenlikör und fragte sich insgeheim, weshalb die alte Frau sie bei jeder ihrer Begegnungen beleidigte. Entweder nannte sie sie eine Hexe, schimpfte sie dumm und töricht oder ignorierte sie, wie jetzt, da sie sich ausschließlich mit Romeo unterhielt. Offensichtlich mochte sie keine deutschen Urlauberinnen mit roten Haaren. Nun denn, die Antipathie beruhte auf Gegenseitigkeit. Trotzdem wollte sie ihr ein Paar dieser bezaubernden Ledersandalen abkaufen. Und dann so schnell wie möglich wieder aufbrechen, um noch ein bisschen die Insel zu genießen, bevor sie mit der Fähre zurückfuhren.

Die alte Frau kicherte bloß, als Romeo von Enzos Unfall und Celias geplatzter Hochzeit berichtete. Offenbar stimmte es, dass zwischen der Großtante und den Marconis kaum freundschaftliche Bande bestanden. Ein wenig Mitgefühl hätte Lara aber doch erwartet.

Die Katze hatte ihr Schläfchen beendet und strich jetzt maunzend um Laras Beine. Als sie sie streicheln wollte, fauchte das Tier jedoch, und erschrocken zog Lara die Hand zurück. Im Patio war es zwar schattig, doch ohne den frischen Wind vom Meer her auch drückend heiß. Ein Schweißtropfen rann ihr zwischen den Brüsten hinab. Zu gern hätte sie jetzt am Strand unter einem Sonnenschirm gelegen, ein kühles Glas Wasser in der Hand, statt bei einer unfreundlichen Alten lauwarmen Likör zu trinken.

»Sag mal, Tante Sofia«, sagte Romeo, »wieso hast du Lara vor mir gewarnt? Dass du mich nicht leiden kannst, weiß ich ja. Aber *so* schlimm bin ich nun auch wieder nicht.«

Lara horchte auf. Also kam Romeo jetzt zur Sache. Er lachte zwar bei seinen Worten, doch er klang unsicher.

Sie sah gespannt in das von tiefen Falten durchzogene Gesicht der alten Frau. Ihre weißen Haare hatte sie, wie das erste Mal, als Lara sie gesehen hatte, unter einem Kopftuch verborgen. Eine einzelne Strähne hatte sich gelöst, die sie jetzt hastig wieder darunterstopfte. Ihre spindeldürren Arme wirkten dabei wie Spinnenbeine, und da sie so klein war, baumelten ihre Füße etwa zehn Zentimeter über dem Boden. Dieses Mal trug sie zwar keine dicken Strümpfe, ihre Füße steckten aber in klobigen Lederschuhen, die unter einem wadenlangen gewebten Rock hervorlugten. Lara kam sich in Gegenwart von so viel verhüllter Haut beinahe nackt vor. Wie hielt die alte Frau die Hitze in dieser Kleidung bloß aus?

Auf Sofias Gesicht lag ein Ausdruck, den sie nicht zu deuten wusste. Die alte Frau wirkte auf einmal nicht mehr so harsch. Sie sah aus, als wäre ihr Romeos Frage unangenehm. Oder gar peinlich?

»Das war nur dummes Geschwätz«, gab sie zur Antwort und wedelte dabei mit der Hand. »Du kennst mich ja. Ihr solltet jetzt gehen, ich habe zu tun. Avanti!«

Sie presste die Lippen zusammen und begann, die Gläser aufs Tablett zu stellen.

Lara wollte schon aufstehen, doch Romeo legte seine Hand auf ihren Arm.

»Warte«, sagte er. Dann lehnte er sich zurück und verschränkte die Arme vor der Brust. »Nichts da, Tantchen! Wir bleiben so lange, bis du mit der Wahrheit herausrückst. Ich mag es nämlich gar nicht, wenn man mich Gästen gegenüber verleumdet. Also, warum haben die Marconis schlechtes Blut?«

Sofia hielt in der Bewegung inne. Sie schürzte die Lippen, und ihre dunklen Knopfaugen wirkten plötzlich wie die einer übellaunigen Maus. Dann stieß sie geräuschvoll die Luft aus und zischte: »Nicht die Marconis. Du!«

Lara starrte zuerst Sofia, dann Romeo, dann wieder Sofia an. Was redete die verrückte Alte da bloß?

Romeo runzelte die Stirn und beugte sich nach vorne, als hätte er Mühe, Sofias Worte zu verstehen.

»Ich habe keinen blassen Schimmer, wovon du redest. Wie kann ich schlechtes Blut haben, die anderen Marconis jedoch nicht? Das würde ja bedeuten, dass ich kein …«

Er brach ab. Sein Mund klappte auf und seine Augen lagen plötzlich tief in den Höhlen, als hätte die schockierende Aussage seiner Großtante sie dazu veranlasst, sich in die Sicherheit seines Schädels zurückzuziehen.

»Sag, dass das nicht wahr ist!«, schrie er unvermittelt.

Lara zuckte erschrocken zusammen.

Er sprang auf und der klobige Stuhl knallte auf den mit Steinplatten belegten Innenhof.

»Das ist eine gottverdammte Lüge!«, fluchte er zornig, das Gesicht zu einer Fratze verzerrt. Er ballte die Fäuste und trat drohend einen Schritt auf Sofia zu.

Diese reckte unbeeindruckt das faltige Kinn und zischte: »Willst du mich etwa schlagen, he? Dich deinem Zorn hingeben und auf alles einprügeln, was sich bewegt? Ist es das, ja? So wie früher in der Schule?« Sie schüttelte den Kopf, und um ihren Mund legte sich ein bitterer Zug. »Und jetzt ist es fort, gestohlen, und alles kommt ans Licht. Schlechtes Blut«, raunte sie, »schlechtes Blut.«

Dann tastete sie an ihrem Hals nach dem Anhänger, der Lara schon im Hotel aufgefallen war, küsste das goldene Hörnchen und spuckte dann auf den Boden.

»Wie der Vater, so der Sohn«, stieß sie abfällig hervor, drehte sich um und verschwand im Haus.

17

»Das ist vollkommener Blödsinn!«

Romeo kickte wütend einen Stein über die Straße, der den Abhang hinabkullerte und verschwand. Vorhin hatte er den Taxifahrer angerufen, der versprach, sie in einer Viertelstunde abzuholen, und so warteten sie wieder an der Hauptstraße, um zum Fährhafen zurückzufahren.

Lara saß auf einer der steinernen Treppenstufen und sah zweifelnd zu ihm hoch.

»Du hast ja selbst erlebt, was für verrücktes Zeug sie ständig von sich gibt«, fuhr Romeo fort und schnaubte verächtlich. »Ich habe Sofia nie etwas gestohlen. Die spinnt doch. Das alles ist nur ein weiterer Beweis dafür, dass sie komplett irre ist.«

Er atmete tief durch und sah aufs Meer hinunter, das blau durch die lichten Baumreihen schimmerte.

Sofia war nach ihrer schockierenden Behauptung nicht bereit gewesen, zusätzliche Auskünfte zu erteilen, sosehr er sie auch gedrängt hatte. Das hatte sie doch alles nur erfunden, um ihn zu ärgern. Wenn an der Sache tatsächlich etwas dran gewesen wäre, hätte sie gewiss mehr Informationen ausgespuckt.

»Sie ist nur ein gehässiges altes Weib, basta!«

Er vergrub die Fäuste in den Hosentaschen. Am liebsten hätte er auf etwas eingeschlagen, um seinen Frust abzubauen. Doch ihm fielen Sofias Vorwürfe über seine Unbeherrschtheit ein, und er versuchte, sich zu entspannen. Warum nur war er heute nach Capri gekommen? So eine bescheuerte Idee. Er schüttelte den Kopf und lehnte sich mit dem Rücken an die Steinmauer neben der Treppe.

»Aber wieso sollte sie so etwas Ungeheuerliches behaupten, wenn es nicht stimmt?«, fragte Lara.

Er zuckte mit den Schultern. »Reine Boshaftigkeit. Was weiß ich, was der Alten im Kopf herumspukt.«

Lara schien nicht überzeugt, schwieg aber, und das erzürnte ihn noch mehr.

»Glaubst du den Schwachsinn etwa?«, fragte er ungehalten und funkelte sie ärgerlich an. Es fehlte gerade noch, dass sie diesen Blödsinn für bare Münze nahm.

»Es würde immerhin eine Menge erklären, nicht?«

»Und was?«

»Na ja, weshalb dich dein Vater so ablehnt, zum Beispiel.«

Romeo schluckte. Er war über Sofias Behauptung dermaßen empört gewesen, dass er diesen Aspekt noch gar nicht bedacht hatte. Doch es stimmte. Wenn Enzo Marconi nicht sein leiblicher Vater war, ergab mit einem Mal alles einen Sinn: die Demütigungen, die fehlende Zuneigung und ständigen Zurückweisungen, Enzos Fixierung auf Celia.

Der Limoncello in Romeos Magen brannte plötzlich wie Feuer und stieg langsam seine Kehle hoch.

»Alles in Ordnung?« Lara sprang auf und legte ihre Hand auf seinen Arm. »Du bist kreidebleich.«

Er schlug die Hand vor den Mund. Und als das Würgen nicht nachließ, wandte er sich schnell ab und erbrach sich in den Straßengraben.

»Verflucht!«, stieß er hervor und wischte sich den kalten Schweiß von der Stirn. Lara griff in ihre Handtasche und reichte ihm ein Taschentuch. »Danke.« Er tupfte sich damit den Mund ab. »Merke, keinen Zitronenlikör trinken, wenn dir jemand eröffnet, dass du ein Bastard bist.«

Lara zuckte bei dem Wort zusammen. Aber es stimmte doch. Sofern Sofia die Wahrheit gesagt hatte. Und obwohl er noch immer an ihrer Aussage zweifelte, vielleicht sogar hoffte, dass sie ihn damit nur hatte ärgern wollen, breitete sich auf einmal eine seltsame Ruhe in ihm aus. Als wäre eine schwere Last, die all die Jahre auf ihm gelastet hatte, plötzlich von seinen Schultern genommen worden. Wenn Enzo nicht sein Vater war, lag es nicht an ihm, dass sie sich nicht verstanden. Es hatte nie an ihm gelegen! Diese Erkenntnis traf ihn wie eine Erleuchtung, und vor Erleichterung stieß er die Luft aus.

Sie hörten einen Wagen kommen und kurz darauf stoppte das Taxi neben ihnen.

»Zum Fährhafen, per favore«, wies Romeo den Fahrer an und sah dabei auf die Digitalanzeige am Armaturenbrett. »Wenn wir Glück haben, reicht die Zeit noch.«

»Zeit wofür?«, fragte Lara, während sie den Sicherheitsgurt befestigte.

»Um nach Salerno zu fahren. Enzo Marconi wird mir ein paar Fragen beantworten müssen.«

* * *

Es war kurz vor achtzehn Uhr, als sie das Ortsschild von Salerno passierten. Die Sonne stand schon tief und warf lange Schatten auf die Fahrbahn.

Die vergangenen Stunden war Romeo recht einsilbig geblieben. Kein Wunder, Lara hätte auch nicht gewusst, wie sie reagiert hätte, wäre ihr solch eine Nachricht überbracht worden. Vermutlich hätte sie einen Weinkrampf bekommen oder sich sinnlos betrunken. Jetzt hätte sie Romeo gern etwas Trost gespendet, aber wie tröstete man jemanden, der gerade erfahren hat, dass sein ganzes bisheriges Leben offenbar auf einer Lüge aufgebaut war?

Sie beobachtete ihn aus den Augenwinkeln. Äußerlich wirkte er ruhig, um seinen Mund hatte sich jedoch ein bitterer Zug gelegt, und ab und zu atmete er geräuschvoll aus. Er trug immer noch seine Sonnenbrille, obwohl die Dämmerung bereits über der Stadt lag. Vermutlich brauchte er gerade eine gewisse Distanz zu der Welt da draußen. Oder er bemerkte schlichtweg nicht, dass es dunkel wurde.

Was ihm wohl durch den Kopf ging? Fragte er sich, wer sein leiblicher Vater war? Ob er ihn eventuell kannte? Und ob er ihm glich, innerlich wie äußerlich?

Sie fröstelte plötzlich und rieb sich die bloßen Arme. Auf der einen Seite konnte sie es kaum erwarten, Enzo Marconis Antworten auf Romeos Fragen zu hören. Auf der anderen Seite fühlte sie sich beklommen deswegen. Sollte sie bei diesem Gespräch wirklich dabei sein? Immerhin gehörte sie nicht zur Familie. Aber vielleicht machten sie sich beide auch unnötige Sorgen, und Sofia hatte tatsächlich einfach Gift versprüht, aus welchen Gründen auch immer.

Doch sosehr sie sich das für Romeo wünschte, war sie insgeheim davon überzeugt, dass die alte Frau die Wahrheit gesagt hatte. Aber warum erst jetzt? Und warum hatte sie so lange geschwiegen? Was hatte sie dazu veranlasst, gerade heute damit herauszurücken? Und wieso sprach sie ständig von »schlechtem Blut«?

Ein uneheliches Kind war das eine, aber das musste faktisch nicht bedeuten, dass es einen miesen Charakter besaß. Steckte da eventuell noch mehr dahinter?

»Ist dir kalt?«

Sie schreckte aus ihren Gedanken. »Ein wenig, ja«, gab sie zu.

Romeo schaltete die Klimaanlage aus.

»Bisschen viel für einen Tag, nicht?« Er versuchte zu lächeln, was ihm misslang. »Und das Beste kommt vermutlich noch.«

Sie nickte zögerlich. »Soll ich wirklich bei dem Gespräch dabei sein?«

Er nahm endlich seine Sonnenbrille ab, steckte sie in den Ausschnitt seines Polohemdes und warf ihr einen kurzen Blick zu.

»Nicht neugierig?«

Er wirkte nach wie vor äußerst ruhig, und das beunruhigte Lara mehr, als wenn er lautstark geflucht hätte.

»Doch, natürlich. Aber vielleicht ist es deinem Vater unangenehm, wenn ich dabei bin.«

»Erstens ist mir das vollkommen egal. Und zweitens: Nenn ihn nicht meinen Vater!«

Also hatte Romeo sein Urteil schon gefällt, und nun fehlte nur noch der entsprechende Schuldspruch.

»Möglicherweise gibt es gute Gründe, dass dein … er dir nichts gesagt hat«, entgegnete sie zaghaft.

»Ach ja? Und welche wären das?«, fragte Romeo höhnisch. »War sein Motto vielleicht: Wir sagen es dem Bastard zwar nicht, machen ihm dafür aber das Leben zur Hölle? Vielen Dank auch.«

Lara biss sich auf die Lippen.

»Weißt du«, fuhr er fort, »ich wusste immer, dass etwas nicht stimmt. Die Väter meiner Freunde waren auch nicht über alle Zweifel erhaben. Und die Jungs haben sich oft über sie beschwert, wie man das halt so tut, wenn man unabhängig sein will. Der eine Vater war zu streng, der andere trank zu viel und so weiter. Doch keiner hat seinen Sohn je so behandelt wie Enzo mich. Kannst du dir vorstellen, wie ich mich gefühlt habe?«

Ohne ihr Zeit zu lassen, etwas zu erwidern, fuhr er fort:

»Und ich Idiot habe die ganze Zeit gemeint, es läge an mir. Ich sei nicht fleißig genug, nicht intelligent genug, nicht … und darum nicht liebenswert.« Er schüttelte den Kopf. »Schade, dass dieser Hurensohn bei dem Unfall nicht krepiert ist.«

Lara stieß erschrocken die Luft aus. »Romeo, bitte, so etwas darfst du dich sagen!«

»Und warum nicht? Hast du etwa Mitleid mit ihm?«

»Ich …« Sie brach ab. Es hatte keinen Zweck, jetzt mit ihm zu diskutieren. Er war zu aufgewühlt – verständlich – und daher kaum für irgendwelche Argumente empfänglich.

»Wir sollten zuerst hören, was er zu sagen hat. Vielleicht geht es dabei auch um deine Mutter. Hast du daran schon mal gedacht?«

Romeo lachte bitter. »Die ganze Zeit. Sie ist vor ein paar Stunden von ihrem Sockel gefallen, auf den ich sie all die Jahre gestellt habe. Noch so eine angenehme Entwicklung.«

Mittlerweile waren sie am Krankenhaus angekommen. Die untergehende Sonne ließ die Fensterscheiben in der oberen Reihe golden aufleuchten, und in den unteren Stockwerken gingen gerade die Lichter an. Der Parkplatz war fast leer und sie fanden eine Lücke nahe dem Eingang. Romeo zog den Schlüssel ab, stieg aber nicht aus. Er starrte mit geschürzten Lippen auf das Lenkrad, während der abkühlende Motor leise knackende Töne von sich gab.

Laras Hände waren eiskalt. Auf einmal hatte sie Angst, was auf sie zukommen würde. Im Grunde ging sie die ganze Sache doch gar nichts an. Das waren schließlich nicht ihre Probleme, und nur durch Zufall war sie in dieses unsägliche Familiendrama hineingeschlittert. Hätte sie doch bloß Celias Hochzeitseinladung nicht angenommen. Dann hätte sie jetzt mit ihrer Oma *Scrabble* gespielt oder zu Hause ihr Zimmer gestrichen. Und ihre größte Unannehmlichkeit wäre gewesen, dass sie sich nach den Ferien wieder mit Professor Prittwitz herumschlagen musste. Am besten blieb sie im Wagen sitzen und wartete, bis Romeo es hinter sich gebracht hatte. Schließlich konnte er sie nicht zwingen, ihn zu begleiten.

»Also dann.« Er öffnete die Wagentür. »Kommst du?«

* * *

Romeo stürmte den Krankenhausflur entlang, und Lara konnte kaum Schritt halten. Also blieb er stehen und wartete auf sie. War er tatsächlich so darauf erpicht, sich dem Unvermeidlichen zu stellen?

»Was ist?«, fragte sie, als sie ihn einholte.

»Nichts, ich wollte nur auf dich warten.«

Im Grunde brauchte er keine Bestätigung mehr. Die Gewissheit, dass Enzo Marconi nicht sein biologischer Vater war, hatte sich schon in seinem Kopf festgesetzt. Doch er wollte es aus dessen eigenem Mund hören.

Er horchte in sich hinein, wie viel ihm das ausmachte. Seltsam, eigentlich nichts. Er war eher wütend als schockiert. Wütend, dass Enzo – er wollte ihn nicht mehr Vater nennen – ihn die ganzen Jahre belogen hatte. Ebenso wie seine Mutter. Wenn sie denn überhaupt seine leibliche Mutter war. Nicht mal dessen konnte er sich noch sicher sein, und das traf ihn tiefer als Enzos Schweigen. Vielleicht hatten sie ihn wie einen räudigen Köter von der Straße aufgelesen. Oder adoptiert? Wenn ja, gäbe es darüber immerhin Unterlagen, in denen stand, wer seine leiblichen Eltern waren. Aber das hätte man ihm doch sagen können, als er alt genug gewesen war. Wieso dieses Schweigen? Er brauchte dringend ein paar Antworten.

Lara lächelte schmallippig. »Du wirkst so ruhig, das ist mir ein wenig unheimlich.«

»Ja, mich erstaunt das irgendwie auch. Noch vor ein paar Stunden hätte ich am liebsten irgendwen verprügelt – Enzo verprügelt! Oder wenigstens etwas zerdeppert. Und jetzt habe ich nicht mal mehr Lust, mich zu betrinken. Komisch, nicht?«

Sie nickte zustimmend.

»Ich will jetzt einfach nur die Wahrheit erfahren, auch wenn ich mich davor fürchte, denn danach wird nichts mehr so sein wie zuvor. Wobei sich natürlich schon auf Capri alles verändert hat.« Er straffte die Schultern. »Bereit für die kommende Tragödie?«

Als Lara zur Antwort seine Hand ergriff, fügte er mit bitterem Ton hinzu: »Kein Wunder, dass meine Mutter Shakespeare mochte.«

Im Krankenzimmer brannte nur eine Leselampe. Die Schatten um den kleinen Lichtkegel wirkten bedrohlich. Ein passendes Setting für den kommenden Akt, dachte Romeo. Er hatte nicht angeklopft; ihm erschien diese Höflichkeit gegenüber dem Mann, den er all die Jahre für seinen Vater gehalten hatte, nicht mehr nötig.

Enzo schlief. Das Tablett mit dem Abendessen schien unberührt. Auf einmal hatte Romeo das Gefühl, nicht mehr atmen zu können, und nur mit Mühe konnte er sich zurückhalten, zum Fenster zu laufen und es aufzureißen.

Wie sollte er Enzo jetzt anreden? Vater konnte er ihn nicht mehr nennen. *Papà* hatte er nie zu ihm gesagt. Signor Marconi?

Zum Glück nahm ihm Lara diese Entscheidung ab, denn sie räusperte sich laut und Enzo schlug die Augen auf. Als er sie erkannte, hob er erstaunt die Augenbrauen.

»Du bist noch hier? Musst du morgen nicht arbeiten?«, meinte er lapidar und griff nach einem Glas mit einer gelblichen Flüssigkeit auf dem Nachttisch.

»Krankenhaustee.« Er schüttelte den Kopf. »Man fragt sich, wie sie diesen schlechten Geschmack hinbekommen.« Er nahm einen Schluck und verzog das Gesicht. Dann sagte er: »Was verschafft mir die Ehre?«

Romeo brach der Schweiß aus. So leicht, wie er sich das Gespräch vorgestellt hatte, schien es nun doch nicht zu werden, und er suchte krampfhaft nach einem passenden Einstieg. Selbst Lara blieb stumm. Er hörte nur, wie sie an seiner Seite tief durchatmete.

»Nun?« Enzo betätigte den elektrischen Höhenregler, mit einem leisen Surren hob sich der Kopfteil des Bettes. »Ist etwas mit deiner Schwester?«

Durch Romeos Körper ging ein Ruck. »Ist sie das denn?«

Enzo sah ihn verständnislos an. »Was meinst du damit?«

Ein dicker Kloß im Hals erschwerte Romeo das Atmen. Plötzlich spürte er Laras Hand auf seinem Arm. Ein gutes Gefühl, sie dabei zu haben, und unvermittelt sprudelte es aus ihm heraus: »Wir waren heute bei Tante Sofia auf Capri. Sie hat mir etwas erzählt. Zumindest angedeutet. Und jetzt ergibt endlich alles einen Sinn, deshalb frage ich dich jetzt etwas, und ich verlange, dass du mir die Wahrheit sagst. Wenigstens ein Mal in deinem Leben!« Romeo atmete ein letztes Mal tief durch. »Bin ich dein Sohn oder nicht? Und wenn nicht, wer ist dann mein leiblicher Vater? Und ist zumindest Celia meine Schwester?«

Die Stille, die sich nach seinen Worten im Raum ausbreitete, und Enzos betroffenes Gesicht verursachten Romeo körperlichen Schmerz. Enzos Schweigen war so eindeutig als Antwort zu werten, dass es ihm die Luft abschnürte. Es war also wahr! Sofia hatte nicht gelogen.

Er stieß einen unartikulierten Laut aus, stürzte an Enzos Bett und griff nach dessen Schultern.

»Warum?«, schrie er und schüttelte den Mann in blinder Wut. »Du verdammter Mistkerl! Warum?«

* * *

»Lass ihn los!«

Lara versuchte, Romeo von Enzo wegzuzerren. Wie ein Wilder schüttelte er ihn, was dem alten Mann offenbar Schmerzen bereitete. Sein Gesicht wirkte eingefallen und er stöhnte verhalten.

»Romeo, hör auf!«, schrie sie, und endlich schienen ihre Worte zu ihm durchzudringen.

Mit einem Schluchzen ließ Romeo Enzo los, stürmte zum Fenster und riss es auf. Keuchend stützte er sich auf den Sims, seine Schultern zuckten.

»Sind Sie okay?«, fragte Lara besorgt.

Die Bettdecke war zu Boden gefallen und offenbarte das Beingestell, von dem der Arzt gesprochen hatte. Enzo nickte. Lara hob die Decke auf und drapierte sie wieder über den bleichen Männerbeinen.

»Danke, Signora Jauch«, sagte Marconi leise. »Es tut mir leid, dass Sie das miterleben müssen. Ich …« Er brach ab und fuhr sich mit einer Hand über die Augen.

»Warum?«, hörte sie Romeo fragen. Er drehte sich um und musterte Enzo, als wäre dieser ein ekliges Insekt. »Ich habe ein Recht auf die Wahrheit!«

Von Enzos Überheblichkeit, die er im Umgang mit Romeo normalerweise an den Tag legte, war nichts übrig geblieben. Er sah um Jahre gealtert aus, und Lara fühlte sowohl Mitleid wie auch Unverständnis für sein Verhalten. Was verbarg sich noch alles hinter dieser Mauer aus Schweigen? Und wollte sie das alles wirklich wissen?

»Rede!«, befahl Romeo.

Enzo fuhr sich mit der Zunge über die spröden Lippen. Seine Blicke huschten von Lara zu Romeo und wieder zurück. Offenbar überlegte er, wie er am besten beginnen sollte. Oder suchte er nach einem letzten Ausweg?

»Und keine weiteren Lügen!«

Romeo schloss das Fenster, blieb aber davor stehen und verschränkte die Arme vor der Brust. Seine Augen waren gerötet.

Laras Herz krampfte sich vor Mitleid zusammen. Sie hätte ihn gern berührt, aber auf seinem Gesicht lag ein so abweisender Ausdruck, dass sie sich zurückhielt. Für ihn war jetzt nicht die Zeit für Berührungen, sondern für Erklärungen.

Enzo sog tief die Luft ein. »Also gut«, begann er stockend. »Vielleicht setzt ihr euch besser.«

Romeo schüttelte trotzig den Kopf, aber Lara holte sich einen Metallstuhl und stellte ihn zwischen Romeo und das Bett. Immerhin hatte sie so die Möglichkeit, wieder einzugreifen, sollte Romeo sich abermals auf den Verletzten stürzen wollen.

Enzo griff nach dem Tee, trank zwei Schlucke und strich sich mit der gesunden Hand über die Stirn.

»Es war vor über einunddreißig Jahren, als … Nein, ich muss anders beginnen. Deine Mutter, Romeo, war das hübscheste Mädchen an der ganzen Amalfiküste.«

18

Positano, 1985

»Andreina? Was ist denn? Geht's dir nicht gut?«

Andreina Collina stand auf der Kaimauer und starrte aufs dunkle Wasser. Sie hatte die Arme um den Oberkörper geschlungen, als wäre ihr kalt, und sie schien Enzo nicht zu hören.

Es war eine wunderbare Frühsommernacht, die Luft lau, der Wind sanft wie ein Streicheln, und der schwarze Himmel war mit Millionen blinkender Sterne übersät. Enzo hatte sich über seinen Vater geärgert und war zu einem Spaziergang aufgebrochen. Er brauchte dringend frische Luft. Sein alter Herr wollte einfach nicht einsehen, dass es unabdingbar war, das Hotel auf den neusten Stand der Technik zu bringen. Enzo hatte ihm vorgeschlagen, jedes Zimmer mit einem Fernsehapparat auszustatten und über eine Satellitenschüssel fremdsprachige Programme hereinzuholen. Doch sein Vater war strikt dagegen. Seine Gäste bräuchten so einen modernen Kram nicht, hatte er gesagt, sie kämen schließlich wegen der Schönheiten der Natur an die Amalfiküste und nicht, damit sie die Nachrichten in ihrer Muttersprache empfangen konnten. So ein Sturkopf! Er behandelte ihn immer noch wie einen kleinen Jungen, obwohl Enzo bereits fünfunddreißig war und den größten Teil der Arbeit im Betrieb erledigte. Sein Vater war ein alter Patriarch und würde das Zepter vermutlich noch lange nicht aus der Hand geben.

»Andreina?«

Enzo legte ihr vorsichtig die Hand auf den Arm, um sie nicht zu erschrecken. Gleichwohl zuckte sie zusammen und wirbelte herum.

Ihm stockte der Atem. »Du meine Güte, was ist passiert?«

Ihr linkes Auge war beinahe zugeschwollen, die Lippe aufgerissen, getrocknetes Blut klebte daran. »Bist du überfallen worden?«

Sie schluchzte auf und warf sich ihm an die Brust. Ihre schmalen Schultern bebten, während sie leise wimmerte.

Im ersten Moment war Enzo zu überwältigt, um reagieren zu können. Er legte unbeholfen die Arme um ihren Körper und strich ihr beruhigend über den Rücken. Der Duft ihres Shampoos – grüner Apfel? – stieg ihm in die Nase, und obwohl er über ihr Aussehen entsetzt war und sie immer noch kein Wort gesagt hatte, fühlte er ein warmes Glücksgefühl in seiner Brust.

Er war schon lange in Andreina Collina verliebt, hatte sich aber nie Hoffnungen gemacht, dass sie ihn erhören würde. Sie war fünfzehn Jahre jünger als er, bildhübsch und stets von einem Rudel Bewunderer umgeben. Und sie hatte ihn noch nie eines Blickes gewürdigt. Vermutlich wusste sie nicht einmal, wie er hieß.

»Ich möchte am liebsten sterben«, stieß sie plötzlich hervor und ein Weinkrampf schüttelte sie.

»Aber, was ist nur passiert?«, stammelte er. »Komm, ich bringe dich zu den Carabinieri und …«

»Nein!«, sagte sie entschlossen, trat einen Schritt zurück und wischte sich mit dem bloßen Arm über die Augen. Als sie dabei ihr linkes Auge berührte, zuckte sie zusammen. »Keine Polizei.«

»Dann komm mit in unser Hotel. Ich kümmere mich um deine Verletzungen … und vielleicht erzählst du mir dann, was passiert ist, einverstanden?«

Sie nickte. »Danke, Enzo.«

Heute

Lara hatte bei Marconis Geschichte eine Gänsehaut bekommen. Offensichtlich war diese Andreina Collina Romeos und Celias Mutter. Doch was war ihr passiert? War sie vergewaltigt worden?

Sie warf Romeo einen schnellen Blick zu. Er stand immer noch in derselben Position am Fenster. Aber wenn man genauer hinsah, bemerkte man, dass seine Schultern unmerklich eingesunken waren.

Ihre Kehle wurde eng. Ohne nachzudenken, stand sie auf, durchquerte das Zimmer und schmiegte sich an seine Brust. Im ersten Moment versteifte sich sein Körper, doch dann schloss er sie fest in seine Arme.

»Es geht schon«, flüsterte er, »keine Sorge.« Anschließend fragte er über ihren Kopf hinweg. »Und was passierte dann?«

* * *

Eine Welle des Mitleids für seine Mutter überflutete Romeos Herz. Hatte Enzo ihn nicht lieben können, weil ein Unbekannter ihr damals Gewalt angetan hatte und er daraus entsprungen war? Aber dafür konnte Romeo doch nichts.

Er küsste abwesend Laras Stirn. Sie sah mit besorgter Miene zu ihm hoch. Er schämte sich für seinen Gewaltausbruch von vorhin. Selbst Enzo hatte so etwas nicht verdient. *Wie der Vater, so der Sohn*, hatte Sofia gesagt. Bezog sich das auf den Vergewaltiger? Wenn ja, kannte seine Tante ihn vermutlich. Hatte man das Schwein denn nicht angezeigt?

»Wie ging es weiter?«, fragte er noch einmal. Er musste jetzt alles wissen, wie schmerzhaft es auch werden würde.

Enzo wirkte erschöpft. Tief lagen seine Augen in den Höhlen, graue Stoppeln bedeckten sein Kinn. Mit dem eleganten Hotelbesitzer, der viel Wert auf sein Äußeres legte, hatte der alte Mann in dem Krankenbett nichts mehr gemein. Doch Romeo konnte ihn nicht bedauern, zu viel stand zwischen ihnen.

»Signora Jauch, würden Sie mir bitte noch etwas Tee einschenken?«

»Natürlich.«

Lara löste sich aus der Umarmung und griff nach der Thermoskanne auf dem Beistelltisch. Nachdem sie Enzos Glas gefüllt hatte, setzte sie sich wieder auf den Stuhl neben dem Bett. Schade, Romeo hätte sie gern weiterhin in den Armen gehalten, als Anker, falls Enzos Beichte noch weitere unschöne Details offenbarte. Doch er wollte auch nicht als Memme dastehen, also straffte er die Schultern und sagte fordernd: »Also?«

Positano, 1985

Andreina stöhnte, als Enzo mit einem jodgetränkten Wattebausch ihre lädierte Oberlippe abtupfte.

»Entschuldige«, sagte er und verzog den Mund.

»Danke, Enzo, das ist sehr lieb von dir.«

Sie lehnte sich auf dem Stuhl zurück und legte den Kopf in den Nacken. Er hatte ihr einen feuchten Waschlappen gegeben, den sie jetzt auf ihr geschwollenes Auge drückte.

Enzo setzte sich aufs Bett und betrachtete sie. Andreina trug ein hübsches Sommerkleid, das, wenn auch etwas zerknittert, keine Risse oder ähnliche Anzeichen einer Vergewaltigung aufwies. Vielleicht war sie einfach nur hingefallen. Nein, das war Unsinn, er erkannte die Spuren einer Misshandlung. Jemand hatte sie ins Gesicht geschlagen. Und nicht nur einmal. Wut brandete in ihm auf. Wer würde so etwas Abscheuliches tun? Wenn er diesen Hurensohn in die Hände bekam, konnte der etwas erleben!

Wie wollte Andreina diese Verletzungen bloß ihrer Tante erklären? Sofia, bei der sie seit dem Tod ihrer Eltern lebte, war in ganz Positano für ihr spitzes Mundwerk bekannt und für die Strenge, mit der sie ihre attraktive Nichte bewachte. Wie Kerberos, der dreiköpfige Höllenhund, den Eingang zum Hades. Nicht auszudenken, wie sie das junge Mädchen zusammenstauchen würde. Sie mussten sich eine plausible Geschichte für Andreinas Zustand ausdenken. Einen Sturz von einer Vespa oder etwas in der Art.

Sie waren vor einer halben Stunde unbemerkt durch den Privateingang ins Hotel geschlüpft und saßen jetzt in Enzos Zimmer. Er hatte ihr eine Cola mit einem Strohhalm geholt, die aber unberührt auf dem Boden stand.

»Möchtest du mir erzählen, was passiert ist?«, fragte er behutsam. Vielleicht konnte er ihr in irgendeiner Weise helfen, das hätte ihn glücklich gemacht. Möglicherweise brauchte sie auch einen Arzt, wenn sie noch weitere Verletzungen an … anderen Körperteilen aufwies, und er ging im Geiste die vertrauenswürdigen Ärzte in der Umgebung durch.

Als hätte Andreina seine Gedanken erraten, nahm sie in diesem Moment den Waschlappen vom Gesicht.

»Ich bin nicht vergewaltigt worden«, erklärte sie. »Ich habe mich bewusst darauf eingelassen und muss jetzt mit den Konsequenzen leben.«

Sie lachte freudlos und ihm lief ein kalter Schauer über den Rücken. Gott sei Dank, immerhin das war ihr erspart geblieben. Aber wer hatte sie so zugerichtet?

Andreina war verstummt, sah ihn aber nachdenklich an. Überlegte sie, ob er verlässlich war und sie ihm erzählen konnte, wer der Angreifer gewesen war? Wie sie anfangen sollte und ob er die Wahrheit ertrug?

»Ich weiß, dass du mich magst«, sagte sie schließlich.

Er schluckte betroffen. War das so offensichtlich? Wenn es Andreina bemerkt hatte, dann bestimmt auch andere Leute im Ort. Vermutlich machten sie sich hinter seinem Rücken lustig über ihn, dass er in seinem Alter eine Schwäche für ein zwanzigjähriges Mädchen hegte. Wie peinlich.

Er räusperte sich. »Nun, ja, das stimmt«, er lachte verlegen, »deshalb möchte ich dir gern helfen. Ich …«

»Würdest du mich heiraten?«, unterbrach sie ihn.

Ihm klappte der Mund auf. Hatte er sich verhört? Leistete sie sich gerade einen Scherz mit ihm?

Doch sie sah ihn aus ihrem verschwollenen Auge eindringlich an. Auf ihrer Wange zeichnete sich bereits ein veritabler Bluterguss ab.

»Würdest du?«, fragte sie noch einmal und legte ihm dabei ihre kleine Hand auf den Schenkel.

Enzos Mund war plötzlich staubtrocken. Das, was er sich all die Jahre gewünscht hatte, seit er die damals fünfzehnjährige Andreina zum ersten Mal am Strand erblickt hatte, lag in greifbarer Nähe. Er brauchte nur die Hand auszustrecken und Ja zu sagen und sie würde ihm gehören.

Sie hatte ihn sofort fasziniert, als sie nach dem Tod ihrer Eltern zu ihrer Tante gezogen war, und die Jahre danach hatte er Andreinas Werdegang mit Interesse verfolgt. Heimlich natürlich.

Er konnte keinen klaren Gedanken mehr fassen. Wieso fragte sie ihn das? Was bezweckte sie damit? Sie liebte ihn doch gar nicht. Oder doch? Hatte er es bloß nicht gemerkt? Aber erst kürzlich war sie doch mit diesem Dingsda – wie hieß er noch mal? – um die Häuser gezogen. War das nicht ihr Freund gewesen? Und wieso erzählte sie ihm nicht, wer sie so zugerichtet hatte? Wieso verschwieg sie ihm das? Musste er das denn nicht wissen, jetzt, da sie bald ein Paar sein würden?

Von den ganzen Fragen, die in seinem Kopf herumwirbelten, setzte sich nur dieses eine Wort fest: Paar.

Er nickte.

»Gut«, sagte Andreina schlicht.

Sie stand auf, legte den Waschlappen über die Stuhllehne und baute sich vor Enzo auf. Sie überragte ihn, selbst wenn er saß, nur knapp. Auf ihrem lädierten Gesicht lag ein entschlossener Ausdruck.

»Ich werde dich heiraten, Enzo Marconi«, begann sie feierlich und griff nach seiner Hand, als würde sie ihm damit ein Versprechen geben. »Unter zwei Bedingungen: Erstens, du wirst meinem Kind ein liebevoller Vater sein.«

Enzo blinzelte benommen.

»Und zweitens, du wirst mich nie danach fragen, wer sein richtiger Vater ist.« Sie sah ihn eindringlich an. »Wenn du mir diese zwei Dinge hier und jetzt versprichst, werde ich deine Frau.«

Heute

»Gratuliere, du hast dein Versprechen ja wunderbar eingelöst«, stieß Romeo hervor. Er schüttelte den Kopf und begann, im Zimmer auf und ab zu laufen. »Wie konntest du ihr das bloß antun? Wie konntest du *mir* das antun? Schämst du dich nicht?«

»Romeo, bitte«, warf Lara ein, doch er brachte sie mit einer Handbewegung zum Schweigen.

»Nein, verteidige ihn nicht auch noch!«, rief er wütend.

»Sie hatten eine Abmachung.« Er schluckte schwer. »Sei bloß froh, dass meine Mutter es nicht mehr erleben musste, wie du dein Versprechen gebrochen hast. Sei bloß froh!«

Enzo stieß ein unterdrücktes Schluchzen aus. »Es tut mir so leid. Ich konnte einfach nicht. Wenn ich dich ansah, dann …« Er brach ab und rieb sich über die Augen.

»Hör auf, dich zu rechtfertigen. Du machst mich krank!«, stieß Romeo hervor.

Am liebsten wäre er aus dem Zimmer gestürmt, den Krankenhausflur entlanggerannt. Nur weg, bloß weg von hier!

Aber weglaufen würde nichts nützen, denn wo immer er hinging, er nahm das mit, was er jetzt wusste.

»Machen wir eine Pause«, sagte er müde, verließ das Zimmer und schloss die Tür hinter sich.

* * *

Lara wollte aufspringen und Romeo hinterherlaufen, doch Enzo hielt sie zurück.

»Lassen Sie ihm Zeit«, sagte er müde. »Das war alles ein bisschen viel für ihn.«

Sie nickte. »Ja, das denke ich auch.«

Romeo würde draußen auf sie warten, vielleicht etwas herumgehen, um sich zu beruhigen. Danach hätten sie noch genug Gelegenheit, über Enzos Beichte zu sprechen.

Im selben Moment ging die Tür wieder auf und eine Krankenschwester steckte den Kopf herein.

»Alles in Ordnung hier?«, fragte sie und sah von einem zum anderen.

»*Tutto bene*«, erwiderte Enzo mit resignierter Stimme.

Die Schwester runzelte kurz die Stirn, neigte den Kopf und schloss die Tür wieder.

»Wissen Sie, Signora Jauch, ich habe es wirklich versucht.«

Marconi machte Anstalten, das Kopfkissen aufzuschütteln, was ihm nicht gelang.

Lara tat es für ihn.

»Grazie«, sagte er und ließ seinen Kopf seufzend zurücksinken. »Ich habe es einfach nicht geschafft.«

Seine Augen glänzten verdächtig, und Lara hoffte, dass er jetzt nicht auch noch zu weinen anfing. Ihre ganze Sympathie galt Romeo, und sie wollte Enzo weder trösten noch bemitleiden. Er hatte Andreina ein Versprechen gegeben und es nicht eingehalten, daran gab es nichts zu rütteln. Das Leid, das er Romeo damit zugefügt hatte, würde er mit plötzlichem Bedauern nicht mehr rückgängig machen können. Und die Rechtfertigungen, weshalb er seinen Stiefsohn so abfällig behandelte, konnte er sich sonst wohin stecken. Doch sie war zu höflich, um ihre Meinung wieder laut zu äußern, und immerhin lag ein verletzter alter Mann vor ihr, der vielleicht etwas Nachsicht verdiente.

»Wir hatten nur fünf gemeinsame Jahre«, fuhr Enzo fort und starrte dabei durch das Fenster in die Nacht hinaus. »Als Romeo noch klein war, gelang es mir recht gut, ihm ein anständiger Vater zu sein. Säuglinge sind schließlich niedlich, nicht wahr? Doch er wurde älter, bekam plötzliche Wutausbrüche und war auch sonst ein schwieriges Kind. Später hat er sich in der Schule ständig geprügelt, war aufsässig und frech. Ich stellte mir immer vor, dass er das von seinem leiblichen Vater geerbt haben musste. Eine kleinere Ausgabe dieses *figlio di puttana*, der Andreina so viel Leid beschert hatte. Und sosehr ich mir auch vornahm, Romeo ein gewisses Verständnis entgegenzubringen, sah ich in ihm nur das Abbild dieses Schweinehundes, der seine Mutter zum Abschied verprügelt hatte.«

»Und Sie wissen bis heute nicht, wer Romeos biologischer Vater ist?«

Enzo schüttelte den Kopf.

»Ich habe Andreina später nie auf diesen Mann angesprochen. Wenigstens dieses Versprechen habe ich gehalten. Und sie hat ihn auch nie erwähnt. Nie, mit keiner einzigen Silbe. Ich hatte zwar eine Vermutung, wer es gewesen sein könnte, habe sie aber nie offen danach gefragt.« Enzo seufzte. »Wissen Sie, auch wenn sie meine Frau wurde, hat sie mich nie so angesehen, wie es Celia bei ihrem Domenico tut. Oder wie Sie jetzt Romeo.«

Lara errötete und Enzo lächelte nachsichtig.

»Das ist in Ordnung, Signora Jauch, auch wenn ich kein Verfechter von kurzen Liebschaften bin. Würden Sie mir bitte den Tee nochmals reichen? Mein Mund ist ganz trocken.«

Lara füllte sein Glas und setzte sich wieder hin. In ihrem Kopf wirbelte alles durcheinander und sie fühlte sich emotional erschöpft, als wäre dieses ganze Familiendrama ihr selbst zugestoßen.

»Hätte Romeos Mutter ihn nicht allein großziehen können?«, fragte sie. »Ich meine, es erscheint mir Ihnen gegenüber auch nicht wirklich fair, oder?«

Enzo lächelte. »Wissen Sie, Signora Jauch, heutzutage mag ein uneheliches Kind kein Unglück mehr sein. Aber damals war das eine Katastrophe. Andreina wäre gebrandmarkt gewesen, vielleicht sogar verstoßen worden, hätte sie als ledige Frau ein Kind zur Welt gebracht.« Er hob entschuldigend die Achseln. »So war es zu der Zeit halt, und das wusste sie. Also hat sie den für sich und das Kind bestmöglichen Weg gewählt: mich. Sie hat mich später vielleicht sogar ein bisschen geliebt. Aber nicht so, wie man seinen Ehemann lieben sollte. Ich gab Romeo die Schuld dafür. Denn nur seinetwegen hat mich Andreina schließlich geheiratet.« Er schüttelte den Kopf. »Ich bin nicht stolz darauf, wie ich ihn behandelt habe.«

»Warum haben Sie es dann getan? Und machen es noch?«, fragte Lara leise.

Enzo seufzte. »Obwohl mir mein Verstand immer gesagt

hat, dass ich unrecht tue, konnte ich nicht über meinen Schatten springen. Ich weiß nicht, warum. Aber ich weiß, dass ich einst dafür werde büßen müssen. Wenn ich es nicht schon die ganze Zeit getan habe. Schließlich habe ich Andreina bei Celias Geburt verloren.« Plötzlich sah er Lara verunsichert an. »Sie werden es Celia doch nicht etwa erzählen, oder?«

Lara schüttelte den Kopf. »Nein, werde ich nicht. Aber ich werde Romeo auch nicht aufhalten, wenn er seiner Schwester … seiner Halbschwester reinen Wein einschenken will.«

Enzo senkte den Blick. »Natürlich. Celia hat großes Glück, eine so gute Freundin an ihrer Seite zu wissen. Gerade jetzt.« Er atmete tief ein. »Ich würde gern schlafen, wenn es Ihnen nichts ausmacht. Ich bin doch sehr erschöpft und habe Schmerzen. Gehen Sie zu Romeo und stehen Sie ihm zur Seite, wenn ich es schon nicht kann. Ich muss mich ausruhen. Arrivederci.«

Enzo schloss die Augen und Lara fühlte sich entlassen. Leise stand sie auf und verließ das Krankenzimmer.

Was für ein Tag. Ihr war, als sei sie schon seit vierundzwanzig Stunden auf den Beinen. Alles, was sie im Moment noch wollte, waren eine Dusche und ein weiches Bett.

Sie unterdrückte ein Gähnen, während sie durch die Eingangshalle lief und sich suchend umsah. Romeo konnte sie nirgends entdecken. Also warf sie einen Blick in die Cafeteria, aber die war um diese Zeit geschlossen. Nur ein beleuchteter Automat stand an einer Wand, den ein junger Mann gerade mit einem Fußtritt traktierte. Romeo würde vermutlich im Wagen auf sie warten.

Sie verließ das Krankenhaus und marschierte über den Parkplatz. Doch als sie die Ecke erreichte, wo sein Auto gestanden hatte, stockte sie. Romeos Alfa war weg.

19

Das Getriebe heulte auf, als Romeo sich in einer Kurve verschaltete. Mit zusammengepressten Lippen würgte er den Gang rein und beschleunigte wieder. Er fuhr viel zu schnell, was auf der engen Fahrbahn der *Amalfitana* gefährlich war. Doch um diese Uhrzeit herrschte kaum Verkehr, und die wenigen Autos, die er überholte, hupten ihm eher lustlos hinterher. Mit seinen gewagten Manövern brach er zwar mindestens zehn Verkehrsregeln, doch wen juckte das schon?

Er stieß angewidert die Luft aus. Er war also der Bastard einer Liebelei, die Andreina Collina als Zwanzigjährige eingegangen war. Und Enzo Marconi hatte ihr mit der Heirat die Schande eines unehelichen Kindes erspart.

Marconi? Durfte er diesen Namen überhaupt tragen? Rein rechtlich wohl schon, weil seine Mutter bei seiner Geburt verheiratet gewesen war. Doch wer war sein leiblicher Vater, wessen Namen hätte er eigentlich tragen müssen?

Romeo nahm den Fuß vom Gas, stoppte bei einer Ausweichstelle und stieg aus. In seiner Hosentasche brummte das Smartphone. Als er es hervorzog und den Namen auf dem Display las, verzog er den Mund.

Er hatte Lara einfach in Salerno sitzen lassen, doch er

konnte jetzt nicht mit ihr sprechen. Zu viel ging ihm im Kopf herum, das er erst mal sortieren musste. Und dazu brauchte er Zeit. Zeit für sich allein. Also drückte er ihren Anruf weg und verstaute das Handy wieder – nebst seinem schlechten Gewissen. Sie würde es schon verstehen und irgendwie nach Positano zurückkommen.

Er sah auf die Uhr. Mist, um diese Zeit fuhr kein Bus mehr. Dann blieb ihr nur die Möglichkeit, ein Taxi zu nehmen. Er würde ihr später die Auslagen ersetzen.

Mit verschränkten Armen stand er eine Weile einfach nur da und sah aufs Meer hinaus. Es erstreckte sich wie ein dunkler Teppich unter ihm. Von den beleuchteten Häusern entlang der Küste fielen silbrig glänzende Spiegelungen aufs Wasser. Postkartenkitsch und doch jedes Mal wieder faszinierend in seiner Schönheit. Die Luft war frisch und kündete bereits die kühlere Jahreszeit an. Dann verfiel Positano in eine Art Winterruhe, auch wenn es nie ganz einschlief. Da das *Bellavista* das ganze Jahr geöffnet hatte, hatte sich Romeo früher einmal überlegt, wie man auch in der Zwischensaison zusätzliche Gäste anlocken könnte. Er hatte ein paar wirklich tolle Ideen gehabt, die Enzo jedoch, wie üblich, abgeschmettert hatte. Und jetzt wusste Romeo auch endlich, wieso. Wenn sie tatsächlich miteinander verwandt gewesen wären, hätte man dieses Verhalten sogar als Familientradition ansehen können: Enzos Vater hatte die Ideen seines Sohnes nicht umgesetzt und Enzo verhielt sich genauso bei Romeo.

Er setzte sich auf die Begrenzungsmauer der Ausweichstelle und schwang vorsichtig die Beine über die Brüstung. Die Mauer hatte noch die Hitze des Sonnentages gespeichert. Unter ihm fiel die Küste steil ins Meer ab. Wenn er sich vorbeugte, konnte er gerade noch die Brandung erkennen, die an die Felsen schlug und dabei weiße Gischt produzierte.

Wenn er sich jetzt fallen lassen würde, wäre alles vorbei.

Alle Demütigungen, alle Zurückweisungen, sein ganzes verfluchtes Leben. Der Gedanke war verlockend. Doch Romeo war kein Feigling, noch nie gewesen. Also lehnte er sich wieder zurück und atmete tief durch.

Was bedeutete Enzos Geständnis für alle Beteiligten? Im Grunde änderte sich wenig, außer dass Celia jetzt zu seiner Halbschwester mutiert war und er Enzo komplett aus seinem Leben streichen konnte. Das *Bellavista* dazu. Doch das hatte er eigentlich schon immer gewusst. Seiner Mutter konnte er im Nachhinein verzeihen. Sie hatte sich als junge Frau dem Falschen hingegeben und danach den noch Falscheren geheiratet, um der Schande einer ledigen Mutterschaft zu entgehen. Verständlich, wenn auch aus heutiger Sicht nicht mehr nachvollziehbar.

Romeo stellte sich vor, wie sein Leben verlaufen wäre, hätte Andreina Collina damals den Mut besessen, ihn allein aufzuziehen. Wäre alles anders gekommen? Bestimmt, denn sie würde heute noch leben, weil Celias Geburt sie nicht das Leben gekostet hätte. Aber dann hätte es seine Schwester nicht gegeben, und das wäre schade gewesen, denn er liebte die kleine Kröte innig. Ob er ihr von Enzos Beichte erzählen sollte? Er schob diese Frage beiseite, zuerst musste er sich über sein eigenes Gefühlsleben klar werden, bevor er ihres durcheinanderbrachte. Immerhin würde er mit der Wahrheit das gute Andenken an ihre Mutter zerstören.

Er seufzte. Wohin also jetzt? Ins Hotel? Zu Umberto? Zurück nach Neapel? Oder nochmals nach Capri, um Sofia den Namen seines biologischen Vaters zu entlocken? Seine Mutter hatte damals bei ihr gelebt, und Sofia wusste bestimmt, mit wem Andreina zu der Zeit getändelt hatte, sonst hätte sie diese Bemerkung mit dem schlechten Blut nicht vom Stapel gelassen.

Kam Romeo, wie sie behauptet hatte, tatsächlich nach seinem prügelnden Erzeuger? Und hatte Sofia Lara deshalb vor ihm gewarnt? Der Gedanke erschreckte ihn. Zugegeben, als Kind und auch noch als Teenager war er nicht der Pflegeleichteste gewesen und hatte sich schnell provozieren lassen. Und oft hatten dann auch die Fäuste gesprochen. Aber das war lange vorbei. Heute hatte er seine Emotionen im Griff.

Er schnalzte mit der Zunge, als er daran dachte, wie er Enzo vorhin geschüttelt hatte. Aber das war eine Ausnahme gewesen, die ihm niemand vorwerfen konnte. Schließlich erfährt man nicht alle Tage, dass man ein Bastard ist. Aber kam seine ohnmächtige Wut wirklich daher? Heutzutage war das doch kein Weltuntergang mehr. Romeo atmete tief durch. Nein, was ihn so rasend gemacht hatte, waren Enzos Lügen. Irgendwann hätte er es ihm einfach sagen müssen, ganz gleich, was Enzo Andreina versprochen hatte. Mit der Wahrheit hätte Romeo umgehen können, irgendwie. Und die Jahre voller Zweifel, kein guter Mensch zu sein und deshalb keine Liebe zu verdienen, wären ihm erspart geblieben.

Eine Vespa knatterte heran und hielt neben seinem Auto. Der Fahrer trug einen weißen Helm und starrte ihn eine Weile an, bevor er den Roller ausschaltete. Dann löste er den Riemen unter dem Kinn, zog den Schutzhelm ab und schüttelte die langen dunklen Haare, die darunter verborgen gewesen waren.

»Wenn das nicht der Bruder von Celia ist!«, rief die Frau lachend. »Was treibt dich denn an diesen gottverlassenen Ort?«

20

Lara sah entgeistert auf das Display, als das Klingeln unvermittelt abbrach. Romeo hatte ihren Anruf einfach weggedrückt.

»Ich fasse es nicht!«, stieß sie wütend hervor. »Was soll der Blödsinn? Und wie soll ich jetzt bitte nach Positano kommen?«

Sie sah sich um. Vor der Klinik gab es zwar eine Bushaltestelle, aber die bediente nur die City. Kurz entschlossen marschierte sie zurück zum Eingang und trat an die Anmeldung.

»Sì?«

Die junge Angestellte mit der kunstvollen Flechtfrisur sah sie fragend an.

»Gibt es um diese Zeit noch eine Busverbindung nach Positano?«

Die Empfangsdame musterte sie mitleidig und schüttelte den Kopf. »Der letzte Bus fährt um neunzehn Uhr, der erste morgen früh um halb sieben.«

Na toll. Ob sie Celia anrufen sollte? Aber dann hätte sie ihr auch erklären müssen, weshalb sie um diese Zeit Enzo besucht hatte und wieso sie jetzt allein hier herumstand.

»Soll ich Ihnen ein Taxi rufen?«

»Wie viel kostet mich das?«, fragte Lara und überschlug im Geist ihre Barschaft.

»Um die sechzig Euro.« Die Empfangsdame griff nach dem Telefonhörer. »Soll ich?«

Lara nickte ergeben. Aber das würde Romeo ihr büßen. Was fiel ihm eigentlich ein, sie einfach so sitzen zu lassen? Natürlich war er verletzt, durcheinander und sicher auch wütend, aber das rechtfertigte noch lange nicht, dass er einfach verduftete und sie ihrem Schicksal überließ. Was für eine Familie. Die hatten doch alle ein Rad ab.

»Signora?«

Lara wandte sich um. Die Empfangsdame deutete zur Eingangstür, vor der ein Taxi stand.

»Danke«, sagte Lara und verließ die Klinik.

Im Taxi roch es nach kaltem Zigarettenrauch, obwohl am Armaturenbrett ein großes Nichtraucheremblem klebte.

»Nach Positano bitte, Hotel *Bellavista*.«

Der Fahrer nickte und fuhr los. Lara versuchte nochmals, Romeo auf dem Handy zu erreichen. Vergebens, jetzt klingelte es nicht einmal mehr. Offensichtlich hatte er es ausgeschaltet.

Die Enttäuschung über sein egoistisches Verhalten verursachte ihr einen dicken Kloß im Hals, und tapfer unterdrückte sie die aufsteigenden Tränen. Offenbar sah er in ihr bloß ein Betthäschen, das ihm den Aufenthalt in Positano versüßte, und nicht mehr.

»Gut gemacht, Lara, schon wieder einer, dem du weniger bedeutest als er dir.«

»*Come?*« Der Taxifahrer sah in den Rückspiegel. Anscheinend hatte sie laut ausgesprochen, was ihr gerade durch den Kopf ging.

Sie wedelte mit der Hand und der Mann wandte seinen Blick mit einem Schulterzucken wieder nach vorne.

Die Lichter des nächtlichen Salerno flogen vorbei, vermischten sich zu einer Masse aus Orange, Rot und Weiß. Sie blinzelte und eine Träne lief ihre Wange hinab. Sie wischte sie schnell weg. Blöde Gefühle, blödes Kampanien, blöde Lara!

Obwohl sie Celia versprochen hatte, noch zu bleiben, wusste sie nicht, ob sie das wirklich tun sollte. Es gab zwei Möglichkeiten, wie die kommende Woche aussah: Entweder blieb Romeo in Positano, leitete das Hotel weiter, bis Enzo aus dem Krankenhaus entlassen wurde. Oder er packte gerade seine Koffer und würde dann zurück nach Neapel fahren. Bei der ersten Variante lief sie ihm ständig über den Weg und gab ihm so die Möglichkeit, noch mehr auf ihrem Herz herumzutrampeln. Und bei der zweiten wäre es dazu verdammt, noch heute in Stücke zu zerbrechen. Ist das Leben nicht schön?

Vielleicht sollte sie es ihm gleichtun und einfach verduften; einen Zettel mit einer kurzen Nachricht, dass man sie daheim erwartete, auf den Tisch legen und addio! Doch das war nicht ihr Stil. Wenn sie schon abreiste, würde sie Celia davon unterrichten. Ihre Freundin konnte schließlich nichts dafür, dass ihre männliche Verwandtschaft solche Vollpfosten waren.

Als sie Salerno verließen und auf die *Amalfitana* einbogen, verschwanden die Lichter der Großstadt. Ein Geflecht aus blinkenden Perlen und Spiegelungen lag jetzt vor ihnen, unterbrochen von Felsvorsprüngen und engen Kurven.

Der Taxifahrer wurde nicht müde, seine Heimat in den höchsten Tönen anzupreisen, und kommentierte jede Ortstafel mit einem kleinen Spruch, den er offenbar für die Touristen auswendig gelernt hatte. Sie war zu erschöpft, um ihn darauf hinzuweisen, dass sie die Gegend schon kannte, und ließ ihn daher plappern.

Nach etwas über einer Stunde stoppte das Taxi vor dem *Bellavista*. Es war schon spät, die Eingangshalle verlassen und hinter der Rezeption saß ein junger Mann, der die *Gazzetta dello Sport* las. Er nickte ihr kurz zu, als sie zum Aufzug marschierte, beachtete sie aber nicht weiter.

Sie starrte auf die Knöpfe im Lift. Direkt in ihr Zimmer oder noch einen Abstecher zu Celia? Doch die schlief bestimmt schon. Und Romeo? Sie biss sich auf die Lippen. Vielleicht gab es einen guten Grund, dass er sie in Salerno hatte sitzen lassen. Aber welchen? Und wieso nahm er ihre Telefonanrufe nicht entgegen? Gab es auch dafür eine logische Erklärung? Womöglich war es recht kindisch von ihr, einfach so das Handtuch zu werfen und abzuhauen. Aber letzten Endes hatte ihre Beziehung doch keine Zukunft. Und sie so formlos zu beenden, wäre für beide Seiten bestimmt unproblematischer.

Eine leise Stimme in ihrem Kopf verspottete sie als Feigling. Und wenn schon, dachte sie trotzig. Jeder ist sich selbst der Nächste, das hatte Romeo mit seiner Flucht heute Abend trefflich demonstriert. Also durfte sie auch einmal nur an sich denken. Und wenn sie ihm nicht mehr begegnete, blieb ihr immerhin ein tränenreicher Abschied erspart. Wobei sie nicht davon ausging, dass er derjenige war, der flennen würde. Verfluchte Gefühle! Wie hatte sie sich nur so schnell in diesen Italiener verlieben können? Sie war so bescheuert.

Schniefend verließ Lara den Aufzug und öffnete die Zimmertür. Sie warf ihre Handtasche und die Kleider achtlos auf den Boden und stellte sich unter die Dusche. Immerhin konnte sie darunter nicht mehr ausmachen, ob Wasser oder Tränen über ihr Gesicht liefen.

21

»Paola?«

Die Frau auf der Vespa nickte. »Schau an, Romeo Marconi, der Held meiner pubertären Mädchenträume. So ein Zufall, dich hier zu treffen. Ergötzt du dich an den Schönheiten unserer Heimat?« Sie lachte gurrend, stieg vom Roller und legte den Helm auf die Sitzfläche. »Ich war erstaunt, dass mich Celia zu ihrer Hochzeit eingeladen hat, aber natürlich sehr erfreut. Darum bin ich in Kampanien. Deine Schwester und ich haben uns leider in den letzten Jahren ein wenig aus den Augen verloren. Wie das halt so ist, nicht?« Sie zuckte mit den Schultern. »Aber die Hochzeit wird wohl nicht stattfinden, kann ich mir vorstellen. Jetzt, nach dem Unfall eures Vaters. Es tut mir sehr leid. Für Celia und auch für euren Vater. Hoffentlich kommt er bald wieder auf die Beine.«

Romeo wollte im ersten Moment auffahren und die Sachlage, dass Enzo nicht sein Vater war, richtigstellen, doch er hielt sich zurück. Das ging niemanden etwas an.

»Danke«, sagte er daher nur. »Er hatte Glück. Aber was meintest du mit Held? Hieltest du mich denn für einen?«

Sie nickte und trat zu ihm an die Brüstung. »Aber so was von!«

Paola Calza war während der Schulzeit Celias beste Freundin gewesen. Die beiden hatten ständig zusammengehockt, gekichert und waren ihm, dem fünf Jahre älteren Bruder, damit gehörig auf den Wecker gefallen. Doch schon damals hatte man gesehen, dass Paola eine richtige Schönheit werden würde. Und tatsächlich, das, was er in der Dunkelheit erkennen konnte, sprach für sich. Er erinnerte sich vage daran, dass Celia einmal davon gesprochen hatte, dass Paola jetzt auf einem Kreuzfahrtschiff als Sportlehrerin arbeitete.

Paola öffnete den Reißverschluss ihrer Jacke und sah aufs Meer hinaus. »Ich fand dich damals ungeheuer verwegen«, fuhr sie fort und strich sich ihr langes Haar zurück. Sie schmunzelte. »Hatte leider schon immer einen Hang zu Bad Boys.« Sie zwinkerte ihm zu.

»Und jetzt nicht mehr?«, fragte Romeo belustigt.

»Die Begeisterung für Jungs, die sich gern prügeln, legt sich mit der Zeit.« Sie trat neben ihn und schaute aufs Meer hinaus. »Und wie ist es dir ergangen? Frau und Kinder?«

»Keins von beidem.«

»Also immer noch der einsame Wolf«, konstatierte sie, und er hörte den leisen Spott in ihrer Stimme.

Plötzlich war es ihm wichtig, dass sie keinen falschen Eindruck von ihm bekam.

»Meine Karriere bei der Bank geht im Moment vor«, erklärte er und strich mit der Hand über die poröse Mauer.

»Verstehe«, erwiderte sie und sah ihn einen Moment nachdenklich an.

»Was ist?«, fragte Romeo.

Paola schüttelte lächelnd den Kopf. »Nichts.« Sie wirkte plötzlich verlegen. »Ich habe mich nur gerade etwas gefragt.«

»Und das wäre?«

Sie räusperte sich kurz. »Nun ja, ich hätte immer gern gewusst, wie es wäre, dich zu küssen.«

Paolas Elternhaus lag an der Straße nach Montepertuso. Es wirkte baufällig. Ein rostiger Metallzaun versperrte den Eingang des zweistöckigen Gebäudes. Ein paar vertrocknete Kübelpflanzen standen auf den Eingangsstufen, und im ersten Stock hing Wäsche an einer Spindel vor dem Fenster.

Paola hatte Romeo erzählt, dass nur noch ihre Großmutter hier lebte, ihre Eltern wohnten mittlerweile in Salerno, von wo sie gekommen war, als sie ihn auf der *Amalfitana* aufgegabelt hatte. Ihre *nonna* sei stocktaub, sagte sie, und würde nicht einmal merken, wenn sie eine ganze Kompanie Männer mit nach Hause brächte.

Romeo parkte den Alfa so nahe wie möglich an der Hauswand, damit er die schmale Straße nach Montepertuso nicht blockierte. Paola, die ihm vorausgefahren war, stellte die Vespa gerade hinter sein Auto und zog den Helm ab.

Er wusste nicht, wieso er ihrer Einladung, bei ihr zu Hause noch etwas zu trinken, gefolgt war. Sie hatte ihr Interesse an ihm eindeutig bekundet, und er wusste, worauf das hier hinauslaufen würde. Doch trotz Paolas offensichtlichen Absichten hatte er ihren Annäherungsversuch nicht als billige Anmache empfunden, sondern eher so, als sei sie bestrebt, eine frühere Illusion von ihm entweder bestätigen oder zerstören zu wollen. Zudem hatte er ihr den Eindruck vermittelt, er sei ungebunden. Man konnte ihr also keinen Vorwurf machen.

Paola hatte ab morgen wieder Dienst auf dem Kreuzfahrtschiff und war extra zu Celias Hochzeit angereist. Dass diese ins Wasser fiel, hatte sie natürlich erst heute erfahren. Ihre morgige Abreise kam Romeo gelegen, denn so würden aus dem, was eventuell folgte, keine weiteren Verwicklungen entstehen.

Romeo stieg nicht sofort aus. Er saß einfach weiter im Auto und starrte auf das Armaturenbrett. Was tat er hier eigentlich? Immerhin hatte er mit Lara so etwas wie eine Beziehung, wenn auch nur temporär. Wollte er jetzt wirklich mit der schönen Paola in die Kiste springen?

Er zuckte zusammen, als sie an das halb geöffnete Autofenster klopfte.

»Alles okay?«, fragte sie und neigte den Kopf. »Oder hat der Held gerade kalte Füße bekommen?«

Sie lächelte spöttisch.

Im Licht der Straßenlaterne wirkte ihre Hautfarbe beinahe orange, was ihn an Laras Haarfarbe erinnerte. Verdammt!

Schlechtes Blut, hörte er im Geist wieder Sofias Worte. *Wie der Vater, so der Sohn.* Lara hatte das alles mit anhören müssen. Und dann noch sein Ausraster in der Klinik. Er schämte sich. Paola wusste von alledem jedoch nichts. Sie hielt ihn einfach nur für den Bruder ihrer ehemals besten Freundin, den sie als Teenager angehimmelt hatte. Das war so bequem, so problemlos und zudem schmeichelhaft. Ein bisschen Nähe, ein bisschen Sex. Keine Komplikationen und keine dummen Fragen. Und nichts, wofür man sich zu schämen brauchte.

Vielleicht war es ganz gut so, dass er mit dieser Aktion Stellung bezog und danach mit der Deutschen einen klaren Schlussstrich ziehen konnte. Denn wenn er sich heute Nacht auf Paola einließ, würde es für ihn und Lara kein Morgen mehr geben. So viel Ehrgefühl besaß selbst er. Und die Wikingerin war schließlich nur ein Ferienflirt. Das hatten sie beide von Anfang an so gesehen. Zudem wusste er auch nicht, was Lara in diesem Moment gerade trieb. Sie hatte sich über sein Verschwinden vielleicht so geärgert, dass sie jetzt genau das Gleiche tat. Immerhin war sie eine attraktive Frau und konnte jeden haben. Die Italiener flogen auf ihre nordische Erscheinung, sie musste nur mit den Fingern schnippen.

Doch insgeheim war Romeo klar, dass er ihr mit dieser Unterstellung unrecht tat und nur versuchte, sein eigenes Handeln zu rechtfertigen.

»Romeo?« Paola sah ihn mit gerunzelter Stirn an.

Er zögerte noch einen Moment, atmete dann tief durch und öffnete die Wagentür.

»Komme schon.«

22

Der Duft nach gebratenem Speck weckte Lara. Sie blinzelte und streckte sich. Durch das geöffnete Fenster drangen Gesprächs-fetzen von der Terrasse herauf, auf der das Frühstück serviert wurde. Sie griff nach ihrem Handy auf dem Nachttisch. Keine Nachricht. Okay, jetzt wurde es doch langsam kränkend. Einen Moment lang überlegte sie, wählte dann aber entschlossen Romeos Nummer und atmete tief durch. Wieder nur die auto-matische Ansage, dass der Empfänger zurzeit nicht erreichbar sei.

»Hornochse!«, murmelte sie und schluckte die Enttäu-schung hinunter.

Da sie schon dabei war, googelte sie über einen vermut-lich sündhaft teuren Hotspot die heutigen Flüge nach Ham-burg. Dass die Marconis ihren Gästen keinen kostenfreien Internetzugang anboten, konnte sie nicht nachvollziehen. Das war heutzutage doch Pflicht. Aber es passte zu dieser komischen Truppe.

Wie dumm, es gab erst morgen wieder Direktflüge nach Hause. Lara stöhnte. Nun denn, sie hatte keine Lust, wegen eines Zwischenstopps sechs Stunden unterwegs zu sein, und einen weiteren Tag würde sie es schon noch aushalten.

Ihr Magen knurrte. Also schwang sie die Beine aus dem Bett und sprang unter die Dusche.

Eine halbe Stunde später saß sie auf der Terrasse und genoss die wärmende Sonne, die sich auf dem Meer spiegelte. Weiterhin absolutes Postkartenwetter an der Amalfiküste. Immerhin das, wenn schon über deren Bewohnern dunkle Wolken hingen.

Wo steckte Romeo bloß? Und weshalb ging er nicht ans Telefon? Er würde doch keine Dummheiten machen? Das Rührei schmeckte plötzlich nach Sägemehl, und sie schob den halb vollen Teller von sich. Was, wenn Enzos Beichte ihn dermaßen aus der Bahn geworfen hatte, dass er keinen Ausweg mehr sah? War es das? Hatte er sie deshalb in Salerno zurückgelassen, weil er vorhatte, sich etwas anzutun?

Sie kannte ihn noch zu wenig, um so etwas ausschließen zu können. Zwar hatte er, nach seinen Erzählungen, schon so manche Klippe erfolgreich umschifft, aber irgendwann war auch für den stabilsten Charakter das Maß voll.

Ohne ihr Frühstück zu beenden, sprang sie auf und lief an dem verblüfften Kellner vorbei, der gerade im Begriff war, ihr ein Schälchen frische Früchte zu bringen.

»Entschuldigung«, stammelte sie und stürzte in die Eingangshalle, raste die Treppe hoch in den ersten Stock und hämmerte an Celias Zimmertür.

Nach einer gefühlten Ewigkeit öffnete diese endlich und sah sie gähnend an.

»Du bist ja früh auf«, nuschelte sie und drehte sich um. »Komm rein. Du hast nicht zufällig Kaffee dabei?«

Celia warf sich wieder auf das zerwühlte Bett und zog die Decke über den Kopf.

»Weißt du, wo dein Bruder ist?«

Ihre Freundin knurrte etwas Unverständliches.

»Celia, bitte, es ist wichtig!«

Offensichtlich klang sie ernsthaft besorgt, denn Celia hampelte sich aus der Bettdecke und sah sie fragend an.

»Nein, keine Ahnung. Ist etwas passiert?«

Was sollte sie jetzt antworten? Sie hatte Enzo versprochen, seiner Tochter nichts zu sagen, aber was, wenn sich Romeo in ernster Gefahr befand? Entband sie das nicht von ihrem Versprechen? Trotzdem scheute sie sich davor, ihrer Freundin reinen Wein einzuschenken. Das war nicht ihre Aufgabe, also schüttelte sie den Kopf.

»Ich muss ihn nur ganz dringend etwas fragen.«

Auf Celias Gesicht breitete sich ein wissendes Lächeln aus. »Ich verstehe«, meinte sie feixend. »Ihr seid meinem Rat also gefolgt.« Sie lehnte sich zufrieden an das Kopfteil ihres Bettes. »Manchmal braucht mein Brüderchen etwas Abstand von allem und klinkt sich für eine Weile aus. Das ist ganz normal, wenn auch schwer nachzuvollziehen. So ist er halt. Er wird schon wieder aufkreuzen, keine Sorge, schließlich hat er mir versprochen, die Hotelangelegenheiten …« Sie brach ab und warf einen Blick auf den Digitalwecker neben ihrem Bett. »*Cazzo!*«, rief sie dann erschrocken und sprang auf. »Ich habe in einer halben Stunde eine Besprechung mit Graziella und einem neuen Gemüselieferanten. So ein Mist!«

Sie lief an Lara vorbei ins Bad. »Tut mir leid, wenn ich dich jetzt so stehen lasse, aber bei dieser Sitzung muss ich anwesend sein. Nur ich darf neue Verträge unterschreiben, das hast du am Samstag ja mitbekommen. Ich rufe dich später an und wir unternehmen etwas, einverstanden? Genieß bis dahin das schöne Wetter!«

Mit diesen Worten schloss sie die Badezimmertür und kurz darauf rauschte die Dusche.

Seufzend verließ Lara das Zimmer. Celias Unbekümmertheit, was Romeos Abwesenheit betraf, beruhigte sie ein wenig. Sie wollte trotzdem mit ihm sprechen, denn so leicht würde sie es ihm nicht machen. Ihrer Meinung nach hatte sie eine Erklärung verdient. Doch was jetzt? Sie wusste, dass er bei einem Freund namens Umberto wohnte, kannte dessen Adresse jedoch nicht. Sollte sie umkehren und Celia danach fragen? Oder einfach abwarten, bis sich Romeo von selbst wieder meldete? Vielleicht hatte seine Schwester recht und er brauchte momentan etwas Freiraum. Aber den hätte sie ihm doch gelassen. Wieso hatte er mit ihr nicht darüber gesprochen? Sie hasste es, so fremdbestimmt zu werden, wollte aber auch nicht den Eindruck vermitteln, dass sie ihm wie ein Kaninchen hinterherhoppelte. So oder so, er würde sich, sobald er wieder auftauchte, ein paar gezielten Fragen stellen müssen.

Langsam ging Lara die Treppe in die Eingangshalle hinab. Und was war mit ihrer Abreise? Sollte sie jetzt den morgigen Rückflug buchen oder doch nicht? Einerseits wollte sie es Romeo heimzahlen, dass er sie versetzt hatte, andererseits sehnte sie sich nach ihm. Verflixt!

Kurz entschlossen rief sie ihre Mutter an. Sie hatte auf einmal das Bedürfnis, mit einem ganz normalen Menschen zu sprechen, dessen größtes Problem darin bestand, welcher Nachtisch zu welchem Hauptgericht passte.

23

Der Knall einer Fehlzündung weckte Romeo, und verwirrt sah er sich um. Wo zum Teufel befand er sich? Er richtete sich in dem fremden Bett auf und stöhnte. Sein Kopf fühlte sich an, als würde er gleich platzen. Langsam sickerte die Erinnerung an letzte Nacht zurück in sein Hirn: Enzos Beichte, die halsbrecherische Fahrt entlang der Küste. Paola Calza!

Romeo war nackt, seine Kleider lagen gegenüber dem Bett auf einem Stuhl, unordentlich, als hätte er es eilig gehabt, sich ihrer zu entledigen. Er war allein im Zimmer, das Bett jedoch dermaßen zerwühlt, dass es nicht viel Fantasie benötigte, um zu erkennen, was er letzte Nacht getrieben hatte.

»Paola?« Seine Stimme klang, als hätte er eine Säge verschluckt. Er räusperte sich. »Hallo?« Keine Antwort. Er stand auf, schlüpfte schnell in seine Kleider und fühlte sich danach etwas besser. Sollte gleich eine unangenehme Aussprache anstehen, wäre er dabei wenigstens angezogen.

Er griff in seine Gesäßtasche. Wo war bloß sein Handy? Dann erinnerte er sich daran, dass er es gestern Nacht ausgeschaltet und ins Handschuhfach geworfen hatte. Bestimmt hatte Lara versucht, ihn zu erreichen, und war schon fuchsteufelswild über sein Schweigen.

Oh Gott, Lara! Was hatte er nur getan? Gestern war es ihm als ultimative Lösung erschienen, die Nacht mit Paola zu verbringen und damit seine Beziehung zu Lara zu torpedieren. Heute jedoch fühlte er sich nur noch mies deswegen. Wann war er bloß zu einem solchen Arschloch mutiert?

Auf dem Tisch beim Fenster standen eine fast leere Flasche Gin und zwei Gläser. Daneben lag ein Zettel:

Musste los, das Schiff wartet nicht. Bis irgendwann, Paola
PS: Du bist tatsächlich ein Bad Boy!

Darunter prangte ein Zwinkersmiley.

Romeo stieß frustriert die Luft aus und verließ fluchtartig das Haus.

»Mann, siehst du beschissen aus.«

Umberto stellte Romeo einen Ristretto vor die Nase.

»Die Deutsche schlaucht dich ganz schön, was?«

Er grinste und setzte sich rittlings auf einen Küchenstuhl.

»Musst du nicht arbeiten?«, knurrte Romeo, nickte ihm aber dankbar zu. Der Kaffee war zwar viel zu klein, um seinen Kater zu vertreiben, aber immerhin ein Anfang.

»Im Grunde schon, ich wollte nur ein paar Dokumente holen.« Umberto deutete auf einen gelben Umschlag auf der Küchenkombination. »Wie geht's deinem Vater?«

»Er wird's überleben«, erwiderte Romeo in einem Ton, der Umberto offenbar dazu veranlasste, nicht weiterzufragen, wofür er ihm dankbar war.

»Dann fährst du heute nach Neapel zurück?«

Romeo zuckte mit den Achseln. »Ich habe Celia versprochen, ihr bei den geschäftlichen Dingen behilflich zu sein, bis Va… Enzo aus dem Krankenhaus entlassen wird. Also bleibe ich noch ein paar Tage.«

Umberto nickte. »Sehr nobel von dir«, sagte er ohne ironischen Unterton. »Blöde Sache, das mit dem Unfall und der abgesagten Hochzeit. Tja, manchmal kann das Leben echt eine Plage sein.« Er klopfte sich auf die Schenkel und stand auf. »Also dann, ich muss weiter, man sieht sich.« Bei der Tür drehte er sich nochmals um. »Und meine Empfehlung an die hübsche Deutsche.« Er lachte, als Romeo mit den Augen rollte, und verließ die Wohnung.

Romeo stürzte den Kaffee hinunter, stand auf und machte sich gleich noch einen. Dann holte er einen Karton Orangensaft aus dem Kühlschrank und trank ihn ohne abzusetzen leer. Anschließend suchte er in Umbertos Bad nach Aspirin-Tabletten. Ohne Erfolg. Er würde auf dem Weg zum Hotel bei einer Apotheke welche kaufen müssen.

Das Hotel! Er verzog den Mund. Im *Bellavista* würde er zweifelsohne Lara über den Weg laufen. Als er vorhin sein Handy wieder eingeschaltet hatte, waren fünf Nachrichten auf einmal von ihr eingegangen, die sie noch gestern Nacht geschrieben hatte. Jede hatte etwas besorgter geklungen, die letzte dann ziemlich ärgerlich.

Heute war noch keine SMS gekommen. Kein Wunder, Lara hatte allen Grund, wütend auf ihn zu sein. Wie sollte er ihr nur gegenübertreten? Und was sagen? Welcher Teufel hatte ihn bloß geritten, zu Paola nach Hause zu gehen? Zugegeben, sie war jetzt vermutlich schon auf hoher See und es würde kein unschönes Zusammentreffen der beiden Frauen geben. Aber das war noch sein geringstes Problem. Beichten oder schweigen? Und wenn er schwieg, wie sollte er Lara je wieder in die Augen sehen können, ohne sich abgrundtief zu schämen? Oder sie nochmals in den Armen halten, ohne sich dabei wie eine männliche Hure zu fühlen?

Er stieß deprimiert die Luft aus, entledigte sich seiner Kleider und betrat die Dusche. Und während der heiße Strahl Paolas Parfüm von seiner Haut wusch, überlegte er sich, wie er Lara schonend das Ende ihrer Beziehung klarmachen konnte.

24

»Ich kam mir richtig wichtig vor, als ich meinen Namen unter den neuen Vertrag gesetzt habe.« Celia lachte und strich ihre Haare zurück. »Aber ich habe keine Ahnung, ob der neue Gemüselieferant wirklich besser ist als der alte. Da muss ich einfach Graziella vertrauen, sie wird's schon wissen.«

Celia stützte sich mit beiden Händen zwischen den marmornen Häuptern zweier griechischer Göttinnen auf die Steinmauer der Terrasse und sah aufs Meer hinaus. Die frische Brise vertrieb den Dunst über der Bucht und gewährte einen atemberaubenden Blick übers dunkelblaue Meer, die Orte Amalfi und Atrani und reichte bis nach Salerno. Von der Küstenstraße her hörte man nur ein leises Summen.

Nach ihrer Besprechung hatte Celia Lara vorgeschlagen, die Villa Cimbrone oberhalb von Ravello zu besuchen. Normalerweise, so erklärte sie, trampelten sich hier die Touristen auf den Füßen herum, aber Ende Oktober sei der Besucherstrom erträglich. Und tatsächlich waren außer ihnen nur noch zwei Pärchen anwesend, die sich gegenseitig vor der Postkartenkulisse fotografierten.

Lara hörte dem Geplapper ihrer Freundin nur mit halbem Ohr zu und blätterte in dem Prospekt, den sie am Eingang mitgenommen hatte. Die Villa Cimbrone, so stand da, wurde von Kunsthistorikern auch spöttisch »mediterranes Disneyland« genannt. Sie thronte auf einem Felsvorsprung hoch über der *Amalfitana*. Der verfallene Palast aus dem 14. Jahrhundert war 1904 von dem Engländer Ernest William Beckett erworben und umgebaut worden. Hinter der Villa lag eine gigantische Parkanlage voller Palmen, Hortensien, Begonien und Limonenbäumchen. Während der Blüte musste es hier wie im Paradies aussehen. Dem Zauber des Anwesens waren selbst Größen wie Winston Churchill und Greta Garbo erlegen, die damals zu Becketts illustren Gästen gehört hatten.

Doch Lara hatte heute keine Augen für die Schönheiten der Amalfiküste. Alle paar Minuten checkte sie ihr Handy. Keine Nachricht von Romeo. Ihr Stolz verbot es ihr, ihn nochmals anzurufen. Ihre Mitteilungen von gestern blieben unbeantwortet, was im Grunde schon Antwort genug war.

Sie schluckte tapfer die Enttäuschung darüber hinunter. Ja, sie hatte sich in Romeo verliebt, und ja, es brach ihr das Herz, dass er sie offensichtlich auf eine so miese Art abservierte.

»Also, Süße, jetzt mal Klartext. Was ist los?«

Lara wandte den Kopf. Celia stand, die Arme vor der Brust verschränkt, vor ihr und sah sie auffordernd an.

»Nichts ist los«, erklärte Lara und merkte selbst, wie kraftlos ihre Behauptung klang.

»Ja klar, deshalb siehst du auch aus, als hätte dir jemand während des Schlussverkaufs die letzte Kelly-Bag zum halben Preis vor der Nase weggeschnappt. Komm schon, sag der lieben Celia, was dich bedrückt.«

Celia zwinkerte ihr aufmunternd zu und der Damm stürzte ein. Erst stockend, dann immer schneller erzählte Lara von den Treffen mit Romeo, wie gut sie sich verstanden und welche Ausflüge sie unternommen hatten. Und schlussendlich auch, dass sie sich blöderweise in ihn verliebt hatte. Selbst von Capri berichtete sie ihr und dem Besuch bei Sofia. Nur die Sache mit Enzo ließ sie außen vor. Sie wollte nicht die Überbringerin dieser Hiobsbotschaft sein. Am Ende zitterte ihre Lippe, und nur mühsam hielt sie die Tränen zurück.

»So ein Blödmann!« Celia schüttelte empört den Kopf. »Oh Gott, ich fühle mich miserabel. Ich wollte doch nur, dass ihr ein bisschen Spaß miteinander habt. Es ist alles meine Schuld.« Dann griff sie in die Handtasche und holte ihr Handy heraus.

»Du willst ihn jetzt doch nicht etwa anrufen?«, warf Lara erschrocken ein.

»Aber ganz bestimmt! Und ich werde ihm gehörig die Meinung geigen. So geht man doch nicht mit Frauen um. Was für ein Trottel.«

Sie drückte auf eine Kurzwahltaste und hielt das Gerät ans Ohr, doch Lara schnappte es ihr weg.

»Nein, ich will das nicht!«

Celia versuchte, ihr das Smartphone wieder abzunehmen, doch Lara hielt es einfach in die Luft, und da Celia so viel kleiner war als sie, gab diese schließlich ihre Bemühungen auf.

»Okay, ich lasse es.« Celia streckte die Hand aus. Und als sie Laras skeptischen Gesichtsausdruck registrierte, fügte sie seufzend hinzu: »Versprochen.«

Lara nickte erleichtert und gab ihr das Handy zurück.

»Vielleicht ist es das Beste, wenn ich morgen abreise«, sagte sie leise. »So bleibt mir wenigstens erspart, deinem Bruder wieder über den Weg zu laufen.«

»Das willst du einfach so auf dir sitzen lassen? Wo ist der Kampfgeist der Wikingerin geblieben? Und was ist mit der Hochzeit? *Papà* wird zum Wochenende entlassen, und Domenico und ich wollen die Feier am nächsten Samstag nachholen. Es ist alles schon arrangiert«, fügte sie stolz hinzu. »Die Sterne stehen gut, und *papàs* Arzt sagte gestern, es spreche nichts dagegen.«

»Am Samstag bereits?«

Celia nickte. »Für *papà* haben wir einen Rollstuhl organisiert, damit er mich trotzdem zum Altar führen kann. Rollend halt.« Sie lächelte verschmitzt. »Das mit Romeo renkt sich schon wieder ein. Manchmal ist er halt ein bisschen seltsam.« Sie legte ihre Hand auf Laras Arm. »Es würde mir so viel bedeuten, wenn du an meiner Hochzeit dabei bist.«

Lara atmete tief durch und sah hinaus aufs Meer. Der Wind kühlte ihre erhitzte Stirn. Warum nur war das Leben so kompliziert? Da lernte sie ein Mal einen Mann kennen, der sie sowohl physisch wie emotional anzog, und dann entpuppte sich dieser auch wieder nur als Enttäuschung. Sie hatte einfach kein Glück in der Liebe. Beinahe beneidete sie Celia und Domenico für das, was sie miteinander verband. Ob sie je so etwas erleben würde?

»Weißt du«, begann Lara sinnend, »ich wusste natürlich, dass das mit deinem Bruder keine Zukunft hat. Immerhin liegen ein paar Kilometer zwischen Kampanien und Deutschland.« Sie lächelte gequält. »Und dass ich mich verliebe, war ganz sicher nicht geplant. Aber ab einem gewissen Punkt konnte ich das nicht mehr steuern und …« Sie fuhr sich müde über die Augen. »Ich weiß nicht, ob ich noch eine Woche durchhalte. Wie soll das gehen, wenn wir uns ständig begegnen? Einfach so tun, als ob nichts gewesen wäre?«

Celia sah sie mitfühlend an. »Vielleicht ist es ja auch bloß ein Missverständnis«, warf sie hoffnungsvoll ein. »Möglicherweise hat man ihm sein Handy gestohlen. Oder er hat es verloren. Oder …«

»Wir wissen beide, dass dem nicht so ist«, unterbrach Lara sie niedergeschlagen, »aber danke für den Versuch.«

»Würdest du bleiben, wenn ich dir eine neue Unterkunft besorge?«

»Was meinst du damit?«

»Ein anderes Hotel oder ein Zimmer in einer Pension. Wäre das hilfreich?«

»Vielleicht, ich weiß nicht.«

»Bitte, Lara. Ich verspreche auch, Romeo irgendwas ins Essen zu mischen, damit er Bauchkrämpfe bekommt und während der ganzen Hochzeitsfeier auf dem Klo sitzen muss, damit du ihn nicht siehst.«

Lara musste trotz allem lachen. »Du hast ja einen Knall.«

Celia grinste. »Das geht dir aber recht spät auf. Also, bleibst du?«

Lara nickte zögerlich. »Eins musst du mir aber wirklich versprechen.«

»Alles, was du willst.«

»Versuch ja nie wieder, zwei Menschen zu verkuppeln.«

25

Romeo parkte den Wagen vor dem *Bellavista*, griff nach seiner Reisetasche und stieg aus. In seinem Magen rumorte es gehörig, was einerseits auf den Alkoholkonsum von gestern Nacht zurückzuführen war und andererseits von seinem Bammel vor dem unvermeidlichen Gespräch mit Lara kam. Er hatte erst überlegt, ihr eine SMS zu schicken, dann, sie anzurufen, bis sein Ehrgefühl – oder das, was davon übrig geblieben war – ihn dazu veranlasste, von Angesicht zu Angesicht mit ihr zu sprechen. Er schuldete es ihr einfach. Immerhin waren sie für kurze Zeit beinahe so etwas wie ein Paar gewesen.

Er straffte die Schultern und betrat die Eingangshalle. Es waren nur wenige Gäste anwesend. So kurz vor Mittag saßen die meisten bereits im Speisesaal oder waren unterwegs zu den Sehenswürdigkeiten an der Amalfiküste.

»Romeo, gut, dass du kommst!«, rief Graziella, als sie ihn erblickte. »Ich würde gern ein paar Dinge mit dir besprechen.«

Sie sah wie immer tadellos aus. Das marineblaue Kostüm mit der weißen Bluse zeugte von ihrer Kompetenz. Die straff zu einem kunstvollen Knoten frisierten Haare ließen sie jedoch älter wirken, als sie in Wirklichkeit war. Vielleicht schätzte Enzo aber gerade dieses Strenge an ihr. Sie war im Wesen so ganz anders als Romeos Mutter. Graziella instruierte kurz den jüngeren Mitarbeiter an ihrer Seite, umrundete dann die Empfangstheke und kam zu ihm herüber.

»Gehen wir am besten ins Büro.«

Er nickte und folgte ihr in Enzos Privaträume.

»Kann ich im Hotel wohnen, bis er aus dem Krankenhaus entlassen wird?«

Romeo vermied es tunlichst, Enzo Marconi beim Namen zu nennen. Das Wort »Vater« wollte nicht mehr über seine Lippen, und »Enzo« schien ihm zu persönlich. Zudem hätte Graziella sofort gemerkt, dass etwas nicht stimmte, wenn er ihn so genannt hätte. Also blieb er lieber vage.

»Sicher, eben ist unerwartet ein Zimmer frei geworden. Eins unserer besten, du hast Glück.«

In der nächsten Stunde saßen sie über den Zahlen des vergangenen Monats und brüteten anschließend über der Offerte eines dänischen Reisebüros, das ihnen ein Angebot für eine Zusammenarbeit unterbreitete.

»Ich bin am Verhungern!«, stöhnte Romeo, als Graziella die Unterlagen schließlich zusammenschob und zu einem ordentlichen Stapel aufschichtete.

»Die Küche macht dir sicher noch einen Teller Pasta«, sagte sie nach einem Blick auf die Uhr. »Geh einfach durch, du kennst dich ja aus.«

Er nickte. Mit vollem Magen würde das Gespräch mit Lara hoffentlich erträglicher sein. Zudem gab ihm das noch eine kleine Galgenfrist, bevor er den Gang nach Canossa antrat.

Sie verließen das Büro. Graziella trat hinter die Empfangstheke und überreichte ihm den Schlüssel mit der Nummer fünf.

»Die fünf?«, fragte er verwundert. »Aber das ist doch Lara Jauchs Zimmer.«

»War«, erwiderte Graziella mit einem feinen Lächeln auf den Lippen. »Sie ist heute ausgezogen.«

Romeo stocherte lustlos in den köstlichen Spaghetti alla puttanesca herum. Welche Ironie. Die Nudeln nach Hurenart passten gerade ganz wunderbar zu ihm. Er schob den halb vollen Teller von sich.

Wieso war Lara ausgezogen? Befand sie sich etwa schon auf der Heimreise? Einerseits kam ihm dieser Umstand natürlich gelegen, dann müsste er dieses Gespräch nicht mit ihr führen. Andererseits fühlte er sich verletzt.

Er schüttelte den Kopf. Wie konnte ihn ihre Abreise verletzen? Das war doch absurd. Immerhin hatte er sie in Salerno sitzen lassen. Lara hatte also allen Grund, sauer auf ihn zu sein und das Weite zu suchen. Trotzdem kränkte es ihn, dass sie ihm keine Nachricht hinterlassen hatte. Offensichtlich wurde er langsam verrückt.

Er zog das Handy aus der Hosentasche und betrachtete nachdenklich das dunkle Display. Sollte er sie anrufen? Einfach nur, um arrivederci zu sagen? Ihr eine SMS schicken? Er drückte den Entsperrmechanismus, und ein Bild von Positano tauchte auf. Das Foto, von der Meerseite her aufgenommen, zeigte die farbigen Häuser und die bewaldeten Berge im Hintergrund in strahlendem Sonnenschein. Eine Hommage an seinen Geburtsort. Er hatte das Bild schon oft durch ein anderes ersetzen wollen, es aber nie übers Herz gebracht.

»Was ist, sind meine Nudeln dem Herrn etwa nicht mehr gut genug?«

Bruno, der beleibte Küchenchef, stand, die Hände auf die molligen Hüften gestemmt, wie ein Feldherr vor ihm und funkelte ihn ärgerlich an.

»Sie sind wie immer hervorragend«, erwiderte Romeo begütigend, »ich habe bloß keinen Hunger mehr.«

Bruno knurrte etwas, das sich sehr nach einem unterdrückten Fluch anhörte, und stellte den halb leer gegessenen Teller neben die Spüle.

Romeo starrte wieder auf das Handy, dann ging ein Ruck durch seinen Körper und er wählte Laras Nummer. Während es klingelte, überfielen ihn die verschiedensten Gefühle und er begann zu schwitzen. Lächerlich! Er benahm sich wie ein Schuljunge. Was konnte sie schon sagen? Vermutlich stauchte sie ihn ein wenig zusammen, weil er sie in Salerno zurückgelassen hatte. Dass er bei einer anderen Frau übernachtet hatte, wusste sie nicht, und er hatte nicht vor, es ihr auf die Nase zu binden. Trotzdem war es ihm ein Bedürfnis, sich bei ihr zu entschuldigen.

Doch sein Unbehagen war überflüssig, denn sie nahm nicht ab. Auch gut, vielleicht war es besser so. Er stieß die Luft aus, die er unbewusst angehalten hatte, schnappte sich seine Reisetasche und verließ die Küche. Am besten konzentrierte er sich jetzt auf den reibungslosen Ablauf im Hotel und schob alle Gedanken an Frauenbekanntschaften von sich. Zudem musste er morgen als Erstes in der Bank anrufen und sich für eine weitere Woche entschuldigen.

Als er die Tür zum Zimmer Nummer fünf aufschloss, wurde ihm dennoch die Kehle eng. Obwohl der Raum geputzt, das Bett neu bezogen war und das Fenster einen Spalt offen stand, meinte er, Laras Parfüm noch zu riechen. Er ließ seine Tasche neben der Tür stehen, öffnete die Balkontür und sah aufs Meer hinaus. Eine schnittige Jacht fuhr gerade aus dem Hafen; Möwen begleiteten sie in der Hoffnung, etwas Essbares zu ergattern. Auf der Terrasse unter dem Balkon lachte ein Kind und fing dann an, ein Lied zu singen.

Romeo drehte sich um, setzte sich aufs Bett und ließ den Kopf hängen. Verdammt. Entgegen aller Logik vermisste er die rothaarige Wikingerin.

26

Die *Albergo Cristoforo* lag auf der gegenüberliegenden Seite von Positano. Das klassische Gebäude aus dem 18. Jahrhundert war kleiner als das *Bellavista*, bot jedoch ebenfalls einen göttlichen Panoramablick. Es lag etwas höher als Enzos Hotel, doch in fünfzehn Minuten konnte man über ein Gewirr von Treppen den Strand erreichen, und der Bus nach Sorrent und Amalfi hielt in unmittelbarer Nähe.

Lara stand auf dem Balkon ihrer neuen Bleibe, sah aufs Meer hinaus und atmete tief durch. Diese Landschaft mussten die Götter geschaffen haben, so viel Schönheit konnte unmöglich Zufall sein. Die bunten, terrakottagedeckten Häuser, die stufenartig in die Berge hineingebaut waren, dazu die Kuppel der Kirche *Santa Maria Assunta*, die scheinbar über allem wachte, dazwischen blühende Bougainvilleen vor dem blauesten Blau von Himmel und Meer. Würde man es malen, es wäre so richtig kitschig.

Diese hübsche Unterkunft, mit deren Eigentümer die Familie befreundet war, hatte ihr Celia in kürzester Zeit organisiert. Natürlich in der Hoffnung, dass sie ihre Abreise hinausschob. Und wer wollte bei diesem herrlichen Wetter auch ins nasskalte Deutschland zurück? Wenn nur …

Lara drehte sich seufzend um und begann, ihre Sachen, die sie vorhin rasch in den Koffer gestopft hatte, wieder auszupacken. Das Telefongespräch mit ihrer Mutter hatte ihre Laune ein wenig gebessert. Bis Katharina Jauch sie unverblümt gefragt hatte, was denn los sei. Sie klinge so komisch. Lara hatte ihr daraufhin den ganzen Schlamassel gebeichtet; dass sie sich verliebt hatte, ohne es zu wollen, und dass sie jetzt von Celias Bruder so schändlich abserviert worden war.

Ihre Mutter hatte ihrem Bericht geduldig gelauscht, bis Lara einmal Luft holen musste, und sie dann unterbrochen.

»Hast du mit ihm gesprochen?«, hatte sie gefragt.

Was Lara verneint hatte.

»Dann tu es«, war die lapidare Antwort gewesen. »Jeder Delinquent hat ein Recht auf eine Anhörung. Und ich habe meine Tochter nicht so erzogen, dass sie, wenn es unangenehm wird, den Schwanz einzieht, sich irgendwo verkriecht und ihre Wunden leckt.«

Lara schnaubte entrüstet, als sie an Katharina Jauchs direkte Worte zurückdachte. Anstatt sie zu bemitleiden, hatte ihre Mutter sie ausgeschimpft, als sei es ihr Fehler gewesen. Zugegeben, sie hatte nicht ganz unrecht. Lara hatte über Romeo den Stab gebrochen, ohne ihm die Gelegenheit zu geben, sein gestriges Verhalten zu erklären. Vielleicht, flüsterte eine hoffnungsvolle Stimme in ihrem Kopf, gab es tatsächlich einen guten Grund, dass er sich nicht gemeldet hatte. Oder war das nur wieder so ein sinnloser Versuch, der Wahrheit nicht ins Auge sehen zu müssen? Doch selbst wenn er ihr eine adäquate Rechtfertigung für sein Schweigen lieferte, in einer Woche war doch sowieso alles vorbei.

»Ach, Mist!«, schimpfte sie halblaut, als sie im Bad ihre Toilettenartikel auspackte. Unbewusst schweifte ihr Blick dabei zum Fenster hinaus und suchte das *Bellavista* auf der gegenüberliegenden Seite der Bucht. Stand da nicht ein Mann auf dem Balkon ihres ehemaligen Zimmers? Sie kniff die Augen zusammen, doch die Entfernung war zu groß, sie konnte sein Gesicht nicht erkennen. Bestimmt ein neuer Gast, der die Aussicht genoss. Oder war das womöglich Romeo? Hatte er sie eventuell aufsuchen wollen? Er wusste ja nicht, dass sie ausgezogen war.

Sie lief zurück ins Schlafzimmer, schnappte sich ihr Smartphone und trat erneut auf den Balkon. Dann suchte sie mit der Kamera das *Bellavista* und zoomte es näher, doch der Mann war bereits verschwunden.

»Auch gut«, meinte sie halblaut, obwohl Enttäuschung sie überfiel. Als sie das Handy auf den Nachttisch legte, bemerkte sie einen Anruf in Abwesenheit. Romeo! Ihr Herz vollführte einen Salto. Also hatte er vor wenigen Minuten versucht, sie zu erreichen. Wieso hatte sie es nicht gehört?

Sie nagte an ihrer Unterlippe und betrachtete das Display. Sollte sie ihn zurückrufen? Mutters Rat befolgen und nach den Gründen fragen? In ihrem Magen kribbelte es, als würde sie vor einer wichtigen Prüfung stehen. Was, wenn er ihr am Telefon klipp und klar sagte, dass es vorbei war? Aber dann wüsste sie es zumindest definitiv. Doch vielleicht wollte er sich auch entschuldigen.

»Sei nicht so ein Feigling!«, schalt sie mit sich, setzte sich aufs Bett und drückte dann entschlossen die Rückruftaste.

Romeo lehnte an der Mauer des Glockenturms im Schatten der Kirche *Santa Maria Assunta* und sah auf sein Handy, als Lara eine Stunde später um die Ecke bog. Er hatte sie noch nicht bemerkt und sie blieb einen Moment stehen und betrachtete ihn. Er hatte ihr vorgeschlagen, sie abzuholen, doch das hatte sie nicht gewollt. Am besten, man traf sich auf neutralem Boden, und der Kirchenplatz schien ihr ein passender Ort zu sein.

Die gelb verputzte Kirche mitten im Zentrum von Positano lag nur wenige Schritte vom Strand Marina Grande entfernt und war eines der Wahrzeichen des Ortes. Die Kuppel mit ihrem komplizierten Muster aus gelben, grünen und blauen Kacheln hob sich vom azurblauen Himmel ab, als sei sie von einem sentimentalen Maler auf Leinwand gebannt worden. Die Kirche war bei heiratswütigen Pärchen äußerst beliebt, hatte ihr Celia erklärt, und gerade verließ ein strahlendes Brautpaar das Gotteshaus. Kurz darauf scheuchte ein wild gestikulierender Fotograf die Hochzeitsgesellschaft mal hier-, mal dorthin, um das perfekte Bild zu schießen.

Lara sah, wie Romeo die Hochzeitsgäste einen Moment beobachtete und dann auf seine Uhr blickte.

Sie war zu spät, das wusste sie, und dieser Umstand entlockte ihr ein trotziges Schnauben.

»Fühlt sich miserabel an, wenn man versetzt wird, was?«, murmelte sie zufrieden. Vielleicht sollte sie einfach wieder gehen, dann wären sie zumindest quitt gewesen. Doch so ein Verhalten war kindisch, und zudem wollte sie unbedingt wissen, was er zu seiner Verteidigung vorzubringen hatte.

Als Romeo sich von der Hochzeitsgesellschaft abwandte, entdeckte er sie und ein Strahlen lief über sein Gesicht, das Lara weiche Knie verursachte. Verdammt, wieso sah der Kerl nur so sexy aus? Normalerweise waren Italiener doch klein, rund und behaart.

Er steckte das Handy in die Gesäßtasche und kam auf sie zu. Ihr hingegen war es auf einmal nicht mehr möglich, sich auch nur einen Zentimeter zu bewegen. Das Herz klopfte ihr bis in den Hals, ihre Hände zitterten, und um ihre Nervosität zu kaschieren, verschränkte sie die Arme vor der Brust.

Als er bis auf wenige Schritte herangekommen war, registrierte sie, dass er eine kleine weiße Plastiktüte trug. Wollte er sie etwa mit einem Geschenk bestechen? Wie armselig.

Romeo blieb vor ihr stehen. Nahe, viel zu nahe! Sie konnte sein Rasierwasser riechen, das eine Fülle Erinnerungen heraufbeschwor, die für unter Achtzehnjährige nicht geeignet waren. Verdammt, ihre Wangen fühlten sich plötzlich ganz heiß an.

»Ich habe dir etwas mitgebracht«, sagte er und hielt ihr mit einem schiefen Lächeln die Tüte vor die Nase.

Sie sagte nichts und zuckte nur unbeteiligt mit den Achseln. So leicht wollte sie es ihm nicht machen.

»Ich hoffe, sie gefallen dir.«

Da sie keine Anstalten machte, das Geschenk anzunehmen, griff er seufzend in die Tüte und holte ein paar hinreißende Ledersandalen hervor.

»Es tut mir leid, *tesoro*.«

27

Die Abendbrise spielte mit Laras Locken. Romeo unterdrückte ein Niesen, als ihn eine Strähne in der Nase kitzelte. Sie kuschelten auf einer vergessenen Liege am Strand und sahen der Sonne zu, wie sie sich langsam dem Horizont näherte. Lara lag zwischen seinen Beinen, ihr Kopf lehnte an seiner Brust. Eng hielt er sie umschlungen, damit sie nicht fror. Ab und zu hob sie einen Fuß und betrachtete die Ledersandalen, die er ihr mitgebracht hatte. Sie war entzückt gewesen und hatte sie gleich angezogen. Sie besaß für ihre Größe erstaunlich zierliche Füße. Ihre Fußnägel leuchteten in einem satten Korallenrot und bildeten einen hübschen Kontrast zu dem naturbelassenen Leder.

»Woher kanntest du meine Schuhgröße?«, fragte sie und schmiegte sich noch enger an seine Brust.

Er unterdrückte ein wohliges Seufzen. Das hier war ein perfekter Moment, den er gern konserviert hätte.

»Meine Halbschwester natürlich«, gab er zur Antwort.

Er hatte Lara alles erzählt, was seit gestern passiert war. Wie ihn Enzos Beichte dermaßen aus dem Tritt gebracht hatte, dass er keine Sekunde länger dessen Anwesenheit ertragen konnte, wenn er nicht ersticken wollte. Er habe weggemusst, um einen

Weg zu finden, die Scherben seines Lebens aufzulesen und sie in eine neue, lebensfähige Form zu bringen. Und dazu habe er allein sein müssen.

Lara hatte das verstanden und ihm verziehen. Er an ihrer Stelle hätte vermutlich noch eine ganze Weile geschmollt, aber die Wikingerin stand offensichtlich über solchen unreifen Reaktionen. Sie war einfach klasse.

Nun ja, ein Detail hatte er natürlich ausgelassen: Paola.

Es war ihm einfach nicht möglich gewesen, die wieder lächelnde Lara dermaßen zu verletzen. Denn das wäre zweifelsfrei geschehen, wenn er ihr den Seitensprung gebeichtet hätte. Er konnte sich zwar an nichts erinnern, aber die verfängliche Situation, in der er heute Morgen aufgewacht war, und Paolas Zettel ließen keine Fragen offen. Das schlechte Gewissen darüber, dass er Lara die Sache verschwieg, schob er beiseite. In einer Woche würde Celia unter der Haube sein und Lara auf dem Rückflug in ihre Heimat. Er wollte ihr diese kurze Zeit nicht verderben.

Doch insgeheim wusste er natürlich, dass er sich aus purem Egoismus vor einer Aussprache drückte. Er kannte Lara zwar noch nicht lange, aber dass er sie hintergangen hatte, würde sie sich bestimmt nicht bieten und ihn wie eine heiße Kartoffel fallen lassen. Und das geschähe ihm sogar recht.

»Celia hat mich, nebst der verlangten Information, auch noch mit diversen Verwünschungen bedacht«, berichtete Romeo weiter. »Und wäre Domenico nicht da gewesen, wer weiß, ob ich es überlebt hätte.«

Lara kicherte. »Geschieht dir ganz recht!« Sie hob beide Füße in die Höhe. »Sie sind wundervoll, danke nochmals. Schade, dass der Sommer schon zu Ende ist. Zu Hause kann ich sie nicht mehr tragen.«

»Der nächste Sommer kommt bestimmt«, tröstete er sie. »Ist dir nicht kalt?«

»Ein bisschen«, gab sie zu, »aber ich will hier nicht weg, bis die Sonne untergegangen ist. Ich liebe solche kitschigen Momente. Wann ist es so weit?«

»Um sechs Uhr rum. Kann nicht mehr lange dauern.« Er spürte, wie sie nickte.

»Was hat Celia dazu gesagt?«

»Wozu?«

»Dass sie deine Halbschwester ist.«

»Ich habe es ihr noch nicht erzählt.«

»Aber vorhin hast du doch …«

»Ja, aber das war nur so dahergesagt«, unterbrach er sie. »Du kennst die Wahrheit, sie nicht. Ich habe das dumme Gefühl, dass ich sie dann nicht einfach mehr nur Schwester nennen darf.« Er lachte gepresst. »Bescheuert, nicht?«

Lara rappelte sich aus ihrer liegenden Position hoch, drehte sich um und sah ihn ernst an.

»Nein, finde ich nicht. Das ist doch verständlich. Aber bestimmt unnötig. Ganz egal, ob ihr denselben Vater habt oder nicht, ihr seid nach wie vor Bruder und Schwester. Ich kenne Celia zwar nicht so gut wie du, aber ich bin mir sicher, sie sieht es genauso, wenn sie es erst mal weiß.«

Lara strich ihm sanft über die Wange. »Sie liebt ihren großen Bruder über alles, daran wird sich nichts ändern.«

Er nickte gerührt, zog sie dann in die Arme und küsste sie lange und leidenschaftlich. Dass sie dabei den Sonnenuntergang verpassten, störte keinen von beiden.

Als es dunkel geworden war, schlugen sie gemeinsam den Weg zum *Bellavista* ein.

»Ist es nicht ein bisschen peinlich, wenn ich jetzt einfach so wieder ins Hotel spaziere? Immerhin wollte ich heute unbedingt ausziehen.«

Lara krauste die Nase und Romeo lachte.

»Ach was, Frauen haben eben einen Hang zum Drama. Wir Italiener sind daran gewöhnt.«

Sie stieß ihm empört den Ellbogen in die Rippen, was ihn noch mehr zum Lachen brachte.

»Gnade!« Er hob bittend die Hände. »Weißt du, ich muss versuchen, Bruno, unseren Küchenchef, zu versöhnen. Seit heute Mittag, als ich seine Spaghetti nicht aufgegessen habe, schneidet er mich. Du wirst ihn also beim Abendessen mit deinem Charme bezirzen und dann …«

»Romeo?«

Eine tiefe, heisere Stimme unterbrach ihr Geplänkel. Sie wandten sich um. Neben der Eingangstür zum *Bellavista* stand ein Mann mittleren Alters. Er rauchte eine Zigarette, die er in diesem Moment fallen ließ und mit der Schuhspitze austrat. Im Licht, das aus der beleuchteten Eingangshalle auf den Vorplatz fiel, schien seine Haut fahl. Tiefe Falten hatten sich auf seiner Stirn und um die Mundwinkel eingegraben. Er trug eine abgewetzte Lederjacke. Sowohl seine Bartstoppeln wie auch seine dunklen, mit grauen Strähnen durchsetzten Haare, die ihm bis auf die Schultern reichten, wirkten ungepflegt.

»Sì?«

Romeo hob fragend die Augenbrauen. Er kannte den Mann nicht.

Dieser breitete theatralisch die Arme aus und kam auf sie zu.

»Willst du deinen Vater nicht umarmen?«

* * *

Die Pizzeria *Della Notte* lag etwas versteckt in der Via Regina Giovanna. Romeo hatte darauf bestanden, das Gespräch mit diesem verrückten Mann weit weg vom *Bellavista* zu führen.

Dieser hatte nur mit den Schultern gezuckt, als er ihm vorschlug, ein anderes Lokal aufzusuchen.

Lara betrachtete den Fremden aus den Augenwinkeln. Dieses Zusammentreffen und seine haarsträubende Behauptung konnten kein Zufall sein. Hatte sie jemand in der Klinik belauscht? Oder war das ein Bekannter von Sofia?

Auf dem kurzen Weg zur Pizzeria schossen ihr tausend Gedanken durch den Kopf. War dieser Mann, der ihnen grinsend folgte, tatsächlich Romeos leiblicher Vater? Und wenn ja, wieso war er plötzlich aufgetaucht? Wo war er all die Jahre gewesen? Was wollte er jetzt hier? Nein, das konnte alles nicht sein, da erlaubte sich jemand einen schlechten Scherz.

Lara warf Romeo einen schnellen Blick zu. Sein Gesicht wirkte versteinert. Er sah stur geradeaus, dabei bewegte sich sein Adamsapfel jedoch auf und ab, als müsse er etwas Ekliges hinunterwürgen.

»Glaubst du, er macht sich über dich lustig?«, wandte sie sich flüsternd an ihn und sah dabei verstohlen über ihre Schulter. Der Mann hinter ihnen grinste sie unverschämt an und schnalzte dann zweideutig mit der Zunge. Sie wandte sich angewidert ab. Dieser Kerl versuchte erst gar nicht, sympathisch zu wirken. Das konnte unmöglich Romeos biologischer Vater sein.

»Keine Ahnung«, raunte Romeo. »Wir werden es bald erfahren.«

Vor dem *Della Notte* standen ein paar Plastikstühle und Tische unter einer windschiefen Pergola. Billige Papiersets, gehalten von Messer und Gabel, raschelten im Abendwind. Ein einzelner Gast aß eine Pizza, ansonsten befand sich außer ihnen niemand auf der Terrasse. Das Lokal wirkte heruntergekommen und wenig einladend. Offensichtlich hatte Romeo mit seiner Wahl genau das beabsichtigt: so wenig Publikum wie möglich.

Sie setzten sich an einen Vierertisch. Romeo und sie auf der einen Seite, der Fremde ihnen gegenüber.

Keiner sagte ein Wort, und Lara fühlte sich plötzlich wie in einen Kokon eingesponnen. Obwohl die Straßen noch von Menschen wimmelten, von irgendwoher Gelächter an ihr Ohr drang und aus einem Fenster oberhalb ihrer Köpfe Popmusik dröhnte, war ihr, als sei sie von alledem abgeschnitten und eingehüllt in vollkommene Stille. Ein unwirkliches Gefühl, das sie frösteln ließ. Sie rieb sich die bloßen Arme.

Der Mann ihr gegenüber fixierte sie aus schmalen Augen, griff dann nach der schmuddeligen Speisekarte und studierte sie.

Laras Blicke sprangen zwischen Romeo und dem Fremden hin und her. Sahen sie sich ähnlich? Auf den ersten Blick zwar nicht, aber wenn man die Wangenknochen genauer ansah …? Die gleiche klassische Nasenform? Identische Ohrläppchen?

»Gesprächig bist du ja nicht gerade«, wandte sich der Mann plötzlich an Romeo. »Kann sie uns verstehen?«

Er senkte die Speisekarte und wies mit dem Kinn auf Lara, die Frage war aber eindeutig an Romeo gerichtet.

»Sehr gut sogar, Signore«, gab Lara spitz zur Antwort. Idiot! Sie konnte es nicht ausstehen, wenn man sie behandelte, als sei sie nicht anwesend.

Der Mann lachte. »Signore? Danke, Schätzchen, das habe ich schon lange nicht mehr gehört.«

»Was wollen Sie?«, fragte Romeo barsch. Seine Stimme klang rau.

»Wer sagt denn, dass ich etwas will?« Der Mann blinzelte. »Darf man nicht mal seinen Sohn besuchen?«

»Ich bin nicht Ihr Sohn«, zischte Romeo. »Was soll der Blödsinn?«

Der herbeieilende Kellner unterbrach ihr Gespräch. Der Fremde bestellte eine Pizza und ein Bier. Lara und Romeo orderten nur eine Flasche Wasser.

Sobald der Kellner wieder außer Hörweite war, beugte sich Romeo über den Tisch und wiederholte seine Frage mit unterdrückter Wut in der Stimme: »Was soll der Blödsinn?«

Den Mann schien das nicht zu beeindrucken. Er griff langsam in seine Lederjacke, holte ein zerdrücktes Päckchen Zigaretten hervor und zündete sie mit einem altmodischen Sturmfeuerzeug an. Dann sog er tief den Rauch ein.

»Es ist so, mein Junge, auch wenn es dir nicht gefällt, ich bin dein Vater. Man kann sich seine Eltern eben nicht aussuchen.« Er lachte meckernd, nahm nochmals einen tiefen Zug und stieß den Rauch durch die Nase aus, was ihn wie einen aufgebrachten Drachen aussehen ließ.

»Und das soll ich Ihnen einfach so glauben?«, fragte Romeo spöttisch und verschränkte die Arme vor der Brust.

Der Mann zuckte lediglich mit den Schultern. »Frag mich was.«

»Wie wäre es zuerst mal mit Ihrem Namen?«

»Salvatore Leone«, erklärte der Mann, hob seine Hand wie eine Tatze und ließ ein Knurren folgen, das sich offenbar nach Löwengebrüll anhören sollte.

Lara verzog den Mund.

»Nie gehört«, erwiderte Romeo kopfschüttelnd. »Ich denke«, er stand auf und streckte ihr die Hand hin, »dieses Gespräch ist beendet. Wir gehen. Komm, Lara.«

Wieder lachte Salvatore, was in einen ungesunden Hustenanfall mündete. Er wedelte mit der Hand, um Romeo zurückzuhalten.

»Warte! Andreina hatte ein Muttermal auf ihrer linken Pobacke, das beinahe wie Italien aussah. Ein süßer kleiner Stiefel auf einem süßen kleinen Arsch.«

* * *

Romeo ließ sich mit einem entsetzten Laut zurück auf den Stuhl fallen. Er starrte fassungslos in Leones grinsendes Gesicht. Bittere Galle stieg in Romeos Kehle hoch, und er griff hastig nach dem Wasserglas.

»Stimmt das?«, hörte er Lara an seiner Seite flüstern, doch es war ihm nicht möglich zu antworten. Als wäre da eine Barriere in seinem Mund gewesen, die jedes Wort unmöglich machte.

Bilder formten sich in seinem Kopf. Ein Nachmittag am Strand. Seine Mutter hochschwanger mit Celia. Er mit einer kleinen Plastikschaufel in der Hand. Andreina lag auf einer Liege und döste. Er bückte sich und schaufelte ihr feinen Sand auf den dicken Bauch. Sie kicherte und wälzte ihren unförmigen Leib auf die Seite, damit der Sand herabfiel. Ihr Badeanzug rutschte dabei hoch und da sah er es: ein Muttermal in der Form eines kleinen Stiefels.

»Was ist das, Mama?«, hatte er gefragt und auf das Mal gezeigt.

»Das, Mimo, ist ganz Italien. Ist es nicht hübsch?«

Sie hatte ihn immer Mimo genannt. Romeos Augen wurden feucht, als er an seinen alten Kosenamen dachte.

»Und wenn du dich wäschst, geht es dann weg?«, hatte er gefragt.

Sie hatte gelacht. »Nein, *caro*, das bleibt für immer.«

Romeo hatte nicht gewusst, dass diese Bilder noch in seinem Gedächtnis existierten, doch Leones abfällige Worte hatten ein Flashback ausgelöst und die verschüttete Erinnerung hervorgelockt. Er keuchte und Lara griff erschrocken nach seiner Hand.

»Alles okay?«, fragte sie besorgt. »Du siehst gar nicht gut aus.«

Der Kellner brachte Leones Bestellung, und dieser fing in aller Ruhe an zu essen. Der Pizzaduft ließ Romeo würgen. Am liebsten wäre er einfach abgehauen. Doch das konnte er Lara nicht antun – nicht schon wieder! Nur, wie viel sollte er noch ertragen? Zuerst Enzos Beichte und jetzt das Auftauchen dieses Subjekts, das behauptete, sein leiblicher Vater zu sein.

Romeo schüttelte den Kopf. Das durfte nicht sein, das wollte er nicht! Lieber keinen Vater als so einen.

Leone wusste von Andreinas Muttermal – doch das bewies gar nichts. Vielleicht hatte jemand darüber gesprochen, möglicherweise sogar Enzo selbst, und Leone hatte es aufgeschnappt. Oder er hatte es am Strand zufällig einmal gesehen. Andererseits hatte das Mal relativ weit oben auf Andreinas Pobacke gesessen, und zu der Zeit waren so großzügig ausgeschnittene Badeanzüge nicht in Mode gewesen. Trotzdem, er weigerte sich, Leones Worten zu glauben.

»Ganz schöner Schock, was, mein Junge?«

Leone biss herzhaft in ein Pizzastück und grinste selbstzufrieden.

»Nennen Sie mich nicht so!«, zischte Romeo.

Leone zuckte mit den Schultern und wischte sich mit der Papierserviette das Öl vom Mund.

»Ist mir auch recht. Ich wollte sowieso nie Kinder und habe nicht das Bedürfnis, jetzt damit anzufangen.« Er griff nach dem Bier und trank direkt aus der Flasche. »Trotzdem, es ist, wie es ist.«

»Und wenn – was wollen Sie jetzt plötzlich von mir?«

Wieder zuckte Leone mit den Schultern. »Das Hotel läuft gut, nicht wahr? Der korrekte Enzo hat anscheinend ein Händchen fürs Geschäft. Da dachte ich mir, ihr würdet einem alten Freund der Familie gern etwas unter die Arme greifen.«

Romeo stieß ein abfälliges Schnauben aus. »Sie wollen also Geld, ist es das?«

Leone hatte seine Pizza vertilgt, winkte dem Kellner und bestellte einen Espresso.

»Kleines Startguthaben«, meinte er lapidar. »Ich muss wieder auf die Beine kommen.«

»Das können Sie vergessen«, erwiderte Romeo kalt. »Wir lassen uns nicht erpressen.«

Leone hob beide Hände in die Luft. »Wieso gleich so unfreundlich? Niemand redet hier von Erpressung, das wäre ja eine Straftat.« Er lachte wieder und griff nach dem Päckchen Zigaretten auf dem Tisch. »Nur ein bisschen Unterstützung. Ihr könnt euch das leisten. Oder …«

Er brach ab und zündete sich eine Zigarette an.

»Oder was?«

»Na ja.« Leone lehnte sich zurück und sog tief den Rauch ein. »Ich denke, Enzos Töchterchen würde es gar nicht schätzen, wenn an ihrem Hochzeitstag unvermittelt das schwarze Schaf der Familie auftaucht. Immerhin musste sie ihren großen Tag schon einmal wegen widriger Umstände absagen.«

»Das wagen Sie nicht!«, rief Lara unvermittelt, und ihre Augen funkelten wütend.

Leone zuckte nur gelangweilt mit den Schultern, gab aber keine Antwort. Seine Drohung wirkte dadurch stärker, als wenn er herumgebrüllt hätte.

Romeo stand auf. »Wir haben uns jetzt genug von diesem Quatsch angehört.« Er griff nach der Rechnung, zögerte einen Moment und warf sie wieder auf den Tisch. »Danke für die Einladung.«

»So ein Schwein!« Romeo blieb an einer Ecke stehen und ließ den Kopf hängen. Dann schlug er wütend mit der Faust an die Hausmauer. »*Maledetto stronzo!*«

»Das kannst du laut sagen«, pflichtete Lara ihm bei. »Was wirst du jetzt tun?«

»Keine Ahnung. Ich weigere mich, zu glauben, dass meine

Mutter sich mit diesem Subjekt eingelassen hat.« Er schüttelte den Kopf. »Das kann einfach nicht sein.«

»Und wenn doch?«

Romeo führte seine Faust an den Mund. Sein Wutausbruch hatte ihm eine Schürfwunde eingebracht und er leckte sich das Blut von der Hand.

»Ich muss Enzo anrufen. Er meinte doch, er habe eine Vermutung gehabt, wer meine Mutter geschwängert hat.« Ein entschlossener Ausdruck trat in seinen Blick. »Und dann gibt es immer noch Sofia. Sie wird es wissen.«

Er schloss Lara in die Arme, sorgsam darauf bedacht, ihre Bluse nicht mit seinem Blut zu besudeln.

»Ich bin so froh, dass du da bist«, sagte er und stützte sein Kinn auf ihren Kopf. »Auch wenn ich dir einen angenehmeren Aufenthalt gewünscht hätte.« Er lachte bitter. »Aber immerhin hast du nach deiner Rückkehr eine Menge zu erzählen.«

Lara schmiegte sich an seine Brust und schlang die Arme um seine Taille. »Ihr werdet ihm doch kein Geld geben, oder? Ein Erpresser hört nicht auf zu fordern, das wäre bloß der Anfang.«

»Ganz sicher nicht!«

»Und wenn er seine Drohung wahr macht und bei Celias Hochzeit auftaucht?«

»Soll er nur kommen. Die Marconis haben schon Schlimmeres durchgemacht. An uns wird sich der Mistkerl die Zähne ausbeißen.«

Lara hob den Kopf und sah ihn verwundert an. »Uns?«

Er nickte. »Ja, im Grunde gehöre ich doch dazu ... wenn auch nur ein bisschen.«

28

Vor wenigen Minuten hatte es zu regnen begonnen. Das erste Mal, seit Lara an der Amalfiküste weilte. Ein schlechtes Omen?

Sie stand vor dem geöffneten Fenster und sah in die Nacht hinaus. Frische Seeluft, die nach Fisch und Seetang roch, wehte vom Strand herauf, und selbst die Brandung, die von hier oben normalerweise nur als vages Säuseln zu vernehmen war, hatte an Stärke zugenommen. Offenbar hatte sich das Wetter den dramatischen Ereignissen angepasst.

Sie atmete noch einmal tief durch, schloss das Fenster und zog die Vorhänge zu. Dann setzte sie sich aufs Bett. Romeo reinigte derweil seine verletzte Hand im Bad. Er hatte nicht ins *Bellavista* gewollt, und so befanden sie sich jetzt in ihrem neuen Zimmer in der *Albergo Cristoforo*.

Lara öffnete ihren Laptop und loggte sich über das Wi-Fi des Hotels ins Internet ein. Sie hatten beschlossen, zuerst selbst über Salvatore Leone zu recherchieren, bevor sie Enzo, Celia und gegebenenfalls Sofia mit der neuen Situation konfrontierten. Wieso die Pferde scheu machen, wenn noch nichts bewiesen war? Leones Behauptung konnte sich schließlich immer noch als heiße Luft entpuppen. Obwohl Lara insgeheim keinen Zweifel daran hegte, dass er die Wahrheit gesagt hatte. Es war nur so ein Gefühl, doch das würde sie Romeo bestimmt nicht auf die Nase binden, und sie hoffte inständig, dass sie sich irrte.

Sie tippte Leones vollständigen Namen, Positano und Kampanien in das Feld einer Suchmaschine ein, drückte jedoch noch nicht auf Enter. Sie wollten das Resultat gemeinsam anschauen.

Unter einem Stuhl in der Ecke lagen die Ledersandalen, die Romeo ihr als Entschuldigung geschenkt hatte. Sie waren nass geworden, und Lara hoffte, dass sie den Wolkenbruch am Ende schadlos überstanden. Es wäre schade darum gewesen, immerhin waren sie das erste Geschenk, das sie von Romeo erhalten hatte, und sie würde sie stets in Ehren halten.

Das erste und auch das letzte? Sie seufzte. Was hatte Leone vorhin gesagt? Es ist, wie es ist … ja, das traf auch auf ihre Beziehung mit Romeo zu. Nur nicht grübeln jetzt. Immerhin blieb ihnen noch eine gemeinsame Woche.

»Es blutet nicht mehr.« Romeo kam aus dem Bad und betrachtete seine lädierte Hand. »Das nächste Mal suche ich mir besser ein weicheres Ziel. Leones Visage zum Beispiel.«

Lara runzelte die Stirn.

»Keine Angst«, fügte er beschwichtigend hinzu. »Das war bloß ein Scherz.«

Sie nickte zögerlich. Gewalt führte zu Gewalt. Und es hätte wenig an der momentanen Situation geändert, wenn sich Romeo mit Leone prügelte, auch wenn es verständlich gewesen wäre. Der Kerl war so was von unsympathisch. Sie hätte ihm selbst gern sein überhebliches Grinsen aus dem Gesicht geschlagen.

»Wollen wir dann?«, fragte sie.

Romeo nickte, setzte sich neben sie aufs Bett und sie betätigte die Enter-Taste.

Eine stattliche Anzahl Links wurde angezeigt, wobei Leones Name nie in voller Länge auftauchte. Die Übereinstimmungen beruhten lediglich auf den Worten Salvatore, L., Positano und ab und zu Kampanien.

Lara kannte das italienische Gesetz zum Schutz der Privatsphäre nicht, aber offensichtlich durfte man auch hier einen Delinquenten nicht mit seinem kompletten Namen abdrucken. Also klickte sie wahllos einen Eintrag an.

Es handelte sich um einen Zeitungsartikel aus dem Jahr 1990. Romeo pfiff durch die Zähne. Er hatte wohl schneller begriffen, worum es darin ging, sie brauchte ein paar Minuten, um das Gelesene im Kopf zu übersetzen. Obwohl Leones Name auch hier nicht vollständig genannt wurde – in dem Artikel sprach man lediglich von einem Salvatore L. aus P. –, realisierte auch sie die Übereinstimmungen.

»Eingelocht wegen Diebstahls«, konstatierte Romeo sichtlich zufrieden. »Also ein Lügner *und* Dieb! Habe ich es mir doch gedacht.«

»Du meinst also, dass es sich bei dem Mann in dem Artikel um Leone handelt?«

Romeo sah sie an, als zweifle er an ihrem Verstand.

»Auf alle Fälle ist er das!«, stieß er aufgebracht hervor. »Was glaubst du denn? Klick mal auf diesen Link.« Er deutete auf einen Eintrag, der vor knapp sechs Jahren veröffentlicht worden war. Wieder handelte es sich um eine Zeitungsmeldung, diesmal aus Rom.

Ein Gelegenheitsarbeiter aus Kampanien wird wegen vorsätzlicher schwerer Körperverletzung zu fünf Jahren Haft verurteilt. Der Angeklagte ist dem Gericht bereits bekannt.
Im September vergangenen Jahres hat der Gelegenheitsarbeiter Salvatore L. dem zehn Jahre jüngeren Giulio F. …

»Und jetzt noch Körperverletzung!«, rief Romeo angeekelt aus. »Es wird ja immer besser.« Er ließ sich rücklings aufs Bett fallen und fuhr sich mit beiden Händen durch die Haare.

»Völlig klar: Das Schwein saß die letzten Jahre im Knast und meint jetzt, er könne sich hier ins warme Nest setzen. Aber da hat er sich geschnitten.«

Lara schürzte die Lippen. Sofias Worte vom schlechten Blut und dem Spruch, dass der Sohn wie der Vater sei, gingen ihr im Kopf herum. Die Alte nahm offenbar an, dass sich Gewalttätigkeit vererbt. So ein Schwachsinn! Aber Leones Aussage über Andreinas Muttermal war eindeutig wie auch die Tatsache, dass er und Romeo sich ähnelten, wenn auch nur äußerlich. Sah Romeo das alles nicht? Oder wollte er es nicht sehen?

Sie klappte den Laptop zu.

»Wir wissen jetzt also, dass dieser Leone im Gefängnis saß. Und jetzt? Er wird bestimmt, wenn er kein Geld bekommt, Celias Hochzeit verderben. Wie willst du ihn davon abhalten?«

»Keine Ahnung.« Romeo verschränkte die Hände hinter dem Kopf und sah zur Decke hinauf. »Ich muss sie und Domenico über alles aufklären, damit die beiden wissen, was nächsten Samstag passieren könnte.«

»Ja, das musst du«, gab Lara zur Antwort, stellte den Laptop auf den Boden und kuschelte sich an Romeos Brust. Er legte den Arm um sie und küsste ihre Schläfe.

Es fühlte sich so gut an, in seinen Armen zu liegen, und schmerzhaft wurde ihr abermals bewusst, dass diese innigen Momente ein Ablaufdatum hatten. Doch sie schob die trüben Gedanken beiseite. Jetzt waren sie hier, zusammen, und nur das zählte.

Sie knöpfte ihre Bluse auf, nahm dann Romeos unverletzte Hand und legte sie auf ihre Brust.

»Liebe mich«, flüsterte sie mit belegter Stimme.

* * *

Romeo stockte der Atem, als er Laras heiße Haut berührte. Mit einem Schlag waren alle Gedanken aus seinem Kopf vertrieben. Er wollte ihr nur noch nahe sein, sie glücklich machen und hören, wie sie seinen Namen flüsterte.

Er streichelte ihre samtene Haut unter dem BH, schob dann das hinderliche Kleidungsstück nach oben und streifte es ihr über den Kopf. Sie hatte wunderschöne Brüste. Eine perfekte Handvoll, weich und zugleich fest. Er hatte nicht gewusst, dass es lilafarbene Warzenhöfe überhaupt gibt, fand sie aber überaus erotisch. Ob die bei allen Rothaarigen so aussahen?

Er beugte sich über Laras Brust, umschmeichelte mit der Zunge die zarten Spitzen, bis sie vor Lust stöhnte. Sie griff mit beiden Händen in seine Haare, beinahe schmerzhaft, aber auch das gefiel ihm. Zudem spornte es ihn an, wenn er sah und spürte, wie stark er eine Frau erregen konnte.

Ob das gestern mit Paola auch so gewesen war? Der Gedanke wirkte wie eine kalte Dusche und hatte genau diesen Effekt auf seine Erektion. Verdammt, er wollte jetzt nicht an seinen Seitensprung denken! Aber war es denn ein Seitensprung gewesen? Implizierte dieser Begriff nicht, dass man in einer festen Beziehung lebt? Er und Lara genossen eine schöne Zeit, solange sie in Kampanien weilte, mehr war es aber nicht. Er bedauerte das zwar, aber daran konnte man nichts ändern. Und daher war das mit Paola gestern auch kein Seitensprung im eigentlichen Sinn gewesen. Lara und er hatten sich schließlich nicht ewige Liebe geschworen oder etwas in der Art, demzufolge musste er auch kein schlechtes Gewissen haben, wenn er jetzt mit der Wikingerin im Bett lag und gestern beziehungsweise heute früh noch mit Paola in einem andern Bett gelegen hatte.

»Ist was?«, fragte Lara schwer atmend. Sie blinzelte, ihr von Lust verschleierter Blick wurde klar und sie sah ihn prüfend an. Hatte sie etwa bemerkt, wie seine Lust geschrumpft war? Wie peinlich! Er rückte ein Stück von ihr weg, was ihr ein Stirn-runzeln entlockte.

»Romeo?«, fragte sie nochmals. »Was ist denn?«

»*Niente!* Was soll schon sein?«

Er hörte selbst, wie scharf das klang. Völlig unangebracht. *Mannaggia*, was war bloß los mit ihm?

»Schon okay«, gab sie irritiert zurück. »Kein Problem.«

Sie schälte sich aus seiner Umarmung und floh ins Bad.

Er hatte sie verletzt – er war so ein Idiot.

Romeo stieß frustriert die Luft aus. Er musste ihr die Sache mit Paola beichten. Er konnte nicht so tun, als sei nichts pas-siert. Das passte nicht zu ihm, und Lara hatte so ein Verhal-ten nicht verdient. Und wenn sie ihn danach nicht mehr sehen wollte? Er rieb sich nachdenklich übers Kinn. Nun, dann hatte er mit seinem idiotischen Handeln den Abschied eben vorge-zogen. Das würde ihm recht geschehen: Kein anständiger Mann fährt zweigleisig.

Er hörte die Dusche rauschen. Offensichtlich wusste Lara nicht, was sie sonst tun sollte, denn sie hatte bereits geduscht, kurz nachdem sie im Hotel angekommen waren. Er überlegte noch einen Moment, doch es gab keinen Grund, es weiter hin-auszuzögern.

»Bring es hinter dich, du Feigling«, murmelte er. Also atmete er tief durch, stand auf und klopfte an die Badezimmer-tür.

»Lara, darf ich reinkommen?«

Keine Antwort. Er wollte nochmals klopfen, als an die Zimmertür gehämmert wurde.

»Herrgott, hat man denn nie seine Ruhe?« Er eilte zur Tür und riss sie auf. »Was?«

Vor ihm stand Celia und sah ihn erschrocken an. »Was tust *du* denn hier?«

»Das könnte ich dich auch fragen«, knirschte er genervt.

Sie schob sich an ihm vorbei ins Zimmer und sah sich suchend um. »Habt ihr euch wieder versöhnt?«

Er nickte.

»Manchmal bist du ein richtiger Hornochse«, sagte sie kopfschüttelnd. »Egal jetzt. Gehst du eigentlich auch mal an dein verdammtes Telefon?«

Er hatte sein Handy vor dem Treffen mit Leone auf lautlos gestellt und danach vergessen, es wieder rückgängig zu machen.

»Was gibt's denn so Dringendes?«, fragte er müde. Er hatte jetzt keinen Nerv für die Probleme des Hotels. »Kann das nicht bis morgen warten?«

»Morgen ist es zu spät«, fauchte Celia aufgebracht. »Im *Bellavista* macht irgend so ein schmieriger Kerl einen Riesenaufstand und belästigt die Gäste. Graziella wollte schon die Polizei rufen, doch der Typ sagte, dass er die Presse informieren wird, wenn wir die Carabinieri holen. Und danach könnten wir das Hotel gleich schließen.«

Romeo lief ein eiskalter Schauer über den Rücken. Leone. Dieser verdammte Mistkerl!

»Was hat er noch gesagt?«

Celias Augen füllten sich mit Tränen. »Dass ich nicht deine Schwester bin und Mama eine Hure war.«

29

Während sie zu dritt durch Positanos nächtliche Gassen liefen, um Salvatore Leone im *Bellavista* zur Räson zu bringen, versuchte Lara ihr Gefühlschaos in den Griff zu bekommen. Irgendetwas war mit Romeo geschehen, und sie wusste nicht, was. Sie zermarterte sich das Hirn, was es sein konnte. Die Sache mit diesem Leone lag ihm auf der Seele, natürlich. Aber da gab es noch etwas anderes. Sie spürte es schon die ganze Zeit. Ihn hatte schon etwas bedrückt, noch bevor sie Leone überhaupt getroffen hatten. Dass Romeo vorhin nicht mit ihr hatte schlafen können, war nur das Resultat, nicht aber der Auslöser.

Sie fühlte sich erschöpft. Am liebsten wäre sie umgekehrt und hätte sich im Bett verkrochen. Der Gedanke, doch noch abzureisen, wurde immer verlockender. Sollte das Geschwisterpaar seine Kämpfe doch allein ausfechten. Sie hatte genug von dieser Familientragödie. Doch ein nochmaliges Umbuchen ihres Fluges hätte sie ein Vermögen gekostet. Der Gedanke, Lukas zu kontaktieren, huschte durch ihren Kopf. Immerhin kurvte ihr Bruder doch mit seinen Kumpels im Mittelmeer herum. Vielleicht befand er sich ja zufällig in der Nähe und sie konnte die restliche Zeit mit ihm verbringen. Doch als sie Celias tränenüberströmtes Gesicht sah, verwarf sie diese Idee wieder. Ihre Freundin brauchte sie jetzt, und Laras angeborene Loyalität siegte.

»Wartet!«, rief Celia in diesem Moment und hielt sich die Seite. »Ich kann nicht mehr.« Sie keuchte und lehnte sich an eine Hausmauer. Romeo war vorausgelaufen, blieb jetzt aber unschlüssig stehen und kam langsam wieder zurück.

»Was ist?«, fragte er.

»Ich muss mich einen Moment ausruhen.«

Celias Haut wirkte im Licht der Straßenlaterne wächsern. Offenbar forderte die gerade erst überstandene Erkältung ihren Tribut.

Ihr Bruder trat ungeduldig von einem Fuß auf den anderen. »Wir sollten uns aber beeilen.«

»Ich weiß, aber mir ist ganz schwindelig.«

Lara fühlte Celias Stirn. Sie war heiß und gleichzeitig mit kalten Schweiß bedeckt.

»Geh du doch schon mal vor«, wandte sie sich an Romeo, »ich kümmere mich um sie.«

Er zögerte einen Moment, nickte dann aber und trabte los.

»Komm, wir setzen uns«, schlug Lara vor und deutete auf eine hölzerne Bank unter einer Platane.

»Es tut mir leid«, sagte Celia leise. »Ich war schon vor meiner Erkältung nicht ganz auf dem Damm. Vermutlich die ganze Aufregung wegen der Hochzeit.« Sie lachte bitter. »Und jetzt das! Ich kann mich wirklich nicht beklagen, dass mein Leben langweilig wäre.«

»Roka dong kadong ...«, versuchte Lara sie aufzuheitern, doch der Versuch scheiterte kläglich.

Celia seufzte bloß und rieb sich über die Augen.

»Hat er recht?«, fragte sie dann.

Lara wusste genau, wovon sie sprach, und schüttelte vehement den Kopf.

»Glaub diesem Leone kein Wort.«

»Es würde aber erklären, weshalb *papà* Romeo immer so lieblos behandelt hat.«

Lara scharrte mit den Füßen über das Kopfsteinpflaster. Obwohl sie eigentlich der Meinung war, dass entweder Romeo oder Enzo Marconi Celia reinen Wein einschenken sollten, war es wohl an der Zeit, sie aufzuklären. Also erzählte sie ihr alles, was sie von Sofia, Enzo und auch Leone erfahren hatten.

Celia lauschte stumm ihrem Bericht, sackte dabei noch mehr in sich zusammen, und Lara befürchtete schon, dass sie gleich ohnmächtig werden würde. Vorsichtshalber legte sie ihr den Arm um die Schultern. Celia zitterte, doch sie hielt sich aufrecht.

»Das ist es also«, sagte sie nach Laras Bericht nur. »Weißt du, als Kind bekommt man mitunter mehr mit, als einem lieb ist. Ich habe schon früh bemerkt, wie ungerecht *papà* seine Zuneigung verteilt hat, und habe jahrelang überlegt, wieso das so war. Du kennst Romeo, er hat ein aufbrausendes Temperament, und eine Zeit lang habe ich mir ernsthaft Sorgen gemacht, dass seine Unbeherrschtheit ihn auf die schiefe Bahn bringt. Aber er hat sich gefangen. Weil er im Grunde ein herzensguter Mensch ist. Deshalb konnte ich auch nie verstehen, weshalb *papà* immer so auf ihm herumhackte. Man vermutet natürlich so einiges, aber …« Celia rieb sich fröstelnd die Arme. »Ich erlaubte mir nie, solche Gedanken weiter zu verfolgen. Ich wollte mir nicht vorstellen, dass meine Mutter eine …« Sie brach ab und zog die Schultern hoch. »Es ist meine Schuld, dass dieser Leone nach Positano zurückgekommen ist.«

»Deine Schuld? Wie kommst du denn auf so etwas?«

»Er sagte, dass er in der Zeitung über *papàs* Unfall und die geplatzte Hochzeit gelesen hat. Romeo wurde ebenfalls erwähnt. Das hat ihn auf die Idee gebracht.« Celia schniefte. »Alles steht unter einem schlechten Stern. Vielleicht sagt mir das Universum damit, dass ich Domenico nicht heiraten soll.«

»Hör bloß auf mit dem Mist!«, wetterte Lara. »Ihr seid füreinander geschaffen. Es wird sich alles klären, und dann lebt ihr mit euren zehn Kindern glücklich bis ans Ende eures Lebens.«

Laras Worte entlockten Celia ein kleines Lächeln. »Es ist gut, dass du es mir gesagt hast. Danke, Lara«, sagte sie darauf etwas munterer. »*Ti voglio tanto bene.*« Sie schlang die Arme um ihre Freundin und drückte sie fest.

»Ich habe dich auch sehr lieb«, erwiderte Lara und schluckte gerührt die aufsteigenden Tränen hinunter.

30

Das *Bellavista* sah von außen aus wie immer. Warm und einladend fiel der Lichtschein des Kristalllüsters in der Eingangshalle durch die geöffnete Vordertür auf den Vorplatz. Offensichtlich hatte Leones Auftauchen noch keinen gravierenden Aufruhr verursacht.

Doch als Romeo die Halle betrat, kam ihm eine aufgelöste Graziella entgegen. Ihre sonst so adrette Erscheinung hatte schwer gelitten: Der Haarknoten saß schief, ihre Wimperntusche war verschmiert, und auf ihrer hellblauen Bluse prangte ein dunkler Fleck unbestimmter Herkunft.

»Gott sei Dank bist du da!«, stieß sie aufatmend hervor. »Ich weiß mir nicht mehr zu helfen. Dieser Mann …« Sie schüttelte den Kopf. »Was will der nur?«

»Wo ist er jetzt?«

Sie deutete mit dem Kopf auf den Speisesaal.

»Domenico und ich konnten ihn dazu bewegen, die Eingangshalle zu verlassen. Zum Glück ist Sonntagabend. Nicht auszudenken, wenn der Kerl am Nachmittag hier aufgetaucht wäre, wenn es voll ist.«

Romeo wollte sich gerade auf den Weg zum Speisesaal machen, als sie ihn am Arm zurückhielt.

»Ist es denn wahr?«

»Nicht alles. Und auch nicht so, wie er es behauptet. Aber ja, Enzo ist nicht mein leiblicher Vater. Ob es aber dieser Leone ist, muss erst noch bewiesen werden. Ich kann es mir nicht vorstellen und hoffe immer noch, dass es eine Lüge ist.«

Graziella nickte. »Das erklärt so einiges«, fügte sie nachdenklich hinzu. »Sei auf der Hut, Romeo. Vermutlich ist der Mann gefährlich. Er stinkt nach Alkohol, und niemand weiß, was er in seinem Zustand noch anstellt. Ich hätte ja die Polizei gerufen, aber ich will euch natürlich keinen Ärger bereiten. Ihr habt im Moment schon genug Sorgen.«

Sie zog ein paar Haarnadeln aus ihrem derangierten Dutt, schüttelte ihr hellbraunes Haar, das ihr in weichen Wellen auf die Schultern fiel, und sah gleich zehn Jahre jünger aus.

»Danke, Graziella. Was würden wir nur ohne dich machen?«

Er schenkte ihr ein flüchtiges Lächeln, durchquerte die Eingangshalle und stieß die Flügeltüren zum Speisesaal auf.

Leone saß zusammengesunken an einem Tisch am Fenster. Vor ihm stand eine erkleckliche Anzahl leerer Bierflaschen. Er hatte seinen Kopf auf die verschränkten Arme gelegt und schien zu schlafen. Zwei Tische weiter saß Domenico und tippte auf seinem Smartphone herum. Als er Romeo bemerkte, sprang er auf und kam ihm entgegen.

»Wo ist Celia?«, flüsterte er.

»Draußen, sie musste sich kurz ausruhen.« Und als sein zukünftiger Schwager auffahren wollte, fügte er hinzu: »Lara ist bei ihr. Keine Angst, es geht ihnen gut. Ich bin sogar froh, dass sie nicht hier sind. Das ist keine Angelegenheit für die beiden.«

Domenico runzelte die Stirn. »Was hast du vor?«

»Das Problem aus der Welt schaffen.«

»Und wie?«

Romeo betrachtete Salvatore Leone aus schmalen Augen. Der Mann musste früher einmal gut ausgesehen haben. Jetzt war er jedoch nur noch ein Wrack. Romeo wusste nicht, ob man im Gefängnis Alkohol bekam, möglicherweise schon, wenn man über die entsprechenden Kontakte verfügte. Und nach seinem Dafürhalten war Leone ein schwerer Alkoholiker. Dieser Umstand und sein übler Charakter ergaben eine explosive Mischung. Mit Vernunft und Worten war dem nicht beizukommen. Und er hatte nicht vor, dem Kerl irgendwelches Geld in den Rachen zu werfen. Also blieb nur eines, was er tun konnte.

Er trat an Leones Tisch und stieß mit dem Fuß dagegen. Leone schreckte aus dem Schlaf und fuhr hoch. Als er Romeo erkannte, grinste er.

»Söhnchen, wie nett, dass du jetzt auch da bist. Wo ist denn deine hübsche Begleitung? Oder die liebe Celia?« Er warf einen Blick über die Schulter, entdeckte Domenico und meinte dann höhnisch: »Ach, der nur. Deine Halbschwester will also diese Lusche heiraten?« Er schnaubte verächtlich. »Ich hätte der Kleinen einen besseren Geschmack zugetraut.«

Domenico trat erzürnt einen Schritt näher, doch Romeo stoppte ihn mit einer Handbewegung.

»Lass dich nicht provozieren«, beschwor er ihn. »Darauf legt er es doch an.«

Leone kicherte. »Kluges Kerlchen. Genau wie sein Vater, eben.«

Romeo schluckte eine scharfe Erwiderung hinunter.

Leone schnippte mit den Fingern und sah Domenico an. »He, Lusche, bring mir noch ein Bier! Nein, halt, gleich zwei, und dann lass uns allein. Die Erwachsenen müssen reden.«

Domenico biss sich zornig auf die Lippen, wandte sich jedoch um und ging Richtung Küche. Kurz darauf kam er zurück, zwei Bierflaschen in den Händen, die er Leone unsanft vor die Nase stellte.

»Ich warte vor der Tür«, knurrte er, drehte sich um und verließ den Saal.

Leone kicherte wieder, griff nach einer Flasche und öffnete sie mit einem gekonnten Schlag an der Tischkante.

»Der Typ hat keinen Humor«, meinte er dann, prostete Romeo zu und trank in langen Zügen. Dann wischte er sich mit dem Handrücken über den Mund und rülpste. »Humor ist wichtig, mein Junge. Deine Mutter und ich hatten immer viel Spaß.«

Er zwinkerte anzüglich und Romeo ballte die Fäuste. Jetzt nur keinen Fehler machen. Leone legte es darauf an, ihn aus der Reserve zu locken, doch den Gefallen würde er ihm nicht tun.

Er zog einen Stuhl heran und setzte sich ihm gegenüber.

»Sie werden von uns kein Geld bekommen«, sagte er und verschränkte die Arme vor der Brust.

»Ach nein?«

Er schüttelte den Kopf.

»Nun …« Leone strich sich über seine grauen Bartstoppeln. »Dann bleibt mir wohl nichts anderes übrig, als ein Wörtchen mit den Pressefuzzis zu wechseln. Ich bin mir sicher, die stürzen sich wie die Aasgeier auf die Geschichte, die ich ihnen erzählen werden.«

Er trank die Bierflasche aus und stellte sie zu den anderen.

»Tun Sie das«, gab Romeo schulterzuckend zur Antwort. »Wen interessiert es schon, ob Enzo Marconi mein biologischer Vater ist oder nicht. Das gibt höchstens Stoff für ein paar Tage.«

Leone lachte. »Wir werden sehen.«

Er lehnte sich ebenfalls zurück, zog seine Zigaretten aus der Jacke und zündete sich eine an. Romeo erschien es nutzlos, ihn auf das Rauchverbot im Hotel hinzuweisen.

»Und da das jetzt geklärt ist, würde ich es begrüßen, wenn Sie das Hotel verlassen und sich hier nie wieder blicken lassen.«

»Würdest du das, mein Junge?« Leone schnippte die Asche der Zigarette in eine leere Bierflasche. »Ich mag Positano aber. Und niemand kann mir verbieten, mich hier aufzuhalten.

Zudem bekomme ich gerade unheimliche Vatergefühle, wenn ich dich so ansehe.« Er zog einen Mundwinkel nach oben. »Du bist mir übrigens wie aus dem Gesicht geschnitten. Hat Andreina denn keine Fotos von mir aufbewahrt? Das sieht der Kleinen gar nicht ähnlich. Immerhin bin ich – oder war ich dann halt – die Liebe ihres Lebens. Wie die mich vergöttert hat.« Er lachte überheblich. »Nun ja, ich bin mir sicher, du und ich werden eine wunderbare Zeit miteinander haben. Schließlich haben wir einiges nachzuholen.«

Romeo fühlte, wie Zorn in ihm aufloderte. Wofür hielt sich dieses Subjekt eigentlich? Er würde ganz bestimmt keinen Kontakt mit Leone haben wollen, selbst wenn sich dessen hirnrissige Behauptung als wahr erwies und er den Lenden dieses Mistkerls entstammte. Nicht für alles Geld dieser Welt. Romeo atmete tief durch. Er musste ruhig bleiben, seine Wut zügeln und sich nicht auf dasselbe Niveau wie Leone hinablassen. Nur so behielt er die Oberhand.

»Wir werden gar nichts zusammen tun, weder jetzt noch irgendwann. Falls Sie tatsächlich mein biologischer Vater sind, dann ist es eben so. Das bedeutet aber nicht, dass wir Umgang pflegen müssen. Ich mag Sie nicht, so wenig, wie Sie mich mögen. Also trennen sich unsere Wege heute … und zwar für immer.« Er stand auf. »Gehen Sie und lassen Sie uns in Frieden.«

Leone zog die Nase hoch, ließ den Zigarettenstummel in eine Bierflasche fallen, wo dieser zischend erlosch.

»Hör zu, Söhnchen, bis zu einem gewissen Punkt kann ich dich sogar verstehen. Immerhin gibt keiner gern so ein wohlig warmes Nest auf. Aber es gibt da eine Sache, die du nicht weißt. Und glaub mir, wenn ich damit zur Presse gehe, wird das alles hier …«, er breitete theatralisch beide Arme aus, »ganz schnell den Bach runtergehen. Deine Halbschwester wird vor Scham in den Boden versinken, und du …« Er stand auf, schwankte leicht und trat dann ganz nah an Romeo heran, sodass dieser seine säuerliche Ausdünstung riechen konnte: »… du, mein Junge, wirst deinen netten Bankjob an den Nagel hängen können.«

* * *

Celias Handy piepste und sie zog es aus ihrer Gesäßtasche.

»Domenico sorgt sich um mich«, erklärte sie und lächelte dabei. »Ich schreibe ihm schnell zurück.«

Sie tippte eine Nachricht ein.

»Geht's denn wieder?«, fragte Lara und Celia nickte. »Gut, dann lass uns gehen.«

Sie machten sich erneut auf den Weg zum *Bellavista*. Von der Kirche her schlug es elf Uhr und sie begegneten nur noch wenigen Passanten. Der Wolkenbruch hatte die Luft abgekühlt. Im Licht der Straßenlaternen schillerte der nasse Boden. Ein starker Geruch nach Tang und feuchtem Asphalt lag in der Luft, vermischte sich mit den Essensdüften der Restaurants entlang des Weges. Viele Lokale hatten ihre Tore für den Winter bereits geschlossen und die Betreiber erholten sich jetzt von der turbulenten Saison. Aus einer Trattoria drang lautes Gelächter durch die offenen Fenster. Lara beneidete diese fröhlichen Menschen, deren größtes Problem nur darin bestand, am nächsten Tag erkennen zu müssen, zu viel gegessen und getrunken zu haben.

»Romeo wird mit dem Kerl schon fertig«, sagte Celia plötzlich. Sie blieb stehen und sah Lara zuversichtlich an. »Du weißt ja, wie er ist. Er kann jede Schwierigkeit lösen. Ich dachte immer, das hätte er von *papà*.« Sie stockte. »Glaubst du, dass irgendjemand von Grund auf schlecht ist?«

»Wie meinst du das?«

»Nun ja, dieser Leone zum Beispiel. Ob der schon immer

so gewesen ist? Oder ist er so geworden? Vielleicht im Gefängnis?«

»Ich glaube nicht, dass jemand mit einem schlechten Charakter geboren wird. Meist sind es die äußeren Umstände, die ihn zu einer Straftat treiben.«

Celia nickte. »Ja, möglich. Ich frage mich das, weil meine Mutter ihn anscheinend geliebt haben muss. Damals. Sonst hätte sie ja wohl kaum mit ihm geschlafen, oder?«

»Das denke ich auch«, bestätigte Lara. »Und vielleicht hat Romeo sein Verhandlungsgeschick ja von deiner Mutter.«

Celia lächelte. »Ja, vielleicht. Ich wüsste zu gern, was sie zu diesem Leone hingezogen hat. *Papà* spricht selten von ihr. Im Grunde weiß ich so gut wie nichts über sie. Nicht mal Tante Sofia will über sie reden. Nur Romeo erzählt oft, woran er sich noch erinnert.« Sie hakte sich bei Lara ein und sie gingen weiter. »Halt mich ruhig für sentimental, aber ich hoffe, du weißt, wie viel Glück du hast, dass deine beiden Eltern noch leben.«

Doch, das wusste Lara natürlich, auch wenn es ihr nicht ständig vor Augen stand. Sie sollte es ihren Eltern viel öfter sagen. Aber es war wie mit allem, was man für selbstverständlich hielt: Man schätzte es erst, wenn es verloren ging.

Sie erreichten das *Bellavista*, als gerade ein Taxi vorfuhr, dem ein angeheitertes Pärchen entstieg.

Celia sah sich ängstlich um. Leone war nirgendwo zu sehen. Also betraten sie die Eingangshalle.

Graziella stand hinter der Empfangstheke, bediente das fröhlich gestimmte Paar aus dem Taxi und wies mit dem Kinn Richtung Speisesaal, als sie die beiden Frauen erblickte.

Lara straffte die Schultern. Romeo und Domenico waren hier, es drohte ihnen also keine unmittelbare Gefahr. Sie waren zu viert und Leone allein. Oder hatte er eventuell eine Waffe dabei? Sie schluckte und ein kalter Schauer lief ihr über den Rücken. Nein, jetzt ging die Fantasie mit ihr durch. Der Mann würde kaum so dämlich sein, sie mit einer Waffe zu bedrohen. Immerhin kam er gerade aus dem Gefängnis und musste bestimmt irgendwelche Auflagen erfüllen. Und dazu gehörte sicher nicht, mit einer Kanone durch die Gegend zu laufen.

»Bereit?«, wandte sie sich an Celia.

Diese nickte und Lara öffnete die Tür zum Speisesaal.

Im Saal war es beinahe dunkel. Nur zwei Tischleuchten am Fenster erhellten die beiden Männer, die sich dort gegenüberstanden wie Boxer im Ring. Als Lara und Celia eintraten, wandten sie die Köpfe.

»Ah, Damenbesuch! Die Party kann also beginnen«, sagte Leone und verzog höhnisch den Mund.

»Wo ist Domenico?«, fragte Celia alarmiert und sah sich suchend um.

»Hier.«

Celias Bräutigam betrat den Saal und legte ihr beruhigend den Arm um die Schultern.

»Alles in Ordnung, mein Herz?«, fragte er leise und Celia nickte.

Leone räusperte sich. »Nun denn, wenn schon die ganze Sippe da ist, muss ich es nur einmal erzählen. Das kommt mir gelegen. Ich bin nämlich langsam müde und euer Bier ist auch nicht das beste. Also bringen wir es hinter uns.«

Er sah die Anwesenden auffordernd an.

Lara lief zu Romeo und griff nach seiner Hand. Sie war eiskalt. Sein Gesichtsausdruck verriet unterdrückte Wut, seine Augen waren starr auf Leone gerichtet, der sich gerade eine Zigarette anzündete.

Sie wusste nicht, was sie von diesem Treffen halten sollte. Was wollte Leone ihnen erzählen? Und welche Reaktion von Romeo war darauf zu erwarten? Ein ungutes Gefühl machte sich in ihrer Magengrube breit.

»Nun?« Leone sah in die Runde. »Ich kann das alles natürlich auch zuerst der Presse zuspielen.« Er zuckte mit den Achseln. »Ganz wie ihr wollt. Ich bekomme mein Geld, entweder von euch oder von einem Schmierenblatt.«

Durch Romeos Körper ging ein Ruck. Er sah Lara überrascht an, als würde er erst jetzt realisieren, dass sie anwesend war. Er ließ ihre Hand los, zog noch einen Stuhl heran, sodass fünf Stühle an dem Vierertisch standen, und setzte sich wieder.

»Wir sind ganz Ohr.«

31

Positano, 1990

Die Septembersonne schien schräg durch die Jalousien und zauberte ein Zebramuster auf den Plattenboden. Romeo hatte Andreina die halbe Nacht wachgehalten. Wie so oft hatten den Kleinen schlimme Albträume geplagt, aus denen er schreiend erwacht war, ehe er nach ihr gerufen hatte. Irgendwann war Enzo entnervt geflüchtet und hatte sich in ein leer stehendes Hotelzimmer verzogen.

Andreina gähnte ungeniert, als sie sich eine Tasse Pfefferminztee einschenkte. Seit geraumer Zeit konnte sie den Geruch von Kaffee nicht mehr ertragen. Ihr wurde übel davon und sie sehnte das Ende ihrer Schwangerschaft herbei. Doch das würde noch fast einen Monat dauern, der Arzt hatte den Geburtstermin auf Mitte Oktober geschätzt.

Sie warf drei Stück Zucker in den Tee und nippte daran. Romeo war ein schwieriges Kind: laut, temperamentvoll und launisch. Er strapazierte nicht nur ihre Nerven, sondern auch die aller anderen im Hotel. Doch sie liebte ihn innig und er sie auch, und es brach ihr jedes Mal das Herz, wenn Enzo den Kleinen behandelte, als sei er Luft. Romeo versuchte auf rührende Art, die Liebe des Mannes zu erringen, den er für seinen Vater hielt. Oft so verbissen, dass sich seine guten Absichten ins Gegenteil verkehrten. Erst kürzlich hatte er Enzos geliebte Briefmarkensammlung nach Farben ordnen wollen, um ihm eine Freude zu machen, und dabei ein heilloses Durcheinander angerichtet. Einige der wertvollsten Marken hatte er dabei sogar zerstört, und nur mit Mühe hatte sie den erzürnten Enzo davon abbringen können, dem Fünfjährigen den Hintern zu versohlen.

Andreina seufzte. Das Familienleben gestaltete sich schwieriger, als sie es sich vorgestellt hatte. Doch sie hegte die Hoffnung, dass es mit dem neuen Kind besser werden würde.

»Mimo, komm doch mal her!«, rief sie und griff nach der Einkaufstasche auf dem Küchentisch. Sie hörte ein Rumpeln aus dem Kinderzimmer, kurz darauf kam Romeo angerannt und sah sie fragend an. »Möchtest du mich auf den Markt begleiten?«

Die Kinderaugen leuchteten auf. »Sì, *mamma*! Kaufst du mir ein Eis?«

Sie lächelte und strich ihm zärtlich über die dunklen Locken. »Aber natürlich, mein Schatz.«

Vittore saß auf einem Hocker vor seinem Laden in der Via Marina Grande und las die Sportzeitung, als Andreina eine halbe Stunde später dort ankam. Sein winziger Laden bot eine Fülle von Erzeugnissen an, die alle aus Limoncello hergestellt wurden. Nebst zahlreichen großen und kleinen Flaschen des Zitronenlikörs gab es Limoncello-Konfitüre, in Limoncello eingelegtes Hefegebäck und mit einer raffinierten Mischung aus Schokolade und Likör überzogene Mandeln. In einem Kühlregal lagen Torten und frische Cremes. Zudem, und deswegen war Andreina hier, gab es bei Vittore die köstlichsten Limoncello-Pralinen von ganz Kampanien. Zwar sollte sie während ihrer Schwangerschaft keinen Alkohol zu sich nehmen, doch diesen Trüffeln konnte sie einfach nicht widerstehen. Je dicker sie wurde, desto weniger. Wenn das so weiterging, würde sie sich am Ende nur noch davon ernähren.

»Ciao, *bellezza*«, begrüßte Vittore sie und stand ächzend auf. Der Mann musste bereits in den Siebzigern sein, doch nach wie vor pfiff er jedem Rock hinterher und flirtete mit der weiblichen Kundschaft auf Teufel komm raus.

»Ciao, Dottore«, gab Andreina schmunzelnd zurück und der Alte grinste.

»Wie üblich?«, fragte er und sie nickte. Er reichte ihr ein Zellophantütchen der Zartbitterpralinen mit der cremigen Füllung, und ihr lief schon bei dem Anblick das Wasser im Mund zusammen.

»Mama, mein Eis«, nörgelte Romeo an ihrer Seite und zupfte sie am Ärmel.

»Gleich, Mimo«, erwiderte sie und verstaute die Pralinen sorgfältig in ihrer Einkaufstasche.

»Ich will es aber jetzt!«, verlangte der Kleine und stampfte zornig mit dem Fuß auf.

»Ja, gleich, Schatz.« Andreina griff nach ihrem Geldbeutel.

»Jetzt, Mama, jetzt!«

Er hängte sich mit seinem ganzen Gewicht an ihren Arm und ihr Portemonnaie fiel zu Boden. Scheine flatterten umher, die Münzen hüpften über das Kopfsteinpflaster wie übermütige Murmeln. Romeo kicherte und klatschte in die Hände.

»Sieh, was du angerichtet hast!«, schimpfte Andreina, während Vittore und einige Passanten halfen, den Geldsegen wieder einzusammeln.

Sie seufzte tief, drückte dem Kleinen einen Tausend-Lire-Schein in die Hand und gab ihm einen Klaps auf den Po. »Na, dann lauf halt, du Plagegeist, ich warte hier.«

Ohne Danke zu sagen, sauste Romeo los und sie schüttelte den Kopf.

»Ein sauberes Früchtchen haben wir da fabriziert.«

Sie hörte ein Lachen hinter ihrem Rücken und erblasste. Ihre Beine knickten ein und sie konnte sich gerade noch an der Hausmauer festhalten, sonst wäre sie wie ihr Geld aufs Pflaster gefallen. Langsam drehte sie sich um. Das Herz klopfte ihr bis in den Hals. Ihr Mund war auf einmal staubtrocken und ihre Hände zitterten. Gegenüber, vor dem *La Brezza*, saß Salvatore Leone an einem Bistrotisch, rauchte eine Zigarette und zwinkerte ihr spöttisch zu.

Heute

Romeo stand auf und öffnete ein Fenster. Tief sog er die Nachtluft in seine Lungen. Die Wolken des Platzregens hatten sich verzogen und auf dem tintenschwarzen Meer spiegelte sich der Mond. Irgendwo schrie eine Katze, was sich beinahe wie ein kleines Kind anhörte. Seine Nackenhaare sträubten sich. Er drehte sich um.

»Sie haben also meine Mutter wiedergetroffen und mich dabei gesehen. Na und? Soll mich das beeindrucken?«

Leone lächelte. »Vielleicht ein bisschen? Weißt du, Söhnchen, ich habe vieles nicht gewusst, was damals passiert ist, oder konnte mir keinen Reim darauf machen. Aber vor kurzer Zeit fiel mir etwas in die Hände, das mein Leben, hätte ich es damals schon besessen, in andere Bahnen gelenkt hätte. Und das hat mich darauf gebracht, euch einen kleinen Besuch abzustatten.« Er ließ seinen Blick über die Anwesenden schweifen. »Gibt's in dieser Kneipe eigentlich nichts mehr zu trinken? Mein Hals ist schon ganz rau. Wie wär's mit einem Schnaps?«

»Wir können wohl alle einen Schluck vertragen, oder?«, erwiderte Romeo.

Ohne die Antwort seiner Freunde abzuwarten, durchquerte

er den Saal und ging in die Küche. Sobald die Tür hinter ihm ins Schloss fiel, stützte er sich auf die blank geputzte Spüle und atmete keuchend aus. Die Beherrschung zu bewahren, verlangte ihm beinahe mehr ab, als er zu ertragen bereit war.

Das war also sein leiblicher Vater? Er schüttelte den Kopf. Was hatte seine Mutter bloß an dem gefunden? Leone war arrogant, überheblich und ganz und gar unsympathisch. Wirkte Romeo auf andere ebenso? War es das, was Enzo so abgestoßen hatte, dass er ihn nicht hatte lieben können? Die Ähnlichkeit mit diesem Mann, der im Speisesaal hockte und ihr Bier wegsoff?

Was hatte Leone noch in petto? Und was war ihm in die Hände gefallen? Wollte er es überhaupt wissen? Was konnte für die Presse dermaßen interessant sein, dass sie ihm dafür Geld anböte? Oder bluffte er nur? Es half alles nichts, er würde darauf erst eine Antwort erhalten, wenn Leone seine Geschichte beendet hatte.

Romeo öffnete den Wasserhahn und spritzte sich kaltes Wasser ins Gesicht. Dann trat er an den Kühlschrank und holte eine Flasche Limoncello hervor. Neben dem Herd fand er ein Serviertablett, stellte fünf Gläser darauf und eine Karaffe voll Wasser und ging zurück in den Speisesaal.

»Erzählen Sie weiter«, befahl Romeo.

Positano, 1990

»Was tust du hier?«, stammelte Andreina, und als Salvatore nichts erwiderte, bemerkte sie erst, dass sie geflüstert hatte.

»Alles in Ordnung, *bellezza*?«, fragte Vittore besorgt und gab ihr das aufgesammelte Kleingeld zurück.

»Alles bestens, grazie.« Sie versuchte zu lächeln. »Ein Freund aus Kindertagen. Wir … haben uns lange nicht gesehen.«

Vittore sah sie zweifelnd an, zuckte dann aber mit den Schultern und griff wieder nach seiner Zeitung.

Andreina sah sich schnell um, ob sich eventuell ein Bekannter von Enzo hier herumtrieb, doch die Gesichter der Passanten waren ihr fremd. Sie überquerte die Straße und blieb vor Salvatore stehen. Er sah grinsend zu ihr hoch.

Fünf Jahre hatte sie ihn nicht gesehen, nie ein Wort von ihm gehört, und jetzt war er plötzlich wieder da.

Er sah gut aus, wenn auch etwas heruntergekommen. Die Lederjacke war vermutlich gebraucht gekauft. Seine langen Haare hätten einen Schnitt vertragen können, zudem war er dünner geworden. Doch noch immer hatte er diesen rebellischen Blick.

Ein dicker Kloß bildete sich in ihrem Hals und ihr Verstand befahl ihr, so schnell wie möglich zu verschwinden. Doch mit Schrecken fiel ihr Romeo ein. Er war zu klein, um allein nach Hause zu finden, und würde sich ängstigen, wenn er seine Mama nicht mehr dort fand, wo sie versprochen hatte, auf ihn zu warten. Sollte sie ihm entgegengehen? Doch der Kleine war schnell abzulenken. Es war nicht gesagt, dass er sich noch bei der Eisdiele aufhielt. Sie konnte nur hoffen, dass er auf dem schnellsten Weg zurückkam und nicht noch in den Gassen herumtrödelte.

»Willst du dich nicht zu mir setzen? In deinem Zustand sollte man nicht so lange stehen.«

Andreina schüttelte stumm den Kopf.

»Dann halt nicht.« Salvatore lächelte spöttisch und zündete sich am Stummel seiner gerauchten Zigarette eine neue an. »Wie geht's dem lieben Enzo? Wie ich gehört habe, hast du den alten Langweiler geheiratet.« Er rollte mit den Augen. »Du enttäuschst mich, Süße.«

»Nenn mich nicht so!«, zischte sie. Eine unbändige Wut überrollte sie. Was bildete sich der Kerl eigentlich ein? Kam seelenruhig nach Positano zurück, als ob nichts gewesen wäre, und verhöhnte sie.

»Ah, sie kann ja sprechen.« Salvatore lachte, griff nach ihrem Handgelenk und zog sie auf seinen Schoß. »Du hast mir gefehlt«, raunte er an ihrem Ohr und schnupperte an ihrem Haar.

Andreina war im ersten Moment wie paralysiert, doch dann riss sie sich von ihm los.

»Fass mich ja nie wieder an!«, schrie sie und rannte davon, so schnell es ihr unförmiger Leib gestattete.

»Mama hat mich heute vergessen«, sagte Romeo beim Mittagessen plötzlich. Er spießte eine Penne auf die Gabel und betrachtete sie misstrauisch, bevor er sie in den Mund schob.

»Aber *caro*, was redest du denn da?«, erwiderte Andreina peinlich berührt. »Das war doch bloß ein Spiel.« Sie errötete, griff hastig nach der Serviette und tupfte sich mit gesenktem Kopf den Mund ab.

Enzo hörte offenbar nicht zu, denn er hob weder den Blick von der Tageszeitung, noch kommentierte er das Gesagte. Dem Himmel sei Dank! Wenn er gewusst hätte, dass sich Salvatore wieder in Positano herumtrieb, hätte das böse enden können. Sie sprachen zwar nie über Romeos Erzeuger, aber Andreina fürchtete, dass Enzo die Wahrheit vermutete. Was würde er tun, wenn Salvatore plötzlich im Hotel auftauchte?

»War aber kein lustiges Spiel«, brummelte Romeo trotzig.

Vittore hatte den Kleinen eine Stunde nach ihrer Flucht ins Hotel zurückgebracht. Gott sei Dank, ohne dass Enzo es mitbekommen hatte.

Sie war immer noch ganz durcheinander von dem Zusammentreffen. Als Salvatore sie berührt hatte, war ihr fast das Herz stehen geblieben. Sie wusste doch, wie er war. Wieso verlangte dann jede Faser ihres Körpers nach seinen Händen? Hatte er immer noch solche Macht über sie? Und wenn ja, wie lange würde sie ihm widerstehen können?

»Ich fahre morgen für ein paar Tage nach Capri zu Tante Sofia«, platzte sie heraus. Nur weg aus Positano und von der möglichen Versuchung.

Enzo hob endlich den Blick von der Zeitung und sah sie mit gerunzelter Stirn an. Er wusste, dass sie Sofia eigentlich nicht mochte, doch auf Capri wäre sie aus der Schusslinie. Und bis zur Geburt dauerte es noch eine Weile. Salvatore würde weiterziehen und sie ihr normales Leben weiterführen können.

»Tu das, meine Liebe«, sagte Enzo mit einem seltsamen Unterton in der Stimme und faltete die Zeitung zusammen. »Ich fahre morgen nach Salerno zur Bank. Irgendwann müssen wir ja damit anfangen, den Betrieb zu modernisieren. Ich will dich aber mit geschäftlichen Details nicht langweilen und bin sicher, ein kurzer Urlaub wird dir guttun.«

Heute

Lara nippte an dem eiskalten Zitronenlikör. Obwohl sie sonst eine Schwäche für Limoncello hatte, verursachte ihr seine bittere Süße jetzt eine leichte Übelkeit. Sollte sie sich aus der Küche etwas anderes zu trinken holen? Aber dann verpasste sie möglicherweise das Wichtigste. Also füllte sie das Glas bis zum Rand mit Wasser auf, um dem Likör seine Schärfe zu nehmen.

Was bezweckte Leone mit seiner Geschichte? Würde sie in einem fulminanten Finale gipfeln? Einer Gewalttat vielleicht? Aber Andreina Marconi war an den Folgen von Celias Geburt gestorben. Es gab kein Verbrechen aus Leidenschaft, und sonst lebten alle noch.

Sie warf Romeo, der neben ihr saß, einen kurzen Blick zu. Seine Hände umklammerten das beschlagene Glas, als suchte er daran Halt. Was mussten in seinem Innern für Gefühle toben. Unverständnis? Trauer? Wut? Vielleicht eine Mischung aus allem. Er hatte seine Mutter all die Jahre vergöttert, sie möglicherweise sogar idealisiert, und jetzt, durch Leones Erzählungen, fiel sie unsanft auf die Erde zurück. Als eine Frau, die Fehler begangen hatte, die sie eingeholt und wahrscheinlich sogar zerstört hatten. Vielleicht nicht körperlich, aber doch bestimmt seelisch.

Leone griff nach dem Päckchen Zigaretten auf dem Tisch. Er zog die letzte hervor, zündete sie sich an und zerknüllte die Verpackung, dann fuhr er fort.

Positano, 1990

»Ich mag nicht zu Tante Sofia, sie ist eine Hexe.«

Romeo stand schmollend in der Eingangshalle neben einer gepackten Reisetasche und sah seine Mutter finster an.

»Aber Mimo, so etwas sagt man doch nicht. Denk nur an die lustigen Geißlein. Du wirst jeden Tag mit ihnen spielen können und …«

Er schüttelte trotzig den Kopf und Andreina seufzte. Es war kurz vor neun, bald legte die Fähre nach Capri ab, sie mussten sich beeilen.

»Ich kaufe dir auch was Schönes, wenn du jetzt brav bist. Also komm.«

Sie griff nach seiner klebrigen Hand, hob mit der anderen ihre Tasche auf und zog den widerwilligen Kleinen nach draußen. Es war nicht weit bis zum Hafen, doch Romeo sperrte sich wie ein störrischer Esel und begann zu weinen. Er ließ sich einfach auf den Hosenboden fallen, und wenn sie nicht wollte, dass er sich die Haut aufschürfte, musste sie anhalten.

»Romeo, du stehst jetzt sofort auf!«, befahl sie mit zitternder Stimme.

Sie war mit den Nerven am Ende und am liebsten hätte sie ihm eine Ohrfeige verpasst.

»Na, Piccolo, gibt's ein Problem?«

Andreina wirbelte herum. Ihre Augen weiteten sich. Im Schatten der Hausmauer stand Salvatore, ein belustigtes Grinsen im Gesicht.

»Verschwinde und lass mich in Ruhe«, zischte sie.

»Ich möchte aber mit meinem Sohn sprechen«, gab er zur Antwort.

»*Stai zitto*, sei still, um Gottes willen!«, beschwor sie ihn und sah sich erschrocken um. »Irgendjemand wird dich noch hören. Und der Kleine plappert alles nach.«

»Na und? Glaubst du tatsächlich, jemand nimmt dir ab, dass der wütende Bolzen Enzos Sohn ist?« Er stieß belustigt die Luft aus und ging in die Hocke. »Du bist ein richtiger Leone, Piccolo, nicht wahr?« Dazu fauchte er wie ein Löwe und Romeo sah ihn interessiert an.

Andreina fühlte sich plötzlich unsäglich müde. Was hatte sie dem Universum nur getan, dass es sie so bestrafte?

»Lass uns woanders hingehen«, schlug sie vor. »In einer Viertelstunde beim Wachturm, *d'accordo*?«

Salvatore nickte, zerzauste Romeos dunkle Locken und entfernte sich dann Richtung Strand. Andreina sah ihm nach. Noch immer hatte er diesen lässigen Gang, der tatsächlich dem eines Raubtiers glich. Ein Kribbeln breitete sich in ihrem Magen aus, das ganz bestimmt nicht von dem werdenden Leben in ihr stammte. Sie atmete tief durch und wandte sich an ihren Sohn.

»Würdest du gern ein Stündchen bei Vittore verbringen, *caro*?«

Romeo nickte begeistert und sprang auf.

Salvatore saß auf der Mauer der unteren Aussichtsplattform und sah aufs Meer hinaus, als Andreina kurze Zeit später den geheimen Pfad zum Wachtturm entlanglief. Sie hatten sich oft dort getroffen, weil sich nur wenige Leute an diese Stelle verirrten. Zwar konnte man hier Zimmer mieten, aber die Touristen bevorzugten Hotels in zentralerer Lage, wo immer etwas los war. Wer suchte schon die Einsamkeit, wenn er an die Amalfiküste fuhr?

Als Salvatore ihre Schritte hörte, drehte er sich um und lächelte. Andreinas Magen zog sich zusammen. Dieser Mann war Gift für sie. Sie wusste es, doch sie konnte sich nicht dagegen wehren. Es schien ihr plötzlich, als wären die fünf Jahre, in denen sie ihn nicht gesehen hatte, bloß ein Wimpernschlag gewesen. Alles wurde unwichtig: Enzo, Mimo, sogar das Kind, das in ihr heranwuchs.

Salvatore sprang von der Mauer, neigte den Kopf und zwinkerte ihr zu. Dann breitete er die Arme aus und mit einem Schluchzer warf sich Andreina an seine Brust. Er roch immer noch wie früher. Eine Mischung aus herbem Rasierwasser, Zigarettenrauch und Alkohol. Er hatte schon immer gern getrunken. Und obwohl es erst zehn Uhr morgens war, störte es sie nicht, weil es sie daran erinnerte, wie sehr sie diesen Mann geliebt hatte – vielleicht immer noch liebte.

»Na, na«, sagte er beschwichtigend und strich ihr dabei übers Haar. »Nicht weinen, Süße, ich bin ja jetzt da.«

Sie hob ihren Kopf und nickte unter Tränen. Dann küsste er sie, und die Welt um sie herum versank in Bedeutungslosigkeit.

Heute

»Verfluchter Mistkerl!« Romeo sprang auf, griff über den Tisch nach Leone und packte ihn am Revers. »Das ist doch alles gelogen!«

Leone kicherte. »Immer noch derselbe Hitzkopf, was? Tut mir leid, mein Junge, aber so war es.«

»Romeo«, rief Celia erschrocken, »lass ihn los.«

In Romeos Kopf rauschte es, als würde er unter einem Wasserfall stehen. Er spürte, wie jemand an seinem Arm zog. Er wandte den Kopf und sah in Laras vor Schreck geweitete Augen, was ihn zur Vernunft brachte.

»Hör auf«, beschwor sie ihn, und mit einem verächtlichen Schnauben ließ er Leone los. Der plumpste auf seinen Stuhl zurück, als wäre er ein Mehlsack.

»Ich glaube Ihnen kein Wort«, zischte Romeo und fuhr sich mit beiden Händen durch die Haare. »Sie können uns irgendwas erzählen. Wer sagt uns, dass es die Wahrheit ist?«

Leone zog die Schultern hoch. »Wie gesagt, ich wusste vieles davon nicht, doch es ist alles so passiert, wie ich es euch erzähle.«

Romeo lachte höhnisch. »Ja, natürlich. Ihr Wort ist ja auch in Stein gemeißelt.«

»Meins nicht, Söhnchen, aber vielleicht glaubst du den Worten deiner Mutter.«

Er zog aus der Innentasche seiner Lederjacke ein abgegriffenes Buch mit einem kleinen messingfarbenen Schloss hervor. Dieses war aufgebrochen. Leone hielt es triumphierend in die Höhe. »Andreinas Tagebuch. Sie hat alles fein säuberlich aufgeschrieben.«

Romeo starrte mit offenem Mund auf das abgegriffene Buch und streckte automatisch die Hand danach aus.

»Vergiss es, Kleiner, das gehört jetzt mir.« Leone steckte das Tagebuch wieder in seine Jackentasche und klopfte zärtlich darauf. Dann zog er die Lederjacke aus, hängte sie über die Stuhllehne und sagte grinsend: »Und ehrlich gesagt, ist es mir auch ziemlich egal, ob ihr mir glaubt oder nicht, die Presse wird es tun. Außer natürlich, ich bekomme, was mir zusteht.«

»Und das wäre?«, fragte Romeo mit gepresster Stimme.

»Genugtuung für die Zeit im Knast.«

Positano, 1990

Andreinas Herz klopfte so stark, dass ihr beinahe schwindelig wurde. Ihre Hände waren feucht und sie wischte sie verstohlen an ihrer Hose ab. Obwohl sie wusste, dass sich Enzo nicht in Positano aufhielt, sah sie sich ständig um, in der Angst, er werde gleich um die Ecke biegen.

Die Tür zu seinem Büro war nicht abgeschlossen. Sie atmete noch einmal tief durch und trat ein. Enzos kleiner Safe befand sich im Innern eines Aktenschrankes. Sie zog die Rollabdeckung nach oben und kniete sich mühsam hin. Die Schwangerschaft machte sie immer unförmiger und sie fühlte sich wie ein gestrandeter Wal. Hastig gab sie die Zahlenkombination ein, vertippte sich dabei und ein rotes Licht leuchtete auf. Sie versuchte, sich zu beruhigen, und gab den Code nochmals ein. Es war das Datum ihrer Hochzeit. Bis jetzt hatten sie diese Zahlen nie interessiert, aber die vergangenen Stunden hatten alles verändert und jetzt öffnete dieses Datum quasi ihre Zukunft.

Die Tür des Safes sprang auf und sie wühlte in den Papieren, bis sie das Bündel Bargeld fand. Sie stopfte es in ihre Handtasche, zögerte dann einen Moment, als ihr Blick auf die Samtschachtel mit dem Schmuck von Enzos Mutter fiel. Kurz entschlossen steckte sie auch die ein. Dann schloss sie den Safe, zog den Rollladen hinunter und richtete sich schnaufend wieder auf. Geschafft!

Sie fuhr sich mit dem Handrücken über die schweißnasse Stirn, öffnete vorsichtig die Tür und spähte in die Eingangshalle. Niemand zu sehen. So schnell es ihr schwerer Körper erlaubte, durchquerte sie das Hotel und schlüpfte zum Hinterausgang hinaus. Salvatore stand im Schatten einer in prächtiger Blüte stehenden Bougainvillea und rauchte.

»Und?«

»Ich hab's«, sagte Andreina, »war ganz leicht.«

Er lächelte und ihr Herz machte einen Sprung. Enzo würde den Verlust überleben, für sie dagegen bedeuteten das Geld und der Schmuck einen neuen Anfang.

Hand in Hand eilten sie die Treppen hinunter. Die Nachmittagsfähre würde sie nach Neapel bringen, und dann begann ein neues Leben.

»Gib mir das Geld«, befahl Salvatore und blieb an einer Hausecke stehen. »Ich warte am Hafen, während du Romeo abholst.«

Er streckte fordernd die Hand aus. Sie zögerte einen Moment, doch die gemeinsamen Stunden beim Wachtturm hatten alle ihre Bedenken hinweggefegt. Er war der Mann ihrer Träume, würde es immer sein, und dass er sie vor fünf Jahren hatte sitzen lassen, verstand sie jetzt sogar. Er war zu überrumpelt gewesen. Hatte sich nicht mehr im Griff gehabt, als er sie schlug. Vielleicht war es auch ihr Fehler gewesen, weil sie ihn zu sehr gedrängt hatte. Doch er hatte sie all die Jahre nicht vergessen. Er liebte sie, hatte er geflüstert, als sie trotz ihres Zustands beim Wachtturm eins geworden waren. Und für sie hatte es nie einen anderen gegeben. Das mit Enzo war nur eine Zweckverbindung. Er würde wütend sein, vielleicht sogar zornig, aber er würde sie vergessen und bestimmt eine Frau finden, die ihn liebte. Und für Mimo wäre es sowieso besser, wenn er mit seinem richtigen Vater aufwuchs. Enzo mochte den Kleinen nicht, und das zeigte er ganz offen, obwohl er doch versprochen hatte, ihn zu lieben.

»Süße, das Geld.« Salvatore sah sie auffordernd an.

»Natürlich.« Andreina öffnete ihre Handtasche und überreichte ihm das Bündel und das Schmucketui.

»Also, bis gleich«, sagte er, küsste sie zärtlich auf die Wange und verschwand mit ihrer Reisetasche Richtung Hafen.

Sie sah ihm einen Moment nach, wie er leichtfüßig die Treppen hinablief, dann atmete sie tief durch und machte sich auf zu Vittore, um Romeo abzuholen. Die Zukunft konnte beginnen.

Heute

»Sie wollte mit Ihnen durchbrennen?«

Celia sah Leone fassungslos an und dieser nickte.

»Sì, so hatten wir es vereinbart.«

»Aber ich …«, begann Celia und brach ab. »Ich kam doch in Sorrent auf die Welt.« Sie sah verwirrt in die Runde.

In Romeos Kopf wirbelten die Gedanken durcheinander wie verdorrtes Laub im Wind. Seine Mutter hatte Enzo verlassen wollen? Mit ihrem kleinen Sohn? Hochschwanger? Für ein neues Leben an Leones Seite? Aber so war es nicht gewesen, er erinnerte sich an nichts davon.

* * *

Lara hätte dringend auf die Toilette gemusst, doch alle Anwesenden warteten gespannt auf das große Finale. Also biss sie sich auf die Lippen.

»Ich brauche Zigaretten«, sagte Leone jedoch in diesem Moment. Romeo an ihrer Seite unterdrückte ein Stöhnen. Offensichtlich genoss Leone es, die Spannung durch eine Kunstpause zu steigern. Lara war kein Zigarettenautomat im Hotel aufgefallen. Also woher welche nehmen?

»Graziella raucht ab und zu heimlich«, platzte Celia heraus. »Ich weiß, wo sie eine Schachtel aufbewahrt.«

Sie sprang auf und lief aus dem Speisesaal.

»Das hättest du von deiner Mutter nicht gedacht, was, mein Junge?«, wandte sich Leone an Romeo. Er griff nach dem Likörglas und trank es in einem Zug aus. »Sie war schon immer ein mutiges kleines Ding gewesen«, fügte er nachdenklich hinzu und starrte das leere Glas in seiner Hand an. Dann langte er nach der Flasche und füllte es auf.

»Noch jemand?« Er sah in die Runde, doch niemand antwortete und so stellte er den Likör achselzuckend wieder auf den Tisch.

»Glaubst du, das ist alles wahr?«, flüsterte Domenico an Laras Seite.

»Ich weiß nicht«, gab sie ebenso leise zur Antwort. »Das Tagebuch, wenn es echt ist, ist ein nicht zu widerlegender Beweis. Und alles klingt irgendwie schlüssig, nicht?«

Domenico nickte. »Ja, leider.«

In diesem Moment kam Celia zurück, eine weiß-rote Zigarettenschachtel in der Hand, die sie auf den Tisch warf.

»Danke, Süße.« Leone zwinkerte ihr zu und Celia verzog angewidert den Mund.

»Und jetzt das Ende!«, befahl sie, setzte sich wieder und griff nach Domenicos Hand.

Positano, 1990

Das Licht des späten Nachmittags vergoldete die Dächer der Häuser. Aus den geöffneten Fenstern und Türen der Gaststätten drang Jukebox-Musik in die Gassen.

Andreina beeilte sich. Bald würde Enzo aus Salerno zurückkommen. Er dachte, dass sie längst auf Capri sei, und sie mochte sich nicht ausmalen, was wäre, wenn sie ihm unverhofft über den Weg liefe. Zum Glück besaß Sofia kein Telefon. Es würde eine Weile dauern, bis er das Verschwinden seiner Ehefrau überhaupt bemerkte. Und dann wären sie schon in Neapel und im Gewühl der Großstadt untergetaucht. Sie hatte ein schlechtes Gewissen, weil sie Enzo mit ihrer Flucht sein ungeborenes Kind vorenthielt, doch sie brachte es mit dem Gedanken zum Schweigen, dass er schon für Romeo keine väterlichen Gefühle entwickelt hatte. Offensichtlich war er dazu einfach nicht fähig. Er hatte nur *sie* gewollt, aber keine Kinder. Als sie ihm letztes Jahr gesagt hatte, dass sie schwanger sei, hatte er sich nicht einmal gefreut. Nein, sie wollte nicht, dass ihre Kinder in so einer lieblosen Umgebung aufwuchsen. Es verlangte sie nicht nach Luxus. Sie bedurfte nur des Gefühls, geliebt und gebraucht zu werden. Und Salvatore gab ihr beides. Es war ihr egal, was er die vergangenen fünf Jahre getrieben hatte, es zählte nur das Heute.

Vittore saß wie üblich auf seinem Hocker vor dem Laden und las in einer Zeitung. Als Andreina keuchend ankam, sah er sie über seine Brille hinweg prüfend an.

»Ein Stündchen?«, fragte er tadelnd.

Sie errötete. »Es tut mir leid, dass es so lange gedauert hat. Ich musste noch … etwas erledigen. Wo ist Romeo?«

Vittore wies mit dem Daumen in die Luft. »Oben, bei meiner Tochter und ihren Gören. Ich glaube, sie macht ihnen gerade etwas zu essen.«

»Ich danke Ihnen vielmals. Es wird nicht wieder vorkommen, versprochen.«

Vittore nickte begütigend. »Kein Problem. Meiner besten Kundin erweise ich doch gern einen Gefallen.« Er zwinkerte und sie atmete erleichtert auf. »Gehen Sie einfach durch den Laden und die Treppe hinauf.«

Andreina ging die Stufen zum Laden hoch, und plötzlich durchzuckte sie ein stechender Schmerz. Sie keuchte erschrocken auf und hielt sich am Türrahmen fest. Nochmals durchfuhr sie ein Gefühl, als würde ihr jemand ein glühendes Schwert in den Unterleib rammen. Sie knickte ein und stöhnte, eine warme Flüssigkeit schoss aus ihr heraus und sie verlor das Bewusstsein.

Heute

Niemand sagte ein Wort. Durch das offene Fenster hörte man das Säuseln der Brandung. In weiter Ferne erklang das Hupen eines Dampfers, ansonsten war es still.

»Sie kam also nicht zur Fähre«, konstatierte Celia. Ihre Stimme klang belegt und Tränen standen in ihren Augen.

Leone schüttelte den Kopf. »Ich habe den ganzen Tag gewartet, bis zum letzten Fährboot. Dann habe ich gedacht, dass sie es sich anders überlegt hat.«

»Und Sie sind nicht zum Hotel zurückgegangen, um sich Klarheit zu verschaffen?«

Leone zuckte mit den Achseln. »Nein, wieso auch? Sie war schwanger. Offensichtlich bedeutete ihr das ungeborene Kind mehr als unsere gemeinsame Zukunft. Sollte ich betteln?« Er lachte bitter. »Also bin ich am nächsten Tag mit der ersten Fähre abgehauen.«

»Mit Marconis Geld, dem Schmuck und der Reisetasche meiner Mutter!«, warf Romeo höhnisch ein.

»Genau. Sollte ich etwa alles zurückgeben?« Er lachte und sah sich im Saal um. »Marconi brauchte das Geld nicht. Zudem besaß er die Frau, die ich liebte. Und meinen Sohn. Das reichte doch, oder etwa nicht?«

Romeo stieß ein Schnauben aus. »Sie haben sie so sehr geliebt, dass Sie sie verprügelt haben?«

Leone seufzte. »Darauf bin ich weiß Gott nicht stolz. Aber ich war jung und leicht zu reizen.« Er hob den Blick. »Du kennst das, nicht wahr, mein Junge? Schlechtes Blut. Wir sind uns so ähnlich.«

Romeo betrachtete ihn aus schmalen Augen. »Ich bin nicht wie Sie«, stieß er hervor, sprang vom Stuhl auf und lief aufgebracht umher.

»Und wieso mussten Sie dann ins Gefängnis?«, fragte Domenico. »Anders gefragt: Wieso sollen die Marconis Ihnen dafür Genugtuung schulden?«

»Gute Frage, Lusche. Offensichtlich hast du doch mehr auf dem Kasten, als es im ersten Moment scheint.«

Er lachte meckernd, als er Domenicos ärgerliche Miene bemerkte.

»Hören Sie gefälligst auf, meinen Verlobten zu beleidigen, Sie Vollpfosten!«, rief Celia und ihre tränenfeuchten Augen funkelten. »Und spucken Sie endlich aus, was Sie von uns wollen.«

»Oho, die kleine Kratzbürste zeigt ihre Krallen. Gut so, du bist eben ihre Tochter.«

Leone sah Celia grinsend an und Lara vermeinte, beinahe so etwas wie Hochachtung in seinen Augen zu sehen.

»Tja, das Geld hat natürlich nicht lange gereicht. Ich habe, nun ja, einen gewissen Hang zum Glücksspiel. Als ich dann den Schmuck zu Geld machen wollte, wurde ich verhaftet. Marconi hatte den Diebstahl angezeigt und ich wurde angeklagt. Meinen Beteuerungen, dass Andreina mir das Geld und die Klunker freiwillig gegeben hat, hat natürlich niemand geglaubt. Ich passte einfach zu gut ins Bild. Damals habe ich auch erst erfahren, weshalb sie nicht zur Fähre kam und dass sie bei deiner Geburt gestorben ist.« Er warf Celia einen kurzen Blick zu. »Auch wenn ihr mir das nicht glaubt, ich habe eure Mutter wirklich geliebt und ihr Tod hat mich erschüttert. Sie wäre gekommen, wenn sie nicht …« Er brach ab und räusperte sich. »Nun, das ist lange her, und wer weiß, ob das mit ihr und mir geklappt hätte. Danach ging's mit mir nur noch bergab. Im Gefängnis hat man eben nicht den besten Umgang. Trotzdem, wegen Marconi saß ich das erste Mal im Knast und das ungerechtfertigterweise. Wie hätte ich wohl den Code des Safes wissen sollen, wenn nicht Andreina ihn mir gesagt oder eben das Geld selbst genommen hätte? Aber wer war ich schon? Mir glaubte doch keine Sau! Dem ehrenwerten Signor Marconi aber, der gerade seine junge Frau verloren hatte und den untröstlichen Witwer spielte, dem nahm man natürlich alles ab, was er behauptete.«

Leone schlug mit der flachen Hand einmal kurz auf den Tisch, stand auf und streckte seinen Rücken durch.

»Also, ihr werdet mir für die Jahre, die ich unschuldig im Knast verbracht habe, ein hübsches Sümmchen als Wiedergutmachung zahlen. Oder ich werde die rührende Geschichte der Klatschpresse verkaufen. Ihr habt die Wahl.«

32

Leone war auf die Toilette gegangen und hatte wohlweislich das Tagebuch mitgenommen. Romeo sah sich in der Runde um. Celia knabberte an ihren Fingernägeln, was sie seit Ewigkeiten nicht mehr getan hatte. Domenico starrte nur vor sich hin und Lara rutschte unruhig auf ihrem Stuhl herum.

Wie war das alles möglich? Noch vor nicht allzu langer Zeit hatte Romeo ein doch recht angenehmes Leben in Neapel geführt, und plötzlich lag alles in Scherben. Aber hatte es das nicht schon immer getan? Zwar wusste er jetzt, wieso und warum Enzo ihn nie gemocht hatte, aber machte es das besser? Oder änderte es etwas daran?

Romeo versuchte krampfhaft, sich an den Tag zu erinnern, als seine Mutter ins Spital gebracht worden war. Es gelang ihm nicht. Zwar erinnerte er sich an den alten Vittore, seine Tochter und deren Kinder, bei denen er ab und zu gespielt hatte. Doch nicht an diesen speziellen Tag, als Andreina beschlossen hatte, Enzo zu verlassen. Außerdem, was hätte es geändert, wenn er sich jenen Tag zurückrief?

»Er wird immer wieder Geld fordern, wenn wir ihn jetzt bezahlen, nicht wahr?« Celia sah Romeo fragend an.

Er nickte. »Das ist zu befürchten.«

»Was wollt ihr also tun?« Domenico hob gespannt die Augenbrauen.

Romeo schürzte die Lippen. »Es darauf ankommen lassen«, erwiderte er. »Immerhin ist das schon eine Ewigkeit her, und irgendwann werden es die Leute wieder vergessen.«

»Und der Skandal?« Celia rieb sich die Hände, als ob ihr kalt wäre. »Was wird *papà* dazu sagen? Ich glaube nicht, dass er von Mamas geplanter Flucht wusste, oder?« Sie sah ihren Zukünftigen flehend an, doch Domenico mied ihren Blick. Also wandte sie sich an ihren Bruder. »Oder, Romeo, er wusste es doch nicht.«

Natürlich hat er es gewusst!, wollte Romeo sie anfahren, doch ein Blick in Celias verstörtes Gesicht hielt ihn davon ab. Sollte er ihr etwa noch den Todesstoß versetzen? Das brachte er nicht übers Herz. Er war überzeugt, dass Enzo Marconi irgendwie herausgefunden hatte, was Andreina damals mit Leone vorhatte. Dass sie das Geld und den Schmuck gestohlen hatte, um damit ein neues Leben zu beginnen, nur war ihr Celias Sturzgeburt dazwischengekommen. Vielleicht hatte es seine Mutter sogar Enzo in ihren letzten Minuten gebeichtet. Leone hatte schon recht, wie hätte er den Safe öffnen sollen?

»Nein, ich denke nicht, dass er es wusste«, gab Romeo stattdessen zur Antwort und erntete dafür von Domenico einen dankbaren Blick.

»Also dann lassen wir ihn zur Presse gehen?« Celia sah in die Runde.

Romeo nickte, Domenico ebenfalls.

»Was meinst du, Lara?«, fragte Celia.

Lara zuckte zusammen, als plötzlich alle in ihre Richtung blickten.

»Ich …«, begann sie und brach dann ab. »Ich weiß es nicht, das müsst ihr, als Familie, entscheiden. Ich bin ja schließlich nur die Trauzeugin.«

Celia kicherte. Es klang zwar ein bisschen hysterisch, aber Humor war manchmal alles, was einem blieb.

»Was ist mit deinem Job in der Bank?«, warf Domenico ein. »Wirst du ihn verlieren? Jetzt, ich meine …«

»Wo feststeht, dass mein leiblicher Vater ein Verbrecher ist?«, vervollständigte Romeo den Satz. »Möglich, ich weiß es nicht. Meiner Reputation im Banksektor wird es bestimmt nicht zuträglich sein. Die Firma ist sehr auf den guten Ruf ihrer Angestellten bedacht. Aber lieber ein Ende mit Schrecken als ein Schrecken ohne Ende. Leone wird uns nie in Ruhe lassen, wenn wir jetzt einknicken. Außer natürlich, er segnet bald das Zeitliche. Und wenn er weiter so säuft, wird das vermutlich nicht mehr sehr lange dauern.«

»Könnte er den Fall wieder aufrollen?«

Romeo drehte sich zu Lara um. »Wie meinst du das? Andreina ist doch tot. Außer dem Tagebuch hat er nichts in der Hand. Die Klatschpresse wird er damit überzeugen, ein Gericht vermutlich nicht. Es könnte ja auch gefälscht sein.«

Lara nickte. »Ja, du hast recht. Es war auch bloß so ein Gedanke.«

»Nun dann.« Romeo straffte die Schultern. »Wir sind uns also einig.«

Er ging um den Tisch herum, griff nach Leones Jacke, die am Stuhl hing, und marschierte aus dem Speisesaal. Die anderen folgten ihm.

Die Toiletten befanden sich links von der Eingangstür. In der Halle brannte nur noch das Nachtlicht. Der Empfang war geschlossen und Graziella bestimmt schon nach Hause gegangen. In der Nebensaison war die Rezeption nur bis Mitternacht besetzt, verspätete Gäste konnten mit ihrem Zimmerschlüssel die Eingangstür selbst öffnen. Romeo hoffte, dass nicht gerade jetzt ein paar Nachteulen eintrafen. Je weniger Publikum, desto besser.

Sie hörten das Rauschen der Toilettenspülung, kurz darauf kam Leone aus der Tür. Er stutzte einen Moment, als er sie alle zusammen sah, doch dann zog er wie üblich spöttisch einen Mundwinkel nach oben.

»Hat das hohe Gericht eine Entscheidung getroffen?«

Romeo nickte, warf ihm seine Lederjacke zu und sagte: »Wir lassen uns nicht erpressen. Verschwinden Sie!«

Für einen Moment wirkte Leone überrascht, doch dann setzte er eine gelangweilte Miene auf und zog seine Jacke an.

»Wie ihr wollt.« Er wandte sich zur Eingangstür und hatte die Hand schon auf der Klinke, als er sich nochmals umdrehte. »Noch eine Frage. Andreina war ja ein lebenslustiges Ding und hat nichts anbrennen lassen. Von daher: Bist du dir auch ganz sicher, süße Celia, dass Enzo dein Vater ist?«

Zuerst waren alle schockiert, doch als Leone hämisch lachte, verlor Romeo die Nerven. Mit einem Schrei stürzte er sich auf seinen Vater und schlug ihm die Faust ins Gesicht.

»Du elender Mistkerl!«, keuchte er. »Hast du nicht schon genug Unheil über uns gebracht?«

Celia brach tränenüberströmt zusammen und Domenico versuchte, seine Braut zu trösten. Lara sah mit schreckgeweiteten Augen den beiden Männern zu, wie sie aufeinander einprügelten.

Obwohl Romeo jünger und stärker war, landete Leone ein, zwei Treffer, die Romeo schwer zusetzten. Offenbar hatte Salvatore Leone im Gefängnis mehr gelernt, als nur Tüten zu kleben.

Lara hatte noch nie eine richtige Prügelei mit angesehen. Eine derartige Szenerie kannte sie gerade mal aus Filmen. In der Realität war das jedoch viel erschreckender als im Fernsehen. Vor allem, wenn der Mann, den man liebte, darin verwickelt war. Sie musste etwas tun, unbedingt, bevor einer den anderen noch umbrachte! Aber was?

Beinahe panisch sah sie sich in der Eingangshalle um. Da, bei der Eingangstür! Sie lief quer durch die Halle und schnappte sich einen Kübel aus Bronze, der normalerweise als Schirmständer diente.

Dann rannte sie auf die Kämpfenden zu, hob ihre Waffe über ihren Kopf, um sie auf Leone hinuntersausen zu lassen. Doch der sah sie kommen. Er landete einen weiteren Treffer, direkt in Romeos Nieren.

Romeo stieß einen Laut aus, als sei ihm gerade die gesamte Luft aus den Lungen gepresst worden, und knickte ein. Und noch ehe Lara richtig ausholen konnte, spürte sie einen explosionsartigen Schmerz im Gesicht. Dann wurde es dunkel.

»Signora Jauch? Hören Sie mich?«

Lara öffnete die Augen und blinzelte. Über sie gebeugt stand eine Frau mittleren Alters mit dunklen Haaren, die sie zu einem straffen Pferdeschwanz gebunden hatte. Ihre mandelförmigen Augen waren dick mit Kajal umrandet. Sie trug einen weißen Kittel und um ihren Hals hing ein Stethoskop. Mit einer kleinen Lampe leuchtete sie Lara zuerst ins eine, dann in das andere Auge.

»Wissen Sie, wo Sie sind?«

Lara schüttelte den Kopf und stöhnte. Es war, als würde ihr jemand gerade einen Vorschlaghammer in die Stirn rammen. Ihr Kopf dröhnte und ihr ganzes Gesicht pulsierte in einem beißenden Schmerz.

»Keine hektischen Bewegungen bitte. Sie befinden sich in der Notaufnahme des *Croce Rossa* in Positano. Ich bin Dottoressa Schirillo. Ihre Nase ist gebrochen. Die Röntgenaufnahmen zeigen, dass die Bruchfragmente zum Glück nur gering verschoben sind, ansonsten hätten wir Sie für eine Operation in eine Klinik überführen müssen. Wir sind hier eher für Schnittwunden, Sonnenstiche und verdorbene Mägen eingerichtet. Aber wir haben Ihnen eine hübsche kleine Schiene verpasst, und in circa zwei Wochen sind Sie so gut wie neu.«

Lara tastete mit der Hand vorsichtig ihre Nase ab. Sie fühlte sich doppelt so groß an wie normal, was nur bedingt an der Metallkonstruktion lag, die auf ihrem Nasenrücken thronte. Das Atmen gestaltete sich schwierig und sie hechelte durch den Mund.

Plötzlich fiel ihr alles wieder ein: Leones Forderung, die Prügelei im Hotel, ihr Angriff mit dem Bronzekübel. Offenbar war der wenig erfolgreich gewesen.

»Signor Marconi?«, fragte sie heiser und bemerkte dabei, dass ihre Stimme klang, als hätte sie einen Schnupfen. »Geht es ihm gut?«

Die Ärztin nickte. »Er wartet draußen und sieht auch so bunt und verschwollen aus wie Sie.« Sie lächelte. »Und Sie wissen wirklich nicht, wer Sie überfallen hat?«

Lara sah sie verwirrt an. »Überfallen?«, nuschelte sie.

»Erinnern Sie sich nicht daran?« Die Dottoressa runzelte die Stirn und Lara bemerkte ihren Fauxpas. Anscheinend hatte Romeo nicht die ganze Wahrheit erzählt.

»Nein«, sagte sie daraufhin, »leider nicht, es ging zu schnell.«

Die Ärztin sah sie einen Moment zweifelnd an, fragte aber nicht weiter und sah auf die Uhr.

»Wir behalten Sie über Nacht hier, und wenn keine Komplikationen auftreten, dürfen Sie morgen Nachmittag unser gastliches Haus auch schon wieder verlassen. Ich gebe Ihnen jetzt noch schmerzstillende Medikamente, dann wird es erträglicher.«

Sie griff nach einem kleinen Plastikbecher auf dem Nachttisch, in dem sich zwei Tabletten befanden, und schüttelte sie in Laras offene Hand. Die steckte sie brav in den Mund und griff nach dem Glas lauwarmen Tees, das ihr die Ärztin reichte. Die Medikamente schmeckten bitter, doch jedes Mittel war Lara recht, damit diese höllischen Schmerzen aufhörten.

»Dann schicke ich Ihnen mal Ihren Verlobten rein. Er wartet schon eine ganze Weile vor der Tür und war partout nicht dazu zu bewegen, nach Hause zu fahren.«

Und noch bevor Lara sie darüber aufklären konnte, dass Romeo und sie nicht verlobt waren, marschierte die Dame aus dem Zimmer.

Nur einen Wimpernschlag später steckte Romeo den Kopf zur Tür herein. Obwohl Lara noch in keinen Spiegel geblickt hatte, vermutete sie, dass sie beide aussahen wie schlecht geschminkte Clowns. Die Haut über Romeos rechtem Auge leuchtete signalrot und es war beinahe vollkommen zugeschwollen. Über einer Augenbraue klebten drei weiße Klammerpflaster, an seiner aufgeplatzten Lippe haftete geronnenes Blut und eine Verfärbung unter seinem Jochbein versprach ein hübscher Bluterguss zu werden.

»Hallo, Champion, wie geht's dir?«, fragte sie mitfühlend.

Er versuchte zu lächeln, was ihm einen Schmerzenslaut entlockte. »Wenn mich die Bank rausschmeißt, beginne ich eine zweite Karriere im Ring.«

Laras Augen füllten sich mit Tränen und sie schniefte leise.

»Aber Liebes, wein doch nicht«, sagte Romeo erschrocken. Mit zwei Schritten durchquerte er den Raum und setzte sich vorsichtig auf die Bettkante. Dann ergriff er ihre Hand und streichelte sie sanft. »Ich verspreche auch, ganz fleißig zu üben.«

»Bring mich ja nicht zum Lachen«, nuschelte sie und wischte sich dabei die Tränen von der Wange. »Was ist eigentlich passiert, nachdem mich Leone außer Gefecht gesetzt hatte?«

* * *

Eine Bewegung aus dem Augenwinkel hatte Romeo abgelenkt. Er wandte den Kopf und registrierte, wie Lara mit etwas in den Händen auf sie zustürmte. Der kurze Augenblick reichte, um Leone einen Vorteil zu verschaffen. Er schlug ihm in die Niere, und Romeo knickte wie ein Sackmesser zusammen. Der Schmerz raubte ihm den Atem. Keuchend hielt er sich die Seite und versuchte, nicht das Gleichgewicht zu verlieren. Vor seinen Augen tanzten schwarze Kreise. In diesem Moment rammte Leone Lara seine Faust ins Gesicht. Er hörte ein knirschendes Geräusch, das ihm einen eiskalten Schauer verursachte. Lara fiel wie ein gefällter Baum zu Boden, der Schirmständer flog in hohem Bogen durch die Eingangshalle und krachte scheppernd auf den Tresen der Anmeldung.

Romeo schrie auf, rasend vor Wut. Hätte er in diesem Moment seine Finger um Leones Hals gehabt, er hätte ihn ohne mit der Wimper zu zucken erdrosselt. Doch sein Körper wollte ihm einfach nicht mehr gehorchen. Schmerzwellen brandeten durch seinen Leib, die es ihm unmöglich machten, nochmals anzugreifen.

Und dann ging alles ganz schnell. Romeo hörte einen merkwürdigen Laut, als würde jemand asiatisch fluchen.

Leone stieß einen überraschten Schrei aus, torkelte ein paar Schritte durch die Eingangshalle und hielt sich den Ellenbogen. Dann stürzte er davon.

Romeo wandte den Kopf und sah Domenico, der in einer Art Kampfstellung mitten in der Lobby stand, die Beine gespreizt, die Arme angewinkelt. Er sah dem Davoneilenden mit zusammengezogenen Augenbrauen finster hinterher.

»Was zum Teufel war das denn?«, keuchte Romeo.

Domenico atmete tief durch und löste seine starre Haltung auf. Dann bewegte er seinen Kopf lockernd von einer Seite zur anderen und lief zu Lara, die mit geschlossenen Augen und wachsbleichem Gesicht am Boden lag.

»Zwei Jahre Shizen-Kumite-Training an der Uni«, erklärte er mit einem schiefen Grinsen und wandte sich an Celia, die ihren Verlobten mit offenem Mund anstarrte. »Schatz, ruf bitte die Ambulanz. Lara ist ohnmächtig.«

»Domenico?« Lara sah Romeo verblüfft an.

Dieser nickte. »Mein zukünftiger Schwager, wer hätte das gedacht. Wenn ich gewusst hätte, dass der Kerl ein zweiter Bruce Lee ist, hätte ich mir die Prügelei sparen können. Aber Domenico hat etwas davon geschwafelt, dass Kumite nur ein Wettkampfsport sei.«

»Und Leone?«

»Ist abgehauen. Bis jetzt hat er sich auch nicht mehr gemeldet. Vielleicht leckt er sich irgendwo seine Wunden und taucht dann wieder auf. Obwohl, an seinem Ellenbogen kann man gar nicht lecken.« Er versuchte zu zwinkern, was ihm abermals ein Stöhnen entlockte.

»Ich kann nicht lachen«, wimmerte Lara. »Hör bitte auf!«

»Es tut mir so leid«, sagte Romeo und seufzte tief. »Wie kann ich das alles nur wiedergutmachen?«

»Es ist ja nicht dein Fehler«, versuchte sie ihn zu beschwichtigen. »Und der Urlaub bei euch ist das Spannendste, was ich je erlebt habe. Davon kann ich noch meinen Urenkeln erzählen.«

Er quittierte ihre lockere Antwort mit einem gequälten Lächeln. Doch er schämte sich zutiefst, sie in seine Familienfehde hineingezogen zu haben. Das Ganze war komplett aus dem Ruder gelaufen und würde vermutlich noch ein Nachspiel haben. Vielleicht kam sogar die Polizei vorbei, um sie über den Hergang des angeblichen Überfalls zu befragen. Hätte er die Vorkommnisse nicht doch lieber offen darlegen sollen? Erpressung war immerhin eine Straftat und Leone würde möglicherweise deswegen verhaftet. Die Wahrheit würde so oder so irgendwann ans Licht kommen.

Er fühlte kein Mitleid mit seinem leiblichen Vater. Jeder

hat die Chance, aus seinem Leben das Beste zu machen, auch wenn die Umstände widrig sind. Salvatore Leone hatte sich offensichtlich für eine kriminelle Laufbahn entschieden und Romeo nicht. Schlechtes Blut? Das mochte schon sein. Aber jeder war seines eigenen Glückes Schmied und konnte sich gegen schlechtes Blut wehren.

»Weißt du«, begann Lara. Ihre Stimme klang zugleich verschnupft und schläfrig. Offensichtlich hatte die Ärztin ihr Schmerzmittel verabreicht. »Ich konnte gar nicht klar denken, als ich gesehen habe, wie ihr euch prügelt. Ich hatte solche Angst, dass Leone möglicherweise ein Messer zieht und zusticht. Das hätte ich nicht ertragen.« Sie lächelte schief. »Weil ich dich liebe, du dummer Mann.«

»Du liebst mich?«

»Ja, verdammt!«, sagte sie unwirsch. »Nicht sehr klug, weil …« Sie brach ab und sah zur Seite. »Na ja, du lebst halt hier und ich in Hamburg.«

In seinem Magen flatterten gerade eine Million Schmetterlinge um die Wette. Sie liebt mich, schoss es ihm durch den Kopf, und eine Leichtigkeit erfasste ihn, als befände er sich in einem Heißluftballon hoch oben im Himmel. Trotz der schmerzenden Blessuren in ihren Gesichtern beugte er sich zu ihr hinab und streifte ihre Wange sanft mit seinen Lippen.

»Das ist schön, *cara*. Weil ich dich nämlich auch liebe«, flüsterte er an ihrem Ohr.

Die Worte waren ihm spontan über die malträtierten Lippen gekommen, und im ersten Moment war er über sich selbst erschrocken. Doch je mehr er darüber nachdachte, desto unumstößlicher wurde es zur Gewissheit: Er liebte die Wikingerin! Ihre wilde rote Lockenmähne, ihre mit Sommersprossen übersäte Haut, ihr einfühlsames Wesen, ihre Klugheit, ihre spitze Zunge, ihre Loyalität. Wer konnte dieses herrliche Geschöpf nicht lieben?

Ihre Augen leuchteten auf und sie drückte seine Hand. Doch dann wurde ihr Blick langsam glasig und sie sank tiefer in die Kissen. Sie brauchte Ruhe. Er würde später am Tag wieder hereinschauen und jetzt erst mal ins Hotel fahren, duschen und etwas schlafen.

Vorsichtig stand er auf, legte Laras Hand aufs Bett und zog dann fürsorglich die Decke bis zu ihrem Kinn. Sie sah mit der Nasenschiene und dem geschwollenen Gesicht wirklich abscheulich aus, aber für ihn war sie die schönste Frau auf Gottes Erde. Er hauchte ihr einen Kuss auf die Stirn und verließ leise das Krankenzimmer.

Bevor er die Tür schloss, drehte er sich nochmals um. Lara schlief tief und fest, den Mund leicht geöffnet. Vermutlich konnte sie gerade nicht durch die Nase atmen.

Romeo betrachtete sie eine Weile. Etwas hatte er ihr verschwiegen. Etwas, das ihm vielleicht ihre Liebe mit einem Schlag wieder entziehen würde: Paola.

33

»Ja, Mama. Was? Nein, auf keinen Fall! Ich …« Lara kam gegen Katharina Jauchs Wortschwall nicht an, also schwieg sie, bis ihre Mutter eine Pause machte, um Luft zu holen.

Es war kurz vor Mittag. Durch Positanos kleine Notaufnahme zogen Essensdüfte und Laras Magen knurrte. Sie hatte die vergangenen Stunden tief und fest geschlafen und fühlte sich jetzt einigermaßen frisch, wenn ihr Gesicht auch immer noch höllisch schmerzte. Doch sie wollte sich mit den Schmerzmitteln zurückhalten, so gut es eben ging.

»Mama, nun lass mich doch mal ausreden. Es geht mir gut, wirklich. Die Nase ist zwar gebrochen, das ist aber auch alles, und ihr müsst ganz bestimmt nicht nach Italien kommen. Das heilt in zwei Wochen ab, hat man mir gesagt. Danach bin ich so gut wie neu, und nächsten Sonntag fliege ich ja sowieso nach Hause. Was? Ja, ein Missgeschick. Nasse Flipflops und eine Marmortreppe sind eben keine guten Partner. Verklagen? So ein Blödsinn. Es war eindeutig meine Schuld, dass ich kopfüber auf den Steinboden geknallt bin.«

Lara schämte sich, ihre Mutter anzulügen, doch die Wahrheit konnte sie ihr unmöglich erzählen. Am Ende würde Katharina Jauch noch die Interpol verständigen.

»Mama, sie servieren gerade das Mittagessen, ich muss Schluss machen. Gib Paps einen Kuss von mir. Ich rufe euch heute Abend wieder an.«

Mit einem Seufzen beendete sie das Gespräch und legte ihr Handy auf den Nachttisch, dann griff sie nach dem Handspiegel und begutachtete ihr Gesicht. Sie hatte schon besser ausgesehen. Langsam wurde das ganze Ausmaß der Misere sichtbar. Unter der Schiene schimmerte ihre Nasenspitze in verschiedenen Violetttönen, links und rechts der Nasenflügel fing das geschwollene Gewebe an, sich blau zu verfärben, und ihr gesamtes Gesicht war extrem druckempfindlich. Sie hatte schon gelesen, dass sich gewisse Promis ihre Nase für eine Schönheitsoperation extra brechen ließen. Die hatten doch echt einen an der Waffel.

Die Tür öffnete sich, und ein junger Mann in der blauen Uniform des Pflegepersonals kam mit einem Tablett ins Zimmer. Er strahlte sie herzlich an, schob einen Beistelltisch an ihr Bett und setzte eine dampfende Suppenschüssel darauf ab, aus der es köstlich nach Minestrone duftete.

»*Buon appetito*, Signora Jauch«, sagte er und schob ihr das Kissen im Rücken zurecht. »Möchten Sie noch Tee?« Er deutete auf die Thermoskanne und sie nickte. »Kommt sofort.«

Obwohl Lara einen Ochsen hätte verspeisen können, war sie über die Suppe nicht unglücklich. Das Kauen verursachte ihr Schmerzen, da war flüssige Nahrung ein richtiger Segen.

Während sie in der heißen Suppe rührte, dachte sie an gestern Nacht zurück, als sie Romeo gestanden hatte, dass sie ihn liebte. Offenbar hatte sie eine gehörige Portion Schmerzmittel intus gehabt, dass sie sich das getraut hatte. Aber er war daraufhin nicht schreiend davongelaufen, sondern hatte gesagt, dass er ihre Gefühle erwidere. Sie lächelte. Das Leben konnte manchmal so herrlich sein. Außer vielleicht, wenn man gerade wie Marco Huck nach einem Boxkampf aussah.

»Hier, Ihr Tee.« Der Pfleger stellte eine frische Kanne auf den Nachttisch, deutete eine Verbeugung an und verließ fröhlich pfeifend das Zimmer.

Die Minestrone war göttlich. Langsam schlürfte Lara die würzige Suppe und sah wehmütig auf die Scheibe Brot daneben, ließ diese aber unberührt.

Vor einer Stunde hatte die Ärztin ihr gesagt, dass sie am Nachmittag die Notaufnahme verlassen dürfe. Offenbar gab es keine Anzeichen für eine Gehirnerschütterung, sie war ja auch nur kurz ohnmächtig gewesen, und wenn sie sich schonte, kam alles wieder ins Lot. Lara hatte daraufhin Romeo angerufen, der ihr mit verschlafener Stimme versprach, sie um drei Uhr abzuholen und frische Kleider mitzubringen.

Würde es peinlich werden, ihn wiederzusehen, jetzt, da sie sich gegenseitig ihre Gefühle gestanden hatten? Obwohl sie vorhin noch so hungrig wie ein Bär gewesen war, schob sie den Beistelltisch zur Seite und lehnte sich seufzend zurück.

Wohin sollte das alles führen? Sie konnte unmöglich in Kampanien bleiben. Daheim erwarteten sie schließlich ihre Eltern, ihre Freunde und ihre Arbeit. Obwohl sie dem verhassten Professor Prittwitz keine Träne nachgeweint hätte. Aber wollte sie das alles zurücklassen für einen Mann, den sie gerade zwei Wochen kannte? Und Romeo würde sicher auch nicht alles stehen und liegen lassen und nach Deutschland ziehen. Also blieb nur eine Fernbeziehung. Aber ob die funktionierte?

Sie sah zum Fenster hinaus. Ihr Zimmer lag nicht auf der dem Meer zugewandten Seite und bot einen Blick auf die steilen Felsen des Hinterlands. Kumuluswolken zogen gemächlich darüber hinweg und tauchten die bewaldeten Hänge in ein Wechselspiel aus Licht und Schatten.

Vielleicht wollte Romeo sie ja auch gar nicht hier haben. Er hatte zwar gesagt, dass er sie liebe, aber das beinhaltete nicht automatisch, dass er auch gedachte, seine Zukunft mit ihr zu verbringen. Möglicherweise liebte er sein Junggesellenleben mehr als eine lädierte Wikingerin mit Hang zum Sonnenbrand. Und was sollte sie in Italien tun? Deutschstunden geben? Bekam man überhaupt einfach so Arbeit in der Europäischen Union, oder brauchte man dazu bestimmte Papiere? Sie hatte sich über solche Sachen noch nie Gedanken gemacht. Und wo würden sie wohnen? In Neapel oder Positano? So viele Fragen, die sie sich scheute zu stellen, aus Angst vor der Antwort.

Lara hätte jetzt gern ein bisschen geweint. Nur, um den ganzen Druck abzubauen, der gerade auf ihr lastete, doch sie war schließlich kein Baby mehr, also riss sie sich zusammen und nahm noch eine Schmerztablette. Enzo Marconi hatte recht: Wie bekamen die im Krankenhaus bloß solch einen schlechten Tee hin?

* * *

»*Per carità*, wie siehst du denn aus?«

Graziella schlug sich die Hand vor den Mund und starrte Romeo entsetzt an, als er gegen halb drei das *Bellavista* betrat. Er hatte in Laras Zimmer in der *Albergo Cristoforo* geschlafen, war frisch geduscht, sah aber immer noch aus, als hätte ihn jemand durch den Fleischwolf gedreht. Zudem schmerzte seine Niere, als sei sie gerade auf Wanderschaft.

»Lange Geschichte«, meinte er lapidar. »Ist Celia da?«

Seine Schwester wollte ihn unbedingt begleiten, wenn er Lara abholte. Sie hatte schon am Morgen gleich in die Notaufnahme fahren wollen, um ihrer Freundin beizustehen, hatte aber eingesehen, dass es für Lara besser war, sich erst einmal auszuruhen.

»In der Küche«, meinte Graziella, »sie bespricht mit Bruno die Speisepläne.«

Ein feines Lächeln umspielte dabei ihre Lippen. Offenbar

gefiel es ihr, dass Enzos Tochter sich so ins Zeug legte. Vielleicht wurde ja doch noch eine Geschäftsfrau aus der *principessa*. Immerhin bliebe das *Bellavista* dann in der Familie.

Noch bevor Romeo die Küche betrat, hörte er durch die geschlossene Tür aufgeregte Stimmen. Anscheinend prallten in Brunos Heiligtum gerade zwei gegensätzliche Meinungen aufeinander. Und wirklich, als er die Flügeltür aufstieß, standen Celia und Bruno sich mit funkelnden Augen gegenüber. Der beleibte Koch schwitzte und fuhr sich mit einem Geschirrtuch ständig über die breite Stirn, wohingegen Celia aussah wie eine Katze im Angesicht eines Bullterriers.

»*Mannaggia*«, rief der Koch in diesem Moment, »so kann ich nicht arbeiten!« Als er Romeo entdeckte, winkte er ihm hastig zu. »Sag deiner Schwester, dass das nicht geht. Das *Bellavista* hat einen Ruf zu verlieren und ...«

»Pah!«, unterbrach Celia ihn verächtlich. »Welchen Ruf denn? Den des langweiligsten Speiseplans?«

Da hatten sich aber zwei gefunden.

»Ich will los«, sagte Romeo in neutralem Ton. Nur nicht in die Schusslinie begeben. »Begleitest du mich jetzt?«

»Ja, nimm sie bloß mit«, zischte Bruno mit genervtem Gesichtsausdruck.

Celia sah zur Küchenuhr. »Ich brauche noch einen Moment«, gab sie schnippisch zur Antwort. »Bring Lara doch einfach wieder her, dann kann ich mich besser um sie kümmern. Die im *Cristoforo* werden das schon verstehen.«

Dann setzte sie sich an den Küchentisch, nahm einen Kugelschreiber in die Hand und strich großzügig ein paar Speisepläne durch. Bruno stieß derweil unartikulierte Laute aus und verdrehte die Augen.

Als Romeo wenig später die Notaufnahme erreichte, standen zwei Sanitäter neben der Eingangstür und rauchten. Er kannte die beiden noch aus der Schulzeit und nickte ihnen zu. Die Männer starrten ihn einen Moment an, offenbar von seinem ramponierten Aussehen überrascht, drückten dann ihre Zigaretten aus und stiegen murmelnd in ein Ambulanzfahrzeug. Er war sich sicher, dass bald ganz Positano über seinen Rückfall in das Prügelalter informiert sein würde. Was soll's, Ende der Woche war sein hiesiges Intermezzo sowieso beendet.

Er hatte sich seit Laras Anruf das Hirn zermartert, wie er ihr die Geschichte mit Paola schonend beibringen konnte. Ein kleiner Teufel hatte ihm dabei ins Ohr geflüstert, dass sie es ja nicht zu erfahren brauchte. Paola war schließlich weit weg, und so spektakulär konnte das Gehopse mit ihr nicht gewesen sein, wenn er sich nicht mehr daran erinnerte. Zudem war er damals betrunken und in einem Ausnahmezustand gewesen, also galten mildernde Umstände. Dennoch, es erschien ihm nicht richtig, Lara zu belügen. Aber war schweigen denn lügen?

»In dem Fall schon, du Idiot«, murmelte er, als er die Treppe in den ersten Stock hinaufging und die Plastiktüte mit Laras Kleidung fester fasste. Nein, er konnte ihr das nicht verschweigen. Was war das denn für eine Beziehung, die schon mit einer Lüge begann?

Er blieb abrupt stehen, sodass die anderen Besucher um ihn herumgehen mussten und genervt die Köpfe schüttelten.

Beziehung? Nein, das war absurd! Wie sollte das denn gehen? Sie war ja bloß noch eine Woche hier. Lara hatte schon recht gehabt, er lebte hier und sie in Deutschland. Es gab also keine Beziehung. Außer, sie würde nach Italien ziehen oder er nach Hamburg. Oder hin und her pendeln? Aber das war doch verrückt. Wer tat denn so etwas? Sie lebten schließlich nicht in einer dieser romantischen Fernsehserien, auf die Celia so abfuhr. Oder gab es eventuell doch eine Zukunft für sie beide?

Er atmete tief durch. Es bestand nur eine Möglichkeit, das herauszufinden. Er musste mit Lara darüber sprechen.

* * *

Lara saß in einen geliehenen Bademantel gehüllt auf dem Stuhl am Fenster und sah hinaus. Heute Morgen hatte es so ausgesehen, als ob sich das schöne Wetter der vergangenen Tage verabschieden würde, doch jetzt strahlte wieder die Sonne. Allein auf den Berggipfeln der Monti Lattari im Hintergrund standen ein paar Wolken, die aber nicht so aussahen, als ob sie Regen brächten.

Sie sah auf die Uhr. Romeo müsste jeden Moment eintreffen. Nervös knetete sie sich die Hände. Es war nicht das erste Mal, dass sie einem Mann gestanden hatte, dass sie ihn liebte, aber bei ihm war es etwas anderes. Sie wusste nicht recht, wieso, und das stresste sie gewaltig. Sie mochte es nicht, wenn sie nicht die Kontrolle über ihre Gefühle besaß, so etwas machte einen verletzlich. Und das Damoklesschwert der nahen Trennung würde die kommenden Tage auch nicht einfacher gestalten.

Lara nahm sich vor, sich ganz lässig zu geben, um gegen eine mögliche Enttäuschung gefeit zu sein. Es konnte durchaus sein, dass er sein Liebesgeständnis vergangene Nacht gar nicht ernst gemeint hatte. Womöglich hatte sie ihm bloß leidgetan. Doch was machte sie sich Gedanken über ungelegte Eier? Erst mal abwarten und sehen, wie er auf ihr Wiedersehen reagierte. Danach wollte sie sich dann richten.

Es klopfte an der Tür und Lara fuhr zusammen.

»Sì?« Ihre Stimme klang noch immer, als wäre sie erkältet, aber immerhin konnte sie schon wieder ein wenig durch die Nase atmen.

Romeo steckte den Kopf ins Zimmer. »Ist hier das Nasenbär-Gehege?«

Er sah furchtbar aus. Die Haut in seinem Gesicht begann sich in allen Farben des Regenbogens zu verfärben, allein seine Augen strahlten dieselbe Wärme aus wie immer.

»Fragt der Regenbogenfisch«, konterte sie und stand auf.

Romeo grinste und betrat das Zimmer, dann zog er sie in die Arme und küsste vorsichtig ihre Stirn.

»Wie geht's dir, mein Herz? Alles in Ordnung?«

Sie nickte und ein warmes Glücksgefühl breitete sich in ihrem Körper aus. Sie machte sich einfach zu viele Gedanken. Es würde sich schon ein Weg finden.

»Ich ziehe mich schnell um, und dann können wir gehen. Sie brauchen das Zimmer, es gibt hier ja nur zwei.«

In der Ecke befand sich ein Vorhang vor einem Waschbecken, hinter dem man sich waschen und umziehen konnte. Obwohl Romeo sie bereits nackt gesehen hatte, genierte sie sich jetzt plötzlich, sich vor ihm auszuziehen.

Er reichte ihr die mitgebrachte Tüte mit einer leichten Verbeugung, und sie verzog sich errötend hinter den schützenden Vorhang.

Wie schaffte es der Mann bloß, sie mit einem einzigen Blick in solch ein Gefühlschaos zu stürzen? Das sollte verboten sein. Ihr Herz klopfte wild, was sich unangenehm in ihrer geschwollenen Nase bemerkbar machte. Zum Glück hatte die Ärztin sie mit einer erklecklichen Anzahl Tabletten eingedeckt. Doch die starken Medikamente packten sie in Watte, was Lara noch schlimmer fand als das schmerzende Pochen, also verzichtete sie auf die Einnahme.

»Celia möchte, dass du wieder im *Bellavista* wohnst«, hörte sie Romeo sagen, während sie sich anzog. »Ich finde das eine gute Idee. Was meinst du dazu? Wir können gleich in die *Albergo* fahren und deine Sachen holen, einverstanden?«

»Ja, sicher. Wie geht's ihr denn?«

Sie hörte, wie Romeo das Fenster öffnete, und spürte einen

frischen Luftzug. Straßenlärm drang ins Zimmer, irgendwo greinte ein Kind.

»Die Kleine überrascht uns alle. Sie sagt zwar immer, dass sie keine Ahnung vom Führen eines Hotels hat, aber das Marconi-Gen macht sich wohl langsam bemerkbar. Die hatten schon immer ein Händchen fürs Geschäft.«

Die Worte sollten spaßig klingen, doch Lara bemerkte den schmerzlichen Unterton darin. Romeo hatte immer gemeint, dass er seinen eigenen Geschäftssinn, den er in seinem Job zweifellos haben musste, von Enzo geerbt hatte. Und nun stellte sich heraus, dass er gar nicht mit ihm verwandt war.

»Schön, das freut mich. Ich wusste schon immer, dass in der kleinen Celia versteckte Talente schlummern. So, fertig.« Sie zog den Vorhang beiseite, legte den Bademantel aufs Bett und stopfte ihre Kleider vom gestrigen Tag in die Tüte. »Bloß raus hier, bevor ich noch richtig krank werde.«

Romeo lachte, nahm ihr die Tüte ab und öffnete die Tür.

Lara blinzelte geblendet und klappte die Sonnenblende herunter. Es würde noch Tage dauern, bis sie wieder eine Sonnenbrille aufsetzen konnte.

Vor der *Albergo Cristoforo* stand ein Taxi, dem ein älteres Ehepaar entstieg, als sie dort ankamen. Die beiden strahlten sich an, als wären sie auf der Hochzeitsreise. Lara warf Romeo einen schnellen Blick zu. Auch er hatte das Paar bemerkt.

»Der Liebeszauber von Positano«, sagte er schmunzelnd, »dem kann sich eben keiner entziehen.«

Eine Anspielung auf sie beide? Lara lächelte.

Die wenigen Sachen in ihrem Zimmer, die sie schon ausgepackt hatte, waren schnell eingesammelt. Romeo half ihr dabei, doch auch er konnte sich, wie sie, kaum bücken. Ihn schmerzte seine Nierengegend, ihr schoss dabei das Blut unangenehm ins

Gesicht. Als alles verstaut war, sah sie sich noch mal im Zimmer um. Nichts vergessen?

Romeo stand derweil mit verschränkten Armen vor dem Fenster und sah aufs Meer hinaus. Lara hegte schon die ganze Zeit die Vermutung, dass ihn irgendetwas beschäftigte, und sogleich machte sich ein ungutes Gefühl in ihrer Magengegend breit. Noch mehr Hiobsbotschaften? Es reichte langsam wirklich.

»Ist etwas passiert?«, fragte sie dennoch, weil die Ungewissheit an ihren Nerven zerrte.

Er drehte sich um, ließ die Arme sinken und mied ihren Blick. Er sah wie das personifizierte schlechte Gewissen aus. Ihre Kehle wurde eng.

»Romeo?«

Er seufzte tief und hob endlich den Blick.

»Ich muss dir etwas sagen«, begann er und brach ab. Dann fuhr er sich mit beiden Händen durch die Haare und zerstörte damit seine akkurat gegelte Frisur.

Das klang gar nicht gut. Wollte er die Sache etwa beenden? Jetzt, nach all dem Ärger? Sie setzte sich langsam aufs Bett und harrte der Dinge. Sie wagte kaum zu atmen. Irgendetwas musste vorgefallen sein. Aber was? Sie waren ja praktisch ständig zusammen gewesen. Celia schien es gut zu gehen, das hatte er gesagt. Enzo lag noch im Krankenhaus, würde aber bald entlassen. Also was? Ging es vielleicht um Leone?

Die Angst griff wie eine kalte Hand nach ihrem Herzen. Hatte Romeo seinem leiblichen Vater etwas angetan? Ihn heute Morgen womöglich aufgespürt und … Nein, sie durfte nicht an so etwas denken. Romeo besaß zwar ein aufbrausendes Temperament, aber er war kein Mörder. Und wenn doch?

»Ja?«, krächzte sie. »Was denn?«

»Himmel noch mal«, stieß er hervor und lachte gequält, »ich hätte nicht angenommen, dass es so schwierig sein würde.«

»Hast du Leone etwas angetan?«, platzte sie heraus, und Romeo runzelte verwirrt die Stirn.

»Leone? Nicht mehr als er mir. Nein, das ist es nicht.«

Sie atmete auf. Aber was war es dann? Was belastete ihn dermaßen, dass er sich so quälte?

Er stieß einen tiefen Seufzer aus, setzte sich neben sie aufs Bett und griff nach ihrer Hand. Ihr Mund wurde vor Aufregung zu einer Wüste. Lieber Gott, dachte sie, lass es nichts Schlimmes sein.

»Lara, Liebes«, begann er, »ich habe dich doch am Sonntag einfach so in Salerno stehen lassen – wofür ich mich nochmals entschuldige. Aber ich war so durch den Wind, konnte nach Enzos Geständnis keinen klaren Gedanken mehr fassen und fuhr ziellos in der Gegend herum.«

Sie nickte stumm.

»Als ich irgendwann am Meer anhielt, weil ich merkte, dass es keine so gute Idee war, in diesem Zustand die *Amalfitana* entlangzupreschen, habe ich jemanden getroffen.«

Er streichelte weiter ihre Hand, senkte dabei aber den Blick, und ihr wurde plötzlich übel. Warte ab, sprach sie sich selbst Mut zu, und denk nicht gleich an das Schlimmste. Doch seine nächsten Worte trafen sie wie ein Faustschlag:

»Paola, eine alte Schulfreundin von Celia, ist mir über den Weg gelaufen. Sie hat mich zu sich nach Hause eingeladen. Und … ich habe angenommen.«

Laras Körper fühlte sich auf einmal sehr schwer an, als ob in ihren Adern nicht Blut, sondern Blei fließen würde. Sie brachte kein Wort heraus, obwohl tausend Fragen durch ihren Kopf schossen. Romeo tropfte das schlechte Gewissen aus jeder Pore, er musste die verletzenden Worte nicht einmal laut aussprechen.

Er hatte sie also betrogen. Nach all dem, was sie gemeinsam durchgestanden hatten, hatte er nichts Besseres gewusst, als beim ersten Problem mit einer anderen in die Kiste zu springen. Und diesem Mann hatte sie noch vor kurzer Zeit ihre Liebe gestanden. Sie kam sich dumm vor. Beschmutzt und erniedrigt.

»Verstehe«, flüsterte sie kraftlos und entzog ihm ihre Hand. »Dann ist es jetzt das Beste, wenn du gehst.«

Es kostete sie unsägliche Kraft, nicht in Tränen auszubrechen, aber diesen Gefallen wollte sie ihm nicht tun.

»Lara, bitte, lass es mich doch erklären.« Er hob den Kopf und sah sie flehentlich an.

Sie stand auf. »Das ist nicht nötig«, erklärte sie und hasste sich dafür, dass ihre Stimme zitterte. »Wir sind uns nichts schuldig. Du bist ein freier Mann und kannst tun und lassen, was du willst. Geh jetzt bitte.«

Er erhob sich ebenfalls und trat einen Schritt auf sie zu, berührte sie jedoch nicht. Sie roch sein Aftershave, das ihr so vertraut war, und hielt sich am Bettpfosten fest, weil ihr plötzlich schwindelig wurde. Er streckte die Hand nach ihr aus.

»Nein«, schrie sie auf, »fass mich nicht an!«

Dann wirbelte sie herum und floh ins Bad. Sie drehte den Schlüssel im Schloss, setzte sich auf die Toilette und ließ den Kopf hängen. Heiße Tränen liefen über ihr Gesicht.

»Lara?« Sie hörte ein leises Klopfen an der Tür. »Lass uns darüber reden, bitte. Es … ich würde wirklich alles tun, um es ungeschehen machen zu können. Ich liebe …«

»Verschwinde endlich!«, schrie sie. »Hau ab, du Mistkerl, und lass mich bloß in Ruhe! Ich will dich nie wieder sehen!«

Sie strich sich mit dem Handrücken die Tränen aus den Augen und zuckte zusammen, als sie dabei versehentlich ihre Nase berührte. Nach einer Weile hörte sie, wie die Zimmertür ins Schloss fiel. Sie war allein.

34

»Das verstehe ich jetzt nicht, du hast doch deinen Urlaub verlängert. Dürfen die das denn einfach?«

Celia stand mit gerunzelter Stirn vor Romeos Wagen, als er gerade den Kofferraum zuknallte.

»Ein wichtiges Projekt, das meine Anwesenheit erfordert«, erklärte er knapp. »Tut mir leid, *piccolina*.«

»Und was ist mit Lara? Ich dachte, du bringst sie wieder her. Ist bei euch alles in Ordnung?«

Er konnte Celia nicht beichten, was zwischen ihm und Lara vorgefallen war, dazu fehlte ihm im Moment einfach die Kraft. Lara würde ihre Freundin bestimmt bald über seine Machenschaften aufklären, und dann wäre er zumindest weit genug entfernt, um nicht im Auge des Hurrikans zu sitzen.

»Ja, sicher«, log er. »Sie wollte noch etwas erledigen und kommt später mit dem Taxi. Und jetzt muss ich los.«

Er wollte schon einsteigen, als Celia ihn am Arm packte.

»Ist wirklich alles in Ordnung?«, fragte sie zweifelnd. »Du benimmst dich so eigenartig.«

»Ich habe bloß Schmerzen, das ist alles.«

Sie nickte langsam. »Und was ist, wenn Leone wieder auftaucht?«

»Dann rufst du am besten deinen asiatischen Kampfkunstexperten.«

Celia grinste. »Ein Mann voller Überraschungen. Den sollte man heiraten. Apropos, am Samstag bist du doch wieder hier, oder?«

Verdammt, die Hochzeit! Die hatte er vollkommen vergessen. Er konnte Lara auf keinen Fall noch einmal gegenübertreten. Das würde er nicht schaffen. Er musste sich bis dahin eine gute Ausrede einfallen lassen.

»Aber klar doch. Um elf Uhr stehe ich auf der Matte.«

»Sie beginnt um zehn, du Schwachkopf. Der Priester hat danach noch eine Trauung in der Kirche.«

Romeo verzog die Lippen zu einem Lächeln, was ihm offenbar gut gelang, denn Celia ließ seinen Arm endlich los.

Er zwinkerte ihr zu und stieg ein. Bevor er losfuhr, beugte sie sich noch einmal durchs offene Fenster und drückte ihm einen Kuss auf die Wange.

»Ti amo«, sagte sie, drehte sich um und lief schnell zurück ins Hotel.

»Ich dich auch, kleine Schwester«, flüsterte er, legte den ersten Gang ein und brauste davon.

»Heilige Scheiße!«, stieß Pietro fassungslos hervor, als sie das dritte Loch erreichten. »Das ist …« Er schüttelte den Kopf. »Ich weiß gar nicht, was ich sagen soll.«

Kaum war Romeo in Neapel angekommen, hatte er seinen Arbeitskollegen angerufen, um sich mit ihm auf dem Golfplatz zu treffen. Es war ihm unmöglich, jetzt allein in seiner Wohnung herumzusitzen. Also hatte er Pietro einen kurzen Abriss über Salvatore Leones Machenschaften und ihre Verwandtschaft geliefert. Selbst wenn er seinem Freund nichts von den Ereignissen in Positano hätte erzählen wollen, Romeos lädiertes

Äußeres sprach Bände, und er hatte in den vergangenen Tagen schon zu viele Lügen erzählt und auch gehört, als dass er all dem noch weitere hatte hinzufügen wollen.

Zudem würde sein Kollege, wenn Leone seine Drohung wahr machte, sowieso bald alles aus der Klatschpresse erfahren. Nur die Sache mit Lara verschwieg er ihm. Die schmerzte einfach zu sehr.

»Man soll sich eben immer vor seinen Wünschen hüten, denn sie könnten in Erfüllung gehen«, sagte Romeo seufzend, zog das Neunereisen aus der Golftasche und teete den Ball auf dem Abschlag auf.

»Was meinst du damit?« Pietro stellte sich ihm gegenüber und stützte sich auf seinen Schläger.

»Nun, ich wollte doch immer wissen, wieso mein Vater … ich meine Enzo, mich nicht leiden kann. Dass es dann aber so krass sein würde, habe ich mir natürlich nicht vorgestellt.«

»Wäre es dir lieber, du wüsstest die Wahrheit nicht?«

Romeo zuckte mit den Schultern. »Keine Ahnung. Es ist müßig, sich darüber den Kopf zu zerbrechen. Es ist, wie es ist.«

Er sprach den Ball an, sah noch einmal aufs Fairway und schlug ab.

»Deinem Golfspiel hat der ganze Mist leider nicht geschadet. Toller Schlag, *amico mio*!«

Romeo steckte das Tee in die Hosentasche und verließ den Abschlag. Pietro war an der Reihe. Sein Ball landete etwa auf gleicher Höhe.

»Auch nicht schlecht«, meinte Romeo.

Dann schulterten sie ihre Golfsäcke und machten sich auf den Weg.

Über dem Vesuv dräute ein Gewitter. Dunkle Wolken zogen vom Meer her über den Golf von Neapel, und von fern klang dumpfer Donner über die Ebene. Wenn das Unwetter noch näher kam, mussten sie die Runde abbrechen. Mit Eisenschlägern über eine Wiese zu laufen, über der es blitzte, war keine gute Idee.

»Was wirst du unserem Chef erzählen?«, fragte Pietro, und als er Romeos verständnislosen Blick bemerkte, fügte er hinzu: »Na ja, dein Gesicht. Das ist bis nächste Woche kaum abgeheilt, oder?«

»Ich habe mir Make-up besorgt«, erwiderte Romeo und grinste dann, als er Pietros offenen Mund registrierte. »Quatsch! Keine Ahnung. Irgendwas wird mir schon einfallen. Vielleicht brauche ich auch keine Ausrede. Wenn Salvatore Leone an die Presse geht, wird es das mit meiner Bankkarriere gewesen sein.«

»Aber es ist doch nicht deine Schuld, dass dein biologischer Vater so ein Arsch ist. Meinst du wirklich, dass sie dich rauswerfen?«

»Wäre doch möglich.«

»Und dann?«

Romeo hob die Schultern. »Das entscheide ich, wenn es so weit ist. Vielleicht eröffne ich mit deiner Mutter zusammen eine Trattoria. Gutes Essen verkauft sich schließlich immer.«

Pietro runzelte die Stirn, bis er bemerkte, dass ihn sein Freund auf die Schippe nahm.

»Im Ernst, darüber habe ich mir noch keine Gedanken gemacht. Irgendeine Tür öffnet sich immer, man muss nur den richtigen Schlüssel finden.«

* * *

»Großer Gott, das sieht ja übel aus!« Celia verzog mitfühlend den Mund.

»Danke«, erwiderte Lara, »ein nettes Kompliment verschönert einem doch sehr den Tag.«

»Tut mir leid. Ich habe bloß noch nie jemanden gesehen, der sich die Nase gebrochen hat. Tut's noch weh?«

Lara nickte. »Ist aber schon besser geworden. Und wenn es schlimm wird, habe ich noch meine Tabletten.«

Sie saßen auf der Terrasse des *Bellavista* in einer windgeschützten Ecke. Das Wetter hatte, trotz des sonnigen Intermezzos am frühen Nachmittag, umgeschlagen. Über der Bucht hingen bleigraue Wolken und vom Meer her wehte ein kühler Wind. Lara verschränkte schützend die Arme vor der Brust und unterdrückte ein Frösteln. Die Stimmung passte wunderbar zu ihrem Gefühlschaos.

»Ist dir kalt? Wollen wir reingehen?« Celia hob den Blick von der Geschäftskorrespondenz, die sie mit einer Kaffeetasse, einem Aschenbecher und ihrem Handy beschwert hatte, damit der Wind sie ihr nicht entriss.

»Nein, geht schon«, sagte Lara und sah auf das kabbelige Meer hinaus. »Es erinnert mich an zu Hause.«

»Wie geht's deinen Eltern? Hast du ihnen von deinem … Unfall erzählt?«

»Gut, und ja, aber freilich nicht, wie es sich tatsächlich zugetragen hat. Ich habe ein bisschen geflunkert. Mama wollte natürlich gleich in den nächsten Flieger steigen und herkommen, aber ich konnte es ihr zum Glück ausreden.«

»Wäre doch nett, wenn deine Eltern auch zu meiner Hochzeit kämen. Du darfst sie gern einladen. Ein paar der Gäste können am Samstag nicht kommen. Platz und Essen sind also reichlich vorhanden.«

»Nein, besser nicht. Aber danke für das Angebot.«

Celia warf ihr einen prüfenden Blick zu, schob dann die Akten zusammen und faltete ihre Hände darüber.

»Und jetzt möchte ich wissen, was eigentlich los ist. Romeo hat ebenfalls wie ein geprügelter Hund ausgesehen, als er wegfuhr. Schon wieder Stress im Paradies?«

Lara wandte ihr ruckartig den Kopf zu. »Er ist weggefahren?«

»Ja, zurück nach Neapel. Angeblich hat ihn die Bank zurückbeordert. Wusstest du nichts davon?«

Lara biss sich auf die Lippe. Romeo war weg, wie sie es von ihm verlangt hatte. Doch statt erleichtert darüber zu sein, fühlte sie sich nur unsagbar traurig.

»Lara?« Celia streckte die Hand aus. »Willst du es mir nicht sagen?«

»Paola Calza?« Celia starrte Lara entsetzt an.

Lara hob die Schultern. »Ich kenne ihren vollen Namen nicht. Angeblich ist sie eine alte Freundin von dir.«

»Das ist bestimmt Paola Calza. Ich habe sie zu meiner Hochzeit eingeladen. So eine Schlange!« Celia lief aufgebracht im Büro ihres Vaters umher. »Die hatte schon immer eine Schwäche für Romeo. Aber dass er ...« Sie brach ab und schüttelte den Kopf. »Ich hatte ihn mir, na ja, intelligenter vorgestellt.« Als sie die Tränen in Laras Augen bemerkte, eilte sie zu ihr und legte die Arme um ihre Schultern. »Tut mir leid, mein idiotischer Bruder hat dich gar nicht verdient. So ein Hornochse! Dann musste er also gar nicht weg.« Sie schnaubte. »Der wusste schon, weshalb er mich angelogen hat. Ich hätte ihm nämlich saftig in die Eier getreten.«

Trotz allem musste Lara kichern und Celia stimmte ein.

Sie hatten sich in Enzos Büro verzogen, weil es plötzlich zu regnen begann. Dicke Tropfen schlugen jetzt an die Fensterscheiben und ließen die Welt draußen in einem Meer aus Grautönen versinken.

»Dem werde ich am Samstag aber etwas erzählen!«, wetterte Celia weiter. »So leicht kommt der mir nicht davon.«

»Nein, Celia, bitte nicht. Es wird mich schon genug Kraft kosten, ihn wiederzusehen. Samstag ist dein großer Tag, an dem es nur um dich und Domenico geht. Lass ihn dir durch meinen Liebeskummer nicht verderben. Zudem reise ich am nächsten Tag ja ab. Ich werde es schon durchstehen.«

»Du liebst diesen *cretino*, nicht wahr?«

Celia strich Lara eine Locke aus dem Gesicht.

»Leider«, gab sie zu. »Aber das geht auch wieder vorbei. Wir hatten … na ja, auch wenn er sich nicht mit dieser Paola eingelassen hätte, irgendwann wäre doch sowieso Schluss gewesen. Vielleicht nicht diese Woche, möglicherweise hätten wir uns sogar noch ein paarmal gesehen, entweder hier oder in Hamburg, aber Fernbeziehungen funktionieren doch nur in schmalzigen Liebesromanen. Meinst du nicht auch?«

»Ich hasse es, wenn du so logisch argumentierst«, seufzte Celia. »Aber womöglich hast du recht.«

Sie umrundete Enzos Schreibtisch und hob den Telefonhörer ab. »Ich rufe jetzt Domenico an, und dann gehen wir drei chic essen, einverstanden?« Und als Lara den Mund verzog, fügte sie hinzu: »Keine Widerrede, wenn man Probleme hat, hilft italienisches Essen immer. *Pasta e basta!*«

35

Jeden Tag durchforstete Romeo die Tageszeitungen, ob Leone seine Drohung wahr gemacht und ihre Story veröffentlicht hatte. Doch er fand nichts. War seine Familiengeschichte für die Presse nicht interessant genug? Oder gab es einen anderen Grund, dass Leone sich zurückhielt?

Von Celia hatte Romeo eine gepfefferte SMS erhalten, in der sie ihm verschiedene Schimpfwörter an den Kopf knallte, darunter einige, die ihn zum Schmunzeln brachten. Auf seine entschuldigende Antwort hatte sie jedoch nicht mehr reagiert, und seitdem herrschte Funkstille zwischen ihnen. Er korrespondierte nur noch mit Domenico, der ihn über alles auf dem Laufenden hielt, was im *Bellavista* geschah.

Leone hatte sich im Hotel nicht mehr blicken lassen und auch sonst keinen Kontakt mehr aufgenommen. Das war auf der einen Seite beruhigend, auf der anderen Seite konnte es jedoch auch bedeuten, dass der große Hammer noch bevorstand.

Von und über Lara hatte er nichts mehr gehört. Domenico erwähnte sie mit keinem Wort, was ihn vermuten ließ, dass Celia ihren Zukünftigen über Romeos schändliches Verhalten aufgeklärt hatte. Gut, somit waren die Fronten geklärt.

Romeo konnte die Momente nicht mehr zählen, in denen

er auf sein Handy gestarrt hatte, immer in Versuchung, Lara zu schreiben oder sie anzurufen. Doch er schämte sich zu sehr, um es tatsächlich zu tun. Sie hatte recht getan, ihm die Tür zu weisen, und Absolution durfte er nicht erwarten. Er hatte einfach kein Glück mit den Frauen und würde irgendwann einsam sterben. Von seinen eigenen Katzen angefressen. Wenn er denn je welche haben würde.

Er merkte sehr gut, dass er sich im Selbstmitleid suhlte und dadurch nur noch tiefer in das Loch fiel, das er sich selbst gegraben hatte. Also begann er, Sport zu treiben, um sich abzulenken und zu vergessen. Er lief jeden Tag mehrere Kilometer, ging ins Fitnessstudio und trainierte an den Geräten, bis der Schweiß in Bächen an ihm hinablief, und er verbrachte jede freie Minute auf dem Golfplatz.

Doch die ganze Mühe war umsonst. Laras Gesicht stand ständig vor seinem inneren Auge. Er träumte von ihr, sah ihre leuchtend roten Locken in den Straßen von Neapel und vermeinte, ihr Lachen hinter sich zu hören. Manchmal hatte er das Gefühl, dass er bald in die Klapsmühle gehörte.

Am Samstagmorgen stand er frühzeitig auf, lief seine obligate Runde und stellte sich dann unter die Dusche. Heute war Celias Hochzeit. Er hatte die vergangenen Tage überlegt, ob er wirklich nach Positano fahren sollte. Immerhin würde Enzo da sein, Celia, die ihm zürnte, und vielleicht tauchte sogar Salvatore Leone auf. Doch Romeos Sehnsucht, Lara noch einmal zu sehen, war übermächtig, und möglicherweise gab sie ihm eine letzte Chance, sich bei ihr zu entschuldigen. Und wenn sie nicht mit ihm sprechen wollte, konnte er sie immerhin sehen und in ihrer Nähe sein. Gott, was war er doch für ein erbärmlicher Wurm!

Seine Blutergüsse im Gesicht hatten sich in den vergangenen Tagen von Rot nach Gelb verfärbt. Jetzt schimmerten sie in einem unvorteilhaften Braun. Er sah aus, als hätte er teilweise zu lange auf der Sonnenbank gelegen. Zum Glück verdeckte sein Bart die schlimmsten Stellen.

Wie es wohl Lara mit ihrer gebrochenen Nase ergangen war? Er hatte im Internet darüber recherchiert. Bei unkomplizierten Brüchen war nach zwei Wochen alles wieder im Lot, hoffentlich ging es bei ihr ebenso. Sie hatte so eine hübsche Stupsnase mit den süßesten Sommersprossen darauf.

Er verließ die Dusche und betrachtete im Schlafzimmer skeptisch den dunklen Armani-Anzug, den er für Celias Hochzeit herausgesucht hatte und der ordentlich über einem Stuhl hing. Auf dem Bett lagen ein weißes Hemd und eine dezent gestreifte Krawatte, darunter standen seine besten Lederschuhe. Ob er Lara in dem Aufzug gefiel?

»Es ist ihr vollkommen egal, wie du aussiehst, du Idiot«, murmelte er frustriert vor sich hin, als er das nasse Duschtuch ins Bad warf und sich anzog.

Trotzdem verwendete er viel Zeit darauf, die Haare in Form zu bringen und seinen Bart nochmals akkurat zu trimmen. Wenn er sich in seinem Outfit wohlfühlte, würde der Tag vielleicht ein bisschen leichter zu überstehen sein.

Die Straßen aus Neapel heraus waren wie üblich an einem Samstag komplett verstopft. Romeo trommelte mit den Fingern ungeduldig aufs Lenkrad. Normalerweise brauchte er bis Positano anderthalb Stunden, doch seit dreißig Minuten ging es nur noch im Schritttempo vorwärts.

»Nun fahr doch, du Armleuchter!«, knurrte er, als der Fahrer vor ihm mitten auf einer Kreuzung zögerte und der Verkehrsfluss dadurch wieder ins Stocken geriet.

Romeo schob eine CD in den Player und drehte die Lautstärke hoch. Pino Danieles »*Tutta n'ata storia*«. Der bekannte Sänger aus Neapel, der Canzone im neapolitanischen Dialekt geschrieben hatte und leider viel zu früh verstorben war, heiterte seine schlechte Laune nur unwesentlich auf.

Vielleicht war der Stau ein Zeichen dafür, dass er besser nicht auf Celias Hochzeit auftauchen sollte. Genau, der Himmel wollte ihm damit mitteilen, dass das Fest bestimmt friedlicher ablaufen würde, wenn das zweite schwarze Schaf der Familie diesem fernblieb. Enzo wäre überglücklich, ihn nicht dabeizuhaben, und Celia wahrscheinlich auch. Aber was war mit Lara? Sie war im Moment sicher diejenige, die ihn am meisten hasste. Aber sie hatte auch gesagt, dass sie ihn liebte. Waren diese Gefühle denn einfach so wieder verschwunden? Zerstört durch seine eigene Dummheit?

Die ganze Woche über hatte er es bereut, ihr die Wahrheit über Paola gebeichtet zu haben. Lara hätte es nie herausgefunden, Paola schipperte irgendwo auf hoher See herum und hatte ihm erzählt, dass sie zu Celias Ausweichtermin nicht kommen konnte. Hätte er bloß geschwiegen, dann wären er und Lara bis morgen noch zusammen gewesen. Sie hätten ein paar wunderbare gemeinsame Tage verbracht, dann wäre er mit ihr zum Flughafen gefahren, hätte sie zum Abschied geküsst und sich in aller Ruhe von ihr verabschiedet. Ein angemessener Abschluss für einen unvergesslichen Urlaubsflirt. Doch stattdessen hatte er ja den reuigen Sünder spielen müssen. Wie bescheuert konnte man eigentlich sein?

Kurz vor der Autobahn löste sich der Stau wie durch Zauberhand auf und Romeo gab Gas. Wenn er einen Strafzettel wegen zu schnellen Fahrens riskierte, konnte er noch rechtzeitig in Positano sein. Doch kurz vor Ercolano strafte ihn der Verkehrsgott von Neuem mit einem zähen Stau.

»Alles klar«, seufzte Romeo resigniert, »ich habe verstanden.«

Er betätigte den Blinker, fuhr von der Autobahn ab und zurück in die City.

* * *

Das Gesicht, das Lara aus dem Spiegel entgegenblickte, sah wieder einigermaßen wie das ihre aus, auch wenn die Nasenschiene nicht recht zu ihrer aufwendigen Hochsteckfrisur passen wollte. Sie tupfte sich noch etwas grünen Concealer neben die Nasenflügel und fixierte alles mit Puder. Dann besah sie sich das Kunstwerk von allen Seiten. *Germany's Next Topmodel* würde sie mit ihrem Aussehen an diesem Tag nicht werden, aber besser kriegte sie es nicht hin.

Sie sah auf die Uhr und verließ eilig das Bad. Celia hatte vorhin angerufen und sie gefragt, ob sie nicht zu ihr kommen könne. Einige von Celias Freundinnen waren zwar schon seit dem frühen Morgen damit beschäftigt, die Braut herzurichten, aber offenbar brauchte sie gerade moralische Unterstützung.

Lara schlüpfte in ihre offenen Riemchenschuhe, die sie aus Deutschland für diesen Anlass mitgebracht hatte, dabei fiel ihr Blick auf die Ledersandalen: Romeos Geschenk. Sie atmete tief durch und fühlte ein nervöses Kribbeln in der Magengegend. Seit seiner überstürzten Abreise am Dienstag hatte sie nichts mehr von ihm gehört. Zwar hatte sie ihm gesagt, dass er sich verpissen solle. Doch insgeheim hatte sie gehofft, dass er sich wieder melden würde. Dass dem nicht so war, enttäuschte sie maßlos. Auf der anderen Seite war es bestimmt das Beste, einen klaren Schlussstrich zu ziehen. Trotzdem fühlte sie sich gerade so, als hätte sie gleich eine schwierige Prüfung ablegen müssen, für die sie zu wenig gelernt hatte. In einer Stunde begann die Feier und dann würde sie ihn wiedersehen. Ob sie dem gewachsen war? Ein Gedanke zuckte durch ihren Kopf, der sie schlucken ließ. Was, wenn er in Begleitung kam? Mit dieser Paola zum Beispiel. Zwar hatte Celia ihr versichert, dass ihre ehemalige Schulkollegin abgesagt hatte. Aber vielleicht kam sie ja trotzdem. Am Arm von Romeo. Und Lara musste dabei zusehen, wie die beiden miteinander turtelten und sich küssten. Ihr wurde übel bei dieser Vorstellung und sie atmete keuchend aus.

»Hör auf mit dem Mist!«, schimpfte sie halblaut vor sich hin, als sie nach ihrer Handtasche und der Stola griff. Sie warf noch einen letzten Blick in den Spiegel, straffte die Schultern und öffnete die Zimmertür. Es ging heute nicht um sie, sondern um Celia.

»Ich kann Domenico nicht heiraten!« Celia saß vor dem Schminkspiegel und schüttelte den Kopf. »Unmöglich! Wir müssen die Feier absagen.«

Sie sah bezaubernd aus in ihrem elfenbeinfarbenen Spitzenkleid. Eine komplizierte Hochsteckfrisur, geschmückt mit Perlen, setzte ihren schmalen Hals perfekt in Szene. Die in das Kleid eingearbeitete Korsage betonte ihren vollen Busen, der im Moment jedoch auf und ab wogte wie das Meer an einem stürmischen Tag.

Lara sah ihre Freundin verwirrt an. »Absagen?«, fragte sie. »Wieso denn? Was hat er denn getan?«

Celia drehte sich zu ihr um, in ihren stark geschminkten Augen standen Tränen.

»Nichts. Er ist der wunderbarste Mann, den es auf der Welt gibt. Es liegt an mir.«

»An dir?«

Celia nickte. »Ich bin doch noch ein Kind, wie kann ich da eine Ehefrau sein? Dazu muss man doch erwachsen sein, nicht wahr? Bald kommen die Bambini. Dann werde ich dick und fett, trage grässliche Leggings und wasche mir die Haare nur noch einmal pro Woche. Er wird sich von mir abwenden, jeden Abend in die Kneipe gehen, um mit seinen Kumpels Fußball zu gucken und …«

»Halt mal die Luft an!«, befahl Lara lachend. »Das ist doch alles Quatsch. Ihr werdet ein wunderbares Leben zusammen führen und glücklich sein.«

Sie griff nach Celias Hand, die in einem seidenen Handschuh steckte. »Hör zu, das ist nur die Vorhochzeitspanik und ganz normal. Zudem mag Domenico Fußball doch gar nicht.«

»Aber …«

»Nichts aber«, fiel Lara ihr ins Wort. »Er vergöttert dich und du liebst ihn über alles, das ist doch das Wichtigste, nicht? Ihr passt ganz wunderbar zusammen. Und irgendwann wirst du auch eine wunderhübsche, zufriedene Mama werden, glaub mir.«

Celia schniefte. »Und zwar schon eher, als ich wollte.«

Lara sah sie verwirrt an. »Wie meinst du das?«

»Ich bin schwanger«, gestand Celia mit einem schiefen Lächeln.

Lara riss die Augen auf. »Oh, Süße, gratuliere, das ist ja fantastisch! Weiß es Domenico schon?«

Celia schüttelte den Kopf. »Ich wollte es ihm heute Nacht sagen, wenn wir allein sind. Hältst du dicht?«

»Aber sicher. Himmel, die kleine Celia wird Mama. Ich kann's noch gar nicht glauben.«

Sie umarmten sich lachend. Dann räusperte sich Lara und befahl: »Und jetzt schnäuz dir die Nase und versuch deinen Lidstrich wieder hinzubekommen. Schließlich beanspruche ich an diesem Tag den Preis für das schlechteste Make-up.«

Celia lächelte und griff nach einem Wattestäbchen.

Früh am Morgen war der Himmel bedeckt gewesen, doch jetzt klarte es über dem Meer auf, und ab und zu tauchte sogar die Sonne zwischen den Wolken hervor. Trotz aller Bemühungen, für diesen Tag noch ein Hochzeitszelt zu organisieren, war es Signor Ruocco, dem schnauzbärtigen Betreiber der Verleihfirma, nicht möglich gewesen, eins zu bekommen. Also hatte man sich dahin gehend geeinigt, das Essen im Speisesaal des *Bellavista* zu servieren und die Zeremonie auf der Terrasse abzuhalten. Es würde zwar etwas eng werden, aber Improvisation verlangt nach Kompromissen. Vielleicht hätte Romeo es geschafft, ein Zelt aufzutreiben, wie das letzte Mal. Aber Romeo war nicht mehr hier.

Als hätte Celia Laras Gedanken gelesen, sagte sie in diesem Moment: »Ich weiß nicht, ob er kommt. Und es ist mir auch egal«, fügte sie trotzig hinzu. »Das, was er dir angetan hat, ist unverzeihlich.«

Lara spürte einen schmerzhaften Stich der Enttäuschung. Es war also gar nicht sicher, ob sie ihn noch einmal sehen würde. Nun denn, das war bestimmt besser so.

Sie stand auf und trat ans Fenster. Geschmückte Autos fuhren schon seit geraumer Zeit auf den Parkplatz des Hotels, denen chic gekleidete Leute entstiegen. In der Eingangshalle reichte man den Ankömmlingen Erfrischungen, und ab und zu drang fröhliches Gelächter herauf.

»Er ist dein Bruder«, begann Lara. »Du musst ihm verzeihen. Immerhin …«

»Du nimmst ihn noch in Schutz?« Celia schüttelte den Kopf. »Echt jetzt? Ich fasse es nicht.«

»Nein, das tue ich nicht. Was er getan hat, hat mich sehr verletzt. Aber ich reise morgen wieder ab. Und er bleibt hier. Und du bist jetzt alles, was er noch hat.«

Celia schnaubte, schwieg aber. Sie griff nach einem Parfümfläschchen und sprühte sich vorsichtig etwas davon auf die Handgelenke, ihr Dekolleté und auf den Hals.

»Ich bin so weit«, sagte sie und Lara drehte sich um.

»Du siehst wunderschön aus.«

»Danke. Mein Herz klopft wie wild!«

Lara lachte. »So soll es ja auch sein. Den Bund fürs Leben soll man nicht leichtfertig eingehen.«

Celia stand auf und richtete ihr Kleid. »Ist es zerknittert?«

Lara schüttelte den Kopf.

»*Bene*, also los. Wir holen *papà* in seinem Zimmer ab, rollen ihn in den Fahrstuhl, und in der Halle kann der Zirkus dann beginnen.«

36

Die drei älteren Herren, die Romeo für den Flight zugewiesen wurden, waren ein lustiges Trüppchen. Schon auf dem ersten Abschlag zog der eine einen Flachmann aus seiner Golftasche und bot ihm einen Schluck an. Obwohl es noch nicht mal Mittag war, nickte er, nahm einen kräftigen Zug und musste danach zwei Minuten lang husten. Grundgütiger, was war das denn für ein teuflisches Zeug? Seine Begleiter brachen in Gelächter aus und klopften ihm helfend auf den Rücken.

Das Fairway war nass. Kurz zuvor war ein Platzregen niedergegangen, doch jetzt sah es aus, als würde es doch noch ein sonniger Tag werden. Glück gehabt, Schwesterchen! Der Gedanke an Celia und dass sie in diesem Moment vor den Altar trat, stimmte Romeo wehmütig. Er hatte sich noch nicht an das Wort »Halbschwester« gewöhnt, für ihn würde sie immer seine kleine Schwester bleiben. Und die feierte heute ihren großen Tag – ohne ihn.

Selbst schuld, dachte er, als er auf der Suche nach dem verlorenen Ball eines seiner Golfpartner durch das Rough stapfte. Hätte er seine Hormone besser im Griff gehabt, hätte er jetzt Hochzeitstorte gegessen und mit Lara getanzt.

Wieso bloß ging ihm die Wikingerin nicht aus dem Sinn?

Sie hatten sich doch bloß ein paar Tage gekannt und zu Anfang nicht einmal gemocht. Weil du sie liebst, du Blödmann, flüsterte eine spöttische Stimme in seinem Kopf.

»Hab ihn gefunden!«, rief einer der Männer in diesem Moment und holte ihn damit aus seinen Gedanken. »Das kleine Scheißerchen liegt im Out.«

»Dann zurück zum Abschlag, *amico*«, befahl sein Kumpel und grinste schadenfroh.

Der Angesprochene brummelte etwas Unverständliches und marschierte zurück, um nochmals abzuschlagen. Romeo und die beiden anderen brachten sich derweil hinter einem Baum in Sicherheit.

»Was machst *du* denn hier?«

Romeo drehte sich um.

Pietro stand mit einem Pärchen am Abschlag des zweiten Lochs.

»Wonach sieht's denn aus?«, gab er lässig zur Antwort. »Pilze suche ich jedenfalls nicht.«

»Ich dachte, Celia heiratet heute.«

»Tut sie auch.«

Pietro runzelte verwirrt die Stirn.

»Meine Herren, bitte, meine Gattin möchte abschlagen.«

Der zweite Mann in Pietros Flight sah sie strafend an. Sein Freund nickte entschuldigend, trat zu Romeo und packte ihn schmerzhaft fest am Arm.

»Du fährst jetzt sofort nach Positano, verstanden?«, zischte er halblaut und funkelte ihn dabei böse an. »Oder, so wahr mir Gott helfe, du isst nie wieder etwas, das meine Mutter gekocht hat!«

Romeo quetschte den Alfa vor Umbertos Haus zwischen einen Kleinlaster und eine Nobellimousine, kletterte über den Beifahrersitz aus dem Auto und lief die Treppe hinunter zum *Bellavista*. Der Parkplatz davor war, wie er vermutet hatte, mit geschmückten Autos komplett zugeparkt. Musik drang durch die geöffnete Eingangstür, auf den Stufen davor saßen zwei Mädchen in putzigen Rüschenkleidchen, die Münder mit Schokoladenkuchen verschmiert, und blätterten kichernd in einem Bilderbuch.

Romeo war nach Pietros Strafpredigt sofort aufgebrochen. Er hatte sich nicht einmal mehr umgezogen und fühlte sich jetzt mit seinem hellgrünen Polohemd und der grauen Golfhose leicht underdressed. Aber was spielte das schon für eine Rolle? Er hätte es sich nie verziehen, Celias Hochzeit ferngeblieben zu sein, nur aus selbstsüchtigen Motiven heraus und weil er sich vor weiteren Konfrontationen fürchtete. Enzo konnte ihm gestohlen bleiben! Dessen Beleidigungen juckten ihn nicht mehr. Ein einsamer alter Mann, der geglaubt hatte, seine Verbitterung an einem Kind auslassen zu müssen. Sofia würde vermutlich sowieso nicht da sein. Die alte Hexe lebte in einer Welt voller Missgunst und verletztem Stolz. Aber Celia und er hatten dieselbe Mutter. Sie liebten sich von klein auf und würden immer zusammenhalten. Und verdammt noch mal, er hatte schließlich Lara gegenüber schon einen gewaltigen Fehler begangen. Dem wollte er nicht noch einen größeren folgen lassen. Celia brauchte ihren älteren Bruder. Ganz egal, wie erwachsen sie schon war und wie stark sie sich für das Hotel einsetzte, sie würde immer seine *piccolina* bleiben. Und wenn er das jetzt auch noch vermasselte, konnte er sich gleich die Kugel geben.

In der Eingangshalle befanden sich mit weißen Hussen und roten Schleifen geschmückte Stehtische. Darauf standen benutzte Sektflöten und Knabberzeug zwischen gestreuten Rosenblättern. Die Flügeltüren zum Speisesaal waren weit geöffnet. Romeo blickte auf eine stattliche Anzahl Hochzeitsgäste, die vermutlich gerade beim Dessert angelangt waren, denn es roch nach frisch aufgebrühtem Kaffee, und ein paar Aushilfskellner huschten mit benutzten Tellern hin und her.

Das Brautpaar saß an einer weiß gedeckten Tafel an der Kopfseite des Raumes. Neben seiner Schwester saß Enzo in einem Rollstuhl. Und neben Domenico saß Lara.

Romeo schluckte. Er stand zu weit weg, um sie genauer betrachten zu können, doch ihre roten Haare leuchteten wie ein Signalfeuer zwischen all den dunklen Haarschöpfen der sonstigen Gäste. Sie trug sie hochgesteckt, und er hätte in diesem Moment ein Königreich dafür gegeben, nochmals seine Hände in dieser Lockenpracht vergraben zu dürfen.

In diesem Augenblick schlug Enzo an sein Trinkglas und das Murmeln der Gäste verstummte.

»Liebes Brautpaar, liebe Gäste, Sie entschuldigen, wenn ich nicht aufstehe.« Die Menge lachte. »Aber ich möchte es nicht versäumen, meiner Tochter und ihrem frisch angetrauten Mann ein paar Worte mit auf den Weg zu geben.«

Romeo wandte sich ab. Nein, er konnte jetzt nicht da hineingehen und Enzos Rede mit seinem plötzlichen Auftauchen unterbrechen. Das hätte nur einen Riesenwirbel verursacht und die Feier verdorben.

Er verließ das *Bellavista* und schlug den Weg Richtung Strand ein.

* * *

»Sieh dir nur mal all diese Geschenke an. Ich werde Tage brauchen, bis ich mich bei allen dafür bedankt habe.« Celia stand mit glänzenden Augen vor dem Gabentisch und bestaunte dessen Fülle. »Aber was zum Teufel ist das?«

Sie griff mit spitzen Fingern nach einem Metallding, dessen Enden wie Hühnerklauen geformt waren.

»Ich glaube, das ist eine silberne Zuckerzange«, erwiderte Lara und versuchte, nicht zu lachen.

Celia sah sie entsetzt an. »Bitte erschlag mich, wenn ich dieses eklige Ding je gebrauchen sollte.«

Dann fingen beide haltlos an zu kichern.

»Alles Gute zum Hochzeitstag, liebste Celia!«

Sie drehten sich um. Hinter ihnen stand eine rassige Brünette in ihrem Alter. Sie warf gerade ihre langen glänzenden Haare zurück und strahlte Celia an.

»Und so einen attraktiven Bräutigam«, fuhr die Frau fort. »Sag, hat er eventuell noch einen ledigen Bruder?«

Sie zwinkerte schelmisch, beugte sich zu Celia hinab, die trotz ihrer hohen Absätze gut zwanzig Zentimeter kleiner war, und küsste sie auf beide Wangen.

»Paola? Ich dachte, dein Schiff ...«

Mehr hörte Lara nicht. Der Name traf sie wie ein Faustschlag, nur wurde sie dieses Mal leider nicht ohnmächtig. Dies war also Paola Calza. Sie war eine wahre Schönheit. Groß, schlank, durchtrainiert, ein regelrechter Albtraum. Lara konnte sie vom ersten Moment an nicht ausstehen. Kein Wunder, dass Romeo ihren Reizen erlegen war.

»Was?«

»Norovirus. Das Schiff steht unter Quarantäne. Ich war zu dem Zeitpunkt an Land. Ich kann also nicht zurück, die anderen nicht von Bord. Ulkig, nicht?« Sie sah sich suchend im Raum um. »Ist dein Bruder auch da? Ich habe noch ein Hühnchen mit ihm zu rupfen.«

»Das kann ich mir vorstellen«, fauchte Celia und stemmte die Hände in die Hüften. »Was fällt dir eigentlich ein, Romeo zu verführen. Hast du keinen Anstand?«

Lara wäre am liebsten geflüchtet. Musste sie sich das wirklich antun? Sie hatte noch zu wenig getrunken, als dass sie diese Demütigung ertragen konnte. Doch ihr Körper hatte beschlossen zu streiken. Zur Salzsäule erstarrt stand sie neben Celia und Paola und versuchte verzweifelt, die Fassung zu wahren.

»Verführen? Ich verstehe nicht.« Paola runzelte die Stirn und schnappte sich von einem vorbeieilenden Kellner ein Glas Sekt. »Ach so, nein. Das hätte ich zwar gern getan. Du weißt ja, dass ich Romeo schon immer heiß fand. Doch leider ging es dem Bad Boy an dem Abend zu *bad* und daher war er auch zu wenig Boy. Du verstehst?« Sie lachte perlend und leerte das Glas in einem Zug.

»Das heißt, du hast nicht …?«

»*Niente.* Er verträgt wohl nicht so viel, was? Nach zwei Gläsern Gin ist er umgekippt und ich habe ihn ins Bett verfrachtet. Toller Body übrigens.« Sie schnalzte genüsslich mit der Zunge.

»Aber, dann hat er nicht? Ich meine, haben Sie nicht …?«, stammelte Lara.

Paola sah ihr prüfend ins Gesicht und verzog beim Anblick ihrer ramponierten Nase den Mund.

»Autsch, hat bestimmt wehgetan, was? Und nein, ich hatte keinen Sex mit ihm, obwohl ich nicht weiß, was Sie das angeht.« Paola stutzte. »Er hat übrigens die ganze Nacht irgendwas von einer Keltin geschwafelt.«

»Sie meinen Wikingerin?«, fragte Lara atemlos.

»Oder so. Nordisch eben. Du, ist das dort drüben Brillen-Fausto?«

Sie wandte sich an Celia und deutete auf einen jungen Mann. Er stand bei der Band, die gerade eine Pause einlegte, und unterhielt sich mit dem Schlagzeuger.

»Wie?« Celia folgte ihrem Blick. »Ja, Fausto. Der ist doch mit uns in eine Klasse gegangen.«

Paolas Augen leuchteten auf. »Der hat sich aber gemacht, Donnerwetter! Dann werde ich mal alte Erinnerungen auffrischen gehen. Man sieht sich.«

Mit diesen Worten ließ sie Celia und Lara stehen und stöckelte hüftschwingend Richtung Band.

»Aber du kannst doch jetzt nicht einfach nach Neapel fahren. Was ist, wenn er nicht zu Hause ist?«

Celia stand händeringend neben Lara in deren Zimmer und sah ihrer Freundin zu, wie sie ihre Kleider in den Koffer warf.

»Das ist mir egal, dann kampiere ich eben vor seiner Haustür. Mein Flug geht morgen Nachmittag. Bis dahin muss ich unbedingt mit ihm gesprochen haben.«

Celia ließ sich seufzend auf das Bett fallen, offenbar nicht ein bisschen darum besorgt, ob ihr Brautkleid dabei zerknitterte. »Okay, ich verstehe. Dann versuche ich jetzt nochmals, ihn zu erreichen.« Sie hielt ihr Handy ans Ohr, gab aber nach wenigen Minuten auf. »Immer noch die Mailbox.«

Es klopfte an der Tür und Domenico streckte den Kopf herein. »Ah, hier seid ihr. Ich dachte schon, meine Frau hat mich bereits wieder verlassen.« Er grinste jungenhaft und schob sich ins Zimmer.

»Paola hat nicht mit Romeo geschlafen«, platzte Celia heraus.

Domenico warf sich aufs Bett und gähnte ungeniert. »Nicht?«

Celia schüttelte den Kopf. »Er war zu betrunken.«

Lara sah ihre Freundin beschwörend an. Musste sie denn alles gleich ausplaudern? Das war Romeo bestimmt unangenehm.

Celia zog eine Schnute, als sie Laras tadelnden Blick bemerkte. »Ich habe keine Geheimnisse vor meinem Mann«, erwiderte sie nachdrücklich. Dann lächelte sie. »Mein Mann ... hört sich irgendwie seltsam an.«

Domenico strich ihr zärtlich über die Wange. »Seltsam, aber doch hoffentlich gut, oder?«

»*Certo, amore.* Und jetzt nimm gefälligst die Füße vom Bett oder zieh die Schuhe aus! Den Dreck bringt man sonst nicht mehr aus den Laken.«

Domenico grinste. »Ja, Chefin, sofort.«

»Lara will zu Romeo nach Neapel fahren«, erklärte Celia weiter, »nur können wir ihn nicht erreichen. Er hat wieder mal sein Handy ausgeschaltet.«

»Frag doch Pietro, wo er ist. Die zwei hocken doch ständig zusammen.«

»Himmel, ja! Daran habe ich gar nicht gedacht. Du bist ein kluger Mann, Domenico Aleardi. Wenn du nicht schon verheiratet wärst, könnte aus uns beiden etwas werden.«

Celia durchforstete ihr Smartphone und wählte dann eine Nummer.

»Ciao, Pietro, hier ist Celia Mar… Aleardi. Danke, die Feier ist wundervoll.« Sie lachte. »Weißt du zufällig, wo sich mein Bruder herumtreibt?« Sie runzelte die Stirn. »Nein, ist er nicht. Wollte er denn kommen? Aha, okay, verstehe. Danke, ciao.«

Sie sah Lara verwirrt an. »Pietro sagt, Romeo sei nach Positano gefahren.«

* * *

Die Sonne näherte sich langsam dem Horizont und zauberte einen lachsfarbenen Streifen an den Himmel. Romeo fröstelte in seinem kurzärmligen Polohemd, doch noch konnte er sich nicht dazu durchringen, ins *Bellavista* zurückzukehren. Jemand hatte den zusammenklappbaren Liegestuhl, der hier herumgestanden hatte, entweder gestohlen oder verstaut, und so setzte er sich auf die Brüstungsmauer und sah aufs Meer hinaus. Das Geräusch der Brandung wirkte einschläfernd. Es roch nach Kiefernharz und Seetang. Ein Duft, der ihm seit der Kindheit so vertraut war, dass es schmerzte.

Positano, die Perle an der Amalfiküste, seine Heimat – und bald nur noch eine bittersüße Erinnerung. Sobald er Celia zu ihrer Vermählung gratuliert hatte, würde er den Ort für immer verlassen. Dieses Mal endgültig. Es war Zeit, mit der Vergangenheit abzuschließen. Dazu gehörten auch die Stunden mit Lara.

»Ich kann sie hören«, sagte plötzlich eine Stimme hinter ihm, und vor Schreck wäre er beinahe von der Brüstung gestürzt.

Lara lehnte an der Mauer des Wachtturms. Er hatte sie nicht kommen hören. Sie trug immer noch das elegante Kleid, dazu aber ihre abgetragenen Turnschuhe. Diese und die Nasenschiene schmälerten ihre äußere Erscheinung zwar ein bisschen, doch für ihn war sie nach wie vor die schönste Frau auf Erden.

»Unfug«, gab er zurück, »die Nereiden hört man erst, wenn der Mond das Wasser in silbriges Licht taucht. Offenbar hast du einen über den Durst getrunken, dass du Stimmen hörst.«

Sein Herzschlag hatte sich verdoppelt. Was tat sie hier? Und wieso wusste sie überhaupt, dass er in Positano war? Hatte sie ihn im *Bellavista* zufällig gesehen?

Er sprang von der Brüstung und wischte sich den Staub von der Hose.

»Lara, ich …«

»Nicht«, unterbrach sie ihn. »Keine Entschuldigungen mehr. Und wenn, bin ich jetzt an der Reihe.«

»Du? Wieso du?«

Sie stieß sich von der Mauer ab und kam auf ihn zu.

»Als dein Freund gesagt hat, dass du nach Positano gefahren bist, wusste ich genau, wo du bist. Menschen gehen gern an die Orte zurück, die ihnen in der Kindheit etwas bedeutet haben.«

Sie blieb einen Schritt vor ihm stehen. Er hätte Abscheu in ihrem Blick vermutet. Anzeichen der Verachtung, die sie ihm gleich entgegenschleudern würde. Doch er sah nur Wärme.

Hatte sie ihm vielleicht verziehen? Hoffnung keimte in ihm auf, die er sich kaum eingestehen wollte aus Angst, dass sie sie gleich wieder zunichtemachte.

»Ich habe heute Paola Calza getroffen.«

Und da sauste das Fallbeil auch schon hernieder!

»Verstehe«, erwiderte er gepresst, vergrub die Hände in den Hosentaschen und sah zu Boden.

»Nein, das denke ich nicht.«

Er hob den Blick. Um Laras Mundwinkel zuckte es. Was zum Teufel trieb sie für ein Spiel?

Es war das eine, einen dämlichen Fehler zu begehen und sich dafür in Grund und Boden zu schämen, aber dass sie sich jetzt über ihn lustig machte, hatte er trotz allem nicht verdient.

»Ich werde jetzt gehen«, sagte er und trat einen Schritt zur Seite, damit er an ihr vorbeikam.

»Romeo?«

»Sì?«

»Ich liebe dich.«

Das *Bellavista* war hell erleuchtet. Musik drang durch die geöffneten Fenster. Auf der Terrasse stand ein Pärchen, das sich leidenschaftlich küsste. Im Speisesaal hatte man die Tische zur Seite geschoben und es wurde getanzt. In einer Ecke schliefen kleine Kinder auf einer Matratze, denen der Trubel nichts auszumachen schien.

Celia und Domenico wirbelten an Romeo und Lara vorbei, als sie den Saal betraten. Celia strahlte, die Wangen gerötet, Domenico stand der Schweiß auf der Stirn und seine Krawatte hatte er sich im Indianerlook um die Stirn geknotet.

»Anscheinend amüsieren sich alle ganz prächtig«, meinte Lara lachend. »Komm, ich will mit dir tanzen!«

Sie zog den widerstrebenden Romeo in die Mitte des Saals, schlang ihre Arme um seinen Hals und schmiegte sich an ihn.

»Das ist ein Foxtrott«, raunte er an ihrem Ohr.

»Mir doch egal«, erwiderte sie schmunzelnd.

Sie hatte ihm beim Wachtturm alles erzählt. Zuerst hatte er ihr nicht geglaubt, hatte vermutet, dass sie sich einen Spaß mit ihm erlaubte. Doch sie hatte Paolas Worte exakt wiedergegeben und langsam hatte er begriffen, dass er sich die ganze Zeit unnötig Vorwürfe gemacht hatte.

Was für eine Erleichterung für sie beide.

Danach unterhielten sie sich lange, berührten sich, küssten sich, bis sie beide in der kalten Brise zu schlottern anfingen.

Sie wussten nicht, *wie* es weitergehen würde, aber *dass* es weitergehen würde, dessen waren sie sich gewiss.

Morgen flog Lara nach Hamburg zurück, um einige Dinge zu regeln, und dann würde sie sofort zurückkommen. Vielleicht nach Neapel, vielleicht nach Positano. Sie hatten die Wahl, und die Zukunft lag wie eine wundervolle Verheißung vor ihnen. Ein Abenteuer, dem sie sich stellen wollten, egal, was das Schicksal noch für sie bereithielt.

»Romeo?«

Sie sahen sich um. Hinter ihnen saß Enzo Marconi in einem Rollstuhl, den Graziella mitten auf die Tanzfläche geschoben haben musste. Lara löste sich von Romeo, griff aber nach seiner Hand und hielt sie fest. Was auch immer jetzt kam, sie würde an seiner Seite sein und ihm beistehen.

Enzo Marconis Miene war nicht anzusehen, was ihm durch den Kopf ging, doch als Graziella dem Rollstuhl einen kleinen Schubs gab, streckte er die Hand aus.

»Es tut mir leid.«

Einen Moment sah es so aus, als würde Romeo die versöhnliche Geste nicht erwidern, doch dann atmete er tief durch und ergriff die Hand des älteren Mannes.

»Danke«, sagte er mit spröder Stimme.

Enzo nickte sichtlich erleichtert. »Übrigens habe ich

mich … haben wir uns«, er warf Graziella einen liebevollen Blick zu, »entschlossen, das *Bellavista* zu renovieren. Wenn man plötzlich im Rollstuhl sitzt, merkt man erst, wie schäbig alles geworden ist. Vielleicht hast du mal Zeit, dir die Pläne anzusehen?«

Vom Eingang her hörte man plötzlich lautes Stimmengewirr. Dann trat eine klein gewachsene, schwarz gekleidete Frau in den Saal, eine große Tasche am spindeldürren Arm. Sofia!

»Wo ist er?«, rief sie und sah sich suchend um. Dann entdeckte sie Romeo und kam mit verbissenem Gesichtsausdruck auf ihn zu.

»Schaff ihn mir aus dem Haus!«, kreischte sie. »Ich will ihn nicht bei mir haben!«

Offenbar hatte die Band bemerkt, dass sich gerade etwas Interessantes ereignete, denn die Musik brach mit einem Misston ab. Romeo sah seine Tante verwirrt an, dann kam Celia schwer atmend hinzu.

»Tante, wie schön, dass du zu meiner Hochzeit …«

»Halt den Mund!«, unterbrach die sie rüde. Sie wandte sich wieder an Romeo. »Ich will, dass du ihn aus meinem Haus schaffst. Mit dem Kerl will ich nichts zu tun haben. Schlechtes Blut färbt ab.«

Sie zog ihren Anhänger aus dem Ausschnitt und spuckte dreimal darauf. Dabei funkelte sie Romeo böse an.

»Wen soll ich dir aus dem Haus schaffen?«, fragte er verdutzt. »Bist du betrunken?«

Die Alte kicherte. »Ich nicht, nein. Aber dein Vater. Er ist heute Nachmittag zu mir auf die Insel gekommen. Das zweite Mal. Bei seinem ersten Auftauchen hat er mir Andreinas Tagebuch gestohlen, der Lump. Es war das Einzige, was mir von ihr geblieben ist. Sie hat es mir im Krankenhaus gegeben, kurz bevor sie gestorben ist. Ich hätte ihm nicht davon erzählen sollen.« Sofia schnaubte erbost. »Fehler holen einen eben immer wieder ein.« Dabei sah sie Lara scharf an und diese schluckte verwirrt.

»Dieses Mal war der Halunke stockbesoffen«, fuhr Sofia fort. »Wie üblich halt. Und er wollte mein Geld. Hat überall gesucht und ist dabei über die Katze gestolpert und die Treppe runtergefallen. Mausetot! Also schaff ihn da weg, *subito*!«

Sie drehte sich um und trippelte aus dem Saal. In der Tür blieb sie stehen und drehte sich noch mal um. »Das Tagebuch habe ich übrigens wieder. Er hatte es bei sich.« Sie kicherte und verschwand.

Die Anwesenden sahen einander schockiert an.

»Salvatore Leone ist tot?«, fragte Celia ungläubig.

Romeo nickte zögerlich. »Offenbar«, meinte er. »Wir müssen die Polizei verständigen.«

Er griff in seine Hosentasche und holte sein Handy hervor. Enzo Marconi war kreidebleich geworden. Anscheinend hatte ihn bis jetzt niemand über Leones Auftauchen ins Bild gesetzt. Er öffnete den Mund, um etwas zu sagen, doch Lara legte ihm die Hand auf den Arm und schüttelte den Kopf.

»Nicht jetzt, Signor Marconi, dafür ist später noch Zeit.«

»Und du rufst mich jeden Tag an, versprochen?«

»Mindestens! Und du gibst mir gleich Bescheid, wenn du weißt, wann du deinen Job kündigen kannst, *d'accordo*?«

Lara nickte und schniefte. Es brach ihr das Herz, Romeo jetzt zu verlassen, aber es musste sein. Sie war zu pflichtbewusst, um ihre Zelte in Deutschland nicht korrekt abzubrechen. Zudem wollte sie mit ihren Eltern ein längeres Gespräch führen. Sie wussten ja noch von nichts. Aber dann käme sie so schnell wie möglich nach Italien zurück.

Die Polizei war noch am Samstagabend nach Capri gefahren, um die Umstände von Salvatore Leones Tod zu klären. Sie hoffte für die Marconis inständig, dass sich sein Tod auch tatsächlich als Unfall herausstellen würde. Sofia war durchaus zuzutrauen, dass sie ein wenig nachgeholfen hatte. Lara schauderte.

Im Lautsprecher wurde der Flug nach Hamburg angekündigt.

»*Ti amo*«, flüsterte sie und schmiegte sich an Romeos Brust.

»Ich dich mehr«, erwiderte er, küsste sie stürmisch und ließ sie dann los.

Sie stolperte tränenblind zur Sicherheitskontrolle und holte ihren Pass hervor. Dann stockte sie. Verflixt, das hätte sie fast vergessen! Sie kramte hektisch in ihrer Handtasche herum, zog einen flachen Gegenstand heraus und quetschte sich an den Wartenden in der Schlange hinter ihr vorbei.

Romeo stand immer noch an derselben Stelle und sah sie fragend an, als sie auf ihn zu sprintete.

»Ich habe dir etwas gekauft. Hier, du wirst ihn lieben.«

Er starrte verblüfft auf die DVD-Hülle, die sie ihm in die Hand drückte. Dann grinste er übers ganze Gesicht: »*Romeo und Julia*«, nach William Shakespeare. Mit Leonardo DiCaprio und Claire Danes.

Printed by Amazon Italia Logistica S.r.l.
Torrazza Piemonte (TO), Italy

23100758R00196